일곱 번째는 내가 아니다

THE CLEANER

Copyright © 2006 Paul Cleave

All rights reserved.
Korean translation rights arranged with Darby Literary Rights Agency Ltd. through ALICE Agency, Seoul.
Korean translation copyright © 2025 by SEOSAMDOK

이 책의 한국어판 저작권은 앨리스에이전시를 통한 저작권사와의 독점 계약으로 ㈜서삼독에 있습니다. 저작권법에 의해 한국 내에서 보호를 받는 저작물이므로 무단전재와 복제를 금합니다.

일곱 번째는 내가 아니다

폴 클리브 장편소설 · 백지선 옮김

THE CLEANER

서三삼독

퀸에게
우린 여전히 네가 그리워, 친구.

1장

진입로에 차를 세운다. 운전석에 등을 기대고 긴장을 풀려고 애쓴다. 기온이 족히 35도는 되는 것 같다. 크라이스트처치 특유의 종잡을 수 없는 날씨다. 몸에서 땀방울이 뚝뚝 떨어진다. 손가락이 젖은 고무처럼 축축하다. 차 키를 돌려 시동을 끄고 서류 가방을 챙겨 차에서 내린다. 에어컨을 튼 차 안보다 오히려 밖이 더 시원하다. 현관문에 도착해 자물쇠를 만지작거린다. 문이 열리자 안도의 한숨을 내쉬며 집 안에 들어간다.

느긋하게 주방으로 걸어간다. 위층 욕실에서 안젤라가 샤워하는 소리가 들린다. 안젤라에게는 나중에 가도 된다. 일단 뭘 좀 마셔야겠다. 스테인리스 냉장고 문에 비친 내 모습이 꼭 유령 같다. 냉장고 문을 열고 그 앞에 1분 가까이 쪼그리고 앉아 시원한 냉기를 쐰다. 맥주와 콜라가 있다. 맥주 한 병을 꺼내 뚜껑을 비틀어 연 뒤 식탁 의자에 앉는다. 평소 술을 많이 마시는 편이 아닌데도 20초 만에 한 병을 모두 들이킨다. 냉장고에 맥주가 한 병 더 있다. 마다할 이유가 없다. 의자에 편히 기대앉아 두 발을 식탁 위에 올리고는 신발을 벗을까 말까 고민한다. 그 기분을 아는가? 무더운 날 직장에서 종일 힘들게 일하고 돌아와, 맥주를 들고 의자에 앉아 식탁에 다리를 올린 채 신발을 벗을 때의 그 기분.

천국이 따로 없다.

위층에서 안젤라가 샤워하는 소리를 들으며 올해 최고의 맥주를 가볍게 홀짝인다. 5분에 걸쳐 두 번째 병을 비우고 나니 배가 고프다. 다시 냉장고를 열자 식은 피자 한 조각이 눈에 띈다. 안 될 거 없다. 다이어트 중도 아니고.

다시 의자에 앉아 식탁에 발을 올린다. 신발을 벗으면 이 피자도 맥주처럼 천국을 선사할 것이다. 하지만 지금은 그럴 시간이 없다. 피자를 급하게 먹어 치운 뒤 서류 가방을 집어 들고 위층으로 올라간다. 침실 스테레오에서 익숙한 노래가 요란하게 흘러나온다. 제목이 뭐더라? 제목도 가수도 모르지만 침대에 서류 가방을 내려놓으면서 노래를 흥얼거린다. 몇 시간은 이 멜로디가 귓전에 맴돌 것 같다. 서류 가방 옆에 앉아 신문을 꺼낸다. 1면에 요즘 잘 팔리는 기사가 실려 있다. 이런 기사 중 절반은 신문사가 판매 부수를 늘리려고 지어낸 게 아닐까 하는 의심이 든다. 수요가 분명 있으니 말이다.

샤워기의 물소리가 잦아들지만 무시하고 계속 신문을 읽는다. 온 도시를 떨게 한 어떤 남자에 관한 기사다. 여자들을 죽이고 고문한 살인마에 관한 기사. 영화로 만들기 딱 좋은 소재다. 몇 분 뒤 안젤라가 하얀 수증기와 로션 냄새에 휩싸인 채 수건으로 머리를 닦으면서 욕실에서 나온다.

나는 신문을 내려놓고 미소를 짓는다.

안젤라가 나를 똑바로 바라보며 묻는다. "당신 누구야?"

2장

샐리는 저무는 햇빛이 매끄러운 화강함 묘비에 반사되자 실눈을 뜨면서도 지난 5년 동안 늘 그랬듯 묘비에 새겨진 글자에서 눈을 떼지 않았다. 태양이 뜨겁다. 햇살에 눈이 부셔 눈물이 났지만 상관없다. 어차피 이곳에 올 때마다 눈물이 고인다.

선글라스를 썼어야 했다. 더 얇은 원피스를 입었어야 했다. 남동생이 죽지 않도록 노력했어야 했다.

십자가 목걸이를 꼭 움켜쥐자 네 귀퉁이가 손바닥을 파고들었다. 언제부터인가 샐리는 이 목걸이를 벗지 않았다. 목걸이를 벗었다가는 온몸을 작게 웅크린 채 평생 아무 일도 못 하고 울기만 할 것 같았다.

병원에서 의사가 샐리와 부모님에게 소식을 전할 때도 샐리는 이 목걸이를 차고 있었다. 사랑하는 가족이 죽어가는 걸 알면서도 희망을 놓지 못했을 수많은 사람들에게 늘 그랬듯 의사가 엄숙한 얼굴로 소식을 전할 때, 샐리는 십자가를 꽉 쥐었다. 부모님을 태운 차를 몰아 장례식장에 도착했을 때도, 장의사와 마주 앉아 아무도 손대지 않는 차와 커피를 앞에 두고 광택이 반지르르한 책자를 넘기며 죽은 동생의 관을 고를 때도, 십자가는 샐리의 심장과 맞닿아 있었다. 수의를 정할 때도 샐리와 부모님은 같은 과정을 거쳐야 했다. 사람은 죽고 나서도 패션에서 자유로울 수 없다.

그날 이후 샐리는 매일 십자가 목걸이를 차고 다녔다. 목걸이는 샐리에게 길잡이가 되어주었다. 마틴이 더 좋은 곳으로 갔으며 인생은 생각보다 나쁘지 않다고 다독여주었다.

샐리는 40분째 꼼짝도 하지 않고 묘비를 뚫어져라 바라보고 있다. 이따금 부는 강풍에 나무에서 도토리가 하나씩 떨어져 묘비에 부딪힐 때마다 손가락 관절을 꺾을 때처럼 딱딱 소리가 났다. 넓게 깔린 푸른 잔디에 시멘트 표지석이 점점이 박힌 묘지는 무척 한산했다. 나름의 슬픈 사연을 품고 묘비 앞에 서 있는 사람은 몇 명 되지 않았다. 샐리는 낮에는 묘지를 찾는 사람이 더 많은지, 이곳이 북적이는 시간대가 있기는 한지 궁금했다. 부디 그러길 바란다. 누군가는 죽고 누군가는 죽은 자를 잊어버린다고 생각하니 서글펐다. 문득 부쩍 자란 잔디가 눈에 띄었다. 묘지와 나무들도 지저분하고 정원도 손질이 안 돼 있었다. 전에는 잔디 깎는 기계를 경주용 자동차처럼 타고 무덤 사이를 누비던 관리인이 있었다. 은퇴했는지 죽었는지는 알 수 없지만 그가 사라진 지 몇 달 만에 묘지는 다시 자연의 손에 내맡겨졌다.

애초에 이런 생각이 왜 떠오르는지 도무지 알 수 없었다. 관리인의 죽음이니, 묘지가 북적이는 시간대니, 고인을 잊어버리는 사람들이니 하는 생각 말이다. 묘지에 오면 늘 그랬다. 마치 누가 머리를 칵테일 셰이커에 넣어 사정없이 흔드는 것처럼 온갖 음울한 생각이 뒤죽박죽 떠올랐다. '좋다'는 말이 적절한지는 모르겠지만 적어도 한 달에 한 번은 묘지에 오는 게 좋다. 특히 마틴의 기일이 되면 어김없이 묘지를 찾았고 오늘이 바로 그날이다.

  내일은 마틴이 살아 있었다면 생일이었을 날이다. 아니, 생일이다. 땅속에 묻혀도 생일이 여전히 유효한지는 모르겠지만. 이유를 딱히 설명할 수는 없지만 샐리는 마틴의 생일에는 절대 묘지를 찾지 않았다. 그러면 왠지 십자가 목걸이를 벗을 때와 같은 일이 벌어질 것 같았다. 묘비 앞에 샐리가 가져온 꽃 말고도 싱싱한 꽃이 있는 걸 보니 부모님도 오늘 다녀간 모양이다. 샐리는 부모님과 함께 묘지에 오는 법이 절대 없다. 그 이유도 설명할 수 없기는 마찬가지다.

  묘비 앞에 앉아 꽃을 쓰다듬고 묘비에 새겨진 글자를 손가락으로 천천히 훑었다. 마틴은 열다섯 살에 죽었다. 열여섯 살 생일을 하루 남겨두고서. 마틴의 생일과 기일은 딱 하루 차이다. 아니, 하루도 채 안 된다. 겨우 한나절 차이쯤 될 것이다. 사람이 열다섯 살에, 그것도 열여섯 살이 되기 직전에 죽을 수 있다는 게 도저히 믿을 수가 없다. 다들 예순두 살은 돼야 이곳에 묻히던데 말이다. 샐리는 묘지를 돌아다니면서 고인이 사망한 나이를 모두 계산기에 입력해 평균을 내보았다. 마틴이 몇 년을 손해 보았는지 궁금했다. 마틴이 이 세상을 산 16년은 특별한 시간이었고, 마틴의 지적 장애는 오히려 축복이었다. 마틴 덕분에 샐리와 부모님은 풍요로운 삶을 살 수 있었다. 마틴은 자신이 남과 달리 장애가 있다는 건 알았지만 거기에 문제가 있다는 생각은 하지 않았다. 그저 즐겁게 살기만 하면 되는 그런 아이였다. 장애 같은 게 도대체 무슨 문제란 말인가?

한 시간 뒤 샐리는 동생의 무덤에서 몸을 돌렸다. 원래는 동생에게 자신과 같이 일하는 어떤 남자의 이야기를 들려줄 생각이었다. 그는 마틴과 똑같이 마음이 깨끗하고 어린아이처럼 순수해서 볼 때마다 마틴이 떠올랐다. 그러나 샐리는 아무 말도 하지 않고 자리를 떴다.

차에 도착하기도 전에 십자가 목걸이는 샐리의 고통을 덜어주었다.

3장

신문은 이제 재미없다. 뉴스 거리를 만드는 내가 굳이 뉴스를 볼 이유가 있을까? 신문을 반으로 접고 침대 위에 놓는다. 손가락에 신문의 잉크가 묻어 있다. 잉크를 침대보에 닦아내면서 안젤라의 표정을 살핀다. 안젤라는 아버지가 지금 막 차에 치였다거나 향수가 똑 떨어졌다거나 하는 도저히 믿기지 않는 사실을 애써 받아들일 때의 표정이다. 나는 안젤라가 두른 수건으로 시선을 옮긴다. 수건이 안젤라의 몸에서 흘러내리려 한다. 반나체로 서 있는 그녀는 정말 아름답다.

"내 이름은 조예요."

나는 서류 가방을 향해 손을 뻗으며 말한다. 서류 가방 안에 고정해놓은 칼 중 두 번째로 큰 칼을 고른다. 정교한 디자인이 돋보이는 스위스산이다. 안젤라도 볼 수 있게 칼을 들어 올린다. 칼은 위치상 나와 더 가깝지만 안젤라에게 더 크게 보일 것이다. 다 관점의 문제다.

"아마 당신도 내 기사를 읽었을 거예요. 1면에 자주 나오거든요."

안젤라는 키가 크고 다리가 긴 여자다. 다리까지 흘러내리는 자연 금발에 날 이 집으로 끌어들인 균형 잡히고 굴곡진 몸매, 콘택

트렌즈나 립스틱을 홍보하는 잡지에 나올 법한 얼굴까지 흠잡을 데가 없다. 평소였다면 생기가 가득 찼을 푸른 눈이 지금은 두려움으로 가득하다. 안젤라의 겁에 질린 눈빛이 날 흥분시킨다. 아마 나에 대한 이야기를 신문이나 라디오, TV에서 접했을 것이다.

안젤라는 내가 아직 하지도 않은 수많은 질문에 아니라고 대답하듯 고개를 가로젓는다. 그러자 빗방울이 바람에 흩날리듯 물방울이 옆으로 마구 튄다. 젖은 머리카락이 뒤로 휘날리며 벽과 문틀을 때리고 몇 가닥은 얼굴에 들러붙는다. 안젤라는 피할 곳이 있기라도 하다는 듯 뒷걸음질 친다.

"원하는 게…… 뭐예요?" 안젤라가 묻는다. 내 정체를 물을 때는 분노를 당당히 드러내더니 칼을 본 순간 화가 사그라든 모양이다.

나는 어깨를 으쓱한다. 원하는 게 없지는 않다. 좋은 집, 좋은 차, 침실 스테레오에서 같은 노래가 계속 흘러나온다. 이젠 안젤라와 나의 테마다. 뭐, 좋은 스테레오도 갖고 싶기는 하지만 안젤라는 그중 어떤 것도 내게 줄 수 없다. 줄 수 있으면 좋겠지만 인생은 그렇게 간단하지 않다.

"제발, 제발 부탁이에요. 그냥…… 가줘요."

하도 많이 들은 말이라 하품이 나올 뻔하지만 참는다. 나는 예의 바른 남자니까. "손님 대접이 형편없군요." 내가 점잖게 말한다.

"이 미친놈. 경찰을 부르겠어."

이 여자는 왜 이렇게 멍청할까? 자기가 전화기를 들어 번호를 누르는 동안 난 그냥 멍하니 서 있을 거라고 생각하나? 침대에 앉아 경찰이 오길 기다리면서 신문의 십자말풀이라도 할 줄 아는 건가? 나는 안젤라가 그랬듯 마른 머리카락을 휘날리며 고개를 가로젓는다. "어디 한번 해봐요, 될지는 모르겠지만." 내가 말한다. 물론 전화선은 아까 피자를 먹으면서 끊어놓았다. *안젤라의 피자* 말이다.

내가 다가가자 안젤라는 얼른 몸을 돌려 화장실로 뛰어간다. 빠르다. 하지만 나도 빠르다. 칼을 던진다. 칼날과 자루가 빙글빙글 돈다. 칼을 던지는 기술에서 제일 중요한 건 균형이다. 하지만 그건…… 전문가일 때 이야기다. 전문가가 아니면 운에 기대는 수밖에 없다. 나도 안젤라도 운이 좋길 바라고 있다. 안젤라가 욕실로 뛰어 들어가 뒤도는 순간 칼날이 그녀의 한쪽 팔 옆면을 스치더니 벽에 부딪쳐 쨍그랑 떨어진다. 안젤라가 욕실 문을 쾅 닫고 잠갔지만 나는 개의치 않고 옆구리로 거칠게 들이받는다. 하지만 문은 꼼짝도 하지 않는다.

몇 걸음 뒤로 물러선다. 집에 가려면 언제든 갈 수 있다. 장비를 챙기고 서류 가방을 닫고 라텍스 장갑을 벗고 떠나면 된다. 하지만 그럴 수는 없다. 칼과 익명성은 내 삶의 일부다. 이대로 갈 수는 없다는 뜻이다. 게다가 나는 본래 낙관적인 사람이라 쉽게 포기하는 성격도 아니다.

안젤라가 살려달라고 비명을 지른다. 하지만 이 소리는 이웃에게 들리지 않는다. 이 집에 오기 전에 미리 조사해 알아낸 사실이다. 안젤라의 집은 주택지구 맨 뒤에 들판을 등지고 서 있는 데다 우리는 지금 2층에 있고 가까운 이웃들은 모두 집을 비운 상태다.

다 내가 숙제를 해둔 덕분이다. 살면서 뭐든 성공하려면 숙제를 잘해야 한다. 아무리 강조해도 모자란 삶의 진리다.

침실을 느긋하게 가로질러 가 다른 칼을 살핀다. 이번에는 제일 큰 칼을 고른다. 욕실로 다시 가려는데 고양이 한 마리가 침실로 들어와 겁도 없이 친근하게 군다. 허리를 굽혀 쓰다듬어주니 내 손에 머리를 문지르며 가르랑거린다. 고양이를 집어 들고는 욕실 문 앞으로 걸어가 큰 소리로 말한다.

"안 나오면 고양이 목을 부러뜨릴 거예요."

"제발, 제발 그러지 말아요."

"그쪽 하기에 달렸어요."

이제 기다릴 차례다. 여자가 욕실에서 나오길 기다리는 여느 남자들처럼. 안젤라의 비명이 멈추기는 했다. 나는 플러피의 늘어진 목살을 긁는다. 플러피는 더 이상 가르랑거리지 않는다.

"제발…… 원하는 게 뭐예요?"

엄마는(나는 엄마의 영혼이 늘 평안하길 바란다) 항상 내게 정직해야 한다고 했다. 하지만 가끔은 상대가 듣고 싶어 하는 말을 해야 할 때도 있다. "그냥 얘기나 좀 하려고."

"날 죽일 건가요?"

나는 믿을 수 없다는 듯 고개를 젓는다. 여자들이란. "아니."

욕실 문의 잠금장치가 풀리면서 텅 소리가 난다. 고양이를 살리겠다고 날 맞닥뜨리는 위험을 무릅쓰다니. 아주 비싼 고양이라도 되는 모양이다. 욕실 문이 천천히 열린다. 어쩌면 저렇게 멍청할까. 나는 하도 어처구니가 없어 멍하니 서 있다가 플러피를 바닥에 내던진다. 플러피는 영문을 모르겠다는 듯 머리는 옆으로 꺾이고 네 다리는 제멋대로 뻗은 채 털옷 무더기에 쿵 떨어진다. 안젤라는 떨어지는 플러피를 보고 비명을 지를 새도 없이 온몸으로 문을 밀치는 날 막으려고 안간힘을 쓴다. 그러나 문은 결국 내 힘을 못 이기고 안쪽으로 밀린다. 균형을 잃은 안젤라가 쓰러져 샤워기에 부딪히며 몸에 두른 수건이 떨어진다.

 욕실로 들어가자 거울에 김이 서려 있다. 샤워 커튼에 그려진 오리 수십 마리가 나를 보고 웃는다. 다 함께 전쟁터로 헤엄쳐 가는 듯 같은 자세로 같은 방향을 보고 있다. 안젤라는 아까처럼 아무 도움이 되지 않을 텐데도 또다시 비명을 지르기 시작한다. 안젤라를 침실로 끌고 간다. 내 계획을 순순히 따르지 않아 어쩔 수 없이 두어 번 때린다. 안젤라가 막으려 하지만 소용없다. 굴복당해 본 일이 거의 없을 안젤라에 비해 나는 여자를 굴복시킨 경험이 많다. 안젤라가 눈알을 뒤집으며 실신한다.

 스테레오에서 여전히 노래가 흘러나온다. 다 끝나면 스테레오를 집에 가져가볼까 싶다. 안젤라를 안아 올려 침대에 내던진 뒤 똑바로 눕힌다. 침실을 돌아다니며 벽에 걸린 안젤라의 가족사진을 떼어낸다. 창턱과 선반에 놓인 사진들도 모두 엎어놓는다. 마지막으로 안젤라의 남편과 두 아이의 사진을 바라본다. 저 남자는 이제 곧 완전한 양육권을 얻을 것이다.

 사랑을 나누기 위한 다음 단계는 손이 닿는 침대 옆 탁자에 내 글록 권총을 올려두는 것이다. 3천 달러나 들여 산 꽤 괜찮은 총이다. 암시장에서 파는 총은 늘 비싸지만 익명성이 보장된다. 나는 이 총을 엄마에게서 훔친 돈으로 샀다. 엄마는 그 돈을 동네 아이들이 훔친 줄 안다. 엄마가 현금을 집에 두는 건 은행지점장을 못 믿어 돈을 예금하지 않는 미친 여자이기 때문이다. 이 총은 안젤라의 남편이 집에 일찍 돌아올 경우에 대비한 것이다. 어쩌면 이웃이 올 수도 있고 안젤라가 바람을 피우고 있어서 내연남의 차가 지금 막 이 동네에 들어섰을지도 모른다.

글록은 이 모든 가능성을 치유해 줄 마법의 약이다.

벽에 달린 전화기를 잡아당겨 전화선을 잘라낸다. 전화선으로 안젤라의 두 손을 묶는다. 너무 심하게 몸부림치면 곤란하니 묶은 두 손을 다시 침대 헤드보드에 묶는다.

속옷으로 두 발을 막 묶고 나자 안젤라가 정신을 차린다. 안젤라는 단번에 세 가지 사실을 깨닫는다. 첫째, 그녀는 아직 여기 있고 이건 꿈이 아니다. 둘째, 그녀는 벌거벗고 있다. 셋째, 그녀는 벌거벗은 채 침대에 묶여 있다. 안젤라의 얼굴을 보니 속으로 이 사실들을 하나씩 확인하고 있는 게 분명하다. 하나, 둘, 셋.

그녀는 아직 일어나지 않은 일까지 상상하고 있다. 넷, 다섯 그리고 여섯. 상상력이 마구 휘몰아치는 게 고스란히 얼굴에 드러난다. 내게 질문을 할까 말까 고민하는지 얼굴을 씰룩거린다. 내 몸의 어느 곳을 보고 있어야 할지도 고민인 듯 눈알을 이리저리 굴린다. 안젤라의 이마가 땀에 젖어 번들거린다. 마음속으로 어느 레버를 당겨야 할까 고심하는 표정이다. 레버를 당기면 이 상황을 벗어날 해답이 튀어나올 것 같겠지만 하나씩 모두 당겨봐도 해답은 나오지 않을 것이다.

다시 칼을 보여주자 안젤라의 시선이 칼날에 멈춘다.
"이거 보여요?"
안젤라는 칼날을 보고 울면서 고개를 끄덕인다.
나는 안젤라의 뺨에 칼끝을 대고 입을 벌리라고 한다. 칼날이 뺨을 긁자 안젤라는 적극 협조한다. 나는 서류 가방에서 달걀 하나를 꺼내 안젤라의 입속에 밀어 넣는다. 누구나 상황을 받아들이고 나면 뭐든 순순히 따르기 마련이다. 내가 준비한 달걀은 특별할 것 없는 평범한 날달걀이다. 달걀에는 단백질이 풍부하다. 그리고 재갈로 물리기에 제격이다. "불만 있으면 말해요." 내가 말한다.
안젤라는 아무 말도 하지 않는다. 불만이 있을 리 없다.
욕실로 가서 수건을 가지고 나와 안젤라의 얼굴을 덮는다. 옷을 벗고 침대 위로 올라간다. 안젤라는 움직이지도 않고 불평도 하지 않는다. 그저 더는 울음이 나오지 않을 때까지 울기만 한다. 일을 마치고 침대에서 내려와 보니 안젤라가 죽어 있다. 언제인지는 모르겠지만 달걀이 목구멍으로 미끄러져 들어가 질식사한 모양이다. 그러고 보니 컥컥거리긴 했다. 흥분해서 내는 소리로 오해했지만.
샤워하고 옷을 입고 장비를 챙긴다. 계단에 늘어선 사진 속 얼굴들이 아래층으로 걸어 내려가는 나를 지켜본다. 그들이 내게 말을 걸거나 내가 여기서 벌인 짓에 대해 항의라도 하기를 내심 바란다. 밖으로 나와 그들의 시선에서 멀어지니 따뜻한 안도감이 물밀듯 밀려든다.

그러나 안도감은 금세 사라지고 이내 기분이 더러워진다. 걸으면서 두 발을 내려다본다. 그렇다. 지금 나는 기분이 더럽다. 울적하다. 상황은 내가 원하는 대로 흘러가지 않았고 나는 결국 목숨을 빼앗았다. 잔디밭에 멈춰 서서 덤불에서 장미 한 송이를 꺾고 냄새를 맡아봐도 미소가 지어지지 않는다. 장미 가시로 손가락을 찌른다. 상처 난 손가락을 입속에 넣으니 안젤라의 맛이 피 맛으로 바뀐다. 장미를 주머니에 넣고 안젤라의 차로 향한다. 이제는 낮게 깔린 태양이 내 눈을 똑바로 비춘다. 날이 선선해진 걸 보면 지금 느껴지는 열기는 태양이 아니라 내 마음에서 비롯됐을 것이다. 웃으며 남은 하루를 즐기고 싶지만 그럴 수 없다.

목숨을 빼앗았기 때문이다. 가엾은 플러피. 가엾은 야옹이.

가끔은 동물을 도구로 사용해야 할 때가 있다. 모든 게 뒤죽박죽인 이 미친 세상에서 내가 그것까지 문제 삼을 수는 없다. 그래도 그 작은 고양이의 목을 부러뜨린 걸 생각하면 어쩔 수 없이 속이 울렁거린다.

안젤라의 차에 타 시동을 건다. 훔쳐서 진입로에 세워둔 차를 피해 나가려니 앞마당 잔디를 가로지르는 수밖에 없다. 승차감이 좋다. 구매한 지 길어야 2년밖에 안 된 것 같다. 계속 몰고 다닐 수 있으면 좋을 텐데.

그림처럼 완벽한 가족이 사는 그림처럼 완벽한 집이 백미러 속에서 점점 작아진다.

잘 손질된 잔디밭이 마치 미니 골프 코스 같다. 주차된 차 대여섯 대를 지나친다. 사람들이 하나둘씩 집에 도착한다. 노파 두 명이 낮은 담장 너머로 뭔지 몰라도 그 나이대에 직면하는 일들을 주제로 대화를 나누고 있다. 또 다른 노파는 무릎을 꿇고 우편함에 페인트칠을 하고 있다. 지역 신문을 배달하는 어린 소년도 보인다. 저마다 집에 돌아와 평화로운 시간을 보내고 있다. 이 사람들은 나를 모른다. 차를 몰아 그들의 집 앞을 지나 유유히 그들의 삶에서 멀어지고 있는 나에게 아무 관심이 없다.

시기상으로는 가을의 중반에 접어들고 있는데도 아무도 대자연에 귀띔하지 않았는지 여전히 늦더위가 기승을 부린다. 한 달 넘게 비가 내리지 않고 있다. 월동 준비를 하려고 잎을 떨어뜨리는 나무가 한 그루도 없다. 길가에 줄지어 심은 자작나무 잎들이 머리 위에서 산들바람을 맞아 바스락거린다. 손가락처럼 생긴 가지들이 서로 얽혀 머리 위에서 아치를 이루고 그 위에서 새들이 놀고 있다. 오후의 끝과 저녁의 시작을 알리듯 잔디 깎는 기계가 웽웽 돌아간다. 오늘 밤은 아름다운 밤, 살아 있어서 기쁜 밤이 될 것이다. 뉴질랜드의 여름은 그런 밤이 많기로 유명하다. 4월에는 드물지만 말이다.

드디어 긴장이 풀린다. 카스테레오를 켜니 안젤라의 집에서 재생되던 그 빌어먹을 노래가 또 흘러나온다. 별 우연이 다 있군. 노래를 흥얼거리며 저녁을 맞는다. 생각이 플러피에서 안젤라로 옮겨 간다. 그제야 얼굴에 다시 미소가 떠오른다.

4장

나는 차라리 다 부숴서 고철로 팔면 더 비싸게 받을 수 있을 아파트에 산다. 그렇다고 건물을 허물고 새로 지을 일은 절대 없다. 빈민가다 보니 새로 짓는다고 집세를 올려 받을 수 있는 것도 아니기 때문이다. 살 만하다는 거주민들의 말과 달리 외부인의 눈에는 그야말로 최악의 아파트다. 사람이 살 곳이 못 되지만 집세가 싸니 불만은 없다. 이 아파트는 4층짜리 건물로 블록 하나의 대부분을 차지하고 있다. 내가 사는 집은 형편없는 전망이 쓸데없이 훤히 보이는 맨 꼭대기 층이고, 이 아파트에는 총 서른 가구가 산다.

계단을 올라가는 동안 이웃은 단 한 명도 보이지 않는다. 흔한 일이니 이상할 것도 없다. 불쌍한 플러피를 곱씹으면서 현관문을 열고 집 안으로 들어간다. 내 집은 방이 두 개다. 하나는 욕실이고 다른 하나는 그 외 모든 역할을 한다. 냉장고와 가스레인지는 너무 오래돼서 탄소 연대 측정법으로도 연식을 알아낼 수 없을 정도고, 마룻바닥은 카펫을 깔아두지 않아서 신발을 안 신으면 발에 나무 가시가 박히기 십상이다. 쥐색 벽지는 삭을 대로 삭아서 문을 열 때마다 들이치는 바람에 조금씩 바스러지고, 벽 가장자리는 군데군데 벽지가 벗겨져 혓바닥처럼 늘어져 있다. 한쪽 벽을 따라

난 창문으로는 송전선과 낡은 자동차뿐인 풍경이 내다보인다. 한 구석에는 작동할 때마다 요란한 소리를 내는 낡은 세탁기가 있고 그 위 벽에는 못지않게 시끄러운 건조기가 설치돼 있다. 창틀에는 빨랫줄이 걸려 있다.

1인용 침대와 작은 TV, DVD플레이어가 있고 6개 국어로 된 조립 설명서를 넣어 파는 가구도 몇 개 있다. 제대로 조립된 가구는 하나도 없지만 어차피 집에 찾아와 뭐라고 흠잡을 사람도 없다. 소파에는 엄선해서 읽은 연애 소설 몇 권이 나뒹굴고 있다. 책 표지에 강해 보이는 남자와 약해 보이는 여자가 있는 그런 종류의 소설이다. 책 위에 서류 가방을 던져놓고 자동 응답기를 확인한다. 메시지가 하나 있다. 늘상 추리력을 과시하는 엄마의 메시지다. 엄마는 내가 내 집이나 엄마 집에 없으면 무조건 당신 집에 오는 중일 거라 믿는다.

엄마의 영혼이 평안하길 바란다. 이 말은 엄마가 죽었다는 뜻이 아니다. 곧 죽긴 하겠지만. 오해는 하지 마시라. 내가 무슨 나쁜 놈도 아니고 엄마를 해치는 짓은 절대 하지 않는다. 엄마는 그저 늙었을 뿐이다. 노인은 다 죽는다. 어떤 노인은 다른 노인보다 일찍 죽는다. 그래서 참 다행이다.

시계를 힐끗 본다. 벌써 6시 30분이다. 어둠이 깔리기 시작한다. 소파에 자리를 잡고 앉아 기지개를 켜며 긴장을 풀려고 애쓴다. 뭐가 최선일지 생각한다. 엄마 집에 저녁을 먹으러 가지 않으면 곧 재앙이 닥칠 것이다. 나는 엄마로부터 몇 시간이고 잔소리를 퍼붓는 전화를 매일같이 받는다. 엄마는 내게도 삶이 있다는 걸 모른다. 직업과 취미가 있고 가고 싶은 곳과 자고 싶은 사람, 죽이고 싶은 사람이 있다는 걸 이해하지 못한다. 하는 일이라고는 집에서 빈둥거리며 엄마의 전화를 기다리는 것뿐이라고 생각한다.

나는 점잖은 옷으로 갈아입는다. 화려하지는 않지만 평상복보다는 약간 격식을 차린 옷으로. 엄마가 굳이 내 옷을 사다 주겠다고 우기던 때로 돌아가긴 싫다. 1년 전까지만 해도 엄마는 고집스럽게 내 셔츠와 속옷과 양말을 샀다. 서른 살이 넘었으니 알아서 한다고 해도 아직도 가끔 옷을 사다 준다.

작은 거실에는 히피 스타일 녹음실에 있을 것 같은 작은 소파가 있고 그 앞에는 작은 탁자가 있는데, 탁자 위에는 내 가장 친한 금붕어 친구들, 피클과 제호바가 사는 큰 어항이 놓여 있다. 피클과 제호바는 불평하는 법이 없다. 금붕어는 5초마다 기억이 초기화돼 화나는 일이 있어도 곧 잊어버린다. 내가 깜박하고 먹이를 주지 않아도 배고프다는 사실 자체를 잊어버릴 것이다. 내가 바닥에 내던져도 파닥거리기만 할 뿐 숨이 막혀 죽어가고 있다는 사실조차 모를 것이다. 제일 아끼는 녀석은 2년 전 먼저 입양한 피클이다. 피클은 중국에서 온 알비노 금붕어로, 몸통이 하얗고 지느러미가 붉으며 내 손바닥보다 약간 크다. 제호바는 피클보다 조금 더 작고 금색이다. 금붕어는 최대 40년까지 살 수 있다. 나도 적어도 그 정도는 살 수 있길 바란다. 내가 안 볼 때 둘이 무슨 짓을 하는지는 몰라도 어쨌든 아직까지 새끼 금붕어가 태어난 적은 없다.

먹이를 조금 뿌려주고 녀석들이 수면으로 올라와 먹이를 먹는 모습을 지켜본다. 이 녀석들을 보고 있으면 무한한 애정이 샘솟는 동시에 신이 된 기분이 든다. 내가 누구든 무슨 일을 하든 금붕어는 나를 우러러본다. 두 녀석이 어떤 환경에서 지내고 언제 밥을 먹는지가 모두 내 손에 달렸다. 그런 책임을 지고 있는 게 좋다. 금붕어들이 먹이를 먹는 동안 말을 건다. 그렇게 몇 분이 흐른다. 이 정도면 충분하다. 플러피를 죽인 고통은 이제 거의 사라졌다.

집 밖으로 나가니 가로등이 켜져 있다. 집 근처 가로등 몇 개는 고장 났다. 가장 가까운 버스 정류장으로 걸어간다. 따뜻한 저녁 공기 속에서 5분을 기다리니 버스가 온다. 30분쯤 버스를 타고 엄마가 사는 사우스 브라이턴의 해변 근처로 간다. 이 동네는 잔디밭이 없다. 푸른 잔디밭에 장미 나무를 한 그루만 심어도 동네의 가치가 올라갈 텐데 말이다. 대부분 60년쯤 된 단층집인데 하나같이 페인트가 벗겨지고 외벽의 비늘판이 서서히 썩어가 원래 모습을 찾아보기 힘들다. 창문은 모두 바닷가의 소금기로 뒤덮여 있고 나무로 된 이음매에는 마른 솔잎과 모래가 덕지덕지 붙어 있다. 지붕에 군데군데 난 구멍에는 빗물이 새지 않게 밀봉제와 회반죽이 발려 있다. 이 동네에서는 범죄를 저지르기도 쉽지 않다. 이런 허름한 집들을 털어서 뭐 나올 게 있다고 기름값을 써가며 여기까지 오겠는가.

엄마 집 바로 앞에 도착해 버스에서 내리자마자 파도가 해안에 부딪히는 소리가 들려 마음이 편안해진다. 사우스 브라이턴의 유일한 장점이다. 버스 정거장에서 1분만 걸어가면 해변이 나온다. 여기 계속 살았다면 해변까지 매일 걸어갔을 것이다. 문득 유령 마을에 서 있는 기분이 든다. 불 켜진 집이 거의 없고 가로등도

네다섯 개 중 하나꼴로 먹통이다. 주변에 사람이라고는 한 명도 없다.

대문 앞에 서서 짭짤한 공기를 깊이 들이마신다. 옷에서 벌써 썩은 해초 냄새가 난다. 이 동네 집이 다 그렇듯 엄마 집도 낡고 손볼 데가 많지만 이 집만 페인트를 칠해줄 순 없다. 그러면 엄마는 동네에서 쫓겨날지도 모른다. 이 집의 메마른 잔디를 깎으려면 다른 집 잔디도 다 깎아줘야 할 판이다. 엄마 집은 외벽에 목제 비늘판을 덧댄 단층집이다. 이제는 매연의 색으로 변해버린 하얀 페인트가 뒤틀린 비늘판에서 떨어져 철제 지붕에서 흩날린 녹가루와 함께 마당에 내려앉는다. 창문은 금이 간 접합제와 지금까지의 천운에 기대어 간신히 버티고 있다. 부동산 중개업자가 보면 집 수리 기술이 있는 사람에게는 최고의 투자처라고 표현할 것이다.

현관으로 걸어가 문을 두드리고 기다린다. 1분이 지나고 마침내 엄마가 느릿느릿 걸어온다. 엄마 집 현관문은 문틀에 딱 달라붙어 있어서 힘껏 잡아당겨야 열린다. 문이 덜컥거리며 열리고 경첩에서 끼익 소리가 난다.

"조, 지금이 몇 시인지 아니?"

나는 고개를 끄덕인다. 7시 30분이다. "네, 엄마, 알아요."

엄마가 문을 닫자 도어체인이 덜그럭거리더니 문이 다시 홱 열린다.

엄마는 올해 예순네 살이지만 나이보다 10년은 더 늙어 보인다. 좋게 봐줘도 다섯 살은 더 들어 보인다. 키는 157센티미터밖에 안 되고 몸매는 엉뚱한 곳에 굴곡이 졌다. 어떤 굴곡은 다른 굴곡을 뒤덮을 만큼 크고 어떤 굴곡은 목주름이 팽팽히 펴질 만큼 무겁게 처졌다. 늘 단정하게 틀어 올리는 백발이 오늘따라 구식 머리망과 롤러로 덮여 있다. 담배 피우는 여자가 등장하는 흑백 영화 속 한 장면 같다. 너무 옅어서 회색에 가까운 푸른 눈에는 운이 아주 좋으면 언젠가 유행할지도 모를 두꺼운 뿔테 안경을 썼다. 얼굴에 난 점 세 개에는 검은 털이 한 가닥씩 자랐는데 뽑을 생각을 안 하는 데다 윗입술에는 솜털이 자라 있다. 요양원을 쥐락펴락하는 수간호사 같다.

"늦었구나." 엄마가 문간을 막아선 채 롤러 한 개를 다시 말면서 말한다. "걱정했잖니. 경찰에 신고할 뻔했다. 병원에도 전화하고."

"일이다 뭐다 해서 바빴어요." 엄마가 내 실종 신고를 하지 않아 다행이다.

"엄마한테 전화 한 통 못 할 만큼 바빴니? 엄마 속 타는 건 생각도 안 하고?"

엄마에게는 나밖에 없다. 아빠는 몇 년 전에 돌아가셨는데 아빠에겐 차라리 복이었는지도 모른다. 그때부터 엄마는 내게 수다 떠는 낙으로 산다. 참, 불평도 한다. 게다가 그 둘은 늘 함께 다닌다.

"엄마, 미안하다고 했잖아요."

엄마가 내 귓바퀴를 탁 친다. 별로 아프진 않지만 엄마의 실망감을 표현하기에는 충분한 강도다. 엄마는 그러고 나서 나를 껴안는다. "미트로프 만들었다, 조. 미트로프야. 네가 제일 좋아하는 거잖니."

안젤라의 정원에서 따온 장미를 엄마에게 건넨다. 꽃은 조금 구겨졌지만 엄마의 표정으로 보아 만회가 되고도 남는가 보다.

"아, 착하기도 하지." 엄마가 꽃향기를 맡으며 말한다.

"그냥 엄마를 기쁘게 해주고 싶었어요." 나처럼 낙관적인 사람에게도 그건 절대 만만한 목표가 아니다. 엄마가 웃는 모습을 보니 미소가 절로 지어진다.

"아야." 엄마가 장미 가시에 손가락이 찔리자 외친다. "엄마한테 가시 달린 장미를 준 거니? 무슨 아들이 이러니?"

나쁜 아들인 건 확실하다. "죄송해요. 일부러 그런 건 아니에요."

"하여튼 넌 생각이 짧아. 늘 그랬어. 항상 늦는 것도 문제고. 이건 물에 꽂아두마." 엄마가 옆으로 비켜서며 말한다. "들어오렴."

엄마를 따라 주방으로 향하는 복도를 걷는다. 죽은 아빠의 사진과 엄마가 처음 가져온 날부터 시들어 있던 선인장, 엄마가 가보고 싶어 할 법한 어느 바닷가의 풍경화를 차례로 지나간다. 호마이카 식탁에 두 사람분의 상이 차려져 있다.

"음료수 마실래?" 엄마가 장미를 유리컵에 꽂으며 묻는다.

"괜찮아요." 나는 재킷을 여미며 대답한다. 이 집은 항상 춥다.

"마트에서 콜라를 세일하더라."

"괜찮다니까요."

"여섯 개들이 한 세트를 3달러에 샀다니까. 잠깐만, 영수증을 보여주마."

"그럴 필요 없어요, 엄마. 콜라 안 마신다니까요."

"금방 찾아."

엄마는 나를 두고 영수증을 찾으러 간다. 돌려 말할 길이 없어

하는 말이지만 엄마는 날이 갈수록 미쳐가고 있다. 콜라가 싸다는 말을 내가 의심하는 것도 아닌데 왜 굳이 영수증을 보여주려는 걸까? 엄마가 올 때까지 달리 할 일이 없어 오븐과 전자레인지를 바라본다. 그러면서 둘 중 하나에 사람을 통째로 집어넣으려면 얼마나 용을 써야 할지 상상해 본다. 그때 엄마가 영수증뿐 아니라 콜라 특가 판매를 홍보하는 마트 광고지까지 찾아서 돌아온다.

나는 고개를 끄덕인다. "3달러 맞네요. 놀라운데요?"

"한 잔 마시겠니?"

"마실게요." 그냥 쉬운 길을 택한다.

엄마가 저녁을 내 온다. 이 집 식당은 주방과 연결돼 있어서 엄마와 뒤에 있는 벽밖에 보이지 않는다. 그래서 차라리 벽을 바라본다. 이 집의 일부 주방 기기는 발명되고 얼마 되지 않아 전기가 발명되는 바람에 고물이 됐다. 리놀륨 타일을 깐 바닥은 꼭 개구리 커밋✢을 사냥해 가죽을 벗겨 만든 것 같다. 식탁 상판은 바나나색이고 다리는 차가운 금속으로 돼 있다. 쿠션이 덧대어진 의자는 앉은 사람이 움직일 때마다 흔들리는데, 엄마 의자만 안 흔들리게 보강돼 있다.

"오늘 어땠니?" 엄마가 묻는다. 작은 당근 조각 하나가 엄마의 턱에 붙어 있다. 꼭 점에 난 털에 박힌 것처럼 보인다.

"좋았어요."

"일주일 내내 연락 한번 없더구나."

✢   애니메이션 〈세서미 스트리트〉의 개구리 봉제 인형 캐릭터.

미트로프가 약간 퍽퍽하지만 혹시나 맛없어한다고 생각할까 봐 소스를 추가할 엄두가 나지 않는다. "일이 많았어요."

"직장에서?"

"네."

"네 사촌 그레고리가 결혼한다는구나. 알고 있었니?"

이제 알았다. "그래요?"

"조, 넌 언제 짝을 찾을 거니?"

나이 든 사람들은 꼭 입을 벌리고 음식을 씹어서 음식이 입천장에 부딪히는 소리가 다 들리곤 하는데, 그건 그들이 늘 무언가를 말하려고 하고 있기 때문이다.

"모르겠어요, 엄마."

"넌 게이 아니지, 그렇지, 아들?"

엄마가 계속 음식을 씹으면서 별일 아니라는 듯 말한다. 마치 '그 셔츠 잘 어울린다'나 '오늘 날씨 좋네' 같은 말처럼. 뭐, 사실 별로 특별한 질문이 아니기는 하다. 나는 게이에게 아무런 반감이 없다. 정말 하나도 없다. 그들은 그저 사람일 뿐이다. 내가 싫은 건 게이가 아니라 사람 그 자체다.

"게이 아니에요, 엄마."

"흥." 엄마가 콧방귀를 뀐다.

미트로프를 찍은 포크를 입에 넣으려다 멈칫한다. "왜요?"

"아무것도 아니야."

미트로프를 접시에 내려놓고 묻는다. "왜요, 엄마."

"한 번도 여자를 데려오지 않으니 이상하잖니."

나는 그냥 어깨를 으쓱한다.

"남자가 남자를 좋아해서는 안 돼, 조. 그건……." 엄마가 적절한 단어를 찾으며 말을 멈춘다. "타당하지 않아."

"무슨 말을 하시려는 건지 모르겠어요."

"됐다."

엄마가 그만 화제를 돌리고 싶어 하는 것 같아 나도 더는 대꾸하지 않는다. 우리는 잠시 말없이 식사한다. 하지만 엄마가 조용히 견딜 수 있는 건 고작 그 정도 시간뿐이다. "오늘 직소 퍼즐을 시작했단다."

언론에 제보라도 할까요, 하고 비꼬고 싶지만 용기가 나지 않아 관둔다. "아, 네."

"그것도 특별 할인을 하더구나. 30달러짜리를 12달러에 팔더라."

"싸네요."

"영수증을 찾아오마."

엄마가 돌아오기 전에 얼른 미트로프에 소스를 추가하고 먹는 속도를 높인다. 빨리 먹는다고 꼭 빨리 탈출할 수 있는 건 아니지만 시도해 볼 만은 하다. 전자레인지와 오븐 위에 하나씩 놓인 시계와 벽에 걸린 시계를 번갈아 보며 누가 더 빨리 가나 경주를 시켜보지만 시계들은 모두 같은 속도로 느리게 움직인다. 엄마가 영수증을 찾는 데는 그리 오래 걸리지 않는다. 내게 보여주려고 따로 챙겨둔 게 분명하다. 엄마가 광고지도 같이 챙겨 뒤뚱뒤뚱 걸어온다. 어떤 내용일지 아주 기대돼 죽겠다.

"맞지? 12달러."

"네, 맞네요." 광고지에는 '꽉 들어찬 재미'라는 문구가 큼지막하게 적혀 있다. 재미는 무슨. 광고 담당자는 무슨 생각으로 이런 문구를 썼을까. 약에 취해서 썼나?

"19달러나 아꼈단다. 아니다, 원래 29달러 95센트였는데 12달러에 샀으니까 정확히 18달러 95센트 싸게 샀구나."

1달러 많게 계산했지만 나는 아무 말도 하지 않는다. 19달러가 아니라 18달러밖에 아끼지 못했다는 사실을 알게 된다면 엄마가 퍼즐을 환불할 것이다. 이미 다 맞췄다 해도 말이다.

"타이태닉호란다, 조." 광고지에 큰 배 사진이 있고 키 부분에 '타이태닉'이라고 떡하니 적혀 있는데도 엄마는 굳이 내게 말해준다. "그 배 알지?"

"아, 그 타이태닉호요."

"정말 비극적인 사건이지."

"영화에 나온 거요?"

"그래, 그 배."

"그 배는 가라앉았다던데요."

"정말 여자를 좋아하는 게 확실하니, 조?"

"제가 남자를 좋아하면 적어도 저 스스로는 알겠죠, 안 그래요?"

저녁을 다 먹고 나서 엄마가 무슨 말을 할지 알지만 나는 설거지를 하겠다고 고집한다.

"집안일이나 시키자고 널 부른 줄 아니? 자기 아들을 그렇게 부려 먹는 엄마가 무슨 엄마니? 확실히 알아두렴. 그런 엄마는 나쁜 엄마란다."

"그래도 제가 할게요."

"너 시키기 싫다니까. 거실로 가서 기다리렴."

거실에 앉아 멍하니 TV를 본다. 뉴스가 틀어져 있다. 시체가 발견된 이야기가 나온다. 주거 침입 사건이다. 채널을 돌린다. 엄마가 드디어 자기가 마실 차만 한 잔 들고 거실로 온다.

"네 아빠 뒤치다꺼리를 하느라 평생을 보냈는데 남은 생은 네 뒤치다꺼리를 하는 데 다 보내게 생겼구나."

"그래서 제가 설거지하겠다고 했잖아요."

"이제 와서 무슨. 다 끝났는데." 엄마가 톡 쏘아붙인다. "엄마한테 고마워하는 법을 좀 배우렴. 넌 나밖에 없잖니."

매번 내 사과로 끝나는 익숙한 일장 연설이다. 나는 다시 한번 미안하다고 말한다. 엄마와 나누는 대화의 절반은 사과로 채워지는 것 같다. 자리에 앉은 엄마와 같이 TV를 본다. '낫싱(nothing)'을 '너핑크(nuffink)'로 발음하는 영국인들이 나오는 드라마인데, 나는 볼록스✢가 무슨 뜻인지도 모른다.

엄마는 페이가 유산을 노려서 에드거와 자고 캐런이 동네에서 유명한 술꾼이자 오래전 연락이 끊긴 스튜어트의 아이를 뱄다는 뻔한 이야기를 도무지 예측이 안 된다는 듯 집중해서 본다. 광고가 나올 때는 마치 그들이 가족이라도 되는 양 등장인물들의 상황을 일일이 설명해준다. 그래도 최소한 저 사람들에게는 미트로

✢ bollocks, 영국 비속어로 '불알', '개소리'를 뜻한다.

프를 만들어주겠다고 하지 않는다. 나는 엄마의 말을 들으며 고개를 끄덕이고는 몇 초 만에 잊어버린다. 금붕어처럼. 드라마가 다시 시작되자 결국 카펫을 내려다본다. 1950년대에 유행했던, 당시 사람들이 완전히 미쳤었음을 증명하는 대칭 패턴의 갈색 카펫이 차라리 더 재미있기 때문이다.

드라마가 끝나고 몹시 우울한 주제곡이 흘러나온다. 슬픈 곡조지만 갈 시간이 됐다는 뜻이라 기분이 좋아진다. 마지막으로 엄마는 사촌 그레고리의 이야기를 더한다. 그레고리는 차가 있다고 한다. BMW.

"조, 넌 왜 BMW가 없니?"

BMW는 한 번도 훔친 적이 없으니까요.

버스에 탄 사람은 나뿐이다. 거스름돈이 안 남게 요금을 맞춰서 내자 노쇠한 운전사가 손을 떨며 돈을 받는다. 버스를 타고 가면서 문득 운전사가 재채기를 하면 어떻게 될지 궁금해진다. 심장이 터지는 건 아닐까? 운전사가 운전대를 놓치는 바람에 버스가 반대 차선으로 돌진하지는 않을까? 버스가 정류장에 무사히 도착하자 운전사에게 팁을 주고 싶어진다. 하지만 그랬다가는 운전사가 지나치게 흥분해서 저승사자가 몇 년 전부터 시작한 일을 완수하게 될지도 모른다. 운전사가 내게 잘 가라고 인사하지만 진심으로 하는 말인지 모르겠다. 나는 답인사를 하지 않는다. 친구를 새로 사귀고 싶지는 않다. 손을 떠는 친구는 특히 더 그렇다.

집에 도착해서는 욕실로 들어가 한 시간 동안 엄마의 기운을 씻어낸다. 욕실에서 나와서는 피클과 제호바와 시간을 보낸다. 나를 보고 반가워하는 눈치다. 몇 분 뒤 불을 끈다. 침대로 미끄러져 들어간다. 나는 꿈을 꾸지 않는다. 오늘 밤도 예외는 아닐 것이다. 안젤라와 플러피가 떠오르지만 곧 아무 생각도 나지 않는다.

5장

7시 30분에 잠에서 깬다. 나는 알람시계가 없어도 원하는 시간에 잠에서 깰 수 있다. 내 안에는 생체 시계가 있다. 그 시계는 태엽을 감을 필요도 없고 고장 나는 법도 없이 끊임없이 똑딱거린다.

크라이스트처치의 아침이 또다시 밝았다. 벌써 지루하다. 옷을 입고 아침을 먹는다. 토스트와 커피. 딱 이 정도만 먹는다. 이보다 잘 차려 먹는 날은 없다. 금붕어들에게 캐런과 스튜어트를 비롯한 '너핑크'족 이야기를 들려준다. 금방 잊어버리겠지만 열심히 듣는 녀석들에게 보상으로 먹이를 준다.

집 밖으로 나간다. 오늘도 여름 같은 가을날이다. 거리에 사람이 별로 없다. 불행히도 나는 차가 없다. 안젤라의 차는 마을 반대편에 주차해놓았다. 나처럼 시승해보고 싶은 사람이 있을 수 있으니 차 키는 꽂아두었다. 나는 두 방법 모두 경험이 많지만 차의 전선을 합선시키는 것보다는 차 키가 있는 차를 훔치는 편이 훨씬 쉽다.

버스표를 들고 정류장에 서 있으니 버스가 멈춰 선다. 버스 옆면에 비타민과 피임약 광고가 한가득 붙어 있다. 문이 휙 소리를 내며 열리고 나는 버스에 올라탄다.

"안녕하세요, 조?"

"안녕하세요, 스탠리 씨."

스탠리 씨에게 버스표를 건넨다. 스탠리 씨는 표에 구멍을 뚫지 않고 내게 돌려준다. 그러고는 나이 지긋한 버스 기사들이 흔히 그러듯 윙크하는데, 한쪽 얼굴이 뇌졸중에라도 걸린 듯 잔뜩 구겨진다. 60대인 스탠리 씨는 사는 게 꽤 즐거워 보인다. 이런 아침이면 그는 늘 이렇게 말한다. "덥군요, 그렇죠?" 다른 버스 기사들처럼 그도 유니폼으로 짙은 파란색 반바지와 밝은 파란색 반팔 셔츠와 검은색 구두를 착용하고 있다.

"오늘 아침에는 시내에 간답니다." 혹시 내가 못 보기라도 했을까 봐 스탠리 씨가 계속 윙크하며 말한다. "오늘 정말 덥네요, 조. 그쵸?"

나도 같이 미소를 지어주면 공짜로 버스를 타는 날이 더 많아질 것 같다. "와, 고마워요, 스탠리 씨."

스탠리 씨가 미소를 짓는다. 내가 서류 가방을 열어 내용물을 보여줘도 같은 표정일까? 승객은 별로 없다. 여기저기 흩어져 앉은 학생 몇 명과 빳빳하게 풀을 먹인 흑백 수녀복을 입은 수녀 한 명, 기온이 30도는 족히 되는데 우산을 든 사업가 한 명이 전부다.

모두 나처럼 늘 타는 사람들이다.

나는 열여섯에서 열일곱 살로 보이는 두 여학생의 뒷자리에 앉는다. 서류 가방은 빈 옆자리에 올려놓는다. 내 뒷자리나 건너편 자리에는 아무도 없다. 서류 가방 손잡이 양쪽 옆에 있는 비밀번호 잠금장치에 엄지손가락을 갖다 댄다. 잠금장치를 풀고 가방을 연다. 칼들이 가방 안에 잘 정리돼 있다. 뚜껑에 세 자루, 바닥에 세 자루가 고리 모양의 가느다란 천으로 고정돼 있다. 가방 안에서 굴러다니는 건 총뿐인데, 총도 검은색 가죽 주머니 안에 들어 있다. 총에는 안전장치가 세 개 있어서, 세 번 연속 운이 나쁘거나 바보가 아닌 이상은 잘못 발사될 일이 없다. 내 앞에서 여학생들이 키득거린다.

가방에서 길이가 5센티미터밖에 안 되는 칼을 꺼낸다. 이렇게 짧은 칼로 누군가를 죽이려면 아주 많이 찔러야 한다. 1년 반 전쯤 40번에서 50번 정도 찌른 적이 있는데, 자잘한 상처와 피가 많이 났다. 일을 마치고 나니 땀을 하도 많이 흘려서 셔츠가 몸에 철썩 붙어 있었다. 하지만 죽어 마땅한 자였다.

그 자에 비하면 스탠리 씨는 훨씬 친절한 기사다.

딴생각을 하며 여학생이 앉은 앞자리 왼쪽 등받이를 칼로 이리저리 긁는다. 여자 생각을 하고 있는데 왼쪽 여학생의 친구인 금발 여학생이 칼 긁는 소리에 뒤를 휙 돌아본다. 나는 칼을 다리 밑에 숨기고 여기가 어디인지조차 모른 채 '버스 바퀴가 빙글빙글'이란 동요를 속으로 부르고 있었던 양 순진한 미소를 짓는다. 금발 여학생은 나를 노려보더니 아무 말 없이 시선을 돌린다. 둘은 다시 킥킥거리고 나는 서류 가방에 칼을 다시 넣는다. 애초에 왜 꺼냈는지 모르겠다. 창밖의 풍경을 가만히 내다본다. 버스가 도심에 가까워지고 있다. 차량과 스모그가 늘어나고 신호등에 걸린 사람들의 짜증도 늘어난다. 길가에서 산악자전거 옆에 앉아 있는 남자가 보인다. 자전거 앞바퀴가 찌그러져 있고 양쪽 무릎에서 피가 흐르고 있다. 남자는 내가 쳐다보고 있다는 걸 깨닫고 손가락 욕을 한다.

버스가 목적지에 다다를 때쯤 서류 가방을 닫는다. 스탠리 씨가 날 위해 특별히 내 직장 바로 건너편에 버스를 세워준다. 나는 버스 맨 뒷자리에서 미소를 지어 보이고는, 뒤쪽 출입문으로 내리면서 그를 따라 손을 흔들어준다.

크라이스트처치. 여긴 '천사의 도시' 따위가 아니다. 뉴질랜드는 평온함과 양과 호빗으로 유명하고 크라이스트처치는 공원과 폭력으로 유명하다. 공중에 본드 한 봉지만 던져보시라. 백 명이 서로 밀치고 넘어지면서 그 냄새를 맡으려고 달려들 것이다. 하늘이 파란 날에도 크라이스트처치는 온통 회색빛이다. 백 년 전에 지어진 건물이 많고 어떤 건물은 그보다도 오래됐는데 대부분 영국인들이 우르르 이주했을 때 같이 도입된 고딕 양식이다. 회색 건물과 회색 도로, 사무실과 상점 창문 모두 고딕풍이다. 건물 사이사이에는 자부심 있는 마약 중독자라면 눈 감고도 걸어 다닐 수 있을 골목길이 미로처럼 어지럽게 얽혀 있다. 정장 차림의 남자나 여자가 성추행을 당하거나 오줌 세례를 맞는 일 없이 이 골목을 벗어날 확률보다는 예수님을 만날 확률이 차라리 더 높다. 특히 쇼핑은 한물간 유행이 돼버렸는데, '임대', '매매' 팻말이 걸린 텅 빈 가게들만 봐도 알 수 있다. 그런데도 이상하게 주차할 자리는 씨가 말랐다.

나무나 관목, 꽃 같은 식물은 심심치 않게 볼 수 있기는 하다. 스무 걸음만 걸어도 자연에서 자라난 무언가를 지나치게 된다. 서

쪽으로 10분쯤 걸으면 식물원이 나온다. 이 도시가 씨앗을 식물로 키우는 재주가 얼마나 대단한지 온 세상에 자랑하려고 20만 제곱미터에 달하는 땅을 온갖 식물로 꾸며놓은 곳이다. 수천 송이의 꽃과 수백 그루의 나무가 있는 아름다운 곳이지만 밤에 갔다가는 칼에 찔리거나 총에 맞아 거름이 되기 십상이다.

그런데도 어쩐 일인지 크라이스트처치는 세상에서 가장 친절한 도시로 손꼽힌다. 누가 뽑았는지 모르겠다. 내가 만나본 사람 중에는 친절한 사람이 한 명도 없는데 말이다. 어쨌거나 이 모든 단점에도 불구하고 크라이스트처치는 내 고향이다.

더위로 아지랑이가 피어올라 멀리서 보면 도로가 축축해 보인다. 운전자들은 창문을 내리고 팔을 내민 채 담뱃재를 바람에 툭툭 털어낸다. 차가 너무 많아 바로 길을 건너지 못하고 신호등 버튼을 누른다. 신호등이 깜박거리고 삐 소리를 내지만 신호를 무시하고 지나가는 차들이 있어 몇 초 더 기다리다 건넌다. 소매를 걷어붙인다. 팔에 닿는 공기가 기분 좋다. 옆구리에서 땀방울이 주르륵 흘러내린다.

1분 뒤 직장에 도착한다.

차량 절도는 운동이 안 되니 운동 삼아 계단으로 올라간다. 계단 밑에서는 소변 냄새가 나고 올라갈수록 소독약 냄새가 난다. 4층에 도착한 나는 회의실로 들어가 잠긴 서류 가방을 탁자 위에 내려놓고 벽에 붙은 사진들 쪽으로 다가간다.

"왔어요, 조? 좋은 아침이에요."

남자 옆에 서서 그를 바라본다. 슈뢰더는 머리보다 몸을 쓸 것 같은 덩치 큰 남자다. 외모는 액션 영화 속 영웅처럼 강인해 보이지만 내면의 영웅적 면모는 한때는 몰라도 지금은 다 사라진 듯하다. 여느 시민들처럼 이 도시를 싫어하는 슈뢰더는 희끗희끗하고 짧게 깎은 머리 때문에 마흔 살 강력계 형사보다는 예순 살 훈련 교관 같다. 이마와 얼굴은 나 때문에 생긴 주름살로, 눈 밑은 갓 태어난 아기 때문에 생긴 다크서클로 뒤덮여 있다. 열심히 일하는 형사 흉내를 내고 싶은지 싸구려 셔츠의 소매를 걷어 올리고 중고품 가게에서 산 넥타이를 느슨하게 풀어뒀다. 귀 뒤에는 연필 한 자루가 꽂혀 있고 손에는 조금 전까지 씹고 있던 또 한 자루가 들려 있다. 사진이 붙은 벽에 당장이라도 달려들 것처럼 한 발을 다른 발 앞으로 내민 자세다.

"좋은 아침입니다, 슈뢰더 형사님." 나는 방금 한 말에 스스로 동의라도 하듯 사진을 보며 천천히 고개를 끄덕인다. "새로운 단서는 없나요?"

슈뢰더 형사는 두 번째 살인부터 이 사건을 쭉 맡아온 수석 수사관이다.

슈뢰더는 자기 생각이 마음에 들지 않는 듯 고개를 젓고는 등이 결리는지 허리를 곧게 펴고 손바닥으로 등을 문지르며 다시 사진을 바라본다.

"아직 없어요, 조. 새로운 피해자들만 생겼어요."

나는 그의 말이 허공에 맴돌게 둔다. 무슨 말인지 생각하는 척, 이해하려고 애쓰는 척하면서. "아, 어젯밤에 벌어진 일인가요?"

그가 고개를 끄덕인다. "그 미친 새끼가 피해자 집에 침입했어요."
 그의 주먹이 부들부들 떨리다가 손에 쥔 연필이 부러진다. 슈뢰더는 앞서 부러뜨린 연필들이 쌓여 있는 탁자 위에 부러진 연필을 던지고는 귀 뒤에 꽂힌 연필을 빼서 움켜잡는다. 이런 경우에 대비해 연필을 모아두는 모양이다. 잠시 연필을 잘근잘근 씹던 그가 나를 돌아보며 말한다.
 "미안해요, 조. 말이 거칠어도 이해해줘요."
 "괜찮아요. 피해자들이라 하셨는데 한 명이 아닌가 보죠?"
 "또 다른 여자가 자기 차 트렁크에서 발견됐어요. 차는 첫 번째 피해자 집 진입로에 주차돼 있었고요."
 나는 크게 숨을 내쉰다.
 "와, 역시 형사님은 다르시네요. 저였다면 절대 트렁크를 열어보지 않았을 텐데 말이죠. 그랬으면 그 여자는 아직도 혼자 그 안에 갇혀 있었겠죠." 슈뢰더처럼 나도 주먹을 부들부들 떤다. 부러뜨릴 연필이 없어 아쉬울 뿐이다. "그럼 다들 저한테 실망했을 테고요."
 그에게만 들리는 작은 목소리로 덧붙이자 슈뢰더가 말한다.
 "에이, 자기 비하는 하지 말아요."
 "커피 좀 드릴까요, 형사님?"
 "음, 좋죠. 괜히 귀찮게 하는 게 아니라면요."
 "그럴 리가요. 블랙커피에 설탕 하나죠?"
 "두 개요."
 "참, 그렇죠." 나는 알면서 일부러 매번 다시 말하게 한다. "여기 탁자 위에 제 서류 가방 좀 둬도 될까요, 형사님?"

"그럼요. 그런데 그 안에 뭘 넣어 다니는 거예요?"

나는 어깨를 으쓱하고 시선을 돌린다. "서류나 뭐 이런저런 거요."

"그럴 것 같았어요."

거짓말이다. 점심 도시락이나 만화책이 들어 있을 거라고 생각하는 게 분명하다. 나는 회의실에서 복도로 나가 수십 개의 사무실과 경찰관, 형사들 사이를 지나 몇몇 칸막이를 지나 커피머신으로 직행한다. 사용법은 간단하지만 마치 복잡한 일을 하는 것처럼 연기한다. 목이 말라서 내 것부터 한 잔 만들어 얼른 마신다. 그리 뜨겁지도 않고 먼지 맛이 난다. 형사들이 내게 고개를 끄덕인다. 요즘 유행하는 무언의 인사법이다. 무심하게 고개를 까딱하고 눈썹을 슬쩍 올리는 바보 같은 인사로, 같은 사람을 계속 마주치면 어색해진다. 그럴 때는 쓸데없는 잡담을 나눠야 한다. 월요일은 주말이 어땠는지 물을 수 있고 금요일은 주말에 뭘 할지 물을 수 있어서 괜찮지만 나머지 날들은 정말 골치 아프다.

슈뢰더에게 줄 커피를 따른다. 블랙커피에 설탕 두 스푼을 넣는다.

지난 몇 달 동안 경찰서는 형사들이 스트레스에 시달리고 초조해하며 야단법석을 떠는 통에 활기가 넘쳤다. 야단법석은 살인 사건이 일어난 날과 그다음 날 최고조에 이른다. 매일 매시간 회의가 열린다. 경찰은 피해자를 아는 사람이면 그게 누구든 진술을 샅샅이 살펴 결정적 단서나 어긋나는 부분을 찾으려 애쓴다. 그러나 수집한 정보는 또 다른 살인 사건이 일어나는 순간 잊히고 만다. 사람이 이렇게 많이 살해됐는데도 경찰은 아직 아무것도 찾지 못했다. 사실 나는 어떤 면에서는 형사들이 안쓰럽다. 결과물을 하나도 내지 못하는 일을 끝없이 해야 하니 말이다. 낮에 새로운 증거가 나타나거나 새로운 증인이 소환되거나 언론이 좋아할 만한 새로운 피해자가 발견되면, 그때마다 기자들이 경찰서에 몰려든다. 새로운 사건이 터져 뉴스 속보가 나가면 신문 판매량이 늘어나고 광고 수익이 늘어나니 그럴 만도 하다. 마이크로 무장한 기자들은 오가는 사람 중에 경찰일 것 같은 사람을 보면 질문을 퍼붓는다. 곳곳에서 카메라가 돌아간다. 그러나 그 소란 속에서 진짜 내부 정보를 제공할 수 있는 남자는 누구도 알아보지 못한다.

커피를 들고 회의실로 돌아간다. 슈뢰더 말고도 형사 몇 명이 회의실 안을 어슬렁거리고 있다. 비통한 기운이 감돈다. 자신들과 이 도시에 이런 짓을 하는 자를 어떻게든 붙잡고 싶은 절박함이 느껴진다. 땀 냄새와 싸구려 애프터셰이브 냄새가 가득하다. 웃으며 커피를 건네자 슈뢰더가 고맙다고 인사한다. 나는 서류 가방을 집어 들고 자리를 뜨지만 가방 안 칼들이 서로 부딪치진 않는다.

내 사무실은 회의실과 같은 층에 있다. 칸막이 자리가 아니라 독립된 사무실이고 복도 끝 화장실 바로 옆에 있다. 문에는 검은색 글자로 내 이름이 새겨진 작은 금색 명패가 걸려 있다. 조. 성은 없다. 이니셜도 없다. 그냥 '조'다. 어디에서나 볼 법한 평범한 조. 그게 나다. 평범하고 흔한 조.

문손잡이를 잡고 돌리려는데 누군가가 내 뒤로 다가와 어깨를 두드린다. 샐리다.

"오늘은 기분이 어때요, 조?" 샐리가 다소 크고 느린 목소리로 말한다. 꼭 화성에서 온 외계인과 언어 장벽을 넘어 소통하려고 애쓰는 것 같다.

나는 억지로 미소를 지어 보인다. 슈뢰더 형사와 사교적 인사를 나눌 때마다 짓는 미소로, 입술을 최대한 넓게 벌리고 치아를 모두 내보이는 아이 같은 미소다.

"좋은 아침이에요, 샐리. 기분 좋아요. 물어봐 줘서 고마워요."

샐리도 나를 보고 활짝 웃는다. 샐리는 헐렁하지만 큰 몸집을 가려주지는 않는 검은색 작업용 멜빵바지를 입고 있다. 뚱뚱한 건 아니지만 다부짐과 통통함 사이 어디쯤 되는 몸매다. 웃으면 예쁘지만 체중을 무시하고 손가락에 반지를 끼워줄 만큼 예쁘지는 않다. 이마에 묻은 먼지 얼룩이 옅어진 멍 자국처럼 보인다. 포니테일로 묶은 금발은 몇 주는 감지 않은 듯 보인다. 겉모습만 보면 둔해 보이지 않지만 입을 열기 전까지만이다. 대화를 해보면 어릴 때 부모가 샐리를 자주 떨어뜨렸구나 싶어진다.

"조, 커피 좀 갖다줄까요? 아니면 오렌지 주스?"

"난 괜찮아요, 샐리. 고마워요."

문을 열고 사무실로 막 들어가려 하자 샐리가 다시 내 어깨를 두드린다. "정말 안 마실래요? 나 하나도 안 귀찮아요. 진짜예요."

"지금은 목이 안 말라서요." 내 말에 샐리가 슬픈 표정을 짓는다. "나중에 마실게요."

"알겠어요. 이따 다시 물어볼게요. 좋은 하루 보내요, 알았죠?"
 알았다고, 알았어. 나는 천천히 고개를 끄덕이며 답한다. "알았어요." 그러고는 잠시 뒤 사무실로 완전히 들어가 문을 닫는다.

6장

샐리는 엘리베이터로 가면서 만나는 사람마다 인사를 건넸고, 거리가 멀면 작게 손을 흔들었다. 엘리베이터에 도착해서는 버튼을 누르고 참을성 있게 기다렸다. 샐리는 다른 사람들처럼 닫힘 버튼을 계속 눌러대고 싶은 적이 한 번도 없었다. 엘리베이터 안은 텅 비어 있다. 같이 타고 갈 사람이 있었다면 좋을 텐데. 샐리는 아쉬워했다.

엘리베이터를 타고 가면서 조를 떠올렸다. 조는 참 좋은 사람이다. 사람을 있는 그대로 볼 줄 아는 샐리는 조가 얼마나 괜찮은 사람인지 알 수 있다. 물론 사람은 하느님의 형상으로 만들어져서 대부분 훌륭하다. 조와 같은 사람이 더 많다면, 그리고 조를 위해 해줄 수 있는 일이 더 많다면 참 좋을 텐데.

엘리베이터가 멈추자 샐리는 웃을 준비를 하고 내렸지만 복도에는 아무도 없었다. 샐리는 복도 끝으로 가서 '관리실'이라고 표시된 문을 열고 들어갔다. 관리실은 깔끔하게 정리된 선반으로 가득 차 있었다. 선반에는 여러 종류의 전동 공구, 여분의 목재 조각과 천장 장식, 바닥과 벽타일, 접착제와 윤활유, 나사와 못, 수동 공구가 가득 든 상자 등 온갖 물건이 진열돼 있었다. 샐리는 창가로 가서 오렌지 주스를 집어 들었다. 조에게 아침 인사를 하려고 서둘러 아래층으로 내려가기 전에 놓아둔 주스였다. 왜 그렇게까지 했을까. 아마 마틴 때문일 것이다. 1년 중 마틴의 기일과 생일에 마틴 생각을 가장 많이 하다 보니 왠지 오늘 조에게 마음이 쓰였다. 가족이 아닌 다른 사람들은 마틴을 위해 해준 게 거의 없다. 오히려 어떤 사람들, 특히 마틴의 학교 친구들은 굳이 나서서 마틴을 더 힘들게 했다. 남과 다른 아이들은 늘 그런 상황에 처한다. 앞으로도 그럴 거라고 생각하며 샐리는 주스를 한 모금 마셨다. 주스는 기대보다 미지근했다.

주스를 다 마신 뒤 골판지에 싸인 형광등이 가득 담겨 있는 큰 상자 앞으로 다가가 형광등을 두 개 꺼냈다. 하나는 지금 있는 층에서 다른 하나는 1층에서 쓸 것이다. 고장 난 형광등 하나를 갈아 끼우는 동안 마틴의 장애가 자신의 삶을 어떻게 바꿨는지가 떠올랐다. 샐리는 마틴과 자라면서 간호사가 되고 싶어졌다. 누군가를 돕는 사람이 되고 싶었다.

6개월 전까지만 해도 간호 학교 재학 3년차였지만 병원이나 양로원에서 간호사로 일할지, 아니면 마틴과 조 같은 사람을 곁에서 도울지 정하지 못하고 있었다. 그러다 마틴이 세상을 떠났고 그 일로 샐리는 누군가를 돕는 게 어렵게 느껴졌다. 세상에는 너무 많은 질병과 바이러스가 존재한다. 아무리 최선을 다해도, 옳은 일과 옳은 선택만 해도 어떤 병은 태어날 때부터 몸 안 어딘가에 숨어 때를 기다리다 덮쳐온다. 죽음에 이르는 길은 너무 많았고 샐리는 자신이 돌보는 사람들이 그런 일을 겪는 모습을 보고 싶지 않았다.

또 하나의 요인은 아버지였다. 아버지는 2년 전 파킨슨병 진단을 받고 실직한 이후로 계속 병세가 악화되고 있었다. 아버지는 일할 수 있는 몸이 아니라서 주마다 보조금이 지급되는데 그것만으로는 치료비를 충당할 수 없었다. 학업을 마치는 건 샐리에게 사치였다. 샐리는 아버지를 돌보고 가족을 먹여 살려야만 했다. 돈을 벌어 가족들이 이 시련을 헤쳐 나가게 도와야 했기에 학업을 지속할 여유는 없었다. 마침 경찰서에 상주하며 건물을 관리하던 아버지의 친구가 퇴사를 앞두고 자기 자리를 물려줄 조수를 찾고 있었다. 평소 손재주가 좋았던 샐리는 그 자리를 꿰찼고 6개월이 지난 지금은 그의 책상과 창밖 풍경까지 제 것으로 만들었다.

엘리베이터를 타고 1층으로 내려가는 내내 샐리는 조 생각뿐이었다. 어떻게 하면 그의 삶이 더 나아질지 고민하고 또 고민했다.

7장

 이 경찰서는 형편없는 취향으로 지어진 볼 것 없고 따분한 10층짜리 콘크리트 건물이다. 내 사무실은 이 빌어먹을 건물에서 아마 가장 작을 것이다. 그래도 누구와도 공유하지 않는 나만의 공간이고 내게는 그 점이 가장 중요하다.
 서류 가방을 벤치에 내던지고 창가로 걸어가 밖을 내다본다. 밖은 뜨겁고 사무실 안은 후덥지근하다. 일을 미루기에 딱 좋은 날씨다. 여자들이 벌거벗다시피 한 옷차림으로 걸어 다닌다. 어떤 날에는 사무실에서 여자들 윗도리 속이 바로 내려다보인다. 밤이 되면 이 여자들은 어딘가로 숨는다. 뉴스를 도배하는 살인의 다음 희생자가 될까 봐 두렵기 때문이다. 밤마다 감도는 공포의 기운은 당분간 걷히지 않을 것이다. 다들 아무 일도 없을 거라고 믿는 척하며 애써 평소처럼 지낼 뿐이다.
 창문에서 몸을 돌려 작업복의 윗단추를 푼다. 내 사무실에는 벤치가 있는데 창을 따라 방 길이만큼 5미터쯤 길게 놓여 있다. 그 외 가구는 의자뿐이다. 사무실 곳곳에는 가끔 두통을 일으키는 청소 세제와 걸레가 쌓여 있다. 양동이와 걸레, 연장, 케이블, 여분의 선반도 있는데 청소 도구는 수도 없이 많다. 햇빛이 거의 온종일 들어서 환하고 그래서 다행이다. 천장에 있는 형광등 네 개 중 제대로 작동하는 건 절반도 안 되기 때문이다. 샐리에게 형광등을 갈아달라고 해야 하지만 나한테 홀딱 반한 여자라 꺼려진다. 누군가에게 반하는 건 자연스러운 일이지만 샐리 같은 여자가 그러는 건 섬뜩하다.

에어컨이 고장 난 데다 창문은 열리지 않아 책상 위에 선풍기를 뒀는데 작동할 때마다 윙윙거리며 요란한 소리를 낸다. 선풍기 옆에는 내 이름이 스텐실로 찍힌 커피잔이 있다. 엄마가 정성을 다해 직접 만든 선물이다. 벤치 끝에는 피클과 제호바의 사진이 담긴 액자를 올려두었다. 이건 지난 '아버지의 날'에 내가 나 자신에게 한 선물이다.

방 한구석에 놓인 양동이와 대걸레를 집어 든다. 에어컨이 켜진 3층으로 내려가 복도보다 더 시원한 남자 화장실로 들어간다. 살균제 냄새가 기절할 정도로 지독해 입으로 숨을 쉰다.

"좋은 아침이에요, 조."

고개를 돌리니 헤어젤을 바르고 콧수염을 반쯤 길러 괴짜 기질을 감추려 애쓰는 남자가 소변을 보고 있다. 양동이를 바닥에 내려놓고 나도 인사를 건넨다. "좋은 아침이에요, 클라이드 경관님."

"참 아름다운 아침이네요, 그렇죠?"

"정말 그러네요." 나는 그가 버스 운전사 스탠리와 잘 지낼 것 같다는 생각을 하면서 그의 예리하기 짝이 없는 의견에 동의한다. 그런 뒤 한참 만에 오줌 줄기가 멈춘 그의 작은 음경을 곁눈으로라도 보지 않으려 애쓰며 벽에 시선을 고정한다. 클라이드는 바지 앞섶을 여미는 데 무슨 대단한 추진력이 필요하다는 듯 무릎을 구부렸다 펴면서 지퍼를 올린다. 그러고는 손은 씻지 않는다.

"좋은 하루 보내요, 조." 클라이드가 날 동정하는 듯한 미소를 지으며 말한다.

나는 양동이에 물을 채우며 답한다. "그럴게요."

클라이드는 내게 윙크를 날린 뒤 혀를 차면서 손가락으로 총 쏘는 흉내를 내고는 떠났다. 나는 청소부다운 표현을 쓰자면 물을 가득 채운 양동이에 담갔던 대걸레를 위아래로 움직여 바닥을 문지른다. 리놀륨 바닥이 금세 반질반질해져 미끄러져 넘어질 정도가 되자 바닥에 '주의'라고 적힌 플라스틱 표지판을 세운다. 표지판에는 바닥이 젖어 있다고 적혀 있고 빨간색 막대 모양의 사람이 미끄러져서 완벽하게 동그란 머리가 박살나려 하는 모습이 그려져 있다.

내가 경찰서에서 일한 지는 4년이 넘었다. 그전에는 실업자였다. 그때 누군가를 죽였는데 이름은 기억나지 않는다. '돈'이나 '댄', 뭐 그런 이름이었던 것 같다. 시신이 발견되고 두 달 뒤에 5만 달러의 보상금이 걸린 걸 보면 중요한 인물이었던 모양이다. 나는 그 남자의 지갑에서 몇 백 달러밖에 챙기지 못했는데 말이다. 나는 억울했고 이내 초조해지기 시작했다. 경찰의 수사망이 어디까지 좁혀졌는지 알아야 했다. 수사 진행 상황이 궁금해 잠을 이룰 수 없었다. 나는 점점 미쳐갔다. 아침마다 거지같은 풍경이 펼쳐지는 창밖을 빤히 내다보면서 이 풍경을 볼 수 있는 것도 오늘이 마지막일지 모른다는 불안에 시달렸다. 술을 마시기 시작하고 끼니도 대충 때웠다. 만신창이가 된 나는 자포자기로 가장 대

담한 일을 감행했다. '자백'을 하러 경찰서를 찾아간 것이다.

그날 나를 담당한 경찰은 슈뢰더 형사였다. 그와의 첫 대면이었다. 그를 만난 지 몇 초 만에 두려움은 사라졌다. 내가 그곳의 어떤 경찰보다 훨씬 똑똑하다는 걸 깨달았기 때문이다. 나는 아무런 증거도 남기지 않았다. 시체를 태워 내 DNA를 제거했고 타고 남은 시체는 강물에 던져 모든 게 씻겨 내려갔다. 나는 내가 한 사후 처리에 확신이 있었다. 지금 같으면 절대 안 할 짓이지만 말이다.

어쨌든 그날 나는 두 경찰의 안내를 받아 작은 취조실에 앉았다. 콘크리트 벽에 둘러싸인 취조실은 바깥이 내다보이는 창문이 하나도 없었고 껌과 땀 냄새가 났다. 한가운데에 나무 탁자 한 개와 의자 두 개가 있고 화분이나 그림 따위는 없이 거울만 딱 하나 있었다. 의자는 앞다리가 약간 짧아 몸이 계속 앞으로 미끄러지는 바람에 상당히 불편했고, 탁자 위에는 녹음기가 놓여 있었다. 지금은 내가 일주일에 한 번 청소하는 곳이다.

나는 취조실에서 몇 달 전 살해된 여자를 죽인 범인이 나라는 말로 대화를 시작했다.

어떤 여자 말씀인가요?

아시잖아요. 보상금이 걸린 여자요.

남자였는데요, 선생님.

네, 제가 그 남자를 죽였어요. 이제 돈을 주시겠어요?

자백의 진실성에 대한 경찰의 의심을 사는 건 어렵지 않았다. 살인을 자백했으니 보상금을 달라고 우긴 뒤 피해자를 그냥 '밖에서' 칼로 찔렀다고 말하니 다들 내 '멍청한 조' 연기에 속아 넘어갔다. 나는 한니발 렉터에서 포레스트 검프로 변신하면서 경찰이 용의자를 한 명도 특정하지 못했단 걸 알아냈다. 보상금은 한 푼도 받지 못했지만 커피와 샌드위치를 받았다. 그날 밤 나는 집에 돌아가 단잠을 잤고, 다음 날 새로 태어난 기분으로 깼다. 기분이 끝내줬다. 그날도 내가 전혀 모르는 살인을 '자백'하러 가자 경찰은 나를 안쓰럽게 여겼다. 그들이 보기에 나는 관심을 너무 받고 싶은 나머지 엉뚱한 곳을 찾아온 착한 사람이었다. 마침 경찰서 청소부 중 한 명이 '우연히' 실종됐고 그 자리에 지원한 나는 합격 통보를 받았다. 포용이니 공정이니 하는 요즘 세상 분위기에 맞추느라 뉴질랜드의 경찰서는 육체적으로나 정신적으로 망가진 사람을 일정 수만큼 고용하는 할당제를 따라야 한다. 어쨌든 청소부는 청소기를 돌리고 대걸레를 물에 담글 줄만 알면 된다고 여긴 크라이스트처치 경찰서는 기꺼이 나를 고용했다. 다른 장애인을 뽑았다가 어떤 폭탄을 떠안을지 모르니 차라리 날 뽑는 게 낫다는 판단이었을 것이다. 그렇게 나는 최저임금을 받고 빗자루와 대걸레를 들고 경찰서 복도를 활보하는 세상 무해한 종이 됐다. 덕분에 잠 못 이루는 밤은 사라졌다.

    화장실 청소는 보통 한 시간쯤 걸리는데 오늘도 다르지 않다. 남자 화장실을 청소한 뒤 여자 화장실로 가서 '청소 중'이라고 적힌 표지판을 문에 건다. 내가 청소하는 동안 여자들은 화장실에 절대 들어오지 않는다. 표지판에 그려진 빨간 막대 인간이 변태 같기라도 한 모양이다. 청소를 마친 뒤 양동이를 비우고 양동이와 대걸레를 내 사무실에 가져다 둔다. 빗자루로 복도와 칸막이 주변을 쓸면서 회의실로 향한다. 회의실에서는 굳이 눈에 띄지 않으려고 애쓸 필요가 없다. 이 시간에 회의실에 있는 사람은 나뿐이기 때문이다. 내 진짜 일은 지금부터다. 발견된 단서와 경찰이 쫓는 증거 그리고 대답 없는 기도들이 날 기다리고 있다.

빗자루를 문에 기대어놓는다. 회의실은 꽤 크다. 오른쪽으로 회의실 폭만큼 긴 창문을 통해 도시 풍경이 내려다보이고 왼쪽 창문으로는 4층이 보인다. 지금은 얇은 베니션 블라인드가 쳐져 있어 아무것도 안 보이지만 말이다. 중앙에는 긴 직사각형 탁자 한 개와 의자 몇 개가 있다. 예전에는 위협적인 분위기를 활용해 회의실에서 용의자를 심문했다. 회의실에는 벽면을 따라 사진 수백 장이 붙어 있고 서류가 무더기로 쌓여 있는 데다 경관들이 수시로 들어와 심문하는 형사에게 무언가를 속삭인다. 살해 도구는 용의자에게 잘 보이도록 근처에 둔다. 그러면 용의자는 경찰이 자신에 대한 증거를 이미 충분히 확보했다는 느낌을 받는다. 그렇게 압박을 받다가 결국 자백하는 것이다.

회의실 창가 구석에는 커다란 화분이 하나 있다. 그 화분에 특별히 주의를 기울여 물을 주고는 사진이 붙어 있는 벽으로 다가간다. 피해자와 범죄 현장을 찍은 사진들이 긴 코르크판에 꽂혀 있다. 가장 최근에 살해된 안젤라 더리와 마사 해리스의 사진도 붙어 있다. 이로써 지난 30주 동안 총 일곱 구의 시신이 발견됐다. 미해결 살인이 일곱 건이란 뜻이다. 두 건 만에 경찰은 범행 수법이 다른데도 두 사건 사이의 연관성을 포착했다. 범행 수법이 뭐냐고? 범죄를 저지르는 방법으로, 총기의 종류나 집에 침입하는 방식이나 피해자를 공격하는 방식이다. 범행 수법은 시그니처와는 다르다. 시그니처는 살인자가 성취감을 얻기 위해 하는 행동이다. 시신 위에서 자위를 하거나 특정한 대본을 따르거나 피해자를 강제로 범행에 참여시키는 등의 행동이다. 범행 수법은 바뀔 수 있다. 나도 처음 집 안에 침입했을 때는 창문을 부쉈지만 어쩌다 유리창에 강력 테이프를 붙이면 유리가 산산이 부서지지 않고 소음도 크지 않다는 사실을 알게 됐다. 자물쇠를 따는 법도 배웠고 말이다.

반면 시그니처는 바뀔 수 없다. 시그니처는 살인하는 이유 그 자체이자 만족감의 원천이기 때문이다. 나는 성욕을 채우기 위해 여자를 죽이고 다니는 변태적인 개자식은 아니라서 시그니처가 따로 없다. 나는 단지 재미로 사람을 죽인다. 그것이 놈과 나의 차이다.

미해결 살인 일곱 건 중 여섯 건만 내 것이다. 일곱 번째 살인이 내 사건 범위에 붙은 건 경찰이 무능한 탓이다. 세상일은 참 묘하다. 언젠가는 저울추가 맞춰지는 걸 보면 말이다. 사실 내가 죽인 또다른 여자 중 한 명은 아직도 발견되지 않았다. 어디에 있느냐고?

장기 주차 중이다. 나는 그 여자의 시신을 훔친 차 트렁크에 넣은 뒤 시내 주차장 건물의 주차권을 끊어 그 차를 맨 위층 옥상에 세워두었다. 그 주차장은 만차일 때가 거의 없어 차들이 옥상까지는 잘 가지 않는다. 시신을 비닐로 감싸둬서 하루이틀은 냄새가 새어 나가지 않았을 것이다. 운이 좋으면 사흘까지 괜찮았을 수도 있다. 정말 운이 좋으면 일주일 동안 옥상에 아무도 올라가지 않았을 것이다.

그 여자는 내가 죽인 일곱 명 중 두 번째 희생자였고 아직 그 주차장에 있다. 사방이 뚫린 옥상이라 바람이 불면 냄새가 흩어지는데다 아무도 옥상에 올라가지 않았을 가능성이 크다.

저였다면 절대 트렁크를 열어보지 않았을 거예요, 슈뢰더 형사님.

주차권은 기념품으로 아직 갖고 있다. 침대 매트리스 밑에 숨겨두었다.

살인을 처음 할 때는 시신을 꼭 어딘가에 버려야 하는 줄 알았다. 요즘에는 귀찮은 일을 하기 싫어 그냥 피해자 집에 두고 온다. 어차피 경찰에 붙잡힐 것도 아니니 말이다.

나를 쳐다보는 사진 속 얼굴 중에 장기 주차 중인 그 여자는 없다. 대신 낯선 여자가 나를 쳐다보고 있다. 일곱 장의 사진 중 네 번째 사진 속 여자다. 이제는 이름과 얼굴을 알지만 이곳에 사진이 붙기 전까지 나는 4번 여자를 한 번도 본 적이 없었다. 6주 전 그녀의 사진이 붙은 뒤로 나는 매일 잠깐씩 멈춰 서서 그 여자의 이목구비를 바라본다. 다니엘라 워커. 금발에 미인이다. 확실히 내 취향이긴 하지만 내가 죽이지는 않았다. 다니엘라의 눈동자는 죽은 뒤에도 은은한 에메랄드빛으로 반짝였다. 사망 전 사진과 사후 사진을 보니 그랬다. 처음에 슈뢰더 형사는 이 사진들 때문에 내가 회의실에 들어오는 걸 꺼렸지만 얼마 뒤부터는 잊어버렸는지 상관하지 않는 건지 그냥 내버려둔다.

죽기 몇 년 전 일상을 찍은 사진에서 다니엘라 워커는 행복한 30대로 보인다. 카메라를 향해 몸을 돌리는 순간을 포착한 사진인데 머리칼이 어깨 위로 반짝이며 흘러내린다. 입술은 미소를 띠며 벌어져 있다. 다니엘라의 사진은 회의실 벽에 붙은 뒤로 매일 내 머릿속을 맴돌았다. 왜냐고? 그녀를 죽인 놈이 내게 누명을 씌웠기 때문이다. 놈은 겁이 많은 게 분명하다. 오죽하면 자기만의 창의적인 방식으로 빠져나갈 생각을 하지 않고 날 이용했겠는가!

다니엘라의 사진을 계속 바라본다. 살아 있을 때 한 장, 죽고 나서 한 장. 두 사진에서 모두 초록빛 눈동자가 반짝거린다. 지난 6주 동안 내 머릿속에는 그녀와 내게 몹쓸 짓을 저지른 놈을 찾겠다는 생각뿐이었다. 그게 엄청나게 어려울까? 아니다. 내게는 재능이 있다. 허세를 부리는 게 아니라 이 분야에서 나는 누구보다 똑똑하다. 피해자들을 위아래로 훑어보고 자세히 관찰한다. 열네 개, 일곱 쌍의 눈이 나를 빤히 쳐다본다. 익숙한 얼굴이다.

한 명만 빼고.

다니엘라 워커의 목에 누가 졸라서 생긴 깊은 멍 자국이 목걸이 모양으로 나 있다. 자국이 일관되지 않은 걸 보니 스카프나 밧줄이 아니라 손가락 마디에 눌린 듯하다. 사실 손마디는 손가락보다 더 많은 압력을 가할 수 있고 방어하기도 더 어렵다. 교살의 문제점은 일을 마치는 데 4분에서 6분이나 걸린다는 것이다. 1분 안에 피해자가 몸부림을 멈추기는 하지만 몸속에서 산소를 완전히 고갈시키려면 적어도 3분은 더 압력을 가해야 한다. 그 3분을 더 나은 일에 쓸 수도 있는데 말이다.

게다가 손가락 마디를 쓰면 피해자의 숨통이 으스러질 확률이 높다.

코르크판 아래에는 선반이 몇 개 있는데 그 위에 피해자 한 명당 하나씩 일곱 무더기의 파일이 쌓여 있다. 그쪽으로 걸어간다. 어떤 메뉴를 고를지 이미 정해놓고 메뉴판을 보듯 네 번째 무더기로 다가가 맨 위에 있는 파일을 집어 든다. 이 사건을 맡은 형사들은 모두 갖고 있는 파일이고 여분의 파일들이 새로 배정받은 사람을 위해 준비되어 있다.

바로 나 같은 사람 말이다.

작업복의 앞 지퍼를 풀고 파일을 밀어 넣은 뒤 지퍼를 올린다. 나는 다시 망자의 벽으로 돌아간다. 최근에 추가된 두 명을 보고 미소를 짓는다. 이 둘에게는 처음 맞는 조례다. 둘의 사진은 아마 어젯밤에 붙였을 것이다. 그들은 나를 보고 웃지 않는다. 안젤라 더리. 39세의 법무사. 달걀에 질식사했다. 마사 해리스. 72세의 미망인. 나는 차가 필요했고 마사 해리스는 내가 자기 차를 훔치려는 걸 목격했다.

스프레이와 걸레를 들고 창가로 이동한다. 5분 동안 창문을 닦으면서 물 자국과 창문에 비친 내 모습 너머로 보이는 바깥세상을 가만히 내다본다. 거리와 거리를 걸어 다니는 사람들이 미니어처처럼 보인다. 나는 회의실 화분과 의미 있는 시간을 보낸다. 화분 안에 숨겨둔 녹음기의 초소형 카세트테이프를 교체하고 지문이 안 묻도록 조심스럽게 걸레로만 녹음기를 건드린다. 다 쓴 테이프는 주머니에 넣는다. 아직 할 일이 남아 있다. 내 사무실로 가서 진공청소기를 가져와 청소기를 돌린다.

10분 뒤 회의실을 떠난다. 더 깔끔해지고 파일의 개수가 줄었을 뿐 처음 들어왔을 때 모습 그대로다. 청소기를 끌고 4층 반대쪽에 있는 비품실로 들어가 청소기를 또 돌린다. 주위에 아무도 없어서 보이 스카우트 단원처럼 장갑을 주머니에 더 비축한다. 그렇다고 오늘 밤 누굴 죽일 건 아니다. 내가 늘 살인 충동에 시달리는 짐승은 아니다. 누군가를 죽일 핑계를 찾으면서 어린 시절의 공격성을 마구 분출하고 다니지도 않는다. 악명 높은 연쇄 살인범인 테드 번디나 제프리 다머처럼 이름을 떨치고 싶어 안달 난 놈도 아니다. 번디는 재판이 진행되는 동안과 끝난 뒤에도 추종자를 거느렸고 사형 선고를 받고 나서 결혼까지 한 괴짜였다. 서른 명이 넘게 죽였지만 결국 붙잡힌 패배자이기도 하다. 나는 유명해지고 싶지 않고 결혼하고 싶지도 않다. 이름을 알리고 싶었다면 존 레논을 너무 사랑해 총으로 쏘아 죽인 채프먼처럼 유명한 사람을 죽였을 것이다. 나는 평범한 사람이다. 특별한 취미가 있을 뿐 평범한 조다. 나는 사이코패스가 아니다. 환청이 들리지도 않는다. 신이나 사탄이나 이웃집 개를 위해 살인을 하지도 않는다. 종교도 없다. 나는 그저 나 자신을 위해 사람을 죽인다. 그뿐이다. 복잡할 건 하나도 없다. 나는 여자를 좋아하고 여자들이 허락하지 않는 일을 하는 게 좋다. 이 세상에는 30억에서 40억 명의 여성이 있다. 그러니 한두 달에 한 명씩 죽이는 것은 그다지 큰 문제가 아니다. 다 관점의 문제다.

다른 비품도 챙긴다. 그리 중요한 물건은 아니다. 경찰들도 늘 훔치기에 사라져도 아무도 알아채지 못하는 그런 물건이다. 여기서는 아무도 무엇에도 관심을 기울이지 않는다. 비품실은 그래서 유용하다. 비품을 공급하는 곳이니 내게도 공급하지 않을 이유는 없다. 손목시계를 본다. 12시, 점심시간이다. 사무실로 돌아간다.

8장

 의자는 불편하고 점심은 맛이 별로 없다. 창밖에 제법 괜찮은 구경거리들이 보인다. 몸을 내밀어 장래에 내 연인이 될 수도 있는 여자들을 내려다본다. 내려갈까? 저 여자가 일하는 곳을 알아낼까? 사는 곳을 알아낼까? 그러다 어느 날 밤 직장과 집 사이에서 그 여자와 맞닥뜨려볼까? 따뜻한 오후의 거리를 독신 남녀가 모이는 술집인 양 오가는 남자와 여자들을 구경한다. 여자들은 노골적으로 차려입었으면서 남자들이 쳐다보면 성을 낸다. 남자들은 건달처럼 차려입었으면서 아무도 봐주지 않으면 성을 낸다. 5센티미터짜리 주머니칼로 사과를 조각낸다. 사과를 씹으며 표적을 고른다. 사과를 베어 물기 직전마다 입 안에 침이 고인다.
 물론 거리로 내려갈 생각은 없다. 이제는 다른 할 일이 있기 때문이다. 새로운 취미가 생긴 지 한 시간 만에 포기하는 사람이 되고 싶지는 않다. 그런 사람은 패배자다. 시작한 일을 끝내지 못하는 자. 나는 그런 사람이 아니다. 뭐든 끝까지 해낸 경험이 한 번도 없었다면 지금에 이르지 못했을 것이다.
 노크 소리에 생각이 멈춘다. 점심을 먹을 때 누가 내 사무실에 찾아온 적은 한 번도 없다. 찰나의 순간 경찰이 들이닥쳐 날 체포할 거라는 예감이 스친다. 반사적으로 서류 가방을 집으려고 손을 뻗는다. 그때 문이 벌컥 열리고 문간에 선 샐리가 보인다. 아무래도 문에 자물쇠를 달아야 할 것 같다.

"안녕, 조."

나는 그제야 뒤로 기대앉는다. "안녕, 샐리."

"사과는 어때요? 맛있어요?"

"맛있어요." 말과는 달리 금방 식욕이 떨어진다. 나는 더 이상 대화를 이어가지 않으려고 사과 한 조각을 입에 쑤셔 넣는다. 이 여자는 대체 뭘 원하는 걸까?

"참치 샌드위치 좀 만들어 왔어요." 샐리가 문을 닫고 내가 앉은 벤치로 걸어오며 말한다. 내 사무실에는 앉을 자리가 하나뿐이고 그 자리에는 이미 내가 앉아 있다. 나는 샐리가 떠나길 빌면서 자리를 내주지 않는다. 참치 샌드위치를 받아 들고는 사과를 입 안 가득 문 채 고마운 척 거짓 미소를 짓는다. 그러자 샐리가 내가 부탁만 하면 언제라도 나와 잘 것 같은 미소를 지어 보인다. *하느님 제발 조가 그런 부탁을 하게 해주세요*, 하고 내심 바라겠지만 당연히 그럴 일은 절대 없다. 참치 샌드위치가 맛있기는 하지만 그 정도로 맛있지는 않다. 나는 사과를 삼킨 뒤 참치와 빵을 크게 한 입 먹는다.

"정말 맛있네요." 그러고는 입에서 빵 부스러기를 흘리려 애쓴다. 샐리가 멍청하다고 해서 '느린 조' 연기를 안 할 수는 없다. 그 누구도, 뚱뚱한 샐리조차도 사실은 내가 얼마나 똑똑한지 알게 해서는 안 된다.

샐리도 벤치에 기대어 서서 참치 샌드위치를 한 입 베어 문다.

아무래도 내 사무실에서 시간을 보낼 작정인가 보다. 샐리가 샌드위치를 씹으며 미소를 짓는데 그녀의 입에서는 빵 부스러기가 떨어지지 않는다. 차라리 떨어지면 살을 빼는 데 조금이나마 도움이 될 텐데. 샐리의 얼굴에서는 바보 같은 미소가 한시도 떠나지 않는다. 샐리가 먹으면서 자신의 엄마와 아빠, 남동생의 이야기를 들려준다. 오늘이 남동생 생일인 모양이다. 남동생의 나이를 묻지 않았는데도 굳이 내게 말해준다.

"스물한 살이에요."

"축하 파티라도 하나요?" 내가 어쩔 수 없이 의례적인 질문을 하자 샐리가 무언가를 말하려다 멈칫한다. '모자라지만 특별한' 사람들이 늘 마주하는 문제를 겪고 있는 게 분명하다. 자신에게 남동생이 정말 있는지, 오늘 그 동생이 정말 스물한 살이 됐는지 곰곰이 생각해보고 있을 것이다.

여자는 금성에서 왔다던데 샐리 같은 사람들이 도대체 어디서 왔는지는 알 길이 없다.

"그냥 집에서 간단하게 축하할 거예요." 샐리가 슬픈 목소리로 말한다. 나도 집에서 가족끼리 간단히 생일을 축하해야 한다면 목소리에 슬픔이 묻어나겠지. 샐리가 손을 뻗어 목에 걸린 십자가 장식을 만진다. 참 웃긴 일이다. 세상에서 가장 소외되어 있는 지적 장애인들이 신을 가장 신뢰하고 우러러보니 말이다. 큼지막하게 대충 만든 금속 십자가에 매달린 예수가 고통스러워 보인다. 십자가에 못 박혀서가 아니라 영원히 샐리의 가슴을 내려다볼 수밖에 없는 각도로 고개가 틀어져 있기 때문이다.

시간이 느리게 흐른다. 파일은 아직도 내 작업복 안에 있다. 샐리가 그만 갔으면 좋겠는데 어떻게 말해야 할지 모르겠어서 그냥 샐리가 준 샌드위치를 두 조각째 먹기 시작한다. 샐리가 대화를 끌어내려 애쓰면서 내 가족에 관해 묻는다. 나는 엄마는 제정신이 아니고 아빠는 죽었으며 두 사실 모두 바뀔 일이 없으리라는 것 말고는 딱히 할 말이 없다. 내가 아무 말도 하지 않자 이번에는 내 하루가 어땠는지, 어제는 어땠고 내일은 어떨 것 같은지 묻는다. 날씨 얘기만큼이나 지루하기 짝이 없다.

샌드위치를 천천히 먹고 작업복에 찔러 넣은 파일에 배가 긁혀 가려운 걸 참은 지 20분이 흐른다. 샐리가 마침내 자세를 바로 하고는 또 보자는 인사를 하며 자리를 뜬다. 나는 샐리가 나가자마자 파일을 꺼내 벤치에 내려놓는다. 사건 서류를 사무실로 가져와 살펴보면서 이렇게 긴장되기는 처음이다. 샐리가 다시 들어올 수도 있기 때문이다. 하긴 샐리는 어차피 서류를 봐도 이해하지 못할 것이다. 방금 발견된 복음서를 여는 고고학자처럼 조심스럽게 표지를 연다. 가장 먼저 눈에 들어온 건 다니엘라 워커의 사진이다. 목에 멍이 든 다니엘라가 눈을 뜨고 나를 쳐다본다. 사진을 꺼내서 다니엘라의 얼굴이 보이도록 벤치에 내려놓는다. 뒤이어 사진 아홉 장을 더 꺼낸다.

섬뜩한 카드들로 솔리테어 게임을 하는 미치광이처럼 사진 열 장을 나란히 배열한다. 네 장의 사진에서 다니엘라가 나를 쳐다본다. 사진의 번호순대로 피부색이 점점 옅어진다. 사진에 찍힌 시간대로라면 한 시간에 걸쳐 차례대로 찍었으니 색깔이 변할 만도 하다. 마지막 사진에서는 초록빛 눈동자가 더는 반짝이지 않는다. 마치 상한 자두 같은 질감이다. 나머지 여섯 장은 침실을 다양한 각도에서 찍은 사진들이다.

파일에는 그 외에도 사진을 무려 120장이나 더 찍었다고 기록돼 있다. 꽤 방대한 포트폴리오다. 방 전체뿐 아니라 집 안 여러 물건을 가까이에서 찍은 사진들인데 목록이 아주 구체적이다. 문, 계단, 침대, 가구, 문고리에 묻은 얼룩 등 하나도 빠짐없이 찍은 모양이다. 목록을 들여다보지만 딱히 감이 잡히지 않는다. 더 열심히 들여다본다. 그 여자의 집 안에 내가 있다고 상상해본다. 하지만 경험에서 우러나올 줄 알았던 자연스러운 통찰이 좀처럼 떠오르지 않는다.

보고서를 훑어본다. 시신은 남편이 발견했고 몸 전체가 시트로 덮여 있었다. 범인은 왜 시신을 시트로 덮었을까? 양심의 가책이라도 느꼈나? 최소한의 예의였을까?

독극물 보고서도 읽는다. 점심시간 대부분을 들여 열 장이나 되는 글을 읽었지만 알게 된 건 딱 하나, 시간 낭비를 했다는 것뿐이다. 다니엘라의 몸에서 약물은 하나도 발견되지 않았다. 알코올도 독도 없었다.

부검 보고서는 더 길지만 덜 복잡하다. 쉽게 읽혀서 다 읽기도 전에 결론이 어떨지 알 수 있다. 보고서는 다니엘라가 겪은 일을 지나치게 냉담한 어조로 서술했다. 아마 부검의가 비슷한 시신을 너무 많이 봐서 질렸기 때문이겠지. 부검의는 여성의 신체와 해부학적 구조에 대한 그림을 첨부해 다니엘라가 시련을 겪는 동안 손상된 부위를 그 위에 표시했다. 정액은 하나도 검출되지 않았다. 콘돔을 썼다는 뜻이다. 시신의 음모는 빗어지고 씻겨 있었다. 범인이 혹시나 남아 있을 자신의 머리카락과 피부 상피세포를 모두 없애려 했다는 뜻이다. 나는 이런 행동을 해본 적이 없고 앞으로도 하지 않을 것이다. 물론 이 방법이 나쁘다는 건 아니다. 무엇보다 이건 범인이 결코 미친 사람이 아니며 경찰의 법의학적 수사 과정을 꽤 잘 알고 있다는 사실을 보여준다.

멍 자국은 있어야 할 곳마다 널려 있고 갈비뼈 두 대도 금이 가 있다. 눈과 입에는 주먹으로 한 번씩 맞은 흔적이 있다. 사건 전에 생긴 상처들도 발견됐는데 가장 최근 상처는 죽기 두 달 전에 생겼고 폭력에 대한 신고 기록은 없다. 부검의의 소견에 따르면 다니엘라는 반복적으로 구타를 당해왔다. 죽기 전부터 자주 그런 일을 당하고 있었던 것이다. 사인은 목 졸림이다.

나머지는 자동차 정비사의 수리 보고서처럼 일반적이고 재미없는 내용이다. 다니엘라의 시신은 완전히 해부되었으며 장기의 무게와 뇌의 크기도 측정됐다. 부검 중 손이며 목, 발 등을 찍은 사진과 상세한 설명이 두 페이지나 된다. 이런 건 넘어간다.

범인의 DNA는 현장에서 발견됐고 지문은 없었다. 범인은 내가 착용하는 것과 같은 라텍스 장갑을 썼다. 범인의 손가락 끝부분에 해당하는 장갑의 잔여물은 문손잡이에 남았다. 피해자 몸 곳곳에서도 장갑 잔여물이 상당량 발견됐다. 시신의 눈꺼풀에 유일하게 지문이라 할 만한 게 찍히기는 했지만 지문이 불완전하고 너무 심하게 손상돼 쓸모가 없다. 인간의 피부는 그래서 좋다. 지문이 찍혀도 온전히 형태를 유지하기가 어렵다. 그나마 지금까지 다른 곳에서 발견된 머리카락과 카펫 섬유와 신발 자국은 시신을 발견한 남편과 현장에서 일한 경관과 형사들의 것으로 밝혀졌다. 범죄 현장은 경찰이 범하는 오염으로부터 자유로울 수 없다. 경관들의 DNA 데이터베이스가 등록되어 있는 건 그 때문이다. 경찰은 이 데이터베이스를 이용해 경관들이 남긴 증거를 제외한다. 그런 다음 피해자의 가족과 친구, 이웃의 DNA 샘플을 채취해서 범위를 좁힌다. 어젯밤 나는 안젤라의 집에 맥주 두 병에 묻은 침과 카펫 섬유, 머리카락 등 많은 증거를 남겼다. 그러나 내게는 전과 기록이 없다. 내 이름과 이 DNA 샘플들을 연결할 정보가 없다는 뜻이다. 그러니까 난 자유다.

다니엘라를 죽인 놈은 전과가 있을지도 모르지만 그놈의 흔적은 내가 남긴 증거와는 다르다. 나는 매번 현장에 일관된 증거를 남겼다. 누가 판단했는지 몰라도 다니엘라를 내가 죽인 여자들 사이에 끼워 넣기로 한 건 분명 잘못된 판단이다. 부검 보고서를 다시 본다. 피해자의 손톱이 죽은 다음에 깎였다고 나온다. 피해자가 범인을 할퀴었다는 뜻이다. 나도 얼굴이 아닌 곳을 피해자가 몇 번 할퀸 적이 있지만 개의치 않았다. 요리사가 불에 데었다고 불평하거나 충돌 테스트용 더미 인형이 차에 받혔다고 불평하는 것과 같기 때문이다. 이 일을 하다 보면 그 정도는 감수해야 한다. 나는 그냥 상처가 사라질 때까지 소매를 내리고 다닌다. 사람을 죽인 뒤 시신의 손톱을 깎아 증거를 없앨 생각은 해본 적도 없다. 다른 증거는 다 남기면서 손톱을 깎고 음모까지 빗질할 이유는 없지 않은가. 경찰은 도대체 무슨 생각으로 이 죽음을 나에게 갖다 붙였을까.

사진과 파일을 회의실에서 가져온 초소형 카세트테이프와 함께 서류 가방에 넣는다. 가방을 잠그고 벤치에 올려둔 뒤 한 층 위로 올라간다. 5층은 방이 더 많고 사람은 더 적고 회의실은 아예 없다. 나는 대걸레와 진공청소기로 같은 행동을 반복하면서 모두에게 인사를 건넨다. 다들 마치 가장 친한 친구라도 되는 양 나에게 웃어 보인다. 일을 잘 마쳐서 오늘도 누구보다 빨리 4시 반에 퇴근한다. 그 시간이면 집에 가는 이른 버스를 탈 수 있다. 퇴근길에 마주치는 사람들이 좋은 밤을 보내라고 인사한다. 나는 그러겠다고 대답한다. 잘 가라고 외치는 샐리의 인사는 못 들은 척한다.

크라이스트처치 거리는 활기로 가득하다. 도로는 차들로 막히고 인도는 사람들로 꽉 차 있다. 사람들 사이를 걸어도 내 정체를 아는 사람은 아무도 없다. 그들의 눈에 나는 걱정 하나 없어 보이는 작업복 차림의 남자일 뿐이다. 그들이 죽고 사는 것은 내 손에 달려 있지만 그걸 아는 사람은 나뿐이다. 외로우면서도 동시에 우월감과 쾌감이 샘솟는다. 한낮의 열기가 조금 가셨지만 여전히 덥다. 버스 정류장에 도착해서 마음만 먹으면 지금 당장이라도 죽일 수 있는 별 특징 없는 사람들과 함께 몇 초간 버스를 기다린다. 늘 그렇듯 내 오른손에는 서류 가방이 왼손에는 버스표가 들려 있다. 버스에 올라타 표를 건넨다.

"안녕하세요, 조." 버스 기사가 환한 미소를 지어 보인다.

"안녕하세요, 셀레나 양. 오늘 기분 어때요?"

"아주 좋아요, 조." 셀레나가 내 표에 구멍을 뚫으며 대답한다. "어제는 우리 못 봤네요."

안젤라의 집으로 가는 버스가 없었나?

"지각했거든요."

셀레나가 내 버스표를 돌려준다. 그녀의 움직임과 목소리, 나를 위아래로 훑는 눈길을 유심히 살핀다. 셀레나가 풍기는 비누와 향수 냄새를 맡으니 함께했던 여자들이 떠오른다. 어깨까지 내려오는 검은 머리가 약간 젖어 있는 걸 보니 나를 상상하며 샤워했으리라는 추측을 자연스레 하게 된다. 몸에 비누칠을 하며 쾌감에 젖는 셀레나의 모습이 그려진다. 작업복 앞섶이 약간 팽팽해진다. 몸매가 탄탄하고 피부가 탱탱한 셀레나가 짙푸른 눈으로 내 눈을 들여다본다. 스탠리 씨와는 다른 눈빛이다. 나를 겉은 멀쩡한데 내면은 어딘가 망가진 사람으로 보는 스탠리 씨와는 달리 셀레나 양은 나를 자신을 만족시킬 남자로 본다. 셀레나의 손가락이 내 손을 스친다. 셀레나는 나를 원한다. 안타깝게도 나는 그녀가 운전하는 버스가 무척 마음에 든다. 셀레나의 욕구를 채워주는 건 그녀가 직업을 바꾼 뒤로 미룬다.

버스 안이 꽉 차지는 않았지만 마땅한 자리가 없어 펑크스타일 옷을 입은 젊은 남자 옆에 앉는다. 일기 예보관을 흠씬 두들겨 팬 이야기면 모를까 날씨 이야기 따위는 절대 하지 않을 것처럼 생긴 남자다. 옷은 온통 검은색이고 목에는 징이 박힌 검은색 초커를 두르고 있다. 머리카락은 빨갛고 코에는 스파이크가 박혀 있고 귓불은 수도꼭지 와셔 모양의 귀걸이로 늘어뜨렸다. 이 멋진 도시의 또 다른 평범한 시민이다. 남자의 아랫입술에 박혀 목까지 늘어진 쇠줄 피어싱을 보니 그 줄을 잡아당기면 변기 물이 내려가듯 남자의 정신도 씻겨 내려갈까 문득 궁금해진다. 남자가 입은 티셔츠에는 '*걱정 마. 숙맥은 내가 잘 다루니까*'라고 적혀 있다.

집에 도착하니 5시 30분이다. 이때쯤 우리 아파트 건물 앞은 완전히 그늘져 있다. 누군가가 쓰레기통을 뒤집었는지 인도는 오래된 음식물로 덮여 있고 그 음식물은 다시 파리로 덮여 있다. 계단을 타고 꼭대기 층으로 올라간다. 집에 들어가자마자 환기하려고 창문을 열지만 곧 다시 닫는다. 창밖에서 뭔지 모를 악취가 나기 때문이다.

직장에서 쓰는 것과 똑같은 선풍기를 켠다. 고백하자면 사실 직장에서 가져온 것이다. 소파에 뒀던 서류 가방을 열어 초소형 카세트테이프를 꺼낸 뒤 작업복을 벗으면서 테이프에 녹음된 대화에 귀를 기울인다. 흥미로운 내용은 없다. 회의실 안의 사람들은 아무 단서도 찾지 못했다는 사실을 인정하고 있다. 기자들에게는 몇 가지 단서를 찾았다고 했으면서 말이다.

테이프를 다시 서류 가방에 던져 넣는다. 내일 또 새로운 테이프를 바꿔 끼울 것이다.

소파에 앉아 금붕어에게 먹이를 준다. 녀석들은 5초마다 기억이 초기화되긴 해도 사료와 나는 항상 알아본다. 어항 가장자리에 손가락을 갖다 대면 둘 다 내 손가락을 따라온다. 나는 모든 사람이 현재로부터 5초 전까지만 기억할 수 있다면 멋진 세상이 될 거라는 생각을 가끔 한다. 그러면 원하는 만큼 사람을 죽일 수 있을 것이다. 물론 나도 내가 살인을 좋아한다는 사실 자체를 기억하지 못할 테니 그다지 신나지 않을지도 모른다. 누군가를 묶다가 내가 왜 그러고 있는지 잊어버릴지도 모른다. 5초 전까지만 기억하는 세상은 그런 이상한 순간이 수도 없이 많을 것이다.

사료를 다 먹은 피클과 제호바가 헤엄을 치고 또 치는 행복한 일과로 돌아간다. 나는 현관문을 잠근 뒤 서류 가방을 꼭 쥐고 아래층으로 내려간다.

몇 블록을 걸으면서 길가를 따라 주차된 차들을 하나하나 살펴본다. 15분 뒤 차 한 대를 골라 타고 회의실에서 챙긴 파일 2페이지에 있는 주소로 간다. 지금 훔친 차는 담배 냄새가 나는 10년 된 혼다지만 승차감은 꽤 좋다. 확실히 트렁크에 시체를 싣지 않으니 운전하기가 더 쉽다. 다니엘라 워커의 집을 천천히 지나간다. 선홍색 벽돌과 암갈색 강철 지붕, 알루미늄 창틀이 바로 어제 지은 것처럼 보이는 2층짜리 연립 주택이다. 모퉁이에 가격표가 달리지 않은 게 신기할 정도다. 넓지 않은 정원은 지저분하다. 관목 몇 그루와 묘목 두 그루 그리고 햇빛에 시든 꽃 무리가 심겨 있다. 여기에도 가격표는 걸려 있지 않다. 진입로에는 포장용 돌이 깔려 있고 현관문으로 가는 길은 자갈로 덮여 있다. 바짝 마른 잔디는 손질이 안 돼 있고 우편함은 광고지로 가득 차 있다. 붉은 바지와 파란 셔츠를 입은 땅 요정 석상이 꼭 총에 맞은 것처럼 정원에 모로 누워 있다.

차를 몰고 블록을 한 바퀴 돈 다음 아무도 보지 않는 걸 확인하고 집 밖에 차를 세운다. 차에서 폴짝 뛰어내려 넥타이를 곧게 펴고 재킷 매무새를 정돈하고는 서류 가방을 들고 현관으로 걸어간다.

문을 똑똑 두드린다.

기다린다.

다시 두드린다.

기다린다. 다시 두드린다.

아무도 없다. 보고서에 적힌 그대로다. 내가 가장 유력한 용의자로 점찍은 다니엘라의 남편은 사건이 일어난 뒤로 집에 돌아오지 않았다. 우편물 수신 주소는 남편이 현재 아이들과 지내고 있는 남편의 어머니 집으로 변경됐다.

현관문을 가로지르던 경찰의 접근 금지 테이프는 사건이 일어난 지 이틀 만에 제거됐다. 사실 접근 금지 테이프는 오히려 기물 파손을 유도할 뿐 별 도움이 안 된다. 커다란 초인종 옆에 '누르지 마시오'라고 적는 것과 같다고나 할까. 만약 접근 금지 테이프를 그대로 뒀다면 분명 집 안의 벽이란 벽은 온통 거대한 음경 그림으로 뒤덮이고 옮길 수 있는 가구는 죄다 사라질 것이다. 그렇지 않으면 기적이다. 나는 주머니를 뒤져 열쇠를 꺼낸다. 10초 정도 자물쇠를 만지작거린다. 나는 이 일을 잘한다.

문을 열고 안으로 들어간다.

9장

샐리는 조와 같은 시간에 퇴근했다. 조를 따라잡으려고 몇 번 소리쳐 부르기까지 했지만 그는 듣지 못했다. 뒤따라갔는데 조가 정류장에 도착한 지 얼마 안 돼 버스가 왔고 버스는 샐리가 멈춰 세울 틈도 없이 조를 태우고는 디젤 연기구름을 뿜어내며 출발했다. 샐리는 조가 어디로 가는지 궁금했다. 조는 걸어갈 때도 있고 버스를 탈 때도 있었다. 부모님과 함께 살까? 자기와 비슷한 사람들과 살까? 독립적인 성격이니까 아파트에서 혼자 스스로를 챙기며 살고 있다 해도 놀랍지 않을 것 같다. 가족이 있기는 할까? 가족 이야기를 해주면 좋을 텐데 조는 가족 이야기를 한 번도 하지 않았다. 조가 세상을 홀로 살아가고 있을까 봐 걱정된다. 조의 삶에 다가가려는 노력을 더 해야겠다. 누군가가 마틴의 손을 잡아주면 좋겠다고 생각했던 그 마음만큼 말이다. 물론 마틴은 죽었다.

살아 있었다면 마틴은 오늘 스물한 살이 됐을 것이다. 만약 마틴이 살아 있었다면 샐리와 부모님은 마틴의 생일을 어떻게 축하하고 있었을까?

파티를 열어 마틴의 친구들을 초대하고 벽에는 풍선을 가득 매달고 경주용 자동차 모양 초콜릿케이크에 초 스물한 개를 꽂았을 것이다.

샐리는 차를 세워둔 주차장 건물로 걸어갔다. 조가 좋아할지 모르겠지만 다음에 그를 보면 집까지 태워다 주겠다고 해볼 생각이다. 그러면 그를 더 잘 알게 될 것이다. 내일 한번 물어봐야지.

샐리는 아름다운 크라이스트처치가 좋았고 특히 에이번강을 따라 걷는 게 참 좋았다. 에이번강은 짙은 색 물이 흐르고 강둑에는 푸른 초목이 우거진, 도심을 가로지르는 자연의 띠다. 지금은 긴 여름을 나면서 강둑의 초목이 평소만큼 무성하지 않지만 물과 가까운 곳은 여전히 푸르렀다. 샐리는 가끔 강가에서 점심을 먹었다. 풀밭에 앉아 물속에서 먹이를 먹거나 헤엄치는 오리들을 구경하면서 빵 조각을 던져줬다. 조에게도 같이 오자고 권해봐야겠다. 조를 보면 볼수록 남동생이 생각난다. 마틴을 도울 길은 이제 없지만 조는 도울 수 있을지도 모른다. 말도 안 되는 생각일까?

주차장 건물 입구에서 몇 미터 떨어진 곳에 노숙자 한 명이 앉아 있다. 1980년대에 유행한 남색 운동복 재킷을 입고 다리가 녹색인 플라스틱 선글라스를 끼고 있다. 야구 모자에는 페인트가 너무 많이 튀어서 팀 이름조차 보이지 않는다. 턱에는 며칠 자란 수염이 까칠하다. 그래도 면도를 하긴 하는 모양이다. 샐리가 노숙자를 보고 웃자 그도 미소로 화답한다. 샐리는 샌드위치가 담긴 작은 비닐봉지를 노숙자에게 건넸다.

"오늘은 좀 어때요, 헨리?"

"나아졌어요, 샐리." 자리에서 일어난 헨리가 크고 닳아빠진 청바지에 티셔츠를 집어넣으며 말한다. "아버지는 어떠세요?"

"그럭저럭 지내세요."

거짓말이다. 아버지는 잘 지내지 못한다. 파킨슨병이란 게 원래 그렇다. 한번 몸에 침투해 집을 지으면 떠날 절대 생각을 하지 않는다. 그럭저럭 지내기라도 하면 천만다행이다.

"아버지 생일이 이번 주라 저녁에 다 같이 외식하려고요."

샐리는 말하면서도 즐겁지 않으리라는 예감이 들었다. 마틴이 죽은 뒤로 아버지의 생일이 즐거웠던 적은 한 번도 없었다. 아버지의 생일이 마틴이 죽기 한 달 전이나 후라면 몰라도 마틴의 기일과 같은 주에 있는데 어떻게 즐거울 수 있겠는가.

"음, 즐거운 시간 보내요." 헨리가 샐리의 생각을 끊으며 말한다. "아버지에게 대신 안부 전해줘요. 그리고 잊지 말아요, 샐리. 예수님은 당신을 사랑해요."

샐리는 헨리를 보며 미소를 지었다. 샐리도 예수님이 자신과 헨리를 사랑한다는 걸 알고 있다. 그 사실만으로 결국 모든 게 괜찮아진다는 것도 안다. 처음 헨리에게 샌드위치를 만들어주기 시작했을 때(돈은 헨리가 죄짓게 만드는 물질에 쓰일 게 분명해서 주지 않았다) 샐리는 헨리에게 예수님이 그를 사랑한다는 말을 자주 했다. 그때만 해도 헨리의 답은 부정적이었다. 헨리는 하느님과 예수님이 자기를 증오한다고 했다. 하느님이 그를 실업자로 만들고 노숙자로 만들었다고 했다. 하지만 샐리는 그런 일이 생긴 건 헨리 자신 때문일 가능성이 더 크다고 지적했다. 그러자 헨리는 자신에게 도박하는 습관을 주었거나 최소한 그 습관을 그대로 둔 것도 하느님이 아니냐고 대꾸했다. 그 말에 샐리는 헨리에게 아직도 도박을 하는지 물었고, 헨리가 아니라고 답하자 그것이야말로 하느님이 도와주신 거라고 반박했다.

"그런 거라면 하느님은 타이밍을 잘 못 맞추시네요."

헨리가 말했다. 샐리는 그 말이 마음에 들지 않았지만 일리가 있다는 건 부인할 수 없었다. 헨리는 하느님의 형상으로 만들어진 인간들은 자기를 도와주지 않으니 하느님도 자신을 도울 리 없다고 지적했다. 만약 하느님이 이 땅에 내려온다고 해도 돈과 음식을 구걸하는 헨리를 보고 못 본 척 지나갈 것이라고 했다. 사람들이 모두 그랬던 것처럼 말이다.

샐리는 헨리를 돕지 않고 지나친 적이 한 번도 없었지만 그의 말을 이해할 수 있을 것 같았다. 샐리는 몇 달 동안 헨리에게 샌드위치를 가져다준 끝에 마침내 하느님의 뜻을 더 가르쳐줄 수 있었다. 헨리가 하느님의 뜻을 언급하는 건 아마 음식을 계속 받기 위해서겠지만 그래도 샐리는 헨리가 그런 말을 하는 게 좋았다.

"내일 봐요, 헨리. 몸 잘 챙겨요."

헨리는 다시 자리에 앉아 샐리의 말대로 제 몸을 챙기기 위해 샌드위치가 담긴 비닐봉지에 손을 넣었다. 샐리는 주차장 건물로 들어가 엘리베이터를 타고 자기 차가 있는 층으로 올라갔다.

곧이어 샐리의 차도 시내의 다른 차들과 뒤섞였다. 차를 몰면서 정말 아름다운 도시라고 생각했다. 크라이스트처치는 사람들이 친절하기로 손꼽히는 도시이기도 하다. 이유는 분명하다. 좋은 사람이 너무나 많기 때문이다. 이 도시에는 마음이 따뜻한 사람이 많다. 그저 사람들이 그 마음을 좀 더 자주 보여주길 바랄 뿐이다. 샐리는 연달아 파란불로 바뀌는 신호등을 보며 미소를 지었다. 햇살은 여전히 밝고 바람은 따뜻하고 사람들은 모두 행복해 보였다. 샐리는 운전석 창문이 고장 나 조수석 창문을 내렸다. 그 창문으로도 바람이 충분히 들어오니 괜찮았다. 운전하는 내내 얼굴에서는 미소가 떠나지 않았다. 꽃밭과 나무가 수없이 많고 강이 도심을 가로질러 흐르는 도시. 이보다 더 살기 좋은 곳이 또 어디 있을까?

10장

　낮 동안의 열기가 갇혀 집이 건조기 안처럼 후끈해진 게 가장 먼저 느껴진다. 다음으로 눈에 띈 건 벽에 생식기가 그려져 있지도 않고 도난당한 물건도 없다는 점이다. 기적이 있기는 한가 보다. 스위치를 켜보니 전기도 아직 들어온다.
　냉장고에서 맥주 몇 병을 발견한다. 유통기한이 지난 음식도 몇 개 있다. 음식의 젖은 표면에서 털 같은 곰팡이 덩어리가 자라고 있다. 맥주도 내키지 않을 만큼 입맛이 뚝 떨어질 뻔했지만 완전히 떨어지지는 않았다. 뚜껑을 돌려서 따는 맥주가 아니라서 서랍을 뒤져 병따개를 찾아낸다. 식탁에 앉아 다니엘라의 파일을 훑어보며 시원한 맥주를 마신다. 파일을 다 읽고 맥주병과 뚜껑, 병따개를 서류 가방에 넣은 뒤 위층으로 올라간다.
　위층은 더 후끈하다. 마치 지난여름의 열기에 그전 여름의 열기까지 다 저장된 것 같다. 재킷을 벗어둘 공간을 만들다가 작은 탁자 위에 있던 화병을 쳐서 바닥으로 떨어뜨린다. 화병이 깨진다. 아, 이런. 시체는 안방에서 발견됐으니 더는 시간을 낭비하지 않고 곧장 안방으로 간다.
　서쪽으로 난 창문으로 저무는 태양 빛이 쏟아져 들어온다. 안방은 내가 그동안 침입했던 방들과 크기가 비슷하다. 짙은 색 카펫은 파란색 같기도 하고 초록색 같기도 해서 색맹인 사람 눈에는 회색으로 보일 것이다. 바닥에는 열두 개가 넘는 플라스틱 표지판이 흩어져 있고 각각의 표지판에는 번호가 매겨져 있다. 크기만 클 뿐 식당이나 카페에서 누가 연어나 라테를 주문했는지 구분하려고 나눠주는 번호표와 비슷하다. 파일에 따르면 표지판에 적힌 숫자는 표지판을 놓은 위치에서 발견된 머리카락이나 피, 속옷의 번호를 나타낸다. 쓰고 남은 증거 보관용 봉지가 여기저기 버려져 있다. 이러니 경찰이 단서를 못 알아내는 것도 당연하다. 벽은 온통 요철이 있는 빨간 벽지로 덮여 있다. 이 방에는 조금 과하게 밝아서 우습게도 더 후텁지근하게 느껴진다. 죽음의 냄새가 아직도 난다. 포개진 카펫에 흠뻑 밴 이 냄새는 아마 영영 사라지지 않을 것이다. 큰 벽장에는 내 사이즈가 아닌 옷이 가득 차 있고 침대 위 벽에는 아프리카나 호주로 보이는 풍경화가 걸려 있다. 엄마에게 가져다줄까 싶다. 침대 옆 탁자 위에는 진통제 한 팩, 작은 나이트 크림(그게 뭔지는 모르지만) 병, 알람 시계, 티슈 상자 등 흔히 볼 수 있는 잡동사니가 놓여 있다. 알람 시계는 여전히 정확한 시각을 나타내고 있다. 침대 반대쪽에도 비슷한 탁자가 있다. 이 집 안의 다른 모든 곳이 그렇듯 하얀 지문 식별 가루가 온 방에 흩어져 있다. 슈뢰더 형사와 그의 동료들이 코카인 파티라도 한 것처럼.

    파일에 있는 안방의 약도를 본다. 집 안 전체가 약도로 그려져 있어서 이 집에서 길을 잃을 일은 없다. 약도를 보니 증거가 발견된 모든 장소가 한눈에 파악된다. 약도상으로 침대 건너편에 욕실 문이 있다고 돼 있어서 가보니 정말 욕실이 있다.

시신은 침대에서 발견됐다. 테이프나 분필로 시신의 윤곽선이 표시돼 있지는 않다. 그런 건 TV에서나 볼 수 있다. 아쉬운 일이다. 그걸 그리는 건 꽤 괜찮은 직업이었을 텐데 말이다. 면접은 아마 이럴 것이다. "음, 시신의 윤곽을 따라 선을 그릴 수만 있다면 합격입니다." 바닥의 플라스틱 숫자 표지판과 증거 보관용 봉지를 밟지 않도록 조심하면서 방을 가로질러 침대 귀퉁이에 앉는다. 이불이 눌리며 귀퉁이가 살짝 처진다. 지금까지 한 일이라고는 화병을 쳐서 떨어뜨리고 편안한 침대에 앉은 것뿐인데도 벌써 땀이 흐른다. 셔츠 소매로 이마를 닦으니 소매가 축축해진다. 소매를 걷어 올리고 서류 가방을 침대에 내려놓는다. 총을 바로 꺼낼 수 있도록 가방을 열어둔다. 가방에 든 빈 맥주병을 보니 아래층으로 내려가 한 병 더 마시고 싶은 충동이 들지만 참는다.

정확히 뭘 찾아야 하는지는 나도 잘 모르니 목표를 단계별로 나누기로 한다. 한 걸음씩 천천히 가는 것이다. 단기 목표는 단순해야 한다. 지금 내 단기 목표는 쓸 만한 단서를 찾아서 장기 목표에 활용하는 것이다. 내 장기 목표는 일곱 건의 살인과 장기 주차 중인 시신이 발견된다면 밝혀질 여덟 번째 살인까지 모두 다니엘라를 죽인 놈에게 덮어씌우는 것이다. 기념품으로 갖고 있는 주차권을 증거로 심어두면 된다. 눈을 감고 이 모든 일이 어떻게 펼쳐질지 상상해본다. 그러다 너무 앞서 나간다 싶어 다시 눈을 뜬다. 먼저 단기 목표부터 달성해야겠다.

주위를 둘러본다. 좋은 집이다. 나중에 여기서 살아도 되겠다. 내 집과도 잘 어울릴 멋진 평면 TV가 꺼진 채로 구석에 있다. 현장 사진에서는 켜져 있었다. 어쩌면 범인은 다니엘라를 공격하면서 TV를 봤을지도 모른다. 다니엘라가 봤을 수도 있다. 그날 TV에서는 무엇이 방영됐을까? 범인은 따분한 영국식 테마곡에 맞춰 다니엘라를 강간했을까? 전형적인 가족사진이 방에 가득하고 모두 카메라를 향해 가짜 미소를 짓고 있다. 가족사진은 침대 옆 탁자에도 있고 벽에도 걸려 있다. 사진 속 얼굴들이 날 보고 있을 수도 있지만 이 집에서는 시선이 느껴지지 않는다. 또 다른 침대 옆 탁자에는 십자말풀이 잡지와 전화기가 놓여 있다. 전화기는 벽에서 뜯겨 있어서 작동이 안 된다. 침대 옆 탁자 바닥에 TV 리모컨이 있다. 리모컨 버튼마다 하얀 지문 식별 가루가 묻어 있다. 십자말풀이 잡지를 서류 가방에 넣는다. 서랍장을 뒤져보았지만 별다른 건 없다. 속옷을 꺼내 보니 섬유 유연제 냄새가 나고 얼굴에 닿는 느낌이 부드럽다. 서류 가방 안에 팬티 한 장을 넣는다.

 욕실에도 흥미로운 건 하나도 없다. 세면대 위에 놓인 다니엘라 남편의 전기면도기가 내 것보다 더 좋아 보인다. 남편이 두고 간 물건 중 하나다. 침실로 돌아와 아까 그 침대 귀퉁이에 앉는다. 가방 속 칼에 흠집이 안 나도록 면도기를 팬티에 싸서 서류 가방에 넣는다. 빨간 벽과 청록색 카펫. 유행이 뭔지 평생 모르고 살다 보니 이 색들이 막 뜨고 있는 건지 한참 지난 유행인지 아니면 요즘 다시 뜨고 있는 건지 모르겠다. 이 색들을 좋아해야 하는지도 모르겠다.

 집중하자.

 다시 부검 보고서를 떠올린다. 손목에 묶인 자국이 있는 걸 보면 다니엘라는 목이 졸리기 전에 범인을 할퀴었을 것이다. 나도 가슴을 심하게 긁혀 꿰매야 했던 적이 있는데 병원에 갈 수는 없어 마트에서 상처 봉합 밴드를 샀었다. 상처는 밴드를 여섯 장쯤 써서 봉합하니 잘 아물었다. 감염되기는 했지만.

현장에서 발견된 피는 다니엘라의 것밖에 없었다. 범인은 다니엘라의 얼굴을 몇 번 때렸을 뿐 칼로 찌르지는 않았다. 다니엘라가 베개에 얼굴이 처박힌 채 흘렸을 핏방울이 꼭 슬픈 광대의 눈물 자국 같다. 바닥에도 핏방울이 더 흩어져 있다. 현관문 손잡이에는 라텍스 장갑의 잔여물과 함께 다니엘라의 혈흔이 묻어 있다.

보고서를 한 번 더 읽은 다음 진술서를 확인한다. 용의자가 남편이라는 데 돈을 걸었다간 낭패를 볼 뻔했다. 남편의 알리바이가 너무 확실하다. 다니엘라의 시신은 두 팔로 가슴을 감싸고 시트를 덮은 채로 발견됐다. 눈을 뜨고 있었지만 눈꺼풀에 지문 얼룩이 있는 걸로 보아 범인이 뒷정리를 하려고 장갑을 끼기 전에 눈을 감겼을 것이다. 그랬는데 사후에 눈이 저절로 다시 떠진 것으로 보인다. 아무래도 범인은 자신이 한 일에 죄책감을 느낀 것 같다. 죄책감이 들면 어떤 기분일지 잠시 생각해보지만 감이 오지 않는다. 물론 내가 모른다고 남들도 그 감정을 모르는 건 아니다. 아마 범인은 시신의 존엄성을 어느 정도 지켜주면 살인의 죄를 덜 수 있다는 착각을 했을 것이다. 겉보기에는 전형적인 가정 폭력 사건이다. 용의자인 남편의 알리바이가 완벽한 걸 빼면 말이다.

밖이 어두워져 보고서를 읽기가 점점 어려워진다.

도난당한 물건은 없다. 보석도 현금도 그대로다. 나는 사람을 죽이고 아무것도 가져가지 않는다. 범인은 나를 따라 하려고 했으니 역시 아무것도 가져가지 않았다. 그런데 범인은 내 패턴을 어떻게 알았을까? 이 사실은 언론에 공개된 적 없으니 언론을 통해 안 건 확실히 아니다. 그저 우연의 일치일까?

모르겠다. 내가 아는 것이라고는 이 집에 40분 가까이 있었는데도 아직 아무런 단서도 못 찾았다는 사실뿐이다. 자꾸 아래층에 있는 맥주 생각이 난다. 창문이라도 열걸 그랬다. 두꺼운 파일을 쥐고 있던 손에서 힘을 빼자 내용물이 침대 위로 쏟아진다. 생각이 흩어진다. 시간은 계속 흐르고 생각은 정체된다. 이 공간에서 일어난 일을 상상하며 범인의 입장이 되어 현장을 훑어본다. 나는 손쉽게 타인의 마음속에 들어가곤 한다. 범인의 마음속에 들어가 다니엘라가 죽어가는 모습을 상상하니 잠시지만 그녀가 내 밑에 깔려 있는 느낌마저 든다.

하지만 머릿속은 여전히 잠잠하다. 사이렌이 번쩍이거나 종소리가 울리는 종류의 깨달음이 전혀 떠오르지 않는다. 이보다는 쉬울 줄 알았는데. 하지만 원래 그런 일은 잘 일어나지 않는다. 내가 정말로 원하는 일은 더더욱 일어나지 않는다. 나 자신만큼이나 죽은 여자를 위해 범인을 잡고 싶지만 그게 중요할까? 그런 마음이면 답을 찾기가 더 쉬워질까? 당연히 아니다. 전기면도기와 십자말풀이 잡지를 챙겨서 그만 이곳을 떠나고 싶다. 집에 가서 금붕어에게 먹이를 주고 낮잠을 자고 싶다. 이 일도 예전 일들처럼 덮고 지나가고 싶다. 다음으로 넘어가고 싶다. 다음이 뭔지는 모르겠지만.

기지개를 켜고 하품하면서 떠날 준비를 한다. 이제 포기할 준비가 됐다. 더운 공기 때문인지 허탈감이 더 오래간다. 하품 끝에 눈을 빠르게 연달아 깜빡이니 눈에 피가 돌고 시야가 또렷해진다. 방이 다시 선명하게 보이고 사물이 3D 이미지처럼 도드라진다.

바로 그때 그것이 보였다!

순식간에 온갖 생각과 감정이 물밀듯 밀려들었다. 가장 먼저 드는 감정은 자기혐오와 부끄러움이다. 이곳에 그렇게 오래 있었으면서 이제야 발견하다니. 다음으로는 결정적인 증거가 될지도 모를 무언가가 갑자기 보이니(정확히 말하자면 보이지 않는 거지만) 흥분된다. 무엇보다 안도감이 든다. 다시 앞으로 나아갈 수 있어서, 수사를 포기할 필요가 없어서 다행이고 다니엘라를 위한 정의가 실현되리라는 생각에 마음이 놓인다.

파일 속 사진들을 획획 넘기다 안방 벽과 복도와 연결된 출입구를 찍은 사진에서 멈춘다. 사진을 들어 올려 찬찬히 살펴본다. 사진을 옆으로 치우고 눈앞의 범죄 현장을 찬찬히 살펴본다. 사진 속 출입구와 현장의 출입구를 비교한다. 똑같은 벽. 똑같은 카펫. 똑같은 실내장식. 사진에서는 푸른 잎이 무성했던 화분이 지금은 갈색으로 시들고 축 늘어져 있다. 또 하나 다른 점이 있다. 사진에는 벽 아래쪽을 등진 싱싱한 화분 옆에 만년필이 있는데, 지금은 시든 화분 옆에 볼펜이 놓여 있다. 물론 전체 사건에 비하면 아주 사소한 펜 하나일 뿐이다. 하지만 흥미롭게도 이 볼펜은 증거물 목록에도 안 올랐고 수거되지도 않았다. 중요하지 않다고 본 것이다.

하지만 내가 보기에 이 볼펜은 꽤 중요한 단서다. 이 자리에 원래 있던 만년필이 흉기였을 수도 있다. 칼보다 강력한 흉기 말이다. 볼펜 옆에 쭈그리고 앉아 벽을 유심히 살펴본다. 자세히 보니 한 군데가 작게 움푹 파여 있다. 몸을 더 가까이 기울인다. 파인 곳 한가운데 아주 작은 잉크 자국이 나 있다. 만년필을 벽에 던진 걸까? 그 만년필은 지금 어디에 있을까? 왜 볼펜으로 바꿔치기 했을까? 다니엘라가 만년필로 범인을 찔렀나? 그래서 여기로 던져졌나? 만약 그렇다면 그 펜에는 범인의 DNA가 묻어 있을 것이다. 범인을 찾을 지도인 셈이다. 그 만년필은 따로 사진을 찍을 가치가 있는 증거다. 아마 두세 장은 찍었을 것이다. 파일에도 따로 들어갔을 테고 말이다.

장갑 낀 손으로 볼펜을 집어 든다. 하얀 가루가 얇은 막처럼 덮여 있다. 지문을 채취했지만 별다른 게 안 나와 제자리에 돌려놓은 것이다. 볼펜을 벽에 움푹 들어간 자국에 대보지만 어떤 방향으로 대봐도 일치하지 않는다. 분명 만년필 사진을 찍고 나서 거기서 지문을 채취하기 전에 누군가가 그걸 볼펜으로 바꿔치기한 것이다. 누가 그랬을까?

답은 명백하다. 범인이다. 그날 이 방에는 범죄 현장을 조사하는 사람들밖에 없었다. 그러니 범인이 경찰이라는 것 또한 명백하다. 그리고 보니 부검 보고서에 범인이 경찰의 법의학적 수사 과정을 잘 알고 있으리라는 내용이 있었다. 잠시 눈을 감고 그날 벌어진 일을 그려본다.

범인이 안방에 들어온다. 다니엘라를 공격한다. 얼굴을 때린다.

다니엘라가 만년필로 범인을 찌른다. 심각한 상처를 입히지는 못했지만 화가 난 범인이 만년필을 벽에 던진다. 펜촉에 벽이 파인다. 범인이 다니엘라를 침대로 던진다. 처음부터 죽일 생각은 아니었지만 범인은 자기 얼굴을 본 다니엘라를 없애야 했다. 계획에 없던 일이었다. 다니엘라를 묶을 때 이 집에 있던 물건을 쓴 걸 보면 알 수 있다. 다니엘라가 죽자 범인은 곧바로 죄책감을 느꼈다. 증거를 지우기 위해 할 수 있는 일은 다 한 뒤 눈을 감기고 시신을 덮어주었다. 그러고는 급하게 이곳을 빠져나갔다. 다니엘라를 위해 기도를 했을 수도 안 했을 수도 있지만 한 가지는 확실하다. 그가 그때는 만년필의 존재를 잊었던 것이다. 동료들과 현장을 조사하러 이곳에 돌아왔을 때야 바닥에 떨어진 만년필을 보았다. 사진은 이미 다 찍힌 뒤였다. 만년필을 그냥 주워서 없애는 건 불가능했다. 바꿔치기할 다른 만년필도 없었다. 그래서 범인은 아무도 만년필과 볼펜의 차이를 알아차리지 못하리라는 희망을 품고 도박을 했고 한동안은 정말 아무도 몰랐다. 나도 그 '아무도'에 해당했고. 누구도 완벽하지 않다. 방 한가운데에 시체가 있는데 누가 겨우 구석 화분 옆에 놓인 만년필 한 자루에 신경을 쓰겠는가. 결국 시체는 맥거핀의 전형적 사례였다. 한 가지를 보느라 다른 것을 놓친 것이다.

눈을 뜬다. 물론 이런 과정이 아니었을지도 모른다. 그렇더라도 나는 여기 온 지 한 시간 만에 범인이 경찰이라는 걸 알아냈다. 중요한 건 그것이다. 나는 내가 옳다는 확신이 있다. 지금까지 읽은 소설에서 연쇄 살인범은 늘 경찰이었다. 부검의나 범죄 과학 수사관일 때도 있었다. 이 사건도 그렇지 않을까? 현실이라고 다를 이유가 없지 않나? 어쩌면 소설 속 클리셰는 실제 삶의 클리셰에서 나온 걸지도 모른다. 경찰이 하는 일이란 게 결국에는 꽤 단순하다는 걸 알고 나니 묘하게 실망스럽다. 만약 살인범이 남편이나 남자친구가 아닌 경우에는 경찰들을 나란히 세워두고 목격자에게 얼굴을 확인시키기만 하면 된다.

볼펜을 원래 있던 자리에 두고 서류 가방을 챙긴다. 소리를 지르고 싶다. 노래하고 춤추고 싶다. 이럴 때 꼭 울리는 사이렌이나 종, 호루라기를 찾고 싶은 충동마저 든다. 주방과 냉장고를 지나 현관문에 도달하니 밖이 어두컴컴하다. 나는 작별 인사라도 할 것처럼 복도를 돌아본다. 물론 이 집에 다시 올 일은 없을 것이다.

그럴 이유가 없다. 아니, 잠깐만······.

다시 위층으로 뛰어 올라간다.

11장

위층에서 엄마의 울음소리가 들린다. 부모님의 침실 문 앞에 가서 선 샐리는 들어갈지 말지 고민했다. 엄마는 마틴이 죽은 뒤로 많이 울었고 요즘도 많이 운다.

"샐리?"

"안녕, 엄마. 괜찮아요?" 사실 엄마 사전에 '괜찮다'는 말은 사라진 지 오래다.

"괜찮아." 엄마가 어색한 미소를 지으며 말했다. 당연하지만 마틴이 죽은 뒤로 엄마의 미소는 늘 어색하다. "내가 왜 이러는지 모르겠다."

샐리가 엄마의 어깨에 팔을 두르자 엄마는 잠시 움찔한 뒤 긴장을 풀었다. 방 안의 더운 공기에서는 약간 퀴퀴한 향냄새가 났다. 샐리는 엄마가 왜 이러는지 알고 엄마도 알고 있다. 오늘이 바로 마틴의 생일이다. 샐리는 죽은 동생에게 줄 카드를 한 장 사서 편지를 쓴 뒤 서랍 옷더미 아래에 깊숙이 묻어두었다. 부모님도 그 비슷한 행동을 하는지는 모르겠지만 만약 그렇다면 그건 그다지 건강한 행동은 아니지 않을까. 물론 부모님은 그런 이야기를 감히 입 밖에 꺼내지 않는다. 그랬다간 슬픔이 더 큰 생명력을 얻고 계속 차올라 세 사람을 짓누를 것이다. 어떤 면에서 샐리는 조가 부러웠다. 조처럼 세상의 고통을 걱정할 필요가 없는 단순한 사람이 되고 싶었다. 그저 직장과 집을 오가면서 사람들을 행복하게 해주고 그들에게 방해가 되지 않는 자립적이고 즐거운 삶을 살고 싶었다.

"괜찮아요, 엄마." 그 말이 또 나왔다. "아빠가 생일을 기대하시는 것 같아요."

엄마는 고개를 끄덕였고 두 모녀는 그날 외식을 하면 참 좋겠다는 이야기를 나눴다. 아빠에게도 생일은 힘든 날이 될 것이다. 작년 한 해 동안 아빠는 병원이나 묘지에 갈 때를 빼고는 아예 집 밖에 나가질 않았다. 목요일 저녁에 실제로 외식을 할 수 있을지는 누구도 장담할 수 없다.

창문을 열었다. 바깥 공기가 어느새 식어 있었다. 신선한 공기가 들어오면서 침실의 더운 공기가 밖으로 퍼져나갔다. 아빠의 병을 누군가에게 간단히 옮길 수 있다면 얼마나 좋을까. 할 수만 있다면 샐리는 기꺼이 아빠의 병을 제 몸에 옮길 것이다. 마틴이 죽은 뒤로 최소한 그렇게라도 아빠를 돕고 싶었다.

"미안하다." 엄마는 고개를 들고 꼭 쥐고 있던 축축한 티슈를 놓았다. "내가 많이 약해졌나 보다." 그러고는 목걸이의 십자가 장식을 엄지와 검지로 문질렀다.

"괜찮아질 거예요, 엄마." 샐리는 엄마의 손에 가려 보이지 않는 십자가를 빤히 보며 대답했다. '괜찮아질 거다'라는 말이 방 안의 탁한 공기 속을 떠돌았다. "두고 보세요."

엄마도 의사에게 마틴의 시한부 판정을 받고 아들을 어디에 묻어야 할지 고민하기 시작한 날부터 '괜찮다'는 말을 수없이 되뇌었을 것이다. 이상하게도 자신이 죽어가고 있다는 걸 몰랐던 마틴이 가장 덜 고통스러웠다. 마지막 순간까지도 마틴은 자신이 곧 나아질 거라고 믿었다. 누구나 그렇게 믿지 않나?

그렇다. 삶은 결국 나아진다.

가끔 좀 더 나빠질 뿐이다.

생각이 천천히 조에게 닿는다. 샐리는 조가 신을 믿는지 궁금했다. 당연히 믿겠지. 그렇게 선한 사람이 신을 안 믿을 리가 없다. 그래도 확인해보고 싶다. 신이야말로 샐리와 조의 유일한 공통점일지도 모르니까.

12장

 나는 아이디어가 어디에서 오는지 잘 모른다. 이 세상과 가까우면서도 너무 가깝지는 않은 어떤 차원을 떠다니는 아이디어를 인간의 정신이 따내거나, 뇌의 시냅스가 잇따라 작동해 머릿속에서 비활성화되어 있는 데이터들을 바탕으로 가능성 있는 아이디어를 떠올리는 것일 수도 있다. 그냥 생각의 열차가 행운 마을을 통과하는 걸지도 모른다. 어쨌거나 어느 때고 아이디어는 보통 전혀 기대하고 있지 않을 때 떠오른다. 나는 욕실에서 바닥 청소를 할 때 아이디어가 떠오른다. 두려움에 떨며 인도에서 엄마 집 현관까지 걸어갈 때나 열린 창문으로 남의 집에 기어 들어갈 때도 떠오른다. 최고의 아이디어는 보통 즉흥적이다. 그런 아이디어가 떠오르면 흥분해서 어떤 결정이든 내리게 된다. 그 아이디어가 좋았는지 나빴는지는 나중에야 알 수 있다.
 지금 이 방에 들어오는 빛은 바깥의 가로등 불빛뿐이다. 이불을 뒤집어 피가 튄 자국을 감춘다. 플라스틱 번호표를 주워 증거 보관용 봉지와 함께 옷장 속 신발장과 오래된 옷 무더기 옆에 던져 넣는다. 이제 범죄 현장이 아니라 〈지저분한 집〉이라는 TV프로그램의 한 장면 같다. 다니엘라 남편의 셔츠로 지문 식별 가루를 닦아낸 뒤 이따 다시 올 때 불을 켜야 하니 커튼을 친다. 아래층에서도 똑같이 한다. 시간이 남아돌아 늑장을 부린다.

9시가 돼서야 훔친 혼다 조수석에 서류 가방을 던진다. 이 차를 처음 본 순간부터 나는 라텍스 장갑을 끼고 있었다. 손가락에서 땀이 줄줄 흐르지만 지문을 남기는 것보다는 낫다. 장갑을 벗는다. 피부를 한 꺼풀 벗겨내는 것 같다. 새 장갑을 끼지 않고 손이 닿은 곳을 모두 깨끗이 닦아내기로 한다. 차를 몰고 시내로 향한다. 할 일이 있지만 밤늦게까지 하고 싶지는 않다. 무고한 희생자 대신 돈을 받고 희생자가 될 사람을 찾는다.

시내의 맨체스터가 모퉁이에 여자 하나가 서 있다. 너무 짧아서 두꺼운 벨트를 찬 거나 별반 다름없어 보이는 치마와 깊이 파인 윗도리, 망사 스타킹 차림에 손가락에는 가짜 보석 반지를 끼고 있다. 목과 왼쪽 가슴 윗부분에는 작은 문신이 새겨져 있다. 다른 매춘부들도 근처를 어슬렁거리며 손님을 끌어보려 애쓴다. 다들 부풀린 머리채를 붙잡힌 채로 트레일러 파크에서 끌려 나온 것 같은 몰골이다. 모퉁이에 선 여자의 포주가 근처에 있다면 내 차의 번호를 적어둘지도 모른다. 물론 아닐 수도 있다. 이 도시에 그렇게 조심성 많은 포주가 있을 것 같지도 않다. 뭐, 아무래도 상관없다.

내가 탄 차가 완전히 멈추기도 전에 모퉁이에 선 여자가 조수석 문을 열고 메뉴판을 읽듯이 기계적으로 오늘의 특별 서비스를 제안한다. 20달러, 60달러, 백 달러로 각각 어떤 서비스를 얻을 수 있는지 알려준다. 현금 할인이 있는지 묻자 여자는 혼란스러운 표정을 짓다가 내가 농담이라고 말한 뒤에야 표정을 푼다. 그래도 웃지는 않는다. 나는 5백 달러를 주면 어떤 서비스를 받을 수 있는지 묻는다.

"이번에도 농담이에요?"

나는 지갑을 꺼내 5백 달러가 어떻게 생겼는지 보여준다.

"원하는 건 뭐든 해드리죠." 여자가 말한다. 나는 여자가 방금 한 말에 꼭 책임을 지게 할 생각이다.

내가 서류 가방을 뒷좌석에 놓자 여자가 조수석에 올라탄다. 추측일 뿐이지만 여자는 20대 후반으로 보인다. 저체중이라는 건 추측이 아니라 명백한 사실이다. 꼭 제삼세계 기아 아동 후원 광고에 나올 법한 모습이다. 뿌리 부분만 까맣게 자라난 금발은 스프레이를 하도 많이 뿌려서 아까부터 부는 강한 북서풍에도 꼼짝하지 않는다. 여자의 갈색 눈동자가 텅 비어 있다. 마음이 다른 세상에 가 있는 것이다. 돈 때문에 남자의 몸에 허벅지나 입술을 감을 필요가 없는 그런 세상으로. 여자가 나를 보고 웃자 부어오른 입술이 번들거린다. 침 때문인지 전에 받은 손님 때문인지는 알 수 없다.

나는 다시 다니엘라의 집으로 향한다. 가는 길에 여자와 날씨를 주제로 잡담을 나눈다. 이 여자도 분명 뉴스를 들어서 이 도시의 여자들에게 무슨 일이 일어나고 있는지 알고 있을 것이다. 그런데도 만난 지 고작 2분밖에 안 된 남자와 한 차에 타고도 긴장한 기색이 전혀 없다. 이 여자에게 긴장할 여유 같은 건 없는 것이다. 나는 이 여자가 근무 시간이 아닐 때 어떤 삶을 사는지 전혀 관심이 없고 여자도 내 진짜 정체에 관심이 없다. 나는 분위기를 잡기 시작한다. 여자는 차가 멋지다고 말하고 나는 여자에게 몸매가 멋지다고 말한다. 여자는 끝내주는 섹스를 하게 될 거라고 말하고 나는 5백 달러면 그래야 마땅하다고 말한다. 다니엘라의 집에 도착해 진입로에 차를 세운다. 근처에 누가 있다 해도 내 얼굴을 제대로 알아보긴 어려울 것이다. 혹여 슬쩍 본다 해도 다니엘라의 남편이 성욕을 풀려고 하는 줄 알겠지.
"뒷자리에서 내 서류 가방 좀 들어줄래요?"
"그럼요, 자기."
기온이 내려갔는지 저녁 공기가 선선하다. 현관에 도착한다. 여자는 나보다 걸음이 조금 느리고 똑바로 걷지도 않는다. 아까는 현관문을 열어두었지만 이번에 여자와 안으로 들어가고 나서는 문을 잠근다.
"한잔할래요?"
"좋죠, 집 안이 덥네요."
"마시겠다는 거죠?"
"네."
뒤따르는 여자를 데리고 주방으로 간다. 이제는 약도가 없어도 어디로 가야 할지 안다. 밖에서 집 안을 볼 수 없게 불을 끈다. 엿보는 취미가 있는 이웃이 있다면 집 뒤쪽에서 담장 너머로 볼 수도 있을 것이다. 냉장고를 열고 맥주 두 병을 꺼낸다. 나는 여자가 반쯤 마신 뒤에 내 병의 뚜껑을 딴다. 병따개와 뚜껑을 벤치 위에 올려둔다. 이따 챙겨 갈 기념품이다. 어딘가에 손이 닿을 때마다 머릿속 목록에 추가한다. 냉장고, 문손잡이, 서랍장 손잡이, 또 어디에 닿았더라?

나는 여자가 다 마신 뒤에야 맥주를 마시기 시작한다. 밝은 데서 보니 안색이 더 좋지 않다. 약에 찌든 얼굴이다. 학교를 중퇴하고 임신하고 낙태하고 또다시 임신하느라 시간을 허비하지 않았다면 더 나은 삶을 살 수 있었을 텐데. 매춘부의 삶이 떳떳하지 않다는 뜻은 아니다. 그들은 사회적 요구를 충족한다. 이렇게 갑자기 죽여도 아무도 신경 쓰지 않을 사람을 달리 어디에서 구하겠는가. 매춘부들은 매일 밤 목숨을 걸고 손님이 가고 싶어 하는 곳은 어디든 간다. 매춘부만큼 쉽게 죽일 수 있지만 흔하지 않은 또 다른 부류는 히치하이커다. 히치하이커를 의심받지 않고 태우는 비결이 있다. 히치하이킹을 하고 있는 여자 옆에 차를 세우고 손목시계를 보며 어딘가에 급하게 가는 길이라는 인상을 준 뒤에 여자의 목적지까지는 힘들고 그 근처에 내려줄 수밖에 없다고 덧붙이면 된다. 그러면 안전한 줄 알고 방심한 여자를 차 안으로 끌어들일 수 있다. 시내로 가는 길에 유심히 봤지만 오늘은 히치하이커가 한 명도 없었다.

주방 조리대에 기대어 맥주를 들이켠다. 내 앞에 선 매춘부는 언제든 몸을 팔 준비가 돼 있고 닳을 대로 닳아서 맥주를 마실수록 예뻐 보이기는커녕 점점 안색이 나빠 보인다. 화장도 너무 두껍다. 여자의 입술이 부은 이유는 대충 알겠다. 60달러짜리 시술의 결과다.

"이름이 뭐예요?"

"캔디요."

캔디는 무슨. 뭐, 상관없다. "난 조라고 불러요."

"그럴게요." 여자가 내 쪽으로 다가오며 말한다. "그래서, 원하는 게 뭐예요, 조?"

나는 어깨를 으쓱할 뿐이다. 원하는 걸 있는 그대로 말하면 캔디는 분명 도망칠 것이다.

"위층으로 올라가죠."

캔디가 내 서류 가방을 들고 위로 올라가는 날 따라온다. 나는 맥주를 홀짝인다. 맛있고 시원하고 상쾌하다. 나머지 맥주는 이따 가져가야겠다.

"그래, 이 일 한 지는 얼마나 됐어요, 캔디?"

요즘 세태가 어떤지 알고 싶어 물어본다.

"6개월요. 대학 등록금을 모으고 있어요."

나는 캔디의 답에 약간 당황해 층계참에서 잠시 멈칫한다. 그러다 곧 내가 듣고 싶어 하는 답을 했으리라는 걸 깨닫는다. 남자친구의 보석금을 모으기 위해서라고 하면 고객은 당연히 흥미가 떨어질 테니까.

나는 모르는 척 맞춰주기로 한다. "무슨 공부를 하고 싶어요?"

"변호사 공부나 배우 공부요."

"하긴 두 직업이 비슷하긴 하죠."

안방에 도착하자 캔디가 내 서류 가방을 침대 위로 던진다. 가방 안 내용물이 달그락거린다. "안에 든 게 뭐예요? 채찍 같은 거라도 들었어요?"

캔디가 정말 아무것도 모른다는 사실에 웃음이 나온다. "비슷해요."

캔디도 미소를 짓는다. 그러자 눈가와 입가의 화장이 갈라지며 미세한 금이 생긴다.

"나도 채찍 같은 거 좋아해요. 하지만 그런 걸 쓰면 추가 비용이 들어요."

물론 그녀는 내가 생각하는 '채찍 같은 것'은 좋아하지 않을 것이다. 캔디가 내 넥타이를 느슨하게 풀고 셔츠의 단추도 푼다. "가슴이 멋지네요."

캔디가 몸을 기울여 내 가슴에 입을 맞춘다. 정말 좋다. 이런 기분은 처음이다. 손을 뻗어 캔디의 가슴을 만지자 캔디가 샴푸 광고에서처럼 신음을 낸다. 정말 좋은 게 맞을까? 캔디가 내 벨트를 만지작거린다. 어서 이 일을 끝내고 차를 몰고 지나가는 또 다른 남자에게 '다음 분'이라고 외치고 싶은 것 같다. 그제야 캔디가 가짜로 신음을 흘리고 있다는 걸 깨닫는다. 캔디는 이 일이 전혀 즐겁지 않다. 나는 그저 또 하나의 고객일 뿐이다. 하긴 내게도 캔디는 또 하나의 도구일 뿐이다. 턱살이 늘어진 고양이 플러피처럼.

"이제 어쩔까요?"

나는 침을 삼킨다. 꿀꺽. "침대로 가요."

캔디가 뒷걸음질을 치면서 윗도리를 머리 위로 끌어올린다. 가슴이 예상보다 작다. 패드 달린 브래지어에 책임을 묻고 싶어진다. 캔디의 가슴에 작은 용 모양 문신이 새겨져 있다. 용은 무언가를 상징하는 걸 수도 있고 그녀의 유일한 친구일 수도 있다. 나도 함께 걸어간다. 캔디가 침대 가장자리에 앉아 내 바지를 벗긴다.

오래 걸리지는 않는다. 벨트의 버클이 달그락거린다.

섹스를 처음 해보는 건 아니지만 합의된 섹스는 처음이라 긴장된다.

캔디가 즐기지 않으면 어쩌지? 속으로 내가 별로라고 생각하면 어쩌지? 캔디가 웃을까? 다른 여자들은 아무도 웃지 않았다. 하긴 그럴 때 어떻게 웃겠는가. 이런 생각을 하자 흥분이 금방 식어버렸다.

흥분을 다시 끌어올릴 방법은 하나뿐이다.

주먹으로 캔디의 옆머리를 내리친다. 캔디가 뒤로 홱 물러났다가 일어서려다 침대 가장자리에 부딪혀 엉덩방아를 찧는다. 화장이 두꺼운 탓에 캔디가 겁을 먹었는지 짜증이 났는지 구별하기 어렵지만 둘 중 하나라는 건 알 수 있다. 캔디의 눈에 눈물이 고인다. 처음으로 캔디가 약간은 매력적으로 보인다.

"이러면 5백으로는 안 돼요."

"원하는 건 뭐든 할 수 있는 줄 알았는데."

"날 때리고 싶으면 천 달러는 내야 해요."

나는 어깨를 으쓱한다. 몸을 숙여 캔디의 팔을 잡아 일으켜 세운다. "그럼 본전을 뽑아야겠군."

캔디를 침대에 눕히려는데 내 발목까지 내려가 있는 바지가 방해돼 여의치 않았다. 그냥 캔디의 팔을 잡은 채 캔디를 뒤집고는 등 뒤로 팔을 꺾는다. 부러뜨리지 않으려고 했지만 의도치 않은 일은 종종 일어난다. 캔디가 비명을 지른다. 소리를 못 내도록 캔디의 얼굴을 침대에 대고 누른다. 그러자 정말 소리가 잘 새어나오지 않는다. 캔디를 놓자 팔이 생전 처음 보는 각도로 구부러진 채 움직이지 않는다. 다른 팔은 캔디의 몸 밑에 고정돼 있다. 캔디가 구부러진 팔을 움직이려 하자 부러진 뼈끼리 부딪쳐 긁히는 소리가 난다. 캔디는 고통이 너무 커 몸부림칠 수조차 없는지 더는 저항하지 않는다.

나는 다리를 걷어차 바지를 벗는다. 섹스는 짧고 만족스러웠다. 다만 캔디의 머리를 너무 세게 누른 모양이다. 다 끝내고 몸을 떼자 캔디는 숨을 쉬지 않는다. 실수로 질식시켜 버린 것이다. 요즘은 되는 일이 하나도 없다. 그래도 5백 달러는 아꼈다. 아니, 천 달러였나?

기대에 찼던 밤이 끝나간다. 복합적으로 고조됐던 흥분이 점점 사그라든다. 셔츠의 단추를 모두 채우고 나니 피로가 몰려든다. 다니엘라 워커가 죽은 곳에서 캔디를 죽이는 계획은 순조롭게 진행됐다. 캔디의 죽음은 다니엘라를 죽인 범인에게 남기는 메시지가 될 것이다. 그러는 동안 나는 경찰서에서 경찰들을 유심히 관찰할 것이고 범인은 긴장할 것이다. 누군가가 모든 걸 알고 있다는 사실을 깨닫고 그 '누군가'가 무엇을 원하는지 궁금해할 것이다. 그러다 반응을 보일 것이다. 초조해서 피가 마를 테니 쉽게 눈에 띌 것이다. 나는 메시지가 더 잘 드러나도록 화분 옆에 있던 볼펜도 챙겼다.

물론 캔디의 시신이 발견되기까지 며칠 어쩌면 몇 주가 걸릴 수도 있다. 하지만 그래서는 안 된다. 그렇게 오래 걸리면 캔디를 굳이 이곳까지 데려온 게 헛수고가 된다. 셔츠가 구겨지도록 피를 묻혀가며 애쓴 게 아무런 소용이 없어진다. 나는 서류 가방을 집어 들고 아래층으로 내려가 냉장고에 이어 현관문에 묻은 지문을 캔디의 브래지어로 빠짐없이 닦아낸다. 내일 나는 공중전화로 경찰에 익명의 전화를 걸어 이 집에 시신이 있다고 제보할 것이다.

캔디와 의미 있는 시간을 보내고 나서도 날은 조금도 선선해지지 않았다. 무수히 많은 별이 쏟아져 내 창백한 피부가 더욱 창백해 보인다. 도시 외곽에 혼다를 세우고 차에서 지문을 닦아낸다. 산들바람을 맞으며 집 쪽으로 방향을 튼다. 캔디의 브래지어는 길모퉁이 가게 밖에 있는 쓰레기통에 버린다. 가는 길에 매춘부를 여럿 지나치지만 돌아보지 않는다. 나는 짐승이 아니다. 눈앞에 있다고 아무나 죽이지는 않는다. 나는 그런 놈들이 정말 싫다. 그것이 나와 다른 놈들의 차이다. 그것이 내 인간성이다.

13장

 내 아파트는 조금 전 다녀온 다니엘라의 집에 있던 벽장만 하다. 때로는 이 정도로도 충분하지만 그렇지 않을 때도 있다. 불만은 없다. 어차피 불만이 있다고 해도 들어줄 이도 없다. 아니, 듣고 나서 5초가 지나도 기억해줄 이가 내게는 없다.
 집에 오면 가장 먼저 서류 가방을 열고 파일을 꺼내 소파에 툭 던진다. 소파에는 지난 몇 달 동안 가져온 파일들이 쌓여 있다. 다른 파일들은 기념품으로 가져왔지만 다니엘라의 파일은 챙기지 않았었다. 남이 저지른 범죄의 기념품을 간직할 이유가 없지 않은가. 어제 시신이 발견된 두 명의 파일은 아직 확보하지 못했다. 오늘 밤에 저지른 살인에 대한 파일도 며칠은 지나야 얻을 수 있을 것이다.
 피클과 제호바가 무슨 생각을 하고 있는지 궁금해하며 잠시 지켜보다 잠자리에 든다. 내 안의 생체 알람을 7시 30분으로 맞춘 뒤 침대로 올라가 이불 속으로 들어가려는데 자동 응답기가 눈에 띈다. 메시지 표시등이 깜박거린다. 누가 무슨 메시지를 남겼든 듣고 싶지 않지만 아마 엄마일 것이다. 뭘 원하는지 알아주지 않으면 엄마는 계속 전화를 걸 것이다.
 여섯 통의 메시지가 와 있다. 전부 엄마가 남긴 메시지다. 지금 엄마에게 가지 않으면 지옥을 경험할 것이다. 얼마 전 약속한 저녁 식사 자리에 가지 않자 엄마는 일주일 내내 전화기를 붙잡고 통곡하면서 내가 형편없는 아들이라는 사실을 인정하게 만들었다. 그러니 밤 10시가 넘었지만 이를 악물고 가야 한다.

버스를 타고 엄마 집에 도착하기 두 블록 전에 내린 다음 24시간 영업하는 마트에서 간단히 장을 본다. 계산대 직원이 너무 피곤했는지 거스름돈을 덜 주지만 오늘은 일이 잘 풀린 날이라 그냥 넘어간다. 두근거리는 가슴을 안고 엄마 집으로 걸어간다. 인도에 서서 심호흡하니 공기에서 소금 맛이 난다. 현관문을 두드린다. 2분이 흐른다. 불이 켜져 있는 걸 보면 아직 잠자리에 든 건 아니다. 다시 문을 두드리지 않고 기다린다. 준비가 되면 열어줄 것이다.

몇 분 뒤 발소리가 들린다. 엄마에게 구부정한 자세를 지적당하고 싶지 않아 허리를 꼿꼿이 세우고 미소를 짓는다. 문이 덜컥거리고 경첩이 삐걱댄 뒤에야 문이 빼꼼히 열린다.

"조, 지금 몇 시인 줄 아니? 경찰에 신고해야 하나, 병원에 연락해봐야 하나, 얼마나 걱정했는데. 넌 엄마가 속 타는 건 신경도 안 쓰이니?"

"미안해요, 엄마."

도어체인 때문에 문이 더 이상 열리지 않는다. 엄마는 안타깝게도 4년 전 '동네 아이들'에게 돈을 도둑맞고 나서야 문에 도어체인을 설치했다. 그런데 체인을 좌우가 아니라 위아래로 움직이게 설치하는 바람에 누구든 밖에서 손가락을 넣어 들어 올리면 간단히 풀 수 있게 되었다. 엄마가 문을 닫고 도어 체인을 푼 뒤 다시 문을 연다.

나는 마음을 다잡으며 집 안으로 들어선다. 이제 시작이다.

엄마가 내 귓바퀴를 탁 때린다. "깨달은 게 있길 바란다."

"미안해요, 엄마."

"이제는 엄마를 보러 통 오질 않는구나. 일주일이나 됐잖니."

"어젯밤에 왔잖아요." 엄마와 또 같은 대화를 나눈다. 엄마가 죽는 날까지 반복될 대화다.

"지난주 월요일이었어."

"어제도 왔고 오늘은 화요일이에요."

"아니, 오늘은 월요일이야. 넌 지난주 월요일에 왔고."

말다툼해보았자 소용없다는 걸 알지만 나는 오늘은 화요일이라는 사실을 다시 한번 지적한다.

엄마가 내 귓바퀴를 또 탁 때린다. "엄마한테 말대꾸하지 마."

"말대꾸하는 거 아니에요, 엄마. 그냥 오늘이 무슨 요일인지 말한 것뿐이에요."

엄마는 또 손을 올렸다가 내가 얼른 사과하자 화가 가라앉는지 손을 내린다. "미트로프를 만들었단다, 조. 미트로프야. 네가 제일 좋아하는 음식이잖니."

"매번 말해줄 필요 없어요."

"무슨 말이니?"

"아무것도 아니에요." 나는 가져온 꾸러미를 열고 꽃다발을 꺼내 엄마에게 건넨다. 이번에는 가시가 없는 꽃이다.

"아름답구나, 조." 엄마가 신이 난 얼굴로 환하게 웃는다.

나는 엄마를 따라 주방으로 간다. 서류 가방을 식탁 위에 내려놓는다. 가방을 열고 그 안에 든 칼들을 바라본다. 총도 바라본다. 글록 권총 손잡이에 손을 얹고 거기서 버틸 힘을 얻으려 애쓴다. 엄마는 내가 준 꽃을 꽃병에 꽂고는 물을 넣지 않는다. 내가 어제 준 장미는 없다. 이미 일주일이 지난 줄 알고 버린 모양이다. 엄마가 찬장에 손을 뻗어 아스피린 상자를 꺼내더니 꽃병에 한 알을 떨어뜨린다.

"이렇게 하면 꽃이 더 오래 산다는구나." 엄마는 가문의 비밀을 알려주기라도 하듯 돌아보며 윙크한다. "오늘 본 TV 프로그램에서 그러더라."

"그래도 물은 넣어야 할 거예요."

엄마가 인상을 찌푸린다. "아닐걸."

"확실해요."

확신 없는 표정으로 엄마가 말한다. "이번에는 내 방식대로 해보고 효과가 없으면 다음에 네 방식대로 해보자. 어떠니?"

나는 괜찮을 것 같다고 하고는 엄마를 위해 가져온 게 또 있다고 말한다.

"그래?"

초콜릿 한 상자를 꺼내 엄마에게 건넨다.

"나를 독살하려는 거니, 조? 안 그래도 콜레스테롤이 높은데 설탕을 먹이려고?"

아, 제발 좀. "그냥 잘해드리고 싶어서 그런 거예요."

"그럼 초콜릿 같은 건 사 오지 마. 그게 잘해주는 거야." 엄마가 짜증 난 표정으로 말한다.

"그렇지만 콜라에도 설탕이 들었잖아요."

"지금 엄마한테 잘난 척하는 거니?"

"그럴 리가요."

엄마가 내게 초콜릿 상자를 던진다. 상자 모서리가 이마에 부딪혀 잠시 눈앞에 별이 번쩍인다. 부딪친 곳을 문질러보니 작은 자국이 생겼지만 피는 나지 않는다.

"네 저녁이 다 식었구나. 나는 먼저 먹었다."

나는 엄마가 저녁을 차리는 동안 초콜릿을 가방에 다시 넣는다. 저녁을 데워주겠다는 말이 없지만 부탁할 엄두가 나지 않아 직접 데우려고 전자레인지로 다가간다.

"네가 늦게 와서 식은 거야. 내 전기로 데울 생각은 하지 마라."

나는 엄마와 같이 거실로 가서 엄마의 전기로 TV를 켜고 그 앞에 앉는다. 본 적은 있는데 제목은 모르겠는 시트콤이 나오고 있다. 어차피 뭐든 비슷하다. 도심 빈민가에 사는 백인 남녀들이 일이 잘못될 때마다 웃는데, 툭하면 그런 일이 생긴다. 나였다면 절대 웃지 않을 텐데. 이 도시에도 저런 빈민가가 있는지 궁금하다. 있다면 한 번쯤 가보고 싶다. 드라마에서 저런 주택가에 사는 여자들은 하나같이 끝내주게 섹시하다. 이번 화는 언젠가 본 것 같은데 매번 내용이 비슷해 재방송인지 아닌지도 모르겠다.

식사하는 동안 엄마는 아무 말도 하지 않는다. 놀라운 일이다. 보통은 엄마가 입을 다물게 하는 게 거의 불가능하기 때문이다. 엄마에게는 늘 불평할 거리가 있다. 주로 무언가의 가격이 불만이다. 엄마의 침묵이 고맙다. 어찌나 고마운지 앞으로는 늦은 시간에 올까 싶다. 엄마의 실망감이 거실을 가득 채우고 있는 게 아쉬울 뿐이다. 이제는 너무 익숙해 마치 가구의 일부가 된 듯한 감정이다. 마지막으로 식은 미트로프 한 숟가락을 입에 넣자마자 엄마가 리모컨으로 TV를 끄고는 나를 돌아본다.

엄마는 축 처진 입을 벌리고 치아를 드러내며 말한다. "내가 너한테 이런 취급을 당하는 걸 네 아빠가 알면 무덤에서 벌떡 일어나실 거다."

"하지만 아빠는 화장했잖아요."

엄마가 일어서자 나는 맞을 각오를 하며 뒤로 몸을 움츠렸지만 엄마는 내 접시를 향해 손을 내밀었다. "설거지는 해주마."

"내가 할게요."

"그럴 거 없다." 엄마가 내가 먹은 접시를 잡아채 가기에 나도 엄마를 따라 주방으로 간다.

"마실 것 한잔 만들어드려요?"

"왜, 밤새 화장실 들락날락하게 하려고?"

나는 냉장고를 연다. "마시고 싶은 거 있어요?"

"난 저녁 먹었다, 조."

엄마의 기분을 풀어주려고 엄마가 가장 좋아하는 주제로 화제를 돌린다. "마트에 갔는데 오렌지 주스를 할인하더라고요."

효과가 있다. 내가 쓴 접시를 문지르고 있는 엄마의 입꼬리가 씰룩거린다. 엄마가 환한 미소를 지으며 묻는다. "그래? 어떤 브랜드?"

"엄마가 마시는 브랜드요."

"정말이니?"

"확실해요."

"3리터짜리?"

"네."

"얼마인데?"

그냥 3달러라고 말하면 안 된다. 정확해야 한다. "2달러 99센트요."

엄마가 속으로 계산하는 게 보여 끼어들지 않고 답을 기다린다. "2달러 49센트 싸구나. 꽤 많이 할인하네. 엄마가 요즘 맞추고 있는 직소 퍼즐 봤니?"

사실은 2달러 50센트지만 잠자코 있었다. "아직 안 봤어요."

"가서 보렴. TV 옆에 있단다."

직소 퍼즐을 바라본다. 그냥 보는 게 아니라 열심히 본다. 엄마가 퀴즈를 낼 게 뻔하기 때문이다. 오두막, 나무, 꽃, 하늘, 직소 퍼즐도 시트콤처럼 빌어먹게도 다 거기서 거기다. 주방으로 돌아간다. 엄마가 내가 비운 접시의 물기를 닦고 있다.

"어떠니?" 내 대답이 매우 중요하다는 듯 묻지만 정답은 이미 정해져 있다.

"좋네요."

"오두막은 마음에 드니?"

"네."

"꽃은 어때?"

"색이 다양하네요."

"어떤 꽃이 제일 마음에 드니?"

"구석에 있는 빨간색 꽃요."

"왼쪽 구석? 아니면 오른쪽 구석?"

"아직 왼쪽 구석만 맞췄잖아요."

엄마는 내 말이 사실이라는 데 만족한 표정으로 접시를 치운다. 거실로 돌아온 우리는 자리에 앉아 대화를 이어간다. 무슨 얘긴지는 하나도 모르겠다. 그저 엄마가 말을 못 하게 되면 얼마나 좋을까 하는 생각만 든다.

"난 뭐 좀 마셔야겠어요. 엄마는 정말 안 마실 거예요?"

"네 입을 다물게 하려면 마셔야겠구나. 난 커피로 줘. 진하게 타렴."

주방으로 가서 주전자를 불에 올린다. 컵 두 개에 커피 가루를 넣는다. 마트에서 할인 중이었지만 할인율이 오렌지 주스만큼은 크지 않았던 쥐약을 집어 든다. 엄마의 커피에 쥐약을 넉넉히 한 숟갈 떠 넣는다. 엄마는 미각이 약해져서 커피를 진하게 타야 한다. 주전자의 물이 끓자 엄마의 커피에 끓는 물을 넣고는 다 녹을 때까지 2분간 젓는다.

거실로 돌아오니 엄마가 다시 TV를 보고 있다. 엄마에게 커피를 건넨다. 대화하면서도 들을 수 있게 TV 볼륨을 키운다. 백인 남자들이 우스꽝스러운 짓을 하고 있다. 그들이 나와 같은 아파트에 산다면 얼마나 웃길까. 엄마가 몸을 웅크린 채 천천히 커피를 마신다. 누가 빼앗아 가기라도 할 것처럼 컵을 감싸 안듯 들고 있다. 나는 엄마가 커피를 다 마시자 컵을 씻어놓겠다고 제안한다. 엄마는 내 제안을 거절하고 직접 씻으며 투덜거리기 시작한다. 불평이 이어지자 나는 일부러 손목시계를 보는 티를 내면서 벌써 시간이 이렇게 됐다니, 하는 표정을 짓는다. 그러고는 이제 정말 가야겠다고 말한다.

이제 마지막 단계다. 문간에 서서 엄마에게 작별 키스를 하기만 하면 된다. 엄마는 꽃을 줘서 고맙다고 하고는 내가 도시 반대편이 아니라 외국으로 떠나기라도 하는 듯 계속 연락하겠다는 약속을 받아낸다. 그러겠다고 약속했는데도 엄마는 내가 다시는 오지 않을 거라는 눈빛으로 나를 쳐다본다. 죄책감을 유발하는 익숙한 표정이다.

물론 익숙하다고 해서 마음이 편한 건 아니다. 예전부터 그랬다. 나는 엄마가 혼자라서 안쓰럽고 내가 나쁜 아들이라서 미안하다. 언젠가 엄마에게 진짜 나쁜 일이 벌어질까 봐 두렵기도 하다. 부디 그런 일은 없기를.

인도에서 손을 흔들어보지만 엄마는 이미 들어가고 없다. 엄마가 없으면 나는 어디로 가야 할까? 모르겠다. 알고 싶지도 않다.

버스가 온다. 어젯밤에 본 그 나이 많은 기사가 아니다. 기사가 바뀐 이유는 대충 짐작이 간다. 새로운 기사는 20대 중반쯤 되는 젊은 남자다. 남자는 나를 '친구'라고 부르고는 씩 웃는다. 승객이 나뿐이라 의무감이 드는지 대화를 이어가려 애쓴다. 나는 창밖에 시선을 둔 채 기사가 기대하는 대로 고개를 끄덕이면서 맞장구를 쳐주지만 그런 순간이 너무 자주 찾아온다. 버스 차창 너머 풍경은 딱히 볼 게 없다. 밤늦게 개를 산책시키러 나온 사람들과 택시가 드문드문 보인다. 시내에 가까워지면 자주 보이고 시내를 벗어나면 가끔 보이는 풍경이다.

집까지 가는 거리의 4분의 3쯤 왔을 무렵 그 녀석이 보인다. 녀석은 길가에 죽은 듯 드러누워 있지만 아직 움직이고 있다. 확실하진 않지만. "버스 세워요!"

"하지만 아직—"

"그냥 여기서 세워달라고요!"

"분부대로 하죠, 친구."

기사가 버스를 세운다. 내가 정말 친구라면 요금의 4분의 1을 돌려주겠지만 그러지 않는다. 문이 획 닫히고 엔진이 부르릉거리며 강철로 된 차체가 흔들리는 소리와 함께 버스는 나를 남겨두고 떠난다. 내가 내린 곳은 시내와 내 집의 중간으로 인생에서 잘못된 선택을 한 사람들이 사는 교외 지역이다. 길을 급히 건너 고양이 옆에 쭈그리고 앉는다. 연한 적갈색 줄무늬가 몇 줄 섞인 흰색 고양이다. 입이 살짝 벌어져 있고 움직이지 않는다. 살아 있는 것으로 아까 내가 잘못 봤는지도 모른다. 옆구리에 손을 대보니 아직 따뜻하다. 녀석이 눈을 뜨고 나를 쳐다본다. 야옹 하고 울려고 하지만 목소리가 나오지 않는다. 한쪽 다리는 캔디의 팔처럼 부자연스러운 각도로 구부러져 있다.

불쌍한 플러피에게 한 짓이 있으니 기울어진 저울의 균형을 맞출 기회다.

부러진 다리를 건드리지 않도록 조심하며 고양이를 들어 올린다. 고양이가 큰 소리로 야옹거리며 몸부림치지만 기운이 없어 동작에 힘이 실리지 않는다. 피부가 벗겨져 피투성이가 된 상처가 옆구리에 길게 나 있다. 털은 엉겨 붙었고 몸에서 이상한 소리도 난다. 나는 서류 가방에서 마트에서 받은 비닐봉지를 꺼내 고양이를 그 안에 조심스레 넣는다.

1킬로미터쯤 걷다가 발견한 공중전화 부스에서 밤새 여는 동물병원 연락처를 찾는다. 전화를 걸어 곧 도착할 거라고 말하고는 택시를 부른다. 5분 뒤 택시가 도착한다. 택시 기사가 외국인이라 고양이만큼이나 영어를 못한다. 나는 전화번호부에서 찢어낸 주소 페이지를 기사에게 건넨다. 주소를 확인한 기사가 차를 출발시킨다. 고양이는 더 이상 야옹거리지 않지만 아직 살아 있다. 나는 비닐봉지에서 고양이를 꺼내고 병원에 들어선다.

접수대에 내 또래의 여자가 있다. 긴 빨간 머리를 포니테일로 묶고 화장을 거의 하지 않은 여자는 화장할 필요가 없을 만큼 연갈색 눈과 도톰한 입술이 돋보이는 미인이다. 단추가 반쯤 풀린 흰색 의료용 재킷을 입고 있다. 피자 배달원에게 줄 현금이 모자라 곤란해하는 성인 영화 속 한 장면을 곧 찍을 것 같은 자태다. 재킷 속에는 파란색 티셔츠를 입었는데 큰 가슴이 옷을 뚫고 나올 기세다. 여자는 나를 보고 짧게 미소 짓고는 바로 고양이를 돌아본다.

"방금 전화한 분이시죠?"

"네."

"차로 치셨나요?" 여자가 비난조가 섞이지 않은 부드러운 목소리로 묻는다.

"길에서 발견했어요. 차가 없어서 택시를 잡아 데려왔고요." 왠지 여자의 신뢰를 얻고 싶어 자세히 말한다.

여자가 아무 말 없이 고양이를 받아 들고 사라진다. 병원을 재빨리 둘러보니 목줄과 해충 퇴치 목걸이, 식기, 케이지 같은 제품이 두 벽면을 채우고 있다. 또 다른 벽에는 각종 안내 책자와 팸플릿이 가득 진열돼 있다. 사람을 죽이고 잡히지 않는 법에 관한 책자는 없으니 나와는 상관없는 자료들이다. 자리에 앉는다. 지금쯤이면 침대에 누워 있어야 하는데. 평소였다면 이미 잠들고도 남을 시간이다. 고양이 배설용 모래가 전시된 칸을 빤히 쳐다본다. 마트에서 본 가격보다 두 배는 비싸다.

5분이 흐르고, 10분이 흐르고, 20분이 흐른다. 벼룩 퇴치에 관한 팸플릿을 집어 든다. 선글라스를 쓰고 가죽 재킷을 입은 채 고양이 털 속에서 파티를 여는 벼룩을 묘사한 그림이 실려 있다. 다음 페이지에는 실제 벼룩을 수백 배 확대해 찍은 사진이 실려 있다. 표지를 보고 상상했던 그림과는 전혀 다르다. 팸플릿을 반쯤 읽었을 때 빨간 머리 여자가 나온다. 팸플릿을 내려놓고 숨을 참고 일어선다.

"고양이는 괜찮을 거예요." 여자가 미소를 지으며 말한다.

"다행이네요." 나는 너무 피곤해 건성으로 대꾸한다.

"주인이 누군지 아세요?"

"모릅니다."

"며칠 입원시켜야 할 것 같아요."

"네, 좋아요. 그렇게 해주세요." 고마움이 샘솟는다. 문득 내가 바보처럼 고개를 끄덕이고 있다는 걸 깨닫는다. "저기…… 주인을 찾지 못하면 어떡하죠? 제 말은, 안락사를 당하진 않겠죠?"

여자는 모르겠다는 듯 어깨를 으쓱하지만 모를 리 없다. 나는 내 이름과 전화번호를 알려준 뒤 고양이가 필요한 치료는 다 받을 수 있도록 이제 캔디에게 주지 않아도 되는 돈으로 치료비를 낸다. 여자는 내가 그러는 걸 말리지 않고 내가 얼마나 관대한 사람인지 짚어준다. 나는 굳이 반박하지 않고 여자는 전화로 고양이의 경과를 알려주겠다고 말한다.

내가 택시를 불러줄 수 있는지 묻자 여자가 자기도 퇴근하려는 참이니 나를 집에 데려다주겠다고 한다. 이 여자와 한 차에 타면 재미있는 일이 벌어지겠지만 시신을 버릴 곳이 마땅치 않다. 나는 그냥 폐를 끼치고 싶지 않으니 택시를 불러달라고 부탁한다.

여자는 실망한 눈치지만 고집을 부리지는 않는다. 택시 기사는 배가 운전대에 닿을 만큼 덩치가 큰 남자라 과속 방지 턱을 지날 때마다 경적이 울린다. 움푹 파인 구멍을 지날 때마다 경적 소리로 이웃들을 깨운 끝에 기사가 아파트 앞에 나를 내려준다. 아파트 앞 쓰레기 더미에 또 다른 쓰레기가 추가돼 있다. 건물 안으로 들어가려면 손을 휘둘러 파리를 쫓아내야 한다. 집까지 계단을 타고 올라가는 동안 잠들지 않으려고 안간힘을 쓴다. 집 안에 들어서자마자 금붕어들은 못 본 척하고 침대로 향한다. 동물병원 접수원이 생각하는 '좋은 사람'다운 행동은 아니지만 어쩔 수 없다. 침대에 누워 눈을 감고 곧바로 잠에 빠져든다.

14장

7시 반에 눈이 떠진다. 딱 제시간이다. 나는 꿈을 꾸지 않으니 꿈의 잔해를 털어내지 못할까 봐 걱정할 필요가 없다. 꿈을 꾸지 않는 건 보통 사람들은 상상만 하는 말도 안 되는 행동들을 나는 실제로 다 하기 때문일 것이다. 만약 내가 절대 하지 않을 일을 하는 꿈을 꾼다면 그건 패션부터 체위에 이르기까지 모든 면에서 취향이 형편없는 뚱뚱한 여자와 결혼하는 꿈일 것이다. 그 꿈속에서 나는 건강하지 않은 두 아이에게 들볶이고 평생 대출금을 갚으며 하루하루를 보낼 것이다. 쓰레기를 집 앞에 내놓고 마당 잔디를 깎고 일요일마다 교회에 가겠지. 그야말로 끔찍한 악몽이다.

아침 일과를 따르는 동안 곧 나쁜 소식이 올 것 같은 불길한 예감이 뇌리를 떠나지 않는다. 그 느낌이 너무나 강해 잠시 소파에 앉아 심호흡을 한다. 눈시울이 흐려지고 피클과 제호바와 놀아도 기운이 나지 않는다. 어젯밤에 구한 고양이를 떠올려도 기분이 나아지지 않는다. 무언가 나쁜 일이 벌어진 게 분명하다. 엄마 생각이 난다. 제발 무사하길.

출근하기 전 아침을 간단히 만들어 먹는다. 나쁜 예감이 든다고 굶을 필요는 없다. 출근 준비가 늦어져서 버스 정류장까지 달려간다. 내가 달려오는 걸 보고 스탠리 씨가 기다려준다. "조, 오늘 아침은 못 볼 뻔했네요." 스탠리 씨가 오늘은 내 버스표에 구멍을 뚫는다. 나 때문에 운행 일정이 30초 밀려 벌을 주는 모양이다.

스탠리 씨는 내게는 악몽인 삶을 실제로 살고 있다. 결혼해서 두 아이를 키우는데 한 명이 휠체어를 탄다. 내가 그걸 아는 건 어느 날 집까지 그를 따라간 적이 있기 때문이다. 나도 악몽 같은 삶을 살 가능성이 있어서가 아니라(학교에서 가능성은 누구에게나 있다고 배우지만) 호기심 때문이었다. 쓸모없는 아이와 못생긴 아내와 살면서 형편없는 일을 하는 남자가 어떻게 매일 그렇게 친절할 수 있는지 정말 궁금했다. 얼마나 신기한지 수상쩍을 정도라 비결이 무엇인지 묻고 싶었다.

버스에 올라타 회사원으로 보이는 두 남자 뒤에 앉는다. 두 남자가 돈과 인수 합병을 주제로 큰 소리로 떠든다. 도대체 누구에게 잘 보이려고 저러나. 서로에게 잘 보이고 싶은지도 모른다.

스탠리 씨가 날 위해 경찰서 건너편에 버스를 세운다. 문이 열리고 버스에서 내린다. 오늘도 기온이 30도는 되는 것 같다. 흰 티셔츠가 드러나도록 작업복 지퍼를 허리까지 내리고 소매를 걷어 올린다. 두 달 가까이 팔에 상처가 생기지 않은 덕분이다.

아지랑이가 피어오른다. 고요하다. 지구 온난화가 만든 전형적인 날씨다. 빨간불을 무시하는 자동차 두 대가 지나가길 기다렸다가 길을 건넌다. 밤새 유치장에 갇혔던 취객들이 눈부신 가을 햇살에 얼굴을 잔뜩 찌푸리며 경찰서 밖으로 나온다.

경찰서 안 공기는 시원하다. 엘리베이터 앞에서 샐리가 기다리고 있다. 계단으로 뛰어가려 했지만 샐리의 눈에 띄어 어쩔 수 없이 엘리베이터로 간다. 나는 닫힘 버튼을 누르고 또 누른다. 세상이 어떻게 굴러가는지 모르는 사람들은 보통 그러기 때문이다.

"안녕, 조." 샐리가 나에게 말을 어떻게 가르칠지 고심이라도 하듯 신중하고 느린 말투로 입을 연다. 나도 나의 말투를 써야 한다. 여기서는 지능이 높든 낮든 다들 내가 바보처럼 말하길 기대하기 때문이다.

"안녕, 좋은 아침이에요, 샐리." 나는 이렇게 말하고는 입을 쫙 벌리며 아이처럼 천진한 미소를 짓는다. 어설프기는 해도 세 단어를 이어 문장을 만든 걸 뿌듯해하는 미소다.

"정말 아름다운 날이네요. 조도 이런 날씨 좋아해요?"

사실 내게는 좀 더운 날씨다. "나는 따뜻한 태양이 좋아요. 여름이 좋아요." 나는 '느린 샐리'가 이해할 수 있도록 바보처럼 말한다. "크리스마스는 더 좋고요."

"오늘 강가에서 나랑 같이 점심 먹어요." 샐리가 말한다. 얼마나 우스꽝스러울까. 지나가는 사람들이 모자란 척하는 나와 정상인 척하는 샐리를 쳐다볼 생각을 하니 실소가 새어 나온다. 같이 오리에게 빵도 던져주고 어떤 구름이 해적선처럼 보이고 어떤 구름이 익사해 부풀어 오른 시체처럼 보이는지 오손도손 대화라도 나눠야 하나? 샐리는 자기가 정상이 아니라는 걸 알고 있을까? 샐리 같은 부류는 자신의 상태를 얼마나 아는 걸까?

엘리베이터가 도착한다. 신사답게 샐리가 먼저 타게 해야 할지 샐리를 밀치고 먼저 타는 모자란 행동을 해야 할지 고민한다. 결국 신사다운 쪽을 택한다. 모자란 행동을 하기로 하면 엘리베이터가 올라갈 때는 소리를 꽥꽥 지르고 문이 열려 풍경이 바뀔 때는 감탄도 해야 하기 때문이다.

"4층이죠, 조?"

"네." 문이 닫힌다.

"그럼……." 샐리가 말을 끝맺지 못한다.

"그럼 뭐요?"

"그럼 같이 점심 먹으러 갈래요?"

"나는 내 사무실이 좋아요, 샐리. 앉아서 창밖을 내다보는 게 좋거든요."

"알아요, 조. 하지만 바깥도 좋잖아요."

"늘 좋지는 않아요."

샐리가 잠시 생각하더니 천천히 고개를 끄덕인다. 먼 곳을 응시하듯 눈동자의 초점이 흐려지더니 내가 하지도 않은 말에 동의하는 듯한 표정을 짓는다. 그러고는 갑자기 눈의 초점을 다시 맞추고는 미소를 짓는다.

"저기, 조에게 줄 점심을 또 만들어 왔어요. 이따 들를게요."

"고마워요."

"버스 타는 거 좋아해요?"

"네." 엘리베이터가 움직이는 속도가 어찌나 느린지 4층이 나도 모르는 새 높아진 것만 같다. "그런 것 같아요."

"그래도 괜찮으면 가끔 차로 태워줄게요."

"나는 버스가 좋아요."

샐리가 그만 포기하기로 했는지 어깨를 으쓱한다. "샌드위치는 곧 갖다줄게요."

"고마워요, 샐리. 맛있겠네요."

방금 한 말은 진심이다. 샐리가 멍청하고 나한테 홀딱 반했을지는 몰라도 한결같이 내게 잘해주는 건 사실이다. 지금껏 내게 음식을 권하거나 차를 태워주겠다고 한 사람은 샐리뿐이다(물론 샐리가 운전할 리는 없다. 아마 엄마나 다른 사람이 태워다준다는 뜻이겠지). 샐리가 없었다면 그런 사람은 한 명도 없었을 것이다. 내가 샐리를 좋아하지는 않지만 다른 모든 사람만큼 끔찍하게 싫어하지는 않는다. 어떤 면에서 샐리는 내게 친구와 가장 엇비슷한 존재다. 금붕어를 빼면 말이다.

그런 생각을 하다 보니 엘리베이터에서 내리면서 샐리를 보고 웃을 때 억지 미소가 아니라 자연스러운 미소가 떠오른다. 원래의 바보 같은 함박웃음으로 바꾸기에는 이미 늦었다. 그러자 샐리가 무표정한 얼굴로 나를 빤히 바라본다. 엘리베이터 문이 닫히자 샐리는 사라졌고, 이내 내 생각에서도 사라진다. 나는 곧장 회의실로 향한다.

"안녕하세요, 조."

"안녕하세요, 슈뢰더 형사님."

슈뢰더가 다니엘라를 죽이는 모습을 상상해본다. 충분히 가능한 일이다. 물론 사진 기자부터 부검의에 이르기까지 경찰서의 누구든 그녀를 죽일 수 있다. 우선 이들의 목록을 작성한 뒤 한 명씩 지워나가야 한다. 이른바 용의자 목록이다.

"수…… 수사는 어떻게……." 나는 염색체 이상으로 지능이 모자란 소수의 인구 집단에 속하는 척 말을 더듬는다. "사건은 잘 진행되고 있나요, 슈뢰더 형사님? 범인은 찾았나요?"

슈뢰더는 생각을 정리하는 중인지 생각의 고리가 끊어지지 않도록 천천히 살살 고개를 젓는다.

"아직은 아니에요. 곧 찾을 겁니다."

"용의자는 없나요, 슈뢰더 형사님?"

"몇 명 있어요. 그리고 조, 칼이라고 불러요.

전에도 그렇게 부르라고 했지만 나는 그를 칼이라고 부를 생각이 없다. 이미 '경위님'보다 편한 '형사님'이라는 호칭을 쓰고 있지 않은가. 그리고 용의자가 몇 명 있다는 슈뢰더의 말은 거짓말이다.

슈뢰더가 아침마다 그러듯 찡그린 얼굴로 사진을 뚫어져라 바라본다. 피해자 중 한 명이 사진 속에서 손을 뻗어 범인의 이름을 써주기라도 할 것 같은가 보다. 하지만 단서가 하나도 없다는 걸 그도 알고 나도 안다.

사실 모두가 안다. 언론은 특히 더.

"정말 이 모두를 같은 사람이 죽였나요, 슈뢰더 형사님?"

그가 고개를 돌려 나를 빤히 쳐다본다. 괜한 질문을 한 것 같다. "왜 그런 질문을 하죠? 혹시 우리 대화를 엿들었어요?"

나는 고개를 젓고 말한다. "그럴 리가요. 그런 짓은 절대 안 해요." 내 답이 안 믿기는지 슈뢰더가 미심쩍은 표정을 짓는다. "그냥, 한 명이 이렇게 많은 사람을 죽일 순 없을 것 같아서요. 세상에 그렇게 나쁜 사람은 없지 않나요?"

슈뢰더가 표정을 풀더니 천천히 고개를 젓는다. "인간은 그렇게 나쁠 수도 있어요, 조. 그리고 셜록 홈스 흉내는 그만 내는 게 조한테 좋을 거예요."

나는 고개를 떨군다. "음…… 그냥 궁금해서 그랬어요."

"원래 인생은 궁금한 일투성이죠. 질문에 답하자면 이 사건들은 모두 관련이 있어요."

나는 깜짝 놀라 뒤로 자빠질 것 같은 표정으로 고개를 휙 든다. "모두 자매 사이인가요?" 에미상을 받아 마땅한 완벽한 연기다.

"그게 아니고요." 슈뢰더가 한숨을 쉬고는 잠시 멈칫하다 말을 잇는다. "내 말은 모두 같은 사람에게 살해당했다는 뜻이에요."

"아, 그럼 다행인 거 아닌가요? 살인자가 일곱 명인 것보단 한 명인 게 나으니까요."

"죽은 사람들에게는 한 명이나 일곱 명이나 차이가 없죠." 슈뢰더가 사진들을 향해 고갯짓하며 말한다. "다만 이 사건은," 슈뢰더는 잠시 말을 멈췄다. "지금 들은 말 아무한테도 말하지 않을 거죠? 기자 일 하는 친구가 있는 건 아니죠?"

나는 조금 전 슈뢰더가 그랬듯 천천히 고개를 젓는다. 슈뢰더는 내게 친구가 없다고 생각할 것이다. 그는 피클과 제호바를 모르니까. "제 친구는 이곳 분들밖에 없는걸요."

"카피캣 살인이라고 들어봤어요?"

나는 목뼈에 손상이 올 정도로 고개를 젓다가 멈춘다. "고양이를 왜 죽이는데요?"

슈뢰더가 다시 길게 한숨을 쉰다. 바보 연기가 너무 과했던 모양이다.
"그게 아니라 카피캣 살인은 모방 살인을 뜻해요. 연쇄 살인범을 흉내 내 사람을 죽이는 거죠."
"왜 그런 짓을 하는데요?"
"할 수 있으니까요. 하고 싶어 미쳤으니까요."
"그런데 그런 사람들이 왜 바깥을 돌아다니나요, 슈뢰더 형사님? 왜 감옥에 갇히지 않죠?"
"좋은 질문이네요." 나는 슈뢰더의 칭찬에 미소를 짓는다. "답은 간단해요. 세상이 엉망진창이니까요. TV를 틀면 어떤 개자식이 가족과 이웃들을 총으로 쐈다는 뉴스가 나오죠?"
고개를 끄덕인다. 네 이웃을 찔러라. 내게는 익숙한 경구다.
"남은 가족이나 이웃들은 일이 터진 뒤에야 하나같이 그가 얼마나 조용하지만 문제가 많은 사람이었는지 말해요. 그가 실은 총기 관련 잡지를 수집했다거나 하는 걸요. 뒤늦게 이런저런 걸 깨달아 다음 사고를 막으려 하지만 이미 늦었어요. 다 죽고 없는데 뭘 어떻게 막나요. 아, 미안해요, 조. 내가 좀 횡설수설했네요. 욱해서 조한테 괜히 쏟아냈어요."
"괜찮아요."
"그냥 우리가 할 수 있는 일이 더 많으면 좋겠어요. 우리는 매일 그런 잠재적 살인자를 지나쳐요. 하지만 그런다고 뭘 할 수 있겠어요? 아무것도 없어요. 그들에게도 우리와 똑같이 권리가 있거든요. 그들이 마침내 누군가를 죽이거나 죽이려고 할 때까지는 그놈의 권리 때문에 손도 댈 수 없어요. 무슨 뜻인지 알겠어요, 조?"

"알 것 같아요, 슈뢰더 형사님."

슈뢰더가 사진들을 향해 손을 휘젓는다. "분명 경찰 조사를 받은 적 있는 놈일 거예요. 지금 우리를 지켜보며 조롱하고 비웃고 있겠죠. 장담하는데 경찰이 잡아넣고 싶었지만 그럴 수 없었던 놈일 겁니다. 우리 경찰서에 왔던 놈일 거라고요."

맞기도 하고 틀리기도 하지만 그런 지적을 할 수는 없다. 괜히 미끼만 던져주게 될 수도 있다. 슈뢰더의 장황한 설교를 듣다 보니 그가 용의자일 수 있다는 의심이 금세 사라진다.

"무슨 말인지 이해했어요, 슈뢰더 형사님."

"대부분 이해 못 하던데 훌륭하네요. 재미있는 사실 하나 알려줄까요?"

"알려주세요."

"연쇄 살인범은 경찰보다 한발 앞서는 걸 좋아해요. 어떻게 그러는지 알아요?"

물론 안다. 연쇄 살인범은 수사 현장을 기웃거린다. 경찰서를 찾아가 무언가를 목격했다고 제보하기도 한다. 수사 진행 상황을 알아보기 위해서다. 경찰이 자주 가는 술집에 드나들면서 잡담을 듣거나 대화에 참여하는 자들도 있다. 내부 정보를 얻으려고 기자들과 어울리기도 한다.

"모르겠는데요. 어떻게 그래요?"

슈뢰더가 어깨를 으쓱한다. "미안해요, 조. 내가 말이 너무 길었네요."

"그런데 고양이는 왜 죽여요?"

"다음에 알려줄게요." 슈뢰더는 한숨을 쉬고는 이제 그만하자는 듯 말을 맺는다. 나는 그가 망자의 벽을 계속 쳐다보게 내버려두고 사무실로 향한다.

사무실에 도착해 문에 붙은 명패를 손가락으로 훑어본다. 어느 날 샐리가 내 이름이 적힌 작은 팻말을 가지고 나타나기 전까지 이 문에는 아무것도 붙어 있지 않았다. 사무실로 들어가면서 머릿속 생각을 대걸레와 양동이에 관한 것으로 갈아치우고 화장실 청소를 시작한다. 점심을 먹기 전에 진공청소기를 끌고 스티븐스 서장의 사무실로 향한다. 서장이 막 사무실에서 나가고 있다. 서장은 모두에게 지시를 내리는 상관이지만 정작 사건 해결을 위해 발로 뛰거나 기초 조사를 하거나 머리를 쓰는 일은 전혀 하지 않는다. 웰링턴 출신이고 전국에서 손꼽히는 고위급 수사관이라는데 도대체 왜 그러는지 모르겠다. 그가 하는 일이라고는 사무실에 앉아 사람들에게 지시를 내리고 질문하는 것뿐이다. 가끔 서류 뭉치나 파일을 들고 왔다 갔다 하면서 할 일이 있거나 갈 곳이 있다는 듯 굴기는 하지만 말이다. 게다가 거의 항상 화가 나 있다. 나는 서장이 싫지만 어쩔 도리가 없다. 경찰서장을 살해하는 불장난을 할 생각은 없다.

50대 후반이고 검은 머리숱이 점점 줄고 있는 스티븐스 서장은 딱히 도움을 청하고 싶은 경찰처럼 생기지는 않았다. 180센티미터가 조금 넘는 키에 체격이 다부지고 새까만 눈은 꼭 소설에 나오는 미친 연쇄 살인범 같다. 얼굴은 길쭉하고 얇게 베인 칼자국 같은 주름이 긴 얼굴을 따라 나 있다. 피부는 햇볕에 그을렸고 목둘레에는 여드름 흉터들이 울퉁불퉁 패여 있다. 목소리는 깊고 카리브해 억양이 섞여 있는데 아마 항상 입에 물고 있는 시가 때문일 것이다. 팔꿈치에 패치가 붙은 스포츠 재킷을 입고 다니는 쓸모없는 족속이기도 하다.

현장에 있던 볼펜은 서장의 것일까? 그의 새까만 눈을 들여다보며 소설에서 흔히 묘사하는 악이 숨어 있을까 살펴보지만 아무것도 보이지 않는다.

서장이 나더러 수고하라며 점심을 먹고 돌아오겠다고 말한다. 시간은 충분하다.

이제 서장실에는 나와 진공청소기뿐이다. 청소에 진심인 양 청소기를 이리저리 밀어대면서 쓸 만한 정보를 찾아 눈을 좌우로 굴린다. 회의실처럼 서장실에서도 4층이 훤히 내다보인다. 블라인드가 열려 있으면 밖에서도 안을 들여다볼 수 있다는 뜻이다. 나는 서장의 책상 뒤에 있던 걸레를 떨어뜨리고는 허리를 숙여 줍는 척하면서 책상 서랍을 연다. 서랍을 하나씩 뒤지다가 세 번째 서랍에서 이 사건과 관련된 경찰이 모두 적힌 명단을 찾아낸다. 명단을 작업복 속으로 밀어 넣고는 기침을 하기 시작한다. 그렇다, 바보 조는 지금 물이 필요하다. 정수기 쪽으로 걸어간다. 물을 마시고 서장실로 돌아가는 길에 복사실을 힐끗 본다. 아무도 없는 걸 확인하고 복사실로 들어가 명단을 복사한다. 서장실로 돌아가 명단을 다시 파일에 넣는다. 점심시간에 맞춰 청소를 마친다.

내 사무실 창문 앞에 앉아 햇볕을 쬐는 척한다. 다른 사람들의 눈을 속이려면 최대한 진지하게 연기해야 한다. 샐리가 문을 두드리고 들어와 작은 음식 꾸러미를 건넨다. 나는 짧게 감사 인사를 한다. 샐리가 같이 밖에 나가지 않겠느냐고 다시 묻는다. 나는 실수로 그만 다음에 가자고 답하고 만다. 그 말에 샐리가 환한 미소를 짓고는 자리를 뜬다. 혹시 샐리가 보일까 싶어 창밖을 내다보지만 내 사무실에서는 강이 아니라 낯선 사람들만 보인다. 지평선 위로 몇 주 만에 처음으로 비구름이 떠오르지만 거리가 멀어 어느 방향으로 흘러가는지는 알 수 없다.

샌드위치를 먹으면서 명단을 본다. 90개가 넘는 이름이 적혀 있다. 정확히는 94개니 꽤 많다. 몇 명일지 정확히 추려보지는 않았지만(대여섯 명쯤 될 줄 알았다) 94명이라니 놀랍다. 이 많은 사람이 뭐가 뭔지도 모른 채 뛰어 다니고 있는 것이다. 진술을 모으는 경찰도 수십 명 더 있다. 하지만 사건 현장을 조사하는 건 형사들뿐이다. 시신을 보는 것도 형사들뿐이다.

끝이 보이지 않는다.

엄청난 시간 낭비를 하게 되리라는 예감이 스멀스멀 피어올랐다. 하지만 명단에 있는 형사 전부가 매번 사건 현장에 있지는 않았을 것이다. 절반만 매번 있었을 수도 있고, 절반이 안 될 수도 있다. 핵심은 이 94명 중 누가 사건 현장을 조사하러 다니엘라 워커의 집에 갔었는지 알아내는 것이다.

통화 기록을 보면 된다.

다니엘라는 금요일 밤늦게 발견됐다. 명단에 있는 형사들에게 전화가 갔을 것이다. 보통 그렇게 늦게까지 일하는 형사는 없으니

다들 퇴근해 저녁을 먹다가 소식을 듣고 식사를 멈췄을 것이다. 물론 그중 한 명은 끝까지 먹었을 것이다. 다니엘라의 목을 조르고 만년필을 던지느라 허기가 졌을 테니 말이다.

점심시간이 아직 끝나지 않았지만 너무 흥분돼서 더는 먹을 수가 없다. 봄맞이 대청소를 핑계로 기록 보관소에 간다. 그날의 통화 기록이 적힌 서류 근처에 머물면서 그 주변을 꼼꼼히 청소한다. 다니엘라가 살해된 날 밤 형사들에게 발신된 전화 스무 통 중 열다섯 통이 연결됐다. 전화를 받은 열다섯 명은 사건 현장에 나타났다. 몇 명인지는 모르지만 사건을 기록하러 현장에 온 경찰들도 있다. 다니엘라의 남편이 최초로 경찰에 신고한 통화 기록도 있다. 당시 통화 내용을 읽어보지만 별다른 건 없다.

파견 본부는 기동대가 도착하기 전에 현장을 통제하기 위해 가장 가까이에 있는 경찰차를 출동시켰다. 이때 두 명이 출동했는데, 명단에 둘의 이름이 있다. 두 이름에 동그라미를 친다. 그날 밤 전화를 받은 부검의와 사진사, 눈동자가 새까만 스티븐스 서장 등 열다섯 명의 이름에도 동그라미를 친다.

이로써 용의자 목록이 80명 가까이 줄어든다. 시간 낭비에 대한 두려움이 서서히 사라진다. 용의자가 열일곱 명으로 좁혀진다. 우선 남편의 신고로 처음 현장에 출동한 두 경찰이 다니엘라의 죽음과 관련이 있기는 힘들다. 왜냐하면 첫째, 두 사람은 출동하기 전 여섯 시간 동안 함께 근무했고, 다니엘라의 시신은 살해되고 한 시간 뒤 발견됐다. 둘째, 다니엘라를 죽인 범인이 하필 현장에 출동한 경찰일 확률이 얼마나 되겠는가. 상당히 낮다. 용의자 목록에서 두 사람의 이름을 지운다.

이제 열다섯 명이다.

부검의는 어떨까? 그는 다니엘라의 시신과 다른 시신들 사이의 차이점을 몇 가지 발견했다. 혼자 일하니 얼마든지 증거를 조작해 다니엘라의 시신 잔여물과 섬유를 다른 시신들과 똑같이 만들 수 있었지만 그러지 않았다. 부검 결과의 진위를 밝히는 사람이 따로 있느냐고? 없다. 부검의 자신뿐이다. 그러니 부검의가 다니엘라를 죽였다면 부검 결과가 다른 시신들과 똑같았을 것이다. 하지만 그렇지 않았다.

따라서 부검의는 범인이 아니다. 열네 명 남았다.

이보다 더 쉬울 수 있을까?

시계를 본다. 4시가 다 됐다. 나는 오후 내내 이 안에 있었고 거의 계속 청소를 했다. 가구 광택제 냄새가 코를 찌른다. 광택제를 두 통이나 흡입하고 나니 폐가 멀쩡할지 걱정된다. 사무실로 돌아가는 길에 커피를 한 잔 타서 회의실에 들러 카세트테이프를 교체한다.

사무실에 돌아오니 비구름 하나가 해를 가려 더는 햇빛이 들어오지 않는다. 하지만 구름이 비를 뿌릴 기색은 여전히 안 보인다. 마지막으로 비를 본 게 언제였는지 기억도 나지 않는다. 자리에 앉아 다시 명단을 보니 기록 보관소에서는 놓쳤지만 너무나 명백한 사실 하나가 눈에 띈다. 남은 열네 명 중 네 명이 여자라는 사실이다. 여자들의 이름을 지운다. 처음부터 이렇게 좁히면 좋았겠지만 상관없다. 이제 열 명 남았다. 새 종이에 열 명의 이름을 적고 자리에 앉아 뚫어져라 보다 보니 어느덧 4시 30분이 된다. 경찰서 건물 밖으로 나가면서 지나치는 모든 사람에게 작별 인사를 건넨다. 샐리는 보이지 않는다. 버스 정류장으로 가는 길에 아침에 느꼈던 그 불길한 예감이 다시 든다. 엄마에게 뭔가 안 좋은 일이 생긴 건 아닐까 싶지만 이내 바보 같은 생각 하지 말라며 나 자신을 타이른다. 정말 무슨 일이 있었다면 벌써 연락이 왔을 것이다.

집으로 가는 버스를 탄다. 집 앞 쓰레기는 수거되고 없다. 침대에 누워 천장을 응시한다. 나는 용의자를 열 명으로 좁혔다. 경찰이 좁힌 용의자는 전화번호부 열 권 분량은 될 텐데 말이다. 손목시계를 힐끗 본다. 언제까지고 침대에 누워 있을 순 없다. 천장이 그렇게 재미있는 것도 아니고. 자리에서 일어나 서류 가방을 집어 든다. 아직 할 일이 많다.

15장

샐리는 종일 조의 미소가 아른거렸다. 엘리베이터 문이 닫힌 순간부터 내내 그 생각뿐이었다. 꾸밈없는 조의 환한 미소가 무척 자연스럽고 순수하다는 생각을 늘 했었다. 마틴의 미소와 똑같았다. 하지만 오늘 아침에 본 조의 미소는 달랐다. 순수했냐고? 그렇기는 했다. 영혼이 순수한 사람이니까. 하지만 오늘 본 미소에는 무언가 다른 게 있었고, 샐리는 그게 뭔지 너무 궁금했다. 몇 초밖에 안 되는 짧은 시간 동안 조는 소년이라기보다 남자였고, 서툴기보다는 세련돼 보였다. 조의 미소 속에서 샐리는 조가 생각보다 훨씬 더 많은 무언가를 품고 있다고 암시하는 불꽃을 포착했다.

그 불꽃은 대체 뭐였을까?

샐리는 그 불꽃이 자신을 향한 호감과 둘 사이의 우정이 깊어지고 있다는 신호이길 바랐다. 물론 우연일 수도 있다. 샐리와 있을 때 자주 그러는 것처럼 단순히 허공을 응시하고 있었을지도 모른다. 어쨌거나 오늘 본 조는 어른스러워 보였고 평소보다 더⋯⋯ 매력적이었다. 착각일까?

아니다. 조는 분명 매력적이었고 샐리는 처음으로 그 사실을 의식했지만 지금은 이런 혼란스러운 문제를 생각하고 싶지 않았다.

샐리는 고장 난 에어컨을 고치느라 하루를 다 보내고 있었다.

몇 주째 이어진 작업이었다. 에어컨이 1~2년마다 고장 났지만 정부는 경찰서의 환경을 개선해주기는커녕 예산을 늘릴 생각 자체가 없어 보였다. 그러니 더는 못 버틸 날이 올 때까지는 임시방편으로라도 에어컨을 가동하는 수밖에 없다. 에어컨을 고치는 와중에도 자꾸만 조가 떠올랐다. 경찰서에 고용된 청소부는 조 말고도 더 있지만 조는 그 사실을 모른다. 그 청소부들은 매일 저녁 조가 퇴근하고 한참 지나 6시가 넘어서 출근해 경찰서를 청소한다. 진공청소기를 돌리고, 먼지를 털고, 닦고, 화장실을 소독하고, 종이 수건을 채우고, 휴게실의 접시를 치우고, 더러운 수건을 깨끗한 수건으로 교체하고, 쓰레기통을 비운다. 조는 일주일에 한 번 혹은 몇 주에 한 번씩만 하는 일이다. 조가 고용된 건 낮 동안 경찰서의 청결을 유지하기 위해서지만, 샐리는 사람들을 행복하게 해주는 것도 조가 하는 일 같았다.

조처럼 특별한 사람들은 일자리를 구하기가 어렵다. 사회에 기여하면서 스스로 생계를 꾸려야 하는 세상에서 조 같은 사람들이 살아 나가려면 때로는 정부가 개입해 이들을 위한 일자리를 만들어야 한다. 그러나 아무도 경찰서에 청소부가 조 말고도 더 있다는 사실을 조에게 말하지 않았다. 그러면 조의 자존감이 무너질 수 있기 때문이다. 순진하고 안쓰러운 조.

같은 시간에 퇴근하는데도 샐리는 퇴근할 때 조를 만난 적이 거의 없다. 4시 30분에 퇴근하는 직원은 몇 안 되는데 샐리도 아픈 아버지 때문에 그 무리에 속한다. 샐리는 크라이스트처치 성당에서 몇 블록 떨어진 시내 중심가를 관통하는 쇼핑가, 캐셜 몰로 향했다. 크라이스트처치 성당은 지은 지 백 년이 훌쩍 넘은, 이 도시의 상징적인 석조 건물이다. 샐리도 조용히 앉아 있고 싶어서 성당에 들어가본 적이 있지만 그러기에는 관광객이 너무 많았다.

오늘은 성당까지는 가지 않고 쇼핑가에 들렀다. 진열창을 들여다보다가 아버지 선물로 괜찮아 보이는 게 있으면 상점으로 들어가 구경했다. 생일 카드도 사야겠다. 무언가 재미있는 걸 찾아야지. 아버지가 쇠약해진 몸과 죽은 아들 생각을 잠시라도 떨치게 해줄 무언가가 필요하다. 모든 것을 잃은 부모에게는 도대체 무엇을 사줘야 할까?

DVD플레이어가 좋겠다. 판매원의 조언에 따라 샐리는 예산이 허락하는 범위 내에서 사용법이 가장 간단한 플레이어와 아버지 취향에 맞는 고전 서부 영화 네 편을 골랐다. 모두 클린트 이스트우드가 출연한 영화다. 아버지에게 이보다 좋은 선물은 없을 것이다.

샐리는 구매한 물건들을 차로 옮기다가 잠시 멈춰 서서 헨리에게 또 샌드위치가 담긴 작은 봉지를 건넸다. 헨리는 무언가를 사려고 돈을 모아본 적이 있을까? 가진 게 아무것도 없으면 목표를 세우기가 얼마나 힘들까? 무일푼인 헨리가 정장을 사서 취업 면접을 보러 갈 수는 없지 않은가. 지금 모습 그대로 갈 수도 없고 말이다. 그러니 이렇게라도 헨리를 도와야 했다.

"예수님은 당신을 사랑해요." 헨리가 말했다. "명심해요, 샐리. 모든 게 다 괜찮아질 거예요."

차에 도착할 때쯤 샐리는 울고 싶어졌다. 조의 미소가 떠올랐는데도 기분이 좋아지지 않았다.

16장

 회의실에서 가장 최근에 가져온 카세트테이프를 꺼내 녹음기에 꽂는다. 방 안을 서성거리며 작은 스피커에서 흘러나오는 사적인 대화를 듣는다. 건성으로 듣는 게 아니라 귀를 바짝 기울인다. 지난 몇 달 동안 수거한 테이프를 모두 들었지만 지금까지는 그저 수사가 어떻게 진행되고 있는지에만 귀를 기울였다. 이제는 귀 기울여야 할 내용이 새로 생겼다.
 테일러 형사는 범인이 한 명이 아니라는 가설을 지지한다. 여러 명이 공조하고 있다고 생각하는 맥코이 형사도 마찬가지다. 허튼 형사는 여전히 범인은 한 명이라고 생각한다. 다른 가설들도 있다. 여러 가설이 섞이고 갈피를 잡지 못한다.
 갈피를 잡지 못하는 수사는 엉망이 된다. 아무도 어느 것에도 동의하지 않고, 아무것도 이뤄지지 않는다.
 그러면 당연히 범인을 잡기 어렵다. 내게는 좋은 일이다.
 저녁을 만든다. 흥미로울 건 하나도 없다. 전자레인지로 빠르게 조리되는 즉석 파스타와 커피가 전부다. 저녁을 먹고는 편안해 보이는 청바지와 셔츠로 갈아입는다. 꽤 멋지다. 아니, 멋진 정도가 아니라 근사하다. 짙은 색 재킷을 걸치니 훨씬 더 근사하다.
 막 나가려고 할 때 전화벨이 울린다. 엄마일 거라는 생각이 들다가 문득 오늘 아침에 든 나쁜 예감이 떠오른다. 엄마가 아니라 누군가가 엄마의 소식을 전하는 것일지도 모른다. 장례식을 준비하고 뒤풀이 자리에 낼 소시지 빵을 만드는 장면이 머릿속을 스친다. 지금 하는 조사와 내 일상을 모두 멈추게 할 충격적인 소식을 들을 각오를 하고 자리에 앉는다. 쿵쾅거리는 심장을 느끼며 수화기로 손을 뻗는다. 제발, 하느님, 그 일만은 아니기를. 엄마에게 나쁜 일이 생기지 않았기를.

수화기를 들고 최선을 다해 침착한 목소리를 낸다. "여보세요?"

"조? 너니?"

"엄마, 와, 목소리 들으니까 정말 좋네요." 말이 한꺼번에 쏟아져 나온다.

"그래, 네 엄마다. 종일 전화했는데 받지를 않더구나."

자동 응답기를 바라본다. 작은 불빛이 깜박이지 않는다. "메시지를 남기시지 그랬어요."

"난 기계랑 대화하는 거 싫어하잖니." 그럴 리가. 엄마는 기회만 있으면 무엇과도 이야기할 사람이다. "오늘 밤에 올 거니, 조?"

"오늘은 수요일이에요."

"무슨 요일인지는 나도 안다, 조. 요일을 알려줄 필요는 없어. 그냥 네가 엄마를 보러 오고 싶을지도 모른다는 생각이 들었을 뿐이야."

"못 가요. 약속이 있어요."

"여자친구랑?"

"아뇨."

"아, 알겠다. 저기, 난 네가……."

"난 남자 안 좋아해요, 엄마."

"아니라고? 난 네가 혹시나……."

"혹시나 뭐요?"

"혹시나 밤새 아팠던 엄마를 보러 올까 싶어서."

"아팠어요?"

"그냥 아픈 정도가 아니야. 밤새 변기에 앉아 있었단다." 엄마가 필요 이상의 정보를 쏟아내기 시작한다. 내가 말리거나 총으로 자살할 새도 없이 엄마는 계속 말을 이었다. "배가 어찌나 아프던지. 그렇게 심한 복통은 처음이었어. 설사가 물처럼 쏟아지더라." 나는 방 안을 둘러보며 마음을 안정시켜 줄 담요를 찾는다. 현실감을 잃지 않고 기절하지 않게 해줄 무언가가 필요하다. 다행히 나는 자리에 앉아 있고 충격받을 각오가 된 채였다. "설사가 하도 심해서 잠옷을 더럽혀가며 한 시간을 화장실에 들락거리다 그냥 밤새 변기에 앉아 있기로 했단다. 추워서 담요도 가져가고 심심할까 봐 직소 퍼즐도 챙겨 갔지. 실은 퍼즐의 또 다른 구석 자리를 다 맞췄단다. 멋지더라. 너도 와서 한번 보렴."

"좋은 생각이네요." 말이 저절로 튀어나온다.

"어쩜, 힘을 줄 필요조차 없더구나. 정원 호스에서 물이 나오듯 줄줄 쏟아져 나오더라니까."

"아…… 네……." 내 목소리가 마치 몇 킬로미터 밖에서 들려오는 것 같다.

"정말 너무 아팠단다."

나도 속이 아프다. "죄송해요, 엄마. 조만간 갈게요. 괜찮죠?"

"그래라. 그런데—"

"이제 정말 가야 해요, 엄마. 택시가 기다리고 있어요. 사랑해요."

"그래, 알았—"

"끊을게요." 전화를 끊는다.

싱크대로 간다. 물을 한 잔 들이켠다. 입안을 헹구고 더 강한 게 필요하다고 생각하며 컵에 물을 다시 채운다. 다니엘라의 집 냉장고에서 가져온 맥주를 꺼낸다. 다니엘라의 집에서 가져온 병따개로 뚜껑을 연다. 엄마가 변이 묻은 속옷을 발목까지 내리고 앞에 놓인 의자에 천 조각짜리 직소 퍼즐을 올려둔 채 변기에 앉아 있는 모습이 머릿속을 맴돈다. 소파로 가서 금붕어에게 먹이를 주고 있는데 잠시 후 전화벨이 울린다. 엄마는 또 뭘 원하는 걸까? 휴지를 몇 장이나 썼는지 말해주고 싶나? 자동 응답기가 받게 내버려둔다. 엄마가 아니라 동물병원 접수원이다. 접수원은 제니퍼라고 이름을 밝힌 뒤 고양이가 잘 지내고 있고 주인은 찾지 못했다고 말한다. 그러고는 회신해 달라면서 자기는 새벽 2시까지 근무한다는 말을 덧붙인다.

맥주를 다 마시고 금붕어에게 작별 인사를 한 뒤 문을 나서다가 문득 캔디를 내버려둔 게 떠오른다. 익명으로 경찰에 신고하기로 해놓고는 잊고 있었다. 우선 용의자 목록부터 줄이기로 한다. 용의자를 추려내면 신고한 뒤 반응을 살펴보기가 더 쉬울 것이다.

어차피 경찰은 나에 대한 단서가 하나도 없으니 급할 건 없다.

며칠이나 몇 주가 걸려도 된다. 하지만 내 안에는 승부 근성이 도사리고 있다. 지금도 그놈은 내게 정신 바짝 차리고 이 사건을 끝까지 파헤치라고 몰아붙인다. 내가 이 사건을 해결할 수 있다는 걸 스스로에게 보여주고 싶다. 단지 경찰에 잡히지 않는 수준이 아니라 경찰보다 사건을 더 잘 해결할 수 있다는 걸 입증하고 싶다. 자기 발전을 위해 노력하지 않는 남자, 스스로를 시험하려 하지 않는 남자를 과연 남자라 부를 수 있을까.

내 안의 또 다른 나, 유희를 좋아하는 내가 속삭인다. '수사가 더 복잡해지게 만드는 게 어때? 조사할 피해자를 하나쯤 더 던져주라고.' 피해자가 한 명뿐일 때도 수백 명, 아니, 천 명의 관계자 진술을 받아낼 수 있다. 경찰은 이 진술들을 상호 참조해 피해자의 활동을 지도로 그린다. 하지만 피해자가 한 명 더 생기면 진술의 수는 두 배로 늘고 업무량도 그만큼 많아진다. 그러면 이전 살인과 관련된 사람들은 덜 조사하게 되고 그보다 더 앞선 살인과 관련된 사람들은 거의 방치된다. 새로운 흔적이 발견되면 나머지 흔적들은 희미해진다. 결국 기존의 증거는 포기하고 결정적 단서가 나타나길 기대하며 다음 피해자를 기다리게 된다. 일손이 점점 부족해져 형사들이 과로에 시달리는 건 물론이다. 스트레스에 시달리는 형사는 빈틈이 많아진다. 두 명이 연달아 살해되면 이전 진술들은 죄다 회의실 탁자 밑에 있는 커다란 상자에 처박힌다.

나는 이틀에 한 번씩 그 상자 주변에서 진공청소기를 돌린다.

시내로 가는 버스를 탄다. 경찰서 직원이고 옆문을 여는 출입 카드가 있으면 경찰서에 쉽게 들어갈 수 있다. 출입 카드를 써서 뒤쪽 비상계단으로 들어간다. 카드를 긁을 때마다 기록이 남기는 하지만 아무 이유 없이 기록을 확인하지는 않는다. 누군가가 기록을 확인하고 출입 이유를 묻더라도, 시간을 헷갈렸다고 하거나 도시락통을 가지러 왔다고 하면 그만이다. 4층까지 계단으로 올라간다. 그래야 누군가와 마주칠 일이 없어 덜 위험하다. 순찰 경관과 달리 형사들은 자기가 편한 시간대에 일한다. 살인 사건이 나거나 살인 사건을 수사 중일 때가 아니면 9시부터 5시 반까지 일한다. 형사들이 퇴근하면 칸막이 자리와 회의실과 사무실은 거의 비어 있다.

회의실 벽을 다시 한번 바라본다. 캔디는 아직 발견되지 않았다. 장기 주차 구역에 있는 여자도 마찬가지다. 카세트테이프를 교체한다. 이 초소형 카세트 녹음기에는 음성 감지 기능이 있다. 평상시에는 대기모드로 있다가 음성이 감지되면 녹음이 시작되는 기능이다. 소리가 멈추면 녹음도 멈춰 녹음기를 계속 켜두어도 테이프가 낭비되지 않는다. 배터리도 갈아 끼운다.

용의자 목록에 있는 열 명 중 4층에서 일하는 사람은 몇 명 안 된다. 심지어 그중 몇 명은 수사를 돕기 위해 다른 도시에서 잠시 파견되어 온 형사들인데, 범인은 그중 하나일 가능성이 크다. 아내와 가족과 떨어져 있는 동안 살인할 절호의 기회를 뿌리치긴 쉽지 않기 때문이다.

목록 맨 위 이름부터 시작한다. 윌슨 허튼은 내가 여기서 청소부로 일한 것보다 훨씬 오래 일했고, 과식한 기간은 형사로 일한 기간보다 훨씬 길다. 이곳의 누구나 그러듯 윌슨 형사도 나를 좋아한다. 통로를 따라 걸으면서 왼쪽과 오른쪽 칸막이 너머를 힐끗거리며 아무도 없는지 한 번 더 확인한다. 불이 다섯 개 중 하나만 켜져 있어서 꽤 어둡다. 마치 반달 아래 어둠 속에 있는 느낌이다. 어둑한 조명이 공간에 은근한 생기를 더해준다. 게다가 전기도 아낄 수 있고 직원들이 들어오다가 가구에 부딪힐 일도 없다. 조명에서 작게 윙윙거리는 소리가 난다. 에어컨에서 딱딱거리는 소리도 난다. 하지만 인기척은 전혀 나지 않는다. 4층 전체가 텅 빈 집처럼 고요하다. 마치 무덤 같다. 책상 위 스탠드 불빛도 없고 삐걱대는 의자 소리도 없다. 몸을 움직이는 기척도 기침도 하품도 들리지 않는다. 희미한 조명 아래서 보니 모든 게 더 정돈되고 깨끗해 보인다. 실은 내가 퇴근하고 한 시간 반 뒤 도착하는 청소팀이 난 너무 멍청해서 하지 못하는 줄 아는 일들을 두 시간 동안 처리해주는 덕분이다. 왜 아무도 그 사실을 내게 말해주지 않을까. 나는 해가 지면 쓰레기 요정들이 나타나서 모든 걸 반짝반짝 깨끗하게 해놓는 줄 알 거라고 생각하는 모양이다.

  허튼 형사의 칸막이 자리에 앉는다. 허튼은 덩치가 큰 남자다. 다리를 보강한 의자에 앉아 편한 자세를 잡다 보면 느껴지는, 움푹 팬 엉덩이 자국만 봐도 알 수 있다. 마흔여덟 살의 허튼 형사는 곧 심장마비를 일으킬 확률이 높다. 이미 몇 차례 가벼운 심장마비가 왔었다 해도 놀라운 일이 아니다. 허튼은 운동이라고는 씹는 것 말고는 하는 게 없다. 그의 의자에 앉는 것만으로도 구역질이 나고 체중이 불어나는 기분마저 든다. 책상 등을 켠다. 아내에게 선물로 받은 듯한 책상 위 이름표가 나를 빤히 쳐다본다. 이름

표에는 윌슨 Q. 허튼 경위라고 적혀 있다.

칸막이벽에 고정된 그의 가족사진을 본다. 아내도 남편처럼 체중이 나가 보이는데 그래도 같이 있으니 행복해 보인다. 목록에서 그의 이름을 지우고 책상 등을 끈다. 도넛 애호가인 허튼은 범인이 아니다. 범인일 리가 없다. 피해자를 쫓아 계단을 올라가는 것만으로도 숨이 차 죽었을 것이다. 게다가 범인이 반복적으로 했던 발기가 가능할 것 같지도 않다. 뭐, 최소한 두 번은 발기했을 것이다. 사진 속 아이 둘이 자녀라면 말이다.

아홉 명 남았다.

의자를 원래대로 밀어 넣는다. 원래 있던 자리를 찾기는 어렵지 않다. 의자 바퀴가 닿는 카펫 부분이 닳아 있고 카펫 아래 바닥에도 파인 자국이 있다. 건너편 칸막이 자리로 이동한다.

앤서니 와츠는 경찰이 된 지 25년 됐고, 형사로 일한 지는 12년 됐다. 책상 등을 켜니 사진 하나가 보인다. 와츠와 그의 아내의 행복한 순간을 포착한 사진이다. 누군가가 좀 행복하다 싶으면 사람들은 꼭 나서서 증거라도 남기듯 사진을 찍는다. 하지만 나는 늘 그렇듯 본질을 본다. 와츠는 예순 살답게 주름이 많다. 머리도 백발이고 숱도 얼마 없다. 와츠가 목을 조르는 건 둘째치고 다니엘라와 몸싸움을 벌이는 장면이 도저히 그려지지 않는다. 와츠가 시신에 남은 흔적대로 다니엘라를 강간하는 장면도 상상이 안 된다. 와츠는 그런 짓을 할 만한 인간이 못 된다. 다니엘라 역시 그를 자기 안에 받아들인 적이 없다.

그의 이름도 목록에서 지운다. 책상 등을 끈다. 의자를 제자리에 밀어 넣는다. 용의자는 이제 여덟 명이다. 이 일이 재미있어지기 시작한다.

중앙 통로는 4층 끝에서 T자 모양으로 갈라진다. 왼쪽으로 꺾어 곧장 셰인 오코넬 형사의 칸막이 자리로 간다. 이제는 앉는 것도 귀찮다. 오코넬은 범인이 현장에 자백이라도 하듯 남긴 증거밖에 찾아내지 못하는 마흔한 살의 형사로, 사건이 일어나기 3주 전에 팔이 부러졌다. 그가 범인이라면 다니엘라를 죽일 때 깁스를 하고 있었다는 뜻이다. 깁스하고도 다니엘라를 죽일 힘이 있었을 수도 있지만 시신이나 침대에서 석고는 발견되지 않았다.

이제 일곱 명이다.

다음 용의자는 브라이언 트래버스 형사다. 그의 칸막이 자리로 가 등을 켠다. 가족사진은 없고 수영복 모델 달력뿐이다. 올해와 작년, 재작년 달력까지 있다. 지난 달력을 왜 못 버리는지는 뻔하다. 작년 달력을 획획 넘겨 다니엘라가 살해된 날짜를 본다. 아무 표시도 없다. 해가 지난 책상 달력도 뒤져 같은 날짜를 확인한다. '오늘 밤 그녀을 죽일 것. 우유 사기'와 같은 메모는 없다. 책상 서랍을 뒤진다. 파일과 종잇조각까지 다 뒤져보지만 사건과 관련된 물건은 하나도 없다. 그를 범인으로 지목하는 단서는 없다. 그의 결백을 증명하는 단서도 없다. 볼륨을 낮춰 자동 응답기에 저장된 메시지를 들어본다. 책상 밑에 있는 쓰레기통도 뒤집어보지만 비어 있다. 트래버스는 30대 중반에 몸이 호리호리하고 탄탄하다. 180센티미터가 조금 안 되는 키에 여자들에게 인기 있는 털털한 미남형이다. 강간죄로 기소되더라도 '원하면 어떤 여자든 유혹할 수 있는 말쑥한 외모로 왜 굳이 강간을 하겠느냐'는, 배심원들이 아직도 속아 넘어가는 변론으로 빠져나갈 상이다. 트래버스는 아내가 없고 여자친구가 있다 해도 사진은 붙여 놓지 않았다. 수영복 달력의 4월 모델이 여자친구가 아니라면 말이다.

그의 이름 옆에는 물음표를 그려 넣는다. 아직 용의자는 일곱 명이다.

즐거운 마음으로 걸어가 랜스 맥코이 형사의 책상에 앉는다. 트래버스의 칸막이 자리에서 했던 것과 똑같은 절차를 거친다. 맥코이는 결혼해서 두 아이를 둔 40대 초반의 형사다. 이 모든 정보를 드러내는 사진이 작은 액자에 꽂혀 책상 한가운데에 놓여 있다. 다른 사진들은 칸막이벽에 걸려 있다. 아내는 그보다 열 살은 어려 보인다. 딸은 꽤 매력적이지만 아들은 멍청해 보인다. 맥코이가 헌신적이고 가정적인 남자라는 건 극도로 깔끔한 그의 자리에 앉아보기만 해도 알 수 있다. 커피잔이며 수첩이며 명판에 '일하기 위해 살지 말고 살기 위해 일하라'나 '부주의는 우울증으로 가는 길이다'와 같은 짤막한 명언이 붙어 있다. '좋은 년은 죽은 년 뿐이다' 같은 메모가 있다면 주요 용의자로 점찍을 수 있을 텐데, 그런 건 없다. 다니엘라 사건에 대한 메모도 없다. 그의 이름 옆에도 작은 물음표를 그려 넣는다.

용의자는 여전히 일곱 명이다. 점점 쉬워질 줄 알았는데 아니었나 보다.

손목시계를 확인한다. 생체 시계에 따르면 아직 8시 30분밖에 안 된 느낌인데 시계가 9시 35분을 가리키고 있다. 뭔가 문제가 생긴 게 분명하다. 이상하다. 빌 랜드리 형사의 사무실에 들어가니(그렇다, 칸막이 자리가 아닌 사무실이다) 내 시계가 틀리지 않았다는 게 확인된다. 슈뢰더와 다른 많은 형사들처럼 랜드리도 이 사건뿐 아니라 다른 살인 사건을 함께 수사 중이다. 몇 달 전 묘지의 호수에서 시체가 발견됐다. 이 도시의 연쇄 살인범이 나뿐만이 아니라는 뜻이라 솔직히 기분 나쁘다. 무엇이든 단 하나가 되면 좋으니 내가 이곳의 유일한 연쇄 살인범이었다면 좋았을 것이다. 얼마 전까지만 해도 이 나라에서 유명한 연쇄 살인범은 한 명뿐이었다. 20년 전 매춘부만 연달아 죽인 잭 헌터라는 남자로, 언론은 귀엽게도 그를 '잭 더 리퍼'가 연상되는 이름인 '잭 더 헌터'로 불렀다.

물론 나는 워낙 긍정적인 사람이라 또 다른 연쇄 살인범이 돌아다니는 게 싫지만은 않다. 경찰이 그만큼 바빠지기 때문이다.

랜드리는 유용하게도 다니엘라 사건 현장과 다른 현장의 차이점을 목록으로 작성해뒀다. 본인이 살인범이었다면 그렇게 하지 않았을 것이다. 노트 첫 페이지 상단에 '모방 살인범'이라고 적고 그 단어에 동그라미를 치고 그 옆에 물음표를 친 걸 보니 확실하다.

용의자 목록에서 랜드리의 이름을 지운다. 그런 뒤 다시 중앙 통로를 거슬러 올라가 곧장 도미닉 스티븐스 서장의 사무실로 향한다. 서장실 문의 자물쇠를 만지작거려 8초 만에 연다.

블라인드를 닫고 가지고 온 작은 손전등을 켠다. 서장실은 몰래 뒤지고 다닌 칸막이 자리와 달리 대놓고 돌아다닌다. 책상 위에 그가 상관들을 위해 작성한 보고서 사본이 놓여 있다. 수사 진행 상황을 자세히 설명하지만 한마디로 진전이 없다는 내용이다. 스티븐스는 보고서에서 현재 검증 중인 가설들을 설명한 뒤 다니엘라 워커가 다른 사람에게 살해당했을 수 있다는 본인의 가설을 덧붙였다. 그러면서 다니엘라 사건을 별도로 수사할 것을 권고했다. 스티븐스가 범인이라면 그렇게 할 리 없으니 그도 목록에서 지운다.

이제 남은 용의자는 다섯 명이다. 이러다 며칠 내로 모든 용의자의 이름이 지워질까 봐 불안하다. 내가 무언가를 간과하고 있을 것만 같다.

경찰서에는 있을 만큼 있었다.

집으로 가는 버스를 탄다. 신선한 공기를 마시며 10분쯤 걸으면 정신이 맑아질 것 같아 몇 정거장 전에 내린다. 아름다운 밤이다. 북서풍이 울적한 마음을 달래준다. 보통은 짜증만 유발하는 바람인데 말이다. 날씨란 참 신기하다.

그러나 나는 일기 예보 따위는 관심 없다.

앞으로 며칠은 늦게까지 수사해야 하니 집에 도착하자마자 잠자리에 든다. 고양이 문제로 제니퍼에게 답신 전화를 걸어야겠다 생각했지만 그건 나중에 해도 될 것 같다. 지금은 정신없이 잠에 빠져드는 게 먼저다.

17장

 8시 2분, 나는 땀으로 범벅이 된 채 침대 가장자리에 앉아 있다. 몇 년 만에 처음으로 꿈을 꿨다. 꿈속에선 그렇게 불쾌하지 않았지만 내용은 아주 불쾌한 꿈이었다. 꿈속에서 나는 살인 혐의를 받고 있는 범인이자 나 자신을 조사하는 경찰이었다. 경찰인 나는 회유와 협박을 병행하는 수법으로 범인인 내게서 자백을 끌어내려 했다. 그러나 범인인 나는 굴복하지 않고 도리어 음란한 행위를 제안하고는 직접 몸짓으로 흉내 낸 뒤 변호사를 요구했다. 도착한 변호사는 다니엘라 워커였다. 다니엘라는 사진 속 모습 그대로였다. 목에 난 멍이 꼭 불규칙한 모양의 흑진주 목걸이 같았다. 다니엘라는 한 번도 깜박이지 않는 멀건 눈으로 내내 나를 응시했다. 그러면서 나더러 자기를 죽인 일을 자백하라고 했다. 다니엘라는 주문을 외듯 그 말을 몇 번이고 반복했고 결국 나는 혼란에 빠져 여러 건의 살인을 모두 자백해버렸다. 그러자 마치 퀴즈 프로그램처럼 취조실 벽이 뒤로 스르륵 움직이면서 법정이 나타났다. 법정에는 판사와 배심원, 변호사가 있었는데 아는 얼굴은 하나도 없었다. 정장 차림의 남자들로 구성된 스윙 재즈 시대 스타일의 밴드도 있었다. 연주자들은 반짝반짝 광이 나는 금관 악기를 들고 있었지만 연주는 하지 않았다. 내가 유죄를 인정했는데도 배심원단이 있었고 배심원단은 나를 유죄로 판결했다. 판사도 같은 판결을 내린 뒤 내게 사형을 선고했다. 그러자 밴드가 안젤라의 스테레오에서 재생됐던 노래를 연주하기 시작했고 그 동안 어제 버스에서 본 회사원 두 명이 바퀴 달린 전기의자에 앉은 채로 등장했다. 나는 전기의자의 고정 장치에 팔다리가 묶이는 순간 잠에서 깼다.

생체 시계가 제대로 작동하지 않기는 처음이다. 눈을 감고 생체 시계의 버튼을 눌러 알람을 재설정하는 상상을 한다. 왜 꿈을 꿨을까? 어째서 늦잠까지 잤을까? 좋은 일을 하려 하기 때문일까? 그럴지도 모른다. 다니엘라의 가족에게 진실을 알려줘 끝을 맺어주려는 것뿐인데 왠지 잘못된 일처럼 느껴진다. 나는 내 훌륭한 인간성 때문에 고통받고 있다.

버스를 놓치기 싫어 아침을 거른다. 점심 도시락을 쌀 시간도 없어 서류 가방에 과일을 던져 넣고 문밖으로 달려 나간다. 금붕어에게 먹이를 줄 시간도 없다. 오늘은 날이 흐리고 꿉꿉하다. 후덥지근하고 나른해 햇볕이 뜨겁게 내리쬐는 날보다 더 싫다. 스탠리 씨가 구멍을 뚫지 않고 버스표를 돌려줄 무렵에는 벌써 땀이 줄줄 흐른다.

통로를 따라 걸어가서 꿈에 나온 회사원들 뒤에 앉는다. 아직도 꿈이 아닌가 하는 의심이 들어, 버스 안쪽 벽이 뒤로 물러나면서 법정과 스윙 밴드가 나타나는지 지켜보지만 아무 일도 없다. 두 회사원이 큰 소리로 이야기한다. 사업이 어떻고 돈이 어떻고 하는 이야기다. 둘이 한가한 시간에 무엇을 할지 상상해본다. 서로 동침하는 사이가 아니라면 아마 둘 다 아내가 바람을 피우고 있을 것이다. 하지만 그 사실을 알아도 그 못된 여자들을 처리할 용기도 없겠지. 물론 여기서 '처리'는 이혼을 말하는 게 아니다.

경찰서 밖에서 샐리가 나를 기다리고 있다. 나를 알기는 하지만 진짜 정체는 모르겠다는 듯한, 무언가를 알아내려는 듯한 표정이다. 그러다 표정을 밝게 바꾸고는 손을 뻗어 내 어깨에 갖다 댄다. 나는 굳이 샐리의 손길을 피하지 않는다.

"왔어요, 조? 오늘도 열심히 일할 준비 됐나요?"

"그럼요. 나는 여기서 일하는 게 좋아요. 사람들도 좋고요."

샐리가 무언가를 말하려다가 입을 다물고는 다시 연다. 마음속으로 무언가와 싸우다가 결국 진 표정이다. 샐리는 내밀었던 팔을 옆으로 떨어트리고 말했다.

"미안해요, 조. 오늘은 샌드위치를 못 만들어 왔어요."

샐리가 샌드위치를 직접 만드는지 돈을 주고 사는지 아니면 그녀의 엄마가 내가 먹는 줄도 모르고 만들어주는지는 모르겠지만 내 얼굴에 실망한 기색이 슬쩍 비친다. 이건 연기가 아니었다. "아, 그렇군요." 뭘 어째야 할지 몰라 적당히 대꾸한다. 아침도 못 먹었는데 점심도 없다니. 서류 가방에 든 형편없는 과일로 하루를 버텨야 한다. 대체 왜 샐리가 계속 샌드위치를 가져다줄 거라고 생각했을까? 고작 이틀뿐이었는데 말이다.

"오늘은 우리 아버지 생신이에요."

"생신 축하드린다고 전해주세요."

샐리가 미소를 짓는다. "전해드릴게요."

로비의 에어컨이 돌아간다. 어떤 날은 돌아가다가 어떤 날은 돌아가지 않는다. 전에 일하던 그 늙은 관리인은 요즘 통 안 보이는 걸 보니 죽은 모양이다. 샐리는 원래 그 관리인 밑에서 걸레를 빨거나 청소도구를 씻는 따위의 일을 했었다. 이 세상은 밑바닥 인생들에게 이런 저임금 허드렛일을 주고는 그래도 이 사회에서 한 자리를 차지하게 해줬다며 흐뭇해한다.

"조는 여기서 일하기 전에 뭘 했어요?" 샐리가 묻는다.

"아침 먹었어요." 이번엔 거짓말이다.

"아니, 내 말은 몇 년 전에 이 일을 시작하기 전에요."

"별일 안 했어요. 아무도 나 같은 사람에게 일자리를 주고 싶어 하지 않았거든요."

"조 같은 사람이라뇨?"

"무슨 뜻인지 알잖아요."

"당신은 특별해요, 조. 잊지 말아요."

샐리의 말은 엘리베이터를 타고 내 사무실로 올라갈 때도, 오늘은 날 위한 점심을 가져오지 않은 샐리에게 작별 인사를 할 때도 내 머릿속을 떠나지 않았다. 회의실에 들르지 않고 곧장 내 사무실로 갈 때도 나는 내가 얼마나 특별한지 생각했다. 당연히 특별하다. 경찰이 전화번호부에 다트를 던져 찍는 식으로 용의자를 찾을 때 나는 용의자를 다섯 명까지 좁히지 않았는가.

이제 다섯 명 남았다. 트래버스와 맥코이, 슈뢰더는 이 지역 형사고, 칼훈과 테일러는 다른 도시에서 왔다. 이 둘에 대해서는 파악하기가 더 어려울 것이다. 칼훈은 오클랜드에서, 테일러는 웰링턴에서 왔다. 어제 아침에 일장 연설을 한 걸 보면 슈뢰더는 범인일 것 같지 않지만 섣불리 단정할 수는 없다. 트래버스는 범인인지 아닌지 확인할 방법이 있기는 하지만 확정할 때까지는 다섯 명 모두 아직 용의자다.

더디게 흐르는 시간 속에 일과가 이어진다. 새로 얻은 정보는 하나도 없이, 샐리가 만들어 오지 않은 샌드위치도 먹지 못한 채 하루를 보낸다. 치우고 걸레질하고 청소기를 돌린다. 일하기 위해 살고 살기 위해 일한다. 맥코이의 커피잔에 붙은 명언은 틀렸다.

4시 반이 됐지만 집에 가지 않고 트래버스를 기다린다. 트래버스는 목격자의 진술을 받고 살인범을 찾기 위한 일을 하러 현장에 나가 있다. 6시쯤 돌아올 텐데 그때까지 경찰서 앞에 앉아 있기는 뭣해서 근처 푸드코트로 향한다. 종일 과일만 먹은 탓에 배가 고파 죽을 지경이다. 중국 음식을 먹으러 가니 동양인 웨이터가 나도 동양인이라고 생각하는지 중국어로 말한다. 작업복을 입고 앉아 치킨 볶음밥을 먹는 내가 좀 한심하게 느껴진다. 푸드코트는 유모차를 끌고 온 엄마와 20대가 되면 체중이 20킬로그램은 불어나게 할 음식을 먹는 학생들로 가득하다.

식사를 마치고 가장 가까운 주차장 건물로 가서 차를 한 대 훔친다. 신형 벤츠를 훔칠까 했지만 비싼 외제 차를 훔쳐 타고 경찰서 앞에서 대기하고 있을 순 없다. 별 특징이 없고 쓸 만해 보이는 혼다를 고른다. 문을 따고 전선을 합선시켜 시동을 걸기까지 1분도 채 걸리지 않는다. 좌석의 위치를 내 몸에 맞춘 뒤 서류 가방을 열고 야구 모자를 꺼내 쓴다. 차를 몰아 주차장 건물을 나가면서 대시보드에 있던 주차권과 주머니의 잔돈을 부스에 앉은 남자에게 건넨다. 남자는 내게 눈길도 주지 않는다.

이번에 고른 차는 이런 차가 또 있을까 싶을 만큼 더럽다. 마트로 차를 몰고 가서 서류 가방에 있는 칼 중 하나로 자동차 번호판을 제거한다. 그런 다음 전에 미쓰비시 차에서 떼어둔 번호판으로 바꾸어 달고 근처 주유소로 가서 자동 세차를 한다. 발각될 위험 요소를 전부는 아니더라도 대부분 제거한 것에 만족해하며 경찰서로 돌아간다. 위험이 없으면 재미도 없지만, 지금은 재미를 바랄 때가 아니다.

6시 16분에 트래버스가 경찰서로 돌아온다. 35분 뒤 트래버스가 퇴근한다. 이제 어두컴컴하다. 집까지 그의 뒤를 밟는다. 좋은 동네다. 집들이 녹슬지도 않았고 정원의 식물도 다 살아 있다. 창문은 깨끗하고 포장된 진입로에는 멋진 차들이 주차돼 있다. 트래버스가 사는 집은 지은 지 30년쯤 됐으며 외벽에 비늘판을 덧대고 콘크리트 타일로 지붕을 올린, 관리가 잘 된 단층집이다. 한 시간을 기다리니 트래버스가 집을 나선다. 빨간 청바지와 노란 폴로 티셔츠로 갈아입었는데, 꼭 로널드 맥도널드[+]의 평상복 같다. 트래버스가 스포츠 가방을 조수석에 던져 넣고 차에 올라탄다.

나는 트래버스가 오늘 밤 외출할 걸 알고 있었다. 그의 자동 응답기에 녹음된 메시지를 들었기 때문이다. 그의 차를 뒤따라가니 변두리 지역을 두어 군데 지나 레드우드에 있는 근사한 이층집에

✢ 패스트푸드 체인점 맥도널드의 마스코트.

도착한다. 이 동네 집은 더 반짝거리고 차도 더 비싸 보인다. 진입로에 차를 세운 트래버스가 스포츠 가방을 들고 내린 뒤 차를 잠근다.

역시 30대 중반으로 보이는 남자가 문을 열고 트래버스를 맞는다. 갈색 머리에 작은 콧수염을 길러 다듬은 남자는 트래버스가 집 안으로 들어가자 무언가 혹은 누군가를 찾는 듯 거리를 훑어본다. 그게 나라면 그는 찾지 못했다. 남자는 입고 있는 라임색 실크 셔츠의 깃을 만지작거리다가 뒤로 돌아 재빨리 문을 닫고 사라진다.

둘은 이제 저녁을 먹을 것이다.

시간을 때우려고 가져온 다니엘라의 십자말풀이 잡지를 꺼낸다. 근처 가로등 불빛 덕분에 글자가 보인다. 세로 4번. 전지전능한 존재. 세 글자. 중간 글자는 'O'.

정답은 '조(Joe)'다.

관리가 잘된 이 교외 마을을 돌아다니는 생명체가 하나라도 있나 둘러보지만 아무도 없다. 다들 어디에 있을까? 다 죽었는지도 모른다. 십자말풀이를 몇 개 더 풀고 나서야 위층 불이 켜지고 아래층 불이 꺼진다. 10분 더 기다리니 위층 불도 꺼진다. 그 대신 더 작고 어둑한 조명이 켜진다. 아마 침대 옆에 두는 전등일 것이다. 트래버스는 아직 집 안에 있다.

서류 가방을 열고 글록 권총을 꺼내 작업복 주머니에 쑤셔 넣는다. 불행히도 확인할 필요가 있는 장면이지만 가능하다면 근처에 있는 나무나 타고 올라가서 보고 끝내고 싶다. 지금까지 별별 기이한 꼴을 다 봐왔지만 이런 건 처음이다.

뒷문의 자물쇠를 만지작거리는데 손이 떨려 15초 만에야 열린다.

집 안으로 들어가니 너무 깔끔해서 모델하우스 같다. 아래층 거실을 조용히 걷다가 집에 가져갈 방법이 있으면 참 좋겠다는 생각을 하며 대형 TV 앞에 멈춰 선다. 집에 욱여넣을 수만 있다면 소파 세트도 가져가고 싶다. 방 한가운데 놓인 큰 러그가 이 모든 걸 하나로 묶어준다. 내 집에 깔아도 딱 그럴 것이다. 이 안에 있는 건 색이 전부 화려하다. 소파는 새빨간 색이고 카펫은 연한 갈색이고 벽은 태양 빛 같은 주황색이다. 문득 내가 시간을 끌고 있다는 걸 깨닫는다.

총구를 앞으로 겨눈 채 계단으로 다가가 천천히 오르기 시작한다. 발소리를 최대한 안 내려고 카펫 가장자리 쪽으로만 걷는다. 효과가 좋다. 계단의 맨 위 디딤판에 다다르자 끙 하는 소리가 들린다. 내가 무슨 소리를 내든 저들에게는 들리지 않으리란 뜻이다. 가만히 서서 용의자 목록을 떠올린다. 목록의 이름은 다섯 개지만 침실을 살짝 들여다보기만 해도 네 개로 줄어들 것이다. 끙끙거리는 소리가 점점 커진다.

복도를 따라 방이 네 개쯤 있는 듯하지만, 소리가 나는 곳은 나와 가장 가까운 방이다. 베개를 목구멍에 쑤셔 넣는 것 같은 소리다. 문이 살짝 열려 있다. 상관없다. 닫혀 있었어도 들키지 않고 열 수 있었을 것이다. 그리고 들킨다 해도 내게는 총이 있다. 열린 틈 사이로 안을 들여다보려고 애쓴다. 잠깐 보기만 하면 된다. 그러면 바로 여길 떠서 아래층으로 내려가 어둠 속으로 사라질 수 있다. 용의자 목록의 이름도 하나 줄어든다. 하지만 잘 보이지 않는다. 침대가 시야에 들어오지 않는다. 몸을 더 기울여 자세를 이리저리 바꾸니 그제야 모든 게 또렷이 보인다.

속이 울렁거리고 다리가 후들거린다. 몸을 뒤로 뺀다. 예상했던 걸 보긴 했지만 이런 기분이 들 줄은 몰랐다. 벽에 몸을 기댄다. 심호흡을 하고는 30초 동안 숨을 참는다. 토할 것 같은 느낌이 서서히 가라앉는다.

다니엘라 워커는 애초에 트래버스를 유혹할 수 없는 몸이었다. 용의자가 네 명으로 줄었는데도 하나도 기쁘지 않다.

비틀거리며 계단으로 간다. 굴러떨어질 것 같아 난간을 붙잡는다. 내게 남자를 좋아하느냐고 계속 묻는 엄마가 떠오른다. 그래서 이렇게 어지러운 걸까? 엄마가 내가 방금 본 행위를 하는 줄 알고 있어서?

그때 무언가가 머릿속을 마구 휘젓는다. 손에 잡히지 않고 정체를 알 수도 없는 무언가가 머릿속에 잠시 떠올랐다가 잡아서 들여다보려 하니 어느새 손아귀에서 빠져나가 멀어진다. 저 방 안을 한 번 더 들여다보면 그 무언가가 다시 떠오를까? 아니다. 죽었다 깨도 그러고 싶지는 않다.

손가락 마디를 잘근잘근 깨문다. 아무 감각이 없다. 손에서 땀맛이 난다. 문득 아빠도 내가 남자를 좋아한다고 생각한 적이 있을지 궁금해진다.

이런 기분이 들게 만든 저 두 놈을 쏴버려야 할까?

아빠는 내가 어떻게 하길 원할까?

애초에 이 문제에 대한 아빠의 생각이 왜 궁금한지 모르겠다. 어쨌든 나는 딜레마에 봉착했다. 내가 저 둘을 쏘면 아빠는 언짢아하겠지만 신은 개의치 않을 것이다. 아니, 오히려 내가 어서 쏘길 바랄 것이다. 저 둘을 쏘는 건 곧 신과 인류 전체에 호의를 베푸는 것이기 때문이다. 그런데 나는 신에게 호의를 베풀고 싶은가? 신이 내게 베푼 호의를 하나라도 떠올리려 애쓴다. 그러나 신은 아빠를 데려가고 엄마를 남겨준 것 말고는 한 게 없다. 그렇다. 나는 신에게 아무것도 빚지지 않았다.

아빠가 하는 말이 들리는 것 같다. 저들은 그냥 다른 사람들이 하는 일을 하는 것뿐이니 내버려둬. 인간은 누구나 행복할 권리가 있어. 성별이 같은 사람을 사랑한다고 비난할 자격은 누구에게도 없단다. 아빠는 이렇게 말했을 것이다. 하지만 나는 아빠의 말을 듣지 않을 것이다. 아빠는 이미 죽었고 죽은 사람의 의견은 별로 중요하지 않다. 게다가 아빠의 말은 틀렸다. 저 둘이 하는 짓은 보통 사람들이 하는 일이 아니다.

긍정적인 면에 집중하자. 낙관적인 조가 되자. 내일 캔디의 시신이 있는 곳을 경찰에 제보하고 나면 나머지 네 명만 잘 지켜보면 된다. 시간이 늦었다. 빨리 집에 가지 않으면 내일 또 늦잠을 잘 수도 있다. 진작 저 망할 문으로 나갔어야 했다.

하지만 이건 기회다. 나는 이미 집 안에 들어와 있다. 저 둘을 쏴버리면 상황이 흥미진진해질 것이다. 총을 사용한 내 이전 살인 사건과 탄도가 일치할 테니 말이다. 연쇄 살인범이 다시 나타났지만 경찰은 새로운 단서를 찾기는커녕 혼란에 빠질 것이다. 살인범의 진짜 동기를 파악하지 못해 쩔쩔맬 것이다. 살인범은 왜 게이 경찰을 표적으로 삼았을까? 침실 문을 향해 다시 발걸음을 돌린다. 물론 저 둘을 죽이면 경찰들은 범인이 자기들을 노리고 있다고 생각할 테고 그건 내게 그다지 유리한 전개가 아니다. 저 둘을 죽이고 나서도 과연 오늘처럼 필요할 때 쉽게 경찰의 집을 드나들 수 있을까? 경찰이 가는 모텔 방을 쉽게 조사할 수 있을까?

발걸음을 돌린 순간 마치 내 움직임이 소리를 증폭시키기라도 한 것처럼 끙끙대는 소리가 더 커진다. 침대 스프링이 삐걱거리는 소리가 겁에 질려 내지르는 비명처럼 들린다. 양손으로 귀를 막아보지만 효과가 없다. 오른쪽 귀에 글록의 총구를 쑤셔 넣고 왼쪽 귀에 중지를 넣어봐도 마찬가지다. 소리를 사라지게 할 순 없다. 저 소리를 없애려면 날 쏘거나 저 둘을 쏴버리는 수밖에 없다. 아니다. 꼭 쏠 필요는 없다. 나는 짐승이 아니다. 생각이란 걸 할 수 있고 옳고 그름도 안다. 정신 이상자도 아니다. 내가 정신 이상자였다면 자제력 없이 침실로 바로 뛰어들어 총을 쏘아댔을 것이다. 흥미롭게도, 정신 이상은 엄밀히 말해 의학적 용어가 아니라 법적 용어다. 나 같은 사람은 정신 이상자가 아니다. 경찰에 잡히면 정신 이상을 호소할 뿐이다. 애초에 정말 정신이 이상하다면 유죄 판결을 피하려고 노력하지도 않을 것이다. 사람을 죽여놓고는 피와 땅콩버터로 범벅이 된 꼴로 뮤지컬 노래를 부르다가 현장에서 붙잡히겠지.

총을 내린다. 그냥 여기에 있다는 이유만으로 재미 삼아 저 둘을 죽일 수도 있다. 이 말도 안 되게 뒤죽박죽인 세상에서는 별의별 일이 다 벌어지는 법이니까. 삶은 조금만 방향을 틀어도 흙길로 빠지는 고속도로와 같다. 지금 나는 한 번도 만난 적 없는 남자의 집 복도 갈림길에 서 있다. 손에 잡히지 않는 어떤 기억이 떠오른다. 두통이 시작된다. 머리가 지끈거린다. 땀방울이 옆구리를 타고 줄줄 흘러내린다. 끙끙대는 소리가 귓전을 때린다. 머리가 지끈거린다. 그냥 죽일까? 그러면 수사에 혼선이 빚어질까? 아니면 상황이 더 악화되기만 할까?

아래층으로 내려간다. 주방에 가니 합하면 내 1년치 수입보다 비싼 스테인리스 가전제품이 가득하다. 아침 식사용 긴 테이블에 앉아 권총을 내려놓는다.

트래버스가 게이라는 걸 알려준 힌트는 간단하다. 수영복 달력이다. 자신의 특징을 감추려는 '과잉 보상' 심리의 발로였다. 허기가 지면 머리가 잘 안 도니 먹을 걸 찾아 냉장고 안을 뒤진다. 소금에 절인 소고기가 있어 샌드위치를 만든다. 트래버스의 남자친구는 요리를 잘하는 모양이다. 입가심하기 좋은 콜라도 하나 집어 든다. 어차피 마트에서 할인 중이니 좀 마셔도 괜찮을 것이다. 지금 들리는 소리는 두 남자가 인생 최고의 한때를 보내는 소리가 아닐 수도 있다는 헛된 망상이 짜릿한 탄산 거품과 함께 씻겨 내려간다.

위층에서 침대가 흔들리면서 벽에 쾅쾅 부딪친다. 침대도 나처럼 30분 전에 현관문을 박차고 뛰쳐나가지 않은 게 아쉬운가 보다. 벤치 가장자리에 떨어진 샌드위치 부스러기를 손가락으로 훑어 튕겨내면서 두 남자와 똑같은 걸 먹었으니 나도 이제 게이라는 생각을 떨쳐내려 애쓴다. 말도 안 되는 멍청한 생각이지만 다음 할 일을 고민하는 내내 그 생각은 내 머릿속을 떠나지 않는다.

18장

　식당 안은 대화 소리와 좋은 향기, 괜찮은 사람들, 그럴듯한 음악, 따뜻한 분위기로 가득했다. 웨이트리스들은 하나같이 머리 모양이 완벽했고 딱 붙는 옷을 입어 늘씬한 몸매를 뽐냈다. 손님들은 대충 입은 것 같지만 다들 청바지와 깔끔한 티셔츠, 말쑥한 신발로 은근히 멋을 낸 티가 났다.

　치킨 요리와 샐러드를 열심히 먹는 부모님과 달리 샐리는 토르텔리니✢를 포크로 깨작거렸다. 지금까지는 잘 흘러갔다. 늘 나이보다 몇 살 많아 보였던 아버지는 정말 오랜만에 제 나이로 보였다. DVD플레이어도 잘 작동했다. 샐리가 뚝딱 설치하자 아버지는 작동법을 배우느라 10분 동안 리모컨을 만지작거렸다. 손이 떨려 버튼을 누르기가 어려웠지만 아버지는 별로 답답해하지 않았다. 물론 이 상태가 1년 내내 지속될지 몇 주 만에 무너질지는 아무도 알 수 없다.

　샐리는 파스타 몇 조각을 포크로 찍어 입에 넣었다. 이것만 먹고 살 수 있을 정도로 좋아하는 음식이지만 오늘은 식욕이 별로 없다. 엄마와 아빠가 웃고 있다. 샐리는 한두 시간이나마 두 분의

✢　속을 채운 파스타.

표정이 공허해 보이지 않아 기뻤다.

식사를 마치자 샐리와 부모님을 도왔던 친절한 웨이트리스가 다가와 접시를 치우고 재빨리 후식 메뉴판을 내놓는다. 샐리는 메뉴판을 훑어보고는 내키지 않지만 한 가지 메뉴를 주문했다. 주문하고 나서 웨이트리스들을 보니 평생 후식이라고는 입에도 안 댔을 것 같은 몸매다. 샐리는 아버지에게 시선을 돌렸다. 몸이 뜻대로 제어가 안 돼 안간힘을 쓰느라 얼굴이 경직돼 있었다. 아버지가 스스로 몸을 지탱할 수 있는 날도 이제 얼마 안 남은 듯하다.

초콜릿 아이스크림선디를 몇 입 맛보고 나니 샐리는 조에게 미안한 마음이 들었다. 조가 오늘 점심도 당연히 샐리가 만들어 올 거라는 기대를 하지 않았길 바랄 뿐이다. 물론 샐리의 마음이 정말 안 좋은 이유는 따로 있었다. 오늘 아침 조는 '나 같은 사람'이라는 표현을 썼다. 샐리는 조가 사람들이 자신을 다르게 대한다는 사실을 이미 알고 있었다는 게 놀라웠다. 사실 샐리 말고는 아무도 조에게 점심을 만들어주지 않는다. 에이번강둑에 같이 앉아 안 먹는 빵을 오리에게 던져주자고 귀찮게 조르는 사람도 샐리 말고는 없다.

문득 두 가지 생각이 들었다. 첫 번째는 함께 점심을 먹자거나 차로 집에 데려다주겠다는 제안을 조가 항상 거절한 이유가 있을 거라는 생각이었다. 그건 샐리가 조를 다르게 대했기 때문이었다.

두 번째는 아이스크림선디가 허리둘레에 도움이 되지 않는다는 생각이었다. 어차피 맛도 별로 없던 참이었다. 그냥 차갑고 질척거리는 크림일 뿐이지 않은가. 샐리는 숟가락을 휘저어 아이스크림을 더 질척거리게 만들었다. 앞으로 조를 알아가기 위한 노력을 티 나지 않게 해야겠다. 샐리는 즐거운 시간을 보내는 부모님을 보며 기쁨의 미소를 지었다. 블라우스 위로 늘어진 엄마의 십자가 목걸이가 촛불 빛을 받아 반짝거렸다. 온갖 일을 겪고도 부모님은 신에 대한 믿음을 잃지 않았다. 믿음으로 조에게 더 가까워질 수 있을 거라고 샐리는 또 생각했다.

아이스크림선디를 다시 바라보았다. 오늘은 더 다정하고 더 날씬하고 더 나은 사람이 되는 과정 중 첫날이었다. 샐리는 아이스크림선디를 옆으로 밀고는 다시는 후식을 건드리지 않겠다고 다짐했다.

19장

 침대가 벽에 부딪치는 소리가 더는 들리지 않는다. 침대가 망가졌을 수도 있다. 매트리스가 못 쓰게 됐을 수도 있다. 둘이 바닥으로 자리를 옮겼거나 지쳤을 수도 있다. 생각만 해도 아까 먹은 절인 소고기 샌드위치가 넘어올 것 같다. 그냥 토해버릴까 싶다. 하지만 샌드위치만 나오진 않을 것이다. 일주일간 먹은 음식이 죄다 따라 나올 것이다.
 결정은 내렸다.
 빈 콜라 캔은 식탁에, 남은 샌드위치 재료는 벤치에 놔둔다.
 원래 그렇게 깔끔한 성격은 아니다. 장갑은 계속 끼고 있었다. 트래버스가 내일 아침 콜라 캔을 발견하면 안젤라의 집에서 발견된 맥주병과 연관이 있을 가능성을 조사하기는 할까? 일개 경찰이 거기까지 연결 짓기는 힘들 것이다. 아침에 일어나 집에 누가 왔었다는 걸 깨달았을 때 두 사람은 어떤 표정을 지을까? 어떻게 대처할까? 신고할까? 아니다. 트래버스는 자신의 비밀을 숨기고 싶어 한다. 출근해서 간밤에 있었던 일을 떠벌리는 짓은 절대 하지 않을 것이다. 트래버스도 그의 친구도 한동안 두려움에 떨 것이다.
 집에서 8백 미터쯤 떨어진 곳에 차를 버리고 땀을 흘리며 집까지 걸어간다. 습한 열기에 서류 가방이 무겁게 느껴진다. 언젠가는 차를 살지도 모르겠다.

집에 도착하니 자동 응답기에 메시지가 두 개 녹음돼 있다. 둘 다 엄마 것이다. 메시지를 듣지도 않고 지우면서 두 가지 의문이 동시에 든다. 첫째, 나는 왜 엄마를 이토록 사랑할까. 둘째, 나는 왜 엄마를 쉽게 없애지 못할까.

자리에 앉아 피클과 제호바가 무한히 반복되는 기억 상실과 함께 헤엄치는 모습을 지켜본다. 녀석들이 나를 보고는 식사 시간인 걸 알았는지 수면으로 떠오른다. 종일 먹이를 안 준 터라 더 꾸물대지 않고 먹이를 준다. 자동 응답기를 힐끗 본다. 아마 내일 엄마에게서 전화가 걸려 올 것이다. 미트로프를 먹으러 오라고 할 것이다. 가면 새로 맞춘 직소 퍼즐을 보여주고 콜라를 줄 것이다. 참 기대된다. 그냥 메시지를 들을걸 그랬다.

잠자리에 들기 전 옷장 바닥을 뒤져 오래된 알람 시계를 찾는다. 시계를 7시 35분에 맞춘다. 이러면 7시 30분에 혼자 힘으로 깰 기회를 줄 수 있다. 일종의 테스트인 셈이다. 대비책이 있는 테스트.

금붕어들에게 잘 자라고 인사하고 잠자리에 든다. 눈을 감고 엄마 생각을 하지 않으려고 노력한다. 오늘 밤 본 고통스러운 광경에서 어서 벗어나길 바라며 애써 잠을 청한다.

20장

"밤새우셨어요, 슈뢰더 형사님?"

"시신이 또 발견됐어요."

뭐라고? 나는 얼른 사진이 붙은 코르크판을 훑어본다. "이 여자는 죽었나요, 슈뢰더 형사님?"

오늘 크라이스트처치는 흐리고 잿빛이다. 햇빛은 없고 어제처럼 습한 열기만 가득하다. 소매는 진작 걷어 올렸다. 슈뢰더는 볼수록 놀랍다는 표정으로 나를 쳐다본다. 나는 닥터 수스[+]의 이야기 속 등장인물들이 머릿속에서 춤을 추는 듯한 천진난만한 표정으로 다시 그를 본다.

"네, 죽었어요, 조."

캔디의 사진을 보면서 '느린 조' 연기가 흐트러지지 않도록 안간힘을 쓴다. 캔디의 진짜 이름이 사진 위에 적혀 있다. 리사 휴스턴. 차라리 여권 사진이 더 나아 보일 정도로 이상하게 나온 사진이다. 찌는 듯한 더위 속에서 위층 침실에 이틀간 방치된 뒤 찍혔으니 그럴 만도 하다. 부패는 가차 없이 진행됐다. 머리카락 주변과 얼굴의 피부가 광범위하게 벗겨졌고 피부 전체가 얼룩덜룩한

✤ 미국의 유명한 동화 작가.

보라색으로 변했다. 하루 이틀 지나면 얼룩덜룩한 검은색이 될 것이다. 눈동자는 희부옇고 팔은 한쪽이 비틀리고 멍이 들어 있다. 두 손은 피부가 흐물거려 꼭 젖은 장갑 같다.

"어젯밤에 죽었나요, 슈뢰더 형사님?"

"그전에 죽었겠죠. 오전 중으로 결과가 나올 거예요."

부검의는 구타당한 얼굴과 찢어진 질 주변에서 자란 곤충의 유충과 팔의 복합 골절을 조사해 사망일을 알아낼 것이다. 부러진 팔에서 빼꼼히 튀어나온 뼈가 인사를 건넨다.

"저기, 조는 이런 사진들 안 보는 게 좋겠어요."

"괜찮아요. 실제 사람이 아니라고 생각하면 돼요."

"그렇게 생각할 수 있다는 게 참 부럽네요."

"커피 드실래요, 슈뢰더 형사님?"

"오늘은 됐어요, 조. 고마워요."

내 사무실로 발길을 돌린다. 시신이 어떻게 발견됐는지 몹시 궁금하다. 아마 다니엘라의 남편이었을 것이다. 인생을 바로잡아보려고 집에 돌아왔다가 2층에서 나는 냄새를 따라 올라갔겠지. 남편에겐 데자뷔다. 코나 입으로 숨을 쉬든 아예 숨을 쉬지 않든 살이 썩는 죽음의 냄새를 피할 방법은 없다. 배우자와 헤어지고 싶지 않아 배우자의 시신과 몇 달을 같이 산 노인들에 관한 이야기를 들어본 적 있다. 그 노인들은 죽은 배우자를 침대에 눕히거나 TV 앞에 앉혀놓고 예능 방송을 시청했다. 시신과 대화를 나누고 부패하고 마모돼 피부가 벗겨진 시신의 손을 잡았다. 아빠가 죽고 한동안 나는 엄마가 집에 혼자 있는지 계속 확인했다. 엄마가 마지막으로 한번 더 아빠에게 바가지를 긁으려고 초강력 접착제로 유골을 이어 붙여 가엾은 아빠를 되살릴 것 같았기 때문이다. 신문에서 본 이야기가 기억난다. 독일에 사는 어떤 남자가 집에서 죽었는데 부패하면서 악취가 진동해도 들여다보는 이웃이 한 명도 없었다. 남자의 시신은 몇 달 동안 방치됐고 임대료가 밀려 집주인이 찾아온 뒤에야 발견됐다. 발견 당시 남자의 시신은 그가 키우던 암고양이들이 뜯어 먹어 거의 뼈만 남아 있었다. 살았을 때보다 죽고 나서 더 많은 여자와 뒹군 셈이다.

대걸레로 바닥을 문지른다. 창문을 닦는다. 사람들이 바보 취급을 하며 거는 말에 대꾸해준다. 아침 내내 엿듣고 다닌 덕분에 이번 사건 현장의 발자국이 다른 현장들의 발자국과 일치한다는 사실을 알아낸다. 다니엘라 워커의 남편은 전기면도기를 가지러 집에 왔다가(이제는 내 면도기가 됐지만) 리사의 시신을 발견했다. 이제 남편은 2층으로 가는 계단을 다시는 오르지 못할 것이다.

매춘부 리사의 죽음과 맞고 살던 주부인 다니엘라의 죽음 사이의 차이점이 드러나자 경찰은 살인범이 한 명이 아니라 두 명이라는 가설 쪽으로 기울었다. 나는 지금까지 매번 다른 방식으로 사람을 죽였지만(근무 중에는 같은 일을 반복해도 퇴근 후에는 반복하는 걸 싫어하는 성향이다) 옷이나 섬유, 타액 등 매번 비슷한 증거를 남겼다. 그러니 범인은 둘일 수밖에 없다. 이젠 다들 그렇게 추정하고 있다.

점심시간 직전 크라이스트처치 출신 게이 경찰인 트래버스와 마주쳐 인사를 건넨다. 트래버스는 말을 섞을 기분이 아닌지 짧게 인사만 하고 지나친다. 정신이 딴 데 팔린 눈치다. 피곤해 보이기도 하고.

이제 주시해야 할 남자는 네 명이다. 점심시간이 됐는데도 샐리가 샌드위치를 주러 오지 않았다. 그냥 내가 가져온 음식으로 때운다. 점심을 먹고 위층 기록 보관소에 있는 컴퓨터와 인사 기록 파일을 이용해 용의자 네 명의 이력을 출력한다. 그런데 이상하다. 용의자 목록이 이렇게 줄었는데도 왜 아직 진범의 윤곽이 드러나지 않을까? 마지막 한 명이 남을 때까지 다 조사해야 하나? 어쨌거나 이번에는 다른 도시에서 온 경찰 둘을 주시하기로 한다.

기록 보관소에서 토너로 얼룩진 카펫 부위에 청소기를 돌리고 있는데 샐리가 들어온다. 나를 보고 놀라지 않는 걸 보니 그동안 내 동선을 주시하고 있었던 게 분명하다. 나도 샐리를 주시해야겠다고 생각하며 진공청소기를 끈다.

"조, 오늘 하루 어때요?" 늘 똑같은 질문이다. 언젠가는 내가 '좋아요'나 '괜찮아요'가 아닌 다른 대답을 할 것 같은가 보다.

샐리의 하루를 좀 재밌게 만들어줄 겸 대화에 약간 변화를 줘보기로 한다.

"아주 좋아요, 샐리. 늘 그랬던 것처럼요. 난 내 일이 좋아요."

"나도 내 일이 좋아요." 샐리는 이렇게 말하고는 주변에 아무도 없는데도 목소리를 낮춘다. "그런데 솔직히 좀 지루하긴 해요. 조는 다른 일 하고 싶었던 적 없어요?" 샐리가 복사기 쪽으로 걸어가 기대선다. 출력한 기록은 작업복 안에 잘 넣었고 원본 서류도 원래 있던 자리에 돌려놓았다. "내 말은, 그냥 계속 이렇게 살기에는 아쉽지 않아요?"

"그럼 뭘 하며 사는데요?" 나는 진심으로 궁금해서 묻는다. 이 여자에게서 배울 게 있을지도 모른다. 샐리의 저차원적 목표 의식을 배워두었다가 나도 그런 목표가 있는 척할 때 연기에 써먹으면 된다. 메소드 연기를 하는 배우들처럼 말이다.

"뭐든요. 아무거나요." 샐리가 말한다. 진공청소기 냄새 때문인지 창문 세정제의 유독 가스 때문인지는 모르겠지만 샐리가 자신의 한계를 뛰어넘는 고차원적 생각을 하고 있다는 느낌이 처음으로 든다.

"무슨 말인지 모르겠어요." 정말 몰라서 한 말이다.

"미안해요. 설명을 잘 못하겠네요. 조는 꿈 같은 거 없어요? 뭐든 될 수 있다면 어떤 사람이 되고 싶어요?"

내 대답은 간단하다. "조요."

"아니, 내 말은…… 직업 말이에요. 어떤 직업도 다 된다면요."

"청소부요."

"그거 말고는요?"

"나는 그…… 그…… 그것 말고는 할 수 있는 게 없어요."

"소방관이 되는 건 어때요? 경찰은요? 아니면 화가?"

"집을 그린 적은 있어요. 창문 없는 집요."

샐리가 한숨을 쉰다.

나는 샐리를 도와주기로 한다. "우주 비행사가 되고 싶어요."

샐리의 표정이 환하게 밝아진다. "정말요?"

"어릴 때부터 그랬어요." 꿈꾸던 일은 아니지만 남자라면 IQ가

높든 낮든 다 하고 싶어 하는 일이다. "달을 올려다보며 달 위를 걷고 싶다고 생각했어요. 달에서 살 수는 없지만 우주선을 타고 날아가 달의 흙으로 눈사람 천사를 만들 수는 있잖아요."

"멋진 생각이네요."

멋지고말고. 나는 계속 말을 잇는다. "달에서는 나 혼자 있을 거예요. 사람들이 날 어떻게 생각할지 걱정할 필요가 없으니 평화로울 거예요."

샐리의 미소가 흔들린다. "사람들이 조를 어떻게 생각할지 걱정돼요?"

"가끔은요." 정확히 말하자면 사람들이 내 *진짜* 능력을 눈치챌까 봐 걱정된다. "지능이 '덜'어지면 힘들어요." 나는 일부러 틀리게 발음한다.

"떨어지면."

"네?"

"아니에요. 하느님은 어때요?"

"하느님요?" 나는 그런 사람은 처음 들어본다는 듯 묻는다. "하느님도 지능이 '덜'어진다고요?"

"아뇨, 하느님이 조를 어떻게 생각할지 걱정한 적 있느냐고요."

좋은 질문이다. 하느님이 너를 사랑한다거나 벌줄 거라는 동화 같은 이야기를 믿었다면 나도 당연히 걱정했을 것이다. 온 세상에 '나는 뭐든 다 믿는다'라고 광고하는 샐리의 목에 걸린 십자가 목걸이가 보인다.

"늘 걱정하죠. 하느님은 항상 지켜보고 계시니까요."

내 말에 샐리의 얼굴이 다시 환하게 밝아진다. 그 모습을 보니 샐리도 IQ가 두 배로 높아지고 체중이 절반으로 줄어들기만 하면 내가 집까지 따라가고 싶은 여자가 될 수 있으리란 생각이 든다.

"교회에 가본 적 있어요?"

"없어요."

"가봐요."

"잘 모르겠어요." 나는 마치 하느님을 사랑하고 두려워하는 기독교인을 자처하기에는 무언가 부끄럽다는 듯 고개를 숙였다. "가면 좋겠지만 나는 절대 못 버틸 거예요……." 왜일 것 같은가? 성경 강독 때문에? 설교 때문에? 지루해서? "세 시간이나 가만히 앉아서 들어야 하잖아요. 내 머리로는 이해가 안 되는 것들도 많고요. 내가 보기에 성경은 정말 말이 안 되는 것 같아요." 진심으로 한 말이었다. 나는 다시 고개를 들고는 짐짓 부끄러운 척하던 표정을 지우고 내가 늘 짓는 아이 같은 미소를 지었다. 그러자 샐리의 미소가 더욱 환하게 빛난다.

"나는 일요일마다 교회에 가요." 샐리가 목걸이의 십자가 장식을 만지며 말한다.

"좋네요."

"언제든 나랑 같이 가도 돼요. 장담하는데 지루하지 않을 거예요."

십계명을 절반쯤 어기는 목사라도 있으면 모를까 어떻게 그런 장담을 하는지 모르겠다. "생각해볼게요."

"조에게 믿음이 있어서 다행이에요."

"이 세상은 믿음이 필요해요." 내 말에 샐리는 정말 그렇다고 맞장구치며 5분 동안 열변을 토했다. 샐리가 믿기 힘들 정도로 아둔한 건 분명 기독교에서 통용되는 그 많은 헛소리를 외우느라 다른 것들을 잊어버렸기 때문일 것이다.

샐리가 열변을 마치고는 주말에 뭘 할 건지 묻는다. 나는 TV 시청이나 낮잠자기 등 할 일이 아주 많다고 말한다. 그런 일을 자기 집에서 함께하자고 할까 봐 걱정했는데 다행히 샐리가 화제를 바꾼다. "내가 남동생 얘기를 한 적 있던가요?"

"아뇨."

"조를 보면 남동생 생각이 나요."

분명 나처럼 아주 멋진 남자겠지만 샐리가 남동생마저 성욕의 대상으로 본다는 건 전혀 멋지지 않다. "그렇군요."

"어쨌거나 도움이 필요하면 언제든 말해요. 대화를 나누고 싶거나 커피를 마시고 싶거나…… 뭐든 하고 싶은 게 있으면 말만 해요."

아무렴 그렇겠지. "고마워요."

샐리가 주머니에서 명함을 꺼낸다. 명함에 그녀의 전화번호가 손 글씨로 적혀 있다. 평범한 여성들이 쓰는 귀엽고 행복해 보이는 글씨체다. 자기 전화번호를 주려고 그런 연설을 준비했나 싶다. 건네받은 명함을 뒤집으니 슈뢰더 형사의 명함이다. 커피잔에 깔렸었는지 동그란 갈색 얼룩이 묻어 있다. 새 명함을 훔치느니 재활용을 한 것이다.

"뭐든 필요한 게 있으면 나한테 전화 한 통만 해요."

"전화 한 통만 하면 되는군요." 나는 목덜미에 소름이 돋는 걸 느끼며 늘 짓는 아이 같은 미소를 짓고는 주머니에 명함을 집어넣는다.

"그만 일하러 가야겠네요." 샐리가 말한다.

"나도요." 나도 진공청소기를 내려다보며 말한다.

어느덧 4시 반이 되었다. 일을 멈출 시간이다. 금요일이니 생각도 멈출 때가 됐다. 일을 너무 많이 하면 스트레스만 받을 뿐이다. 스트레스에 시달리는 청소부는 빈틈이 많아진다. 버스를 타고 집 근처 정류장에서 내리면서 주말에는 수사를 하지 않기로 마음먹는다. 스트레스에 시달리는 탐정도 빈틈이 많아진다.

이번 주말에는 긴장을 풀고 즐거운 시간을 보낼 것이다. '조'와 뜻깊은 시간을 보낼 것이다. 금붕어들을 구경해도 좋고 엄마네 집에 가도 좋다. 새로운 로맨스 소설을 읽어도 좋을 것이다. 아파트 계단을 올라가 문을 열고 집 안으로 들어간다. 잠시 후 서류 가방에서 파일을 꺼낸다. 파일을 열지 말자고, 읽지 말자고 되뇐다. 잠깐만 훑어보는 건 괜찮지 않을까…….

안 된다. 일을, 해서는, 안 된다.

피클과 제호바에게 먹이를 준다. 녀석들이 먹이를 먹는 동안 자동 응답기를 확인한다. 엄마가 전화를 하지 않았다. 이상하다. 읽고 싶지 않지만 파일을 하나 잡는다. 경찰이 사건에 집착하게 되는 것도 이런 식일 것이다. 나도 지금 그 지경에 이르렀다. 이 수사는 내가 시작했다. 경찰들이 그렇게 많이 이혼하는 이유를 알 것 같다. 당장 이 파일을 내려놓지 않으면 주말 내내 파일을 읽고 고민하며 스트레스를 받을 것이다.

파일을 내려놓는다. 싱크대로 가 얼굴에 찬물을 끼얹는다. 나는 왜 이렇게까지 이 수사에 집착하는 걸까?

문제는 늦은 취침이다. 늦게 자니 꿈을 꾸고 꿈을 꾸니 아침에 제시간에 못 일어난다. 규칙적인 일상이 깨진 것이다. 그렇다고 내 삶이 규칙적이길 바라는 건 아니다. 오히려 이 일이 끝나면 다른 사건을 조사할지도 모른다. 경찰서의 누구보다 내가 낫다는 자부심이 차오른다. 하지만 겨우 그것 때문에 이 일을 계속하는 게 맞을까?

전화벨이 울린다. 화들짝 놀라 전화기를 본다. 수화기가 달그락거리며 움직일 것만 같다. 엄마일 것이다. 무슨 일이 생겼나? 예감의 유효 기간이 얼마나 되는지는 모르겠지만 어제 내가 느낀 예감은 만료되고도 남았다. 엄마는 괜찮다. 언제나 괜찮을 것이다. 자동 응답기가 작동하기 전에 수화기를 와락 잡아챘다.

"조? 너니?" 내가 말할 틈을 주지도 않고 엄마가 묻는다.

"네, 저예요."

"엄마다."

"알아요. 왜 전화하셨어요? 무슨 일 있어요?"

"그게 무슨 말이니? 날 사랑하는 줄 알았던 외동아들한테 전화하는 데 이유가 필요하단 거니?"

"여전히 엄마를 사랑해요, 엄마."

"사랑을 참 이상하게 표현하는구나."

"내가 엄마를 사랑한다는 거 알잖아요." 엄마가 내게, 또는 나에 대해 긍정적인 말을 한 번이라도 한다면 엄마를 사랑하는 게 더 쉬워질 거란 말을 덧붙이려다 만다.

"참 멋지구나, 조."

"고마워요."

"내 말을 못 알아듣는구나. 아니, 지금 '비꾼' 거지?"

"비꼰 거겠죠."

"뭐라고, 조?"

"네?"

"방금 뭐라고 했니?" 엄마가 묻는다.

"아무것도 아니에요."

"뭐라고 한 것 같았는데."

"전화 상태가 안 좋은가 봐요. 뭐라고 하셨죠?"

"네가 날 '비꾼' 거라고. 난 무조건 네가 나를 사랑한다고 믿어야 하니? 보러 오지도 않고 내가 전화하면 불평만 하면서? 가끔은 뭘 어째야 할지 모르겠다. 네가 날 어떻게 대하는지 알면 네 아빠는 부끄러워 고개도 못 들 거다. 고개도 못 들 거라고!"

울고 싶다. 비명을 지르고 싶다. 하지만 둘 다 하지 않고 소파에 털썩 주저앉는다. 엄마가 아빠 대신 죽었다면 내 인생은 어떻게 달라졌을까? "죄송해요." 엄마의 사고방식을 바꾸는 건 불가능하니 할 수 있는 일은 사과뿐이다. "앞으로 더 잘할게요. 약속해요, 엄마. 진심이에요."

"이제야 내가 아는 조가 됐구나. 다정하고 사랑 넘치는 아들 말이다. 네가 정말 자랑스럽다."

"고마워요." 부디 이번에는 비꼬는 말이 아니었길.

"저녁 먹으러 올 건지 알고 싶구나."

엄마가 화제를 바꾼다. 더 정확히 말하면 전화를 건 이유를 말한다.

나는 숨을 깊이 들이마시고 마음의 준비를 한다. "못 가요, 엄마. 좀 바빠요."

"너는 늘 바빠서 엄마랑 보낼 시간이 없구나. 알다시피 네 아빠가 돌아가신 뒤로 너한테는 나밖에 없는데 말이다. 내가 죽으면 갈 데나 있겠니?"

천국에 가겠죠. "평소처럼 월요일에 갈게요."

"그건 월요일이 돼봐야 알겠지." 전화가 끊긴다.

수화기를 놓으면서 문득 동물병원에 답신 전화를 하지 않았다는 사실이 떠오른다. 그렇다고 당장 전화를 걸고 싶은 마음이 생기지는 않는다. 소파 앞 탁자에 두 발을 올린다. 방 안이 고요해 어항의 펌프가 물을 순환시키는 소리가 들린다. 내가 엄마와의 대화 중 마지막 5초밖에 기억하지 못하는 금붕어라면 내 삶은 얼마나 평화로워질까.

마지막 남은 네 용의자의 출력물이 담긴 파일을 건너다본다. 그걸 살펴보기 시작하면 적어도 엄마 생각은 나지 않을 것이다. 월요일의 미트로프. 미트로프는 왜 엄마와 같이 살지 않느냐, 왜 남들이 사는 것처럼 살지 않느냐, 왜 BMW가 없느냐는 잔소리의 서곡이다. 파일을 읽으면 머릿속에서 엄마가 사라질까?

밑져야 본전이다.

21장

하비 테일러 형사. 43세. 유부남. 아이 넷. 18년 차 경찰. 스물여덟 살에 강도 전담반 형사가 됐고, 서른네 살에 살인 전담반 형사로 승진했다. 뉴질랜드 역사상 손꼽히게 큰 살인 사건 몇 건을 수사 중이다. 사람을 죽일 때마다 공동묘지 호수에 시신을 유기해 '수장(水葬) 살인범'으로 불리는 자를 추적하고 있다. 나를 추적하는 팀의 일원이기도 하다.

테일러의 기록을 훑어본다. 학창 시절 내내 전 과목 A를 받았고 운동에서도 뛰어난 성과를 여러 번 올렸다. 딱 내가 학교 다닐 때 싫어하던 유형이다. 되고 싶었던 유형이기도 하지만. 뉴질랜드 경찰학교 과정을 이수하고 받은 보고서도 있다. 심리 평가 보고서다. '여성을 목 졸라 죽인 적이 있습니까?'와 같은 질문을 찾아보지만 그런 건 없다. 있었다면 테일러는 '아니요'를 택했을 것이다. 대부분 시시한 질문이다. *가장 좋아하는 색은 무엇입니까? 가장 좋아하는 숫자는 무엇입니까? 절박한 상황이라면 도둑질을 하겠습니까? 마약에 손댄 적이 있습니까? 반려동물을 죽인 적이 있습니까? 학교에서 누군가를 구타한 적이 있습니까? 구타당한 적이 있습니까? 불을 지르는 것을 좋아합니까?*

다섯 페이지에 달하는 '예', 또는 '아니요'로 답하는 질문이 끝나니, 상자 모양에 체크 표시를 하는 대신 글로 답하는 질문이 나온다. *살인자는 어떻게 처리해야 합니까? 학교에서 구타당할 때 어떤 기분이었습니까? 어떤 조치를 취했습니까?* 이건 왜 그렇고 저건 왜 그렇고. 이러쿵저러쿵 어쩌고저쩌고. 피험자의 심리 상태를 파악하기 위해 설계된 질문들이다.

테일러가 순경에서 형사가 되기까지 체포한 범죄자들과 해결한 사건들을 훑어본다. 기록을 보니 수사에 자기 시간을 따로 들이는 듯하다. 그런 시간은 보상받지 못하지만 평판은 남는다. 좋은 평판은 승진으로 이어지고 승진하면 다시 보상 없는 일을 더 많이 하게 된다. 보고서에 따르면 테일러는 일과 가정 모두에 헌신적이고 그 둘을 잘 조율하는 것 같다.

그렇다고 그를 용의선상에서 배제할 순 없다. 떨어져 사는 아내가 너무 그리운 나머지 상상력과 자위만으로는 욕구가 충족되지 않는 지경에 이르렀는지도 모른다. 그래서 낯선 여자에게 성욕을 풀고 싶었을 수도 있다. 나로서는 알 길이 없다. 확실한 건 처참할 정도로 해결률이 낮은 절도 사건을 비롯해 그가 맡은 사건을 대부분 해결했다는 사실이다. 테일러가 크라이스트처치까지 온 건 그 때문이다. 물론 지금 맡은 두 사건은 해결하지 못하고 있지만.

파일에 있는 사진은 10년 전인 30대 초반에 찍은 것으로 실제보다 10년은 더 늙어 보인다. 지금은 20년 더 늙어 보이지만.

머리카락은 흰머리가 많아 잿빛이 되었고 V자형 머리선 양쪽이 깊이 들어가 몇 년 내로 대머리가 될 조짐이 보인다. 눈은 살인자 특유의 새까만 눈이 아니라 친절해 보이는 푸른 눈으로, 웬만

한 형사들에게는 없는 지능을 숨기고 있다. 얼굴은 노화와 자외선으로 생긴 주름이 가득하고 피부는 바다 한가운데에서 파도를 타는 모습이 떠오를 정도로 햇볕에 그을리고 거칠어 보인다.

파일을 내려놓는다. 벌써 8시다. 세 시간이나 집에 박혀 있었다니. 시간이 다 어디로 흘러간 걸까? 영문을 모르겠다. 생체 시계가 또 작동하지 않은 모양이다.

지금은 금요일 밤이다. 놀아야 하는 밤이다. 언제 탔는지 기억조차 안 나는 커피를 급히 들이켠다. 수많은 자료를 보다가 나도 모르게 일시적 기억 상실에 빠진 게 분명하다. 누구라도 그랬을 것이다. 작업복을 벗다가 주머니에서 샐리의 전화번호가 적힌 명함을 꺼낸다. 작은 공 모양으로 구겨버리려다 그냥 갖고 있기로 한다. 엄마와 직장 말고 다른 사람의 번호가 하나쯤 있어서 나쁠건 없다. 작은 바나나 모양 자석으로 냉장고 문에 명함을 붙여둔다. 친구가 있는 것 같아 기분이 썩 나쁘지 않다.

동물병원의 제니퍼에게 전화를 건다. 내 전화를 받아 한껏 들뜬 목소리다. 제니퍼는 고양이가 잘 지내고 있긴 하지만 여전히 상태가 좋지 않다고 말하고는 주인을 찾을 수 없어 결국 보호소에 들어갈 것 같다고 덧붙인다. 나는 보호소에 들어가면 어떻게 되는지 묻지 않고, 제니퍼는 계속 소식을 전해주겠다고 약속한다.

파일을 다시 들여다본다.

로버트 칼훈 경위. 54세. 유부남. 사진은 아들이 자살해 하늘나라로 가기 1년 전에 찍은 것으로 보인다. 아들에 관한 보고서도 있다. 이름은 티모시 칼훈. 애칭은 '리틀 티미'다. 경찰을 부모로 두면 어떨까. 얼마나 힘들지 상상조차 안 된다. 아들이 차고에서 목을 매단 건 그 때문일 것이다. 아니면 아빠가 아들과 서로 생식기를 보여주는 놀이를 했을 수도 있다.
아빠가 마술 보여줄까, 리틀 티미?
로버트 칼훈은 스물두 살에 경찰이 됐고 10년 만에 순경에서 형사로 진급했다. 원래 더니든 출신인 칼훈은 웰링턴에 몇 년 있다가 오클랜드로 전근했다. 경찰이란 조직이 원래 그렇다. 일자리를 주고 훈련시킨 뒤에 가족과 친구들에게서 떼어놓는다. 칼훈은 지난 12년 동안 강간을 비롯해 심각한 폭행 사건들을 맡았다. 그러면서 여자들이 진짜로 원하는 게 뭔지 한두 개쯤 익혔을지도 모른다.
칼훈의 사진을 본다. 세월이 흐르면서 남들보다 세 배는 빨리 늙은 듯 보인다. 신을 두려워할 것 같은 단정한 멀릿 스타일의 검은 머리는 이제 희끗희끗해졌고, 이마는 훤히 드러나기 시작했다. 얼굴은 길고 피곤해 보이며 눈과 입가에는 자잘한 주름이 깔려 있다. 칼훈도 새까만 눈은 아니다. 대신 짙은 갈색이고 길 잃은 강아지처럼 슬퍼 보인다. 턱선은 여전히 날렵하지만 까칠하게 자란 회색 수염으로 덮여 있다.
정리해보자. 죽은 아들. 아들이 죽은 후로 손끝 하나 안 닿았을 아내. 맡았던 폭행 사건. 멀릿 헤어스타일. 그가 맡았던 강간 사건들. 이 나라에 강간 범죄 건수가 이렇게 많은 이유는 간단하다. 저지를 엄두가 안 날 만큼 강력한 법적 처벌이 따른 적 없기 때문이다.

심리 상태 보고서도 살펴본다. 테일러의 보고서와 별반 다르지 않다. 경찰학교 성적도 비슷하다. 상위 20퍼센트라는데 그래봤자 1등이 아니면 거기서 거기다. 또 맡은 사건을 다 해결하지는 못했지만 그건 다른 경찰들도 대부분 그렇다.

시간이 빠르게 흐른다. 머리가 핑핑 돈다. 사타구니 쪽을 내려다보니 뇌 혈류가 감소한 이유가 보인다. 성폭행에 관한 글을 읽다 흥분한 모양이다. 찬물 샤워라도 해야겠다. 아랫도리가 팽팽히 부풀고 정신은 더 팽팽하게 곤두선다. 형사 일이 재미있긴 하지만 열심히 일한 보상을 받고 싶다. 다시 나 자신으로 돌아가는 것만큼 좋은 보상이 또 있을까?

샤워는 건너뛴다. 아내가 죽고 없는 남자가 입던 멋진 옷이 옷장에 가득해 그중 한 벌을 고른다. 청바지 허리춤에 글록을 끼우고 가죽 재킷으로 가린다. 재킷 안쪽 주머니에는 칼을 하나 집어넣는다.

필수품만 챙긴, 살인하기 좋은 옷차림이다.

22장

 어둠이 깔린 크라이스트처치는 나의 도시, 나의 놀이터다. 이곳은 사람들이 싫어하는 사람도 '친구'라고 부르는 곳이다. 북서쪽에서 따뜻하고 활기찬 산들바람이 불어온다. 기온은 그렇게 높지 않지만 느껴지는 공기는 후덥지근하다. 습기와 소리로 가득 찬 도시의 밤에 호르몬과 형광 불빛이 넘쳐흐른다. 남쪽의 포트 힐스에서 내려다보면 무수히 많은 불빛이 반짝거리고 그 주변으로는 건물이 점점이 박힌 평지가 펼쳐져 있다. 네온사인으로 가득 찬 도심에서는 색색의 불빛이 온갖 각도에서 눈을 현혹시킨다.
 크라이스트처치의 홍등가는 도심을 나란히 관통하는 맨체스터가와 콜롬보가를 가로지른다. 이 거리에서는 어디에서든 20달러, 60달러, 백 달러에 맞춰 나만의 맞춤 파티를 즐길 수 있다. 홍등가를 맴도는 남자는 두 부류 중 하나다. 첫 번째 부류는 어딘가 가고 싶지만 딱히 목적지는 없어서 끊임없이 헤엄치는 상어처럼 이리저리 차를 몰고 다니는 10대와 20대 남자애들이다. 엔진을 점보제트기보다 시끄럽게 개조하고, 크고 묵직한 마그네슘 합금 바퀴가 번쩍거리고, 배기관은 주먹이 들어갈 만큼 큰 차를 모는 이른바 '보이 레이서'들이다. 이들이 어쩌다 생겨났는지는 알 수 없다. 언제부턴가 비싸 보이는 일본 수입차를 모는 10대들이 동시다발적으로 나타났다. 차에 대포처럼 우렁찬 저음을 내는 서브우퍼를 달거나 실내를 광섬유 LED 조명으로 장식하거나 뇌 색전증이 올 것처럼 밝게 차를 도색하는 애들이다. 이 애들이 모는 차가 요란한 소리를 내며 지나가면 근처 상점 유리창이 부르르 떨린다. 이런 차들은 신호 대기가 풀릴 때면 타이어를 갈아대며 급하게 가속한다. 멋지지 않은 세상에서 멋져 보이려고 안간힘을 쓰는 이 아이들은 음악 취향을 온 세상에 시끄럽게 드러내면서 복지 수표를 현금화하느라 바빴던 한 주를 마무리한다.

이 아이들과 정반대인 두 번째 부류는 연비 따위는 안중에도 없다는 듯 크고 오래된 차를 몰고 늘 같은 거리를 유유히 돌아다닌다. 꽉 끼는 검은 청바지와 헤비메탈 밴드 이름이 적힌 구멍 난 검은 티셔츠를 입는다. 머리는 장발이거나 삭발이며 중간은 없다. 차창은 선팅했으면서 모든 사람이 자신을 볼 수 있도록 차창 유리는 내리고 다닌다. 이들은 여자들이 자기를 보기만 해도 사랑에 빠질 거라고 생각하는데, 신기하게도 정말 그런 여자들이 있다. 홀치기염색한 원피스를 입고 화장을 두껍게 하고 감정을 숨김없이 드러내는 여자들 말이다.

나는 그 모든 풍경을 지나쳐 '스트립'으로 향한다. 옥스퍼드 테라스를 따라 술집과 카페가 늘어선 거리다. 이 거리는 고기 시장이나 다름없다. 여자들이 섹스 상대를 찾아 남자 수십 명을 희롱하다가 결국 한 명을 골라잡는다. 한 블록 안에 일고여덟 개쯤 되는 술집이 강가를 따라 다닥다닥 붙어 있다. 강 너머 대각선 방향으로 몇 백 미터 떨어진 곳에는 경찰서가 떡하니 있다. 금요일 밤이 되면 에이번강에는 오줌과 물이 반반 섞여 흐른다. 강에는 죽은 장어가 둥둥 떠다니고 작은 물고기들은 차라리 물 밖이 낫다고 판단했는지 강에서 튀어나와 강둑에서 파닥거린다. 강둑의 오리들은 쓰고 버린 콘돔을 쪼아대고 길에는 열 걸음마다 술에 취한 사람이 쓰러져 있다. 나는 주머니에 총을 넣고 지퍼를 잠근 재킷을 들고 다닌다. 주중에 비하면 선선해졌지만 여전히 땀이 난다. 이곳에는 굳이 향수를 뿌리고 올 필요가 없을 정도로 사방에 향수 냄새가 진동한다.

자정이 지나자 스트립이 점점 활기를 띤다. 이 도시의 여자들은 일주일 내내 집에 틀어박혀 지냈다. 뉴스에서 본 피해자에게 일어난 일이 자신에게도 일어날까 봐 두렵기 때문이다. 이제 다 잊고 신나게 즐길 시간이다. 맨살을 거의 다 드러낸 젊은 여자들이 인기가 있는지 줄이 긴 클럽에 우르르 밀려들어 간다. 클럽 앞에는 문지기들이 울룩불룩한 근육과 살벌한 표정을 뽐내며 팔짱을 끼고 서 있다.

스트립은 이 도시에서 가장 흥미진진한 곳이다. 드럼 앤 베이스, 테크노, 힙합이 귀가 먹먹하도록 울리는 곳이다. 나는 이런 음악에 대해서는 잘 모르지만 딱 한 가지, 내가 싫어한다는 건 안다. 아마 대부분 나와 비슷할 것이다. 스트립의 클럽은 어디든 들어가는 데만 30분이 걸린다. 나는 신발 가게와 옷 가게가 늘어선 캐셜 몰을 지나 도심으로 더 깊숙이 들어간다. 더 조용한 클럽이나 술집을 찾다가 드디어 그런 곳을 찾는다. 음악 소리도 꽤 작고 앉을 자리도 있고 앞이 트인 클럽이다. 손님들은 20대 중반부터 30대

후반까지라 내가 섞여도 튀지 않을 것 같다.

미소를 지으며 문지기를 지나친다. 둘 다 아무 말도 하지 않는다. 사람들의 물결이 날 맞이하지만 인파라고 할 정도는 아니다. 나는 재킷을 꽉 쥔 채로 사람들을 헤치고 나아간다. 바에 도착하니 금발 바텐더가 시선을 사로잡는다. 몸에 딱 달라붙는 흰색 상의와 짧은 검정 치마를 입은 가슴이 큰 여자다. 진 토닉을 주문한다. 비싸지만 시내에서 한잔하려면 돈 쓸 각오를 해야 한다. 바에서 술을 홀짝이며 사람들을 관찰한다. 남자들은 대부분 있는 척, 잘난 척하느라 분수에 안 맞는 옷차림을 하고 있다. 경비원이든 막일꾼이든 배관공이든 점원이든 죄다 변호사처럼 꾸몄다. 정작 진짜 변호사들은 다른 술집에서 인부처럼 입고 노는데 말이다. 여자들은 아무리 뚱뚱해도 최소한의 옷만 딱 달라붙게 입었다. 물론 불평하는 건 아니다. 남자들은 월요일 아침에 친구들에게 들려줄 하룻밤 이야기의 주인공을 물색하러 클럽에 모여들고 여자들은 헤퍼지기 위해, 자유로워지기 위해 이곳에 온다.

클럽 곳곳에서 조명이 리듬에 맞춰 춤추듯 깜박거린다. 술잔을 비우고 한 잔 더 주문한다. 바 구역을 비추는 감시 카메라는 보이지 않는다. 음악소리가 점점 커지고 귀가 윙윙거린다. 이런 곳에서 여자들이 남자에게 말을 거는 이유는 셋 중 하나다. 남자가 아주 잘생겼거나 돈이 많아 보여서, 또는 꺼지라는 말을 하기 위해서다. 오늘 밤 나는 값비싼 옷을 입고 괜찮은 시계를 찼다. 3번 피해자의 남편이 3천 달러를 주고 산 태그호이어 시계다. 눈에 띄게 일부러 손목을 드러낸다. 세 번째 잔을 비울 무렵 바에 있던 한 여자가 미소를 지으며 내 존재를 알아준다. 시작이 좋다. 여자가 술을 주문한다. 딱 한 잔.

"안녕하세요." 음악 소리에 묻히지 않게 큰 소리로 외친다.

"안녕하세요."

여자는 20대 후반쯤 돼 보인다. 키는 170센티미터 정도고 날씬한 체형이다. 바텐더처럼 가슴도 근사하다. 조명 때문에 피부가 보라색으로 보인다. 정말 보라색일지도 모른다. 머리카락도 보라색으로 보이는데 눈동자 색은 가늠이 안 된다. 짧은 검정 치마와 암적색 상의를 입었고 브래지어는 입지 않았다. 얇은 금목걸이와 비싼 오메가 금시계를 차고 있다.

"어때요?"

"좋아요." 내가 큰소리로 묻자 여자가 고개를 끄덕이며 답한다. "그쪽은요?"

"나도 좋아요." 답하고 나니 무슨 말을 해야 할지 모르겠다. 늘 겪는 문제다. 자물쇠를 잘 딴다고 사교 기술까지 좋으리라는 법은 없다. "뭔가 멋진 말을 하고 싶은데 떠오르는 게 없네요."

여자가 웃는다. 전에 들어본 대사라서 웃었는지도 모른다. "왜요, 이미 멋진 분 같은데요?"

좋은 신호다. 재미있는 여자다. 유머 감각이 좋고 미소도 멋지다. 게다가 아직 자리를 뜨지 않았다. "나도 같은 생각을 하고 있었는데 통했네요."

명심해야 할 점이 또 있다. 이런 데 오는 여자들이 아무리 헤프다고 해도 사교성과 매력과 설득력이 없는 남자는 여자를 데리고 나갈 수 없는 법이다. 고를 남자가 많은 이런 환경에서는 특히 더 그렇다. 외모와 돈 외에 써먹을 수 있는 가장 큰 무기는 유머 감각이다. 내 말에 여자가 웃는다면 최소한 화장실에서 가볍게 더듬는 정도는 할 수 있다.

나는 가볍게 다른 걸 하고 싶지만 말이다.

"낯이 익네요." 여자가 말한다.

나는 어떻게 반응해야 할지 몰라 고개만 끄덕인다.

"경찰서에서 일하죠?"

"비슷해요."

여자의 미소가 더 환해진다. "그럴 줄 알았어요. 거기서 그쪽을 봤어요."

"그쪽도 경찰서에서 일해요?" 여자가 유용한 정보를 알고 있길 내심 바라지만 그만 화제를 바꿔야 할 것 같다.

여자가 고개를 젓는다. "아뇨. 당신은 경찰이에요?"

"비슷해요."

"난 멜리사예요." 여자가 술을 홀짝이며 말한다.

조명이 보라색에서 흰색으로 바뀌자 여자의 얼굴이 더 잘 보인다. 암갈색 머리, 생기가 도는 얼굴빛, 매력적인 푸른 눈, 윤곽이 선명한 광대뼈, 오뚝한 콧날, 잡티 없는 피부, 어깨 앞뒤로 늘어뜨린 머리. 멜리사가 고개를 갸웃하며 머리카락 몇 가닥을 오른쪽 귀 뒤로 넘기고는 입에서 술잔을 뗀다. 도톰하고 새빨간 입술이 드러난다. 조명이 주황색으로 바뀌니 멜리사도 주황색으로 변한다.

"난 조예요."

"지금은 무슨 사건을 수사 중이에요, 조?" 멜리사가 술을 들이켜고 빈 잔을 내 잔 옆에 내려놓는다. 그러고는 날 보고 지극히 달콤한 미소를 짓는다. 내 잔도 얼음만 녹고 있을 뿐 비어 있다.

"한 잔 더 할래요?" 내가 묻는다.

"난 레드불 보드카요." 멜리사가 답한다.

멋지다. 나는 진 토닉을, 멜리사에게는 클럽에서 가장 비싼 술을 주문해준다. 술이 나오자 나는 홀짝이면서 멜리사의 술을 바라본다. 꽤 맛있어 보이지만 섞어 마시고 싶지는 않다. 다음 날 아침 두통에 시달릴 뿐 아니라 오늘 밤의 기억이 몽땅 사라져 있을 것이다.

"무슨 사건을 수사 중인지 말하려던 참이었잖아요." 멜리사가 말한다.

"연쇄 살인범 기사 읽어봤어요?"

"수장 살인범 사건을 맡은 거예요?"

나는 고개를 젓는다. "다른 사건이에요."

"세상에, *그 사건*을 수사 중이라고요? 크라이스트처치 카버?"

크라이스트처치 카버. 내 별명이다. 도살자를 뜻하는 카버는 짧게 '카브'라고 불러도 된다고 말하고 싶다. 신문에 난 내 기사를 다 읽어보라고 하고 싶다. 연쇄살인 사건이 터지면 정체도 모르면서 순식간에 별명부터 갖다 붙이는 언론이 놀라울 뿐이다. 그의 특성과 정확히 맞아떨어질 필요는 없다. 그저 사람들의 기억에 남기만 하면 된다.

"바로 그거예요."

"놀랍네요!" 진심으로 감탄하는 눈치다.

"할 수 있는 일을 할 뿐인걸요."

"여긴 좀 시끄럽네요."

멜리사의 말에 나도 동의한다. 우리는 클럽 입구 쪽에 있지만 바깥이 보이지는 않는 테이블로 자리를 옮긴다. 한결 조용해 소리를 지를 필요가 없는 곳이다. 오른쪽 댄스 플로어를 보니 다들 춤추는 꼴이 꼭 익살맞은 조종사에게 놀아나는 꼭두각시 같다.

"말해줄 수 있어요? 범인은 잡힐 것 같은가요?" 멜리사가 몸을 앞으로 기울이며 묻고는 손가락으로 유리잔 가장자리를 만지작거린다.

나는 고개를 끄덕인다. "곧 잡힐 겁니다."

"어떻게 그렇게 확신해요?"

"그건 말할 수 없네요."

"범인이 누군지 알아요?"

"윤곽은 거의 나왔어요." 내가 말한다.

"하지만 말해줄 수 없군요." 멜리사가 말한다.

"맞아요."

"그자가 죽인 여자들도 봤겠네요?"

"네, 봤어요." 멜리사의 질문에 답한 뒤 술을 한 모금 마신다. 이번 술은 좀 독하다.

"어떻게 생겼어요?"

이 질문에는 어떻게 답해야 할지 모르겠다. 멜리사가 진짜 답을 듣고 싶어 하는지도 모르겠다. "예쁘지는 않아요. 그건 확실하죠."

"시신을 엉망으로 만들어놨군요?"

나는 어깨를 으쓱이기만 했지만 시신의 상태가 심각했다는 걸 표정으로 내비친다. 그러고는 멜리사에게 내가 간파한 사실 몇 가지를 알려준다. 멜리사는 감탄하면서 그 사건을 주시하고 있다고만 할 뿐 자기 의견을 말하지는 않는다.

"그쪽은 무슨 일 해요?" 내가 묻는다.

"건축가예요." 멜리사는 화제가 바뀌어 실망한 눈치다.

우와, 건축가는 한 번도 죽인 적 없는데. "그 일은 얼마나 하셨어요?"

"8년 됐어요."

"농담이죠?"

"아뇨, 왜요?"

"많아야 스물두 살로 봤거든요."

멜리사가 웃는다. 어려 보인다는 말에 흔히 짓는 상투적인 웃음이다. "그보다는 많아요, 조."

나는 믿을 수 없다는 듯 어깨를 으쓱한다. "여긴 스트레스 풀려고 왔어요?"

"여기 온 건 세 번째쯤 됐어요."

"난 여기 어디든 온 게 처음이에요."

"그래요?"

나는 또 어깨를 으쓱한다. "잠이 안 와서요. 재미있는 사람들은 뭘 하는지 보러 왔어요."

멜리사가 또 웃는다. "지금까지는 어때요?"

나는 술잔이 남긴 고리 모양 물 자국 위에 다시 잔을 내려놓는다. "생각만큼 무섭지는 않네요."

"더 무서워질 수도 있죠." 맞는 말이다.

"크라이스트처치에 살아요?" 멜리사가 묻는다.

"태어나서부터 쭉. 그쪽은요?"

"토박이예요." 멜리사가 말한다. "대학도 여기서 다녔고 2년 전에 이사를 갔다가 최근에 돌아왔는데 얼마나 머무를지는 모르겠어요. 진부하게 들리겠지만 뭘 하며 살아야 할지 고민 중이에요. 무슨 말인지 알죠? 내가 없는 동안 다들 각자의 삶을 찾아 떠났더라고요. 이젠 여기에 아는 사람이 한 명도 없어요."

"그럼 혼자 지내요?"

"네, 금요일 밤에 집에 혼자 앉아 있자니 미치겠더라고요."

집에 혼자 앉아 있었더라면 안전했을 텐데. "한 잔 더 할래요?"

"좋죠. 같은 걸로요." 멜리사가 빈 잔을 들어 올리며 말한다.

"빈 잔을 주문하라고요?"

멜리사가 웃는다. "진짜 재미있는 분이네."

나는 주변에 사람이 득시글해서 기온이 최소 25도는 되는데도 춥다는 듯 무심하게 재킷을 걸친다. 멜리사가 내가 자기를 믿지 못하거나 자리로 돌아오지 않으려고 재킷을 걸쳤다는 괜한 오해를 하진 않았으면 좋겠다.

인파를 헤치고 가느라 이리저리 부딪치는 동안 머릿속이 이상하리만치 평온하다. 왠지 몽글몽글한 느낌이 든다. 토닉워터를 주문한다. 진은 넣지 않는다. 정신이 더 흐려지면 위험하다. 멜리사에게는 레드불 보드카를 한 잔 더 시켜준다. 이 이상한 칵테일이 멜리사의 감각에 어떤 조화를 부릴지는 나도 알 수 없다.

테이블로 돌아오자 멜리사가 화제를 다시 사건으로 돌린다. 범죄와 형벌을 주제로 대화를 나누다 가끔씩 대화를 멈추고 술을 새로 주문한다. 시간이 꽤 잘 흘러간다. 소란스럽지만 편안하다. 밤새 토닉 워터를 마시며 이 아름다운 여인과 대화를 나눌 수도 있을 것 같다.

하지만 새벽 4시가 되니 빨리 마무리를 짓고 싶어진다.

"가봐야겠어요. 잘 시간이 한참 지나서요." 내가 테이블을 밀며 일어나자 멜리사도 일어난다.

음악이 잦아들고 바의 조명이 환해진다. 그만들 자리를 뜨라는 신호다.

"택시 같이 탈래요?" 멜리사가 제안한다.

내가 하려던 제안이다. "좋죠."

밤공기가 여전히 따뜻하다. 클럽을 다니며 노는 사람들이 절반으로 줄었다. 약과 술에 취한 사람들이 거리를 이리저리 부유한다. 이 시간에 특히 장사가 잘되는 패스트푸드점에 모이거나 한판 붙을 시빗거리를 찾아다니거나 그냥 할 일을 찾는 사람들이다. 택시 승강장에 도착하니 줄이 길게 늘어서 있다.

"좀 걸을까요?"

내가 묻자 멜리사가 몸을 가누려고 내 팔을 잡는다. 계획대로 그녀는 나보다 훨씬 많이 취했다. "안 될 거 없죠."

나는 멜리사가 총이나 칼에 기대지 않도록 재킷을 내 팔에 걸친다. 그런 뒤 가장 중요한 질문을 던진다. "어느 쪽으로 갈까요?"
"어디 살아요, 조?" 멜리사가 가장 중요한 질문을 한다.
"멀지 않아요. 걸으면 45분 정도 걸려요."
"그럼 걸어요."
나는 멜리사를 한 팔로 감싸 안은 채 걷는데 집과의 거리가 좀처럼 좁혀지지 않는다. 멜리사의 시신을 어디에 버릴지 생각한다. 게이 경찰의 집에 버려도 좋을 것이다. 어떤 얼굴이 될지 상상이 간다. 자고 일어나니 집에 자기가 먹지 않은 빵 부스러기와 빈 콜라 캔으로 모자라 시체가 있다면 어떤 표정을 지을까. 잠시 후 멜리사가 신발을 벗어 들고 걷는다. 나는 거의 취하지 않았지만 아까 마신 약간의 진이 아직 뇌에 떠다니는지 머리가 생각처럼 팽팽 돌지는 않는다. 멜리사는 완전히 취한 게 분명하다. 한참을 걸은 것 같은데 5분밖에 안 지났다고 생각하는 걸 보면 말이다.
함께 비틀거리며 서쪽으로 길을 따라간다. 모퉁이마다 있는 매춘부가 점점 줄어들다가 이젠 한 명도 보이지 않는다. 또 사건 이야기를 한다. 가끔 택시가 지나가지만 굳이 손을 흔들어 잡지 않는다. 멋진 색깔의 페인트가 칠해진 새 연립 주택 단지에서 냄새 나는 곰팡이로 뒤덮인 낡은 주택들로 풍경이 바뀐다. 30분 후 춥다는 말에 나는 멜리사에게 내 재킷을 건넨다. 캔디에게 내 서류 가방을 들어달라고 했을 때처럼.
"거기 총이 들어 있어요." 내가 말한다. 술 때문에 정신은 조금 무뎌졌지만 흥분은 가라앉지 않았다.

"장난하지 말아요."

나는 고개를 젓는다. "글록에서 만든 9밀리미터 자동 권총이에요."

"총을 들고 다녀요?"

"그냥 경찰이 기본으로 갖고 다니는 총이에요."

"우와."

사실 내 자동 권총은 하나도 기본적이지 않다. 휴대하는 경찰이 많지는 않지만 뉴질랜드 경찰에게는 보통 글록17이 지급된다. 글록17은 탄창에 열일곱 발이 들어가고 강철보다 강하면서 무게는 강철의 10퍼센트밖에 안 되는 화합물로 만들어졌다. 총 자체의 부품은 33개뿐이다.

"봐도 돼요?"

하지만 내 총은 글록26이다. 기본 부품은 같지만 더 가볍고 훨씬 작다. 숨기기가 쉽다는 뜻이다. "꺼내면 안 되는데요."

멜리사가 매혹적인 미소를 짓는다. "꼭 한번 보고 싶어서 그래요, 조. 만져보고 싶어요. 주변에 아무도 없잖아요."

맞는 말이다. 우리 둘뿐이다. 뭐, 보고 싶다면 보여줘야지 어쩌겠는가.

내가 허리를 감싸 안자 멜리사가 내 목에 얼굴을 비빈다. 목에 닿는 멜리사의 숨결이 뜨겁다. 멜리사의 입술이 목에 닿는다. 나는 재킷 주머니의 지퍼를 열고 글록 씨를 잡아 밖으로 꺼낸다.

멜리사가 내게서 몸을 뗀 뒤 총을 보고는 아까 뱉은 감탄사를 또 내뱉는다. "우와."

총을 건네자 멜리사가 두 손으로 총을 뒤집어본다. 훌륭한 총이다. 여자들이나 쓰는 총이라고 말하는 사람도 있을 것이다. 내 경우에는 틀린 말은 아니다. 여자들에게만 이 총을 썼으니까.

"사람을 쏴본 적 있어요?"

"두어 번 있어요."

멜리사가 오늘 만난 중 가장 흥분한 표정을 짓는다. 위험을 즐기는 여자들이 있다. 위험한 일이라면 죽고 못 사는 여자들. 그러다 실제로 죽기도 한다. "세상에. 죽였군요, 그렇죠?"

"일이니까요."

멜리사가 작은 손으로 총 손잡이를 감싸 쥐고는 길 쪽으로 총구를 겨눈다. "탕!"

"잘하네요." 슬슬 총을 돌려받을 때가 됐다.

"장전돼 있나요?"

"아, 네."

"독일제죠? 독일제가 품질은 최고죠."

나는 고개를 젓고는 총을 받으려고 손을 내민다. 독일제가 최고기는 하다. 하지만 글록은……

"오스트리아제예요." 내가 말한다. "원래는 오스트리아군을 위해 만들어진 총이죠. 처음에는 노르웨이와 스웨덴에 공급되다가 미군이 쓰기 시작한 뒤로 큰 인기를 끌었어요. 지금은 많은 나라에서 글록을 쓰고 있죠."

"전문가시네요."

맞다. 나는 총을 좀 안다. JHP탄⁺을 쓰면 난장판을 만들 수 있다는 것도 안다. JHP탄은 탄두 외피에 구멍이 나 있어서 충격이 가해지면 내부가 튀어나오면서 팽창한다. 총알이 몸을 관통할 때 들어가는 구멍은 작지만 나오는 구멍은 엄청나게 크다. 그래서 표적을 뚫고 나가 다른 사람에게 꽂힐 수도 있다. 하지만 내 글록에 장전된 총알은 평범한 종류다. 살상력이 높지 않아서 사용하는 경찰이 많지 않다. 대인 저지력이 작다는 뜻이다.

멜리사가 내게 총을 돌려준다.

"이제 안심돼요?" 내가 묻는다.

"총을 들고 있으면 기분이 아주 좋아져요. 나한테 엄청난 힘이 생긴 것 같다고 할까. 난 강력한 걸 쥐고 있는 게 좋아요. 쾅 하고 터지는 걸 만지는 게 좋더라고요."

무슨 말을 해야 할지 모르겠다.

"얼마나 더 가야 해요, 조? 당신 집을 빨리 보고 싶어요."

나도 빨리 가고 싶다. "거의 다 왔어요."

총을 청바지 허리춤에 찔러 넣었다. 10분 뒤 집에서 불과 몇 분 거리에 있는 공원에 다다랐다. 나는 공원을 향해 고갯짓하며 말했다. "여기를 가로질러 가면 더 빨라요."

"정말요?"

나는 고개를 끄덕인다. 정말이긴 하다. 공원에는 우리 둘과 무성한 풀, 수십 그루의 나무 말고는 아무것도 없다. 새벽이 오고 있

✢ jacketed hollow-point, 앞부분에 구멍을 내고 탄두에 구리를 씌운 총알.

다. 앞으로 몇 시간은 오가는 사람이 없을 것이다. 토요일에는 대부분의 사람들이 늦잠을 자고 소수의 불쌍한 사람들만 일한다.

나는 그런 사람이 아니다.

23장

여명이 어둠과 교차하면서 하늘이 보랏빛으로 물들고 까맣던 공원이 잿빛으로 변한다. 취한 불빛과 공격적인 음악이 가득한 도심에서 멀어지면 신선한 공기와 발밑이 촉촉한 푸른 공원에 둘러싸인다. 나의 도시 크라이스트처치는 정원의 도시이기도 하다. 담배 연기와 술과 토사물의 악취에서 벗어나니 살 것 같지만 옷에 밴 냄새가 아직 희미하게 남아 있다. 시끄러운 음악을 들었던 탓에 아직도 귀가 먹먹하다.

공원 깊숙이 멜리사를 데려간다. 멜리사는 여전히 신발을 들고 있다. 잔디가 약간 미끄럽다. 구역마다 빽빽하게 자란 나무와 덤불 덕분에 공원 밖에서는 우리가 보이지 않는다. 이 시간이 되면 여름이 물러가고 가을이 온 느낌이 물씬 난다. 멜리사가 내 허리에 팔을 두른다. 슬슬 술이 깨는 눈치다. 몇 분 뒤면 제정신이 돌아와 덜컥 겁이 날 것이다.

"여기가 어디예요?" 내가 걸음을 멈추자 멜리사가 묻는다.

"공원이에요."

"왜 멈춰 서는 거예요?"

"그러면 좋을 것 같아서요."

멜리사가 웃는다. "그래요?"

나도 웃는다. "네."

"난 공원이 좋아요. 조도 그렇죠?"

사실 나는 공원에 별 관심이 없다. 내일 몽땅 허물어진다 해도 아무 상관없다. "그런 것 같네요." 최대한 성의껏 답한다.

"나는 밤에 나오는 게 좋아요. 주변에 아무도 없어서 내가 뭘 하는지 보는 사람이 없거든요. 난 야행성이에요, 조. 사람들이 잘 때 밖에 있는 게 좋아요. 내 세상은 그들의 세상과 달라요. 그들의 세상에서는 직업과 대출금 때문에 정말로 하고 싶은 일을 할 시간을 낼 수 없어요."

생각보다 술이 더 깬 모양이다.

"무슨 뜻인지 알겠어요, 조?"

전혀 모르겠다. 멜리사가 찬 풀밭에 벌거벗고 누워 있는 모습을 상상하는 대신 그녀의 말에 귀를 기울이면 알 수 있을지도 모른다. "그럼요. 알죠."

"주인이 자는 집에 들어가 몰래 돌아다니면서 그 집 물건을 구경한 적 있어요?"

뭔가 이상하다. "어…… 그런 적은 없는 것 같은데요."

"없어요?"

"네."

멜리사가 고개를 들어 내 입에 진하게 입을 맞춘다. 그러면서 한 손은 내 바지 앞섶에, 다른 손은 내 등에 얹고는 혀를 내 입속에 밀어 넣는다. 내가 혀를 깨물어 잘라버리면 뭐라고 할까? 물론 혀가 없으니 아무 말도 못 할 것이다.

바지 앞섶에 있던 멜리사의 손이 움직인다. 만질 게 많을 것이다. 특히 지금은. 키스하느라 멜리사가 말을 하지 못하는 게 아쉽다. 조금 전 한 말은 무슨 뜻이었을까? 재미있는 전개다. 정말 재미있다. 내 칼을 보여주면 훨씬 더 재미있을 텐데. 멜리사가 키스를 멈추고 몸을 뗀다. 내 사타구니에 있던 손도 떨어진다. 멜리사가 한 걸음 뒤로 물러나자 그녀의 다른 손이 모습을 드러낸다. 그리고, 그 손에는 내 총이 들려 있다.

내 총이 나를 겨누고 있다.

도대체 어쩌다 이렇게 된 거지? 설마 꿈인가? 이렇게 쉽게 주도권을 빼앗기다니, 믿기지 않는다. 나는 뒤로 한 걸음 물러나 두 손을 가슴까지 올리고 멜리사를 향해 손바닥을 내보인다.

멜리사는 아무 말도 하지 않는다. 침묵이 흐른다. 지금 우리 사이에서 가장 시끄러운 건 아무 소리도 내지 않는 총이다. 나는 장난일 거라고 애써 되뇌어보지만 멜리사의 손은 흔들림이 없다. 술에 취한 기색이 전혀 없다. 취한 적이 있기는 할까? 술잔을 들고 화장실에 갔을 때 변기에 술을 버린 걸까? 그랬다면 왜 그랬을까?

나는 불과 몇 초 뒤면 죽을지도 모른다. 몇 시간 뒤 내 시신이 발견되면 얼마 지나지 않아 경찰은 내가 크라이스트처치 카버라는 걸 알아내겠지. 진실을 알았을 때 엄마가 어떤 표정을 지을지 상상해본다. 내 IQ가 회의실 구석에 놓인 화분보다 높다는 걸 알면 슈뢰더는 어떤 표정을 지을까? 샐리가 얼마나 큰 상처를 받을까? 사람들의 반응을 상상하니 묘하게 기분이 좋아진다. 그게 지금의 내가 바랄 수 있는 전부다.

멜리사는 내가 무슨 말이든 하길 기다리는 눈치지만 먼저 말하고 싶지는 않다. 어차피 여자들은 입을 오래 다물고 있지 못하니 멜리사가 먼저 침묵을 깰 것이다. 그러고는 나를 쏘기 전에 분명 무언가를 짚고 넘어갈 것이다.

"아무 말도 안 할 거예요?" 멜리사가 묻는다.

나는 어깨를 으쓱한다. "무슨 말을 해야 하죠?"

"이런 상황에서는 할 말이 많을 줄 알았는데요."

맞는 말이다. 털어놓고 싶은 말이 많기는 하다. "예를 들면요?"

멜리사가 웃는다. "'왜 나한테 총을 겨누고 있죠?'와 같은 말."

"좋아요. 그럼 그거 할게요."

"그거 뭐요?"

"방금 한 말요. '왜 나한테 총을 겨누고 있죠?'"

"싫어요?" 멜리사가 묻는다.

"좋지는 않죠."

"이건 훨씬 더 싫을걸요. 바지 벗어요."

"뭐라고요?"

"들었잖아요."

심장이 쿵쾅거린다. 온몸의 피가 발끝으로 빠져나가는 듯 정신이 몽롱하다. 꽤 많은 피가 사타구니에 고이고 있다. 두 손을 내려 벨트를 풀면서 멜리사의 얼굴에 시선을 고정한다. 보랏빛 여명 속에서도 멜리사의 파란 눈동자가 반짝인다. 들뜬 표정이다.

총을 든 손은 흔들림이 없고 차분하고 침착해 보인다. 멜리사는 자기가 뭘 하는지 잘 알고 있다. 전에도 이런 적이 있을까? 멜리사의 눈을 계속 들여다본다. 착각일 수도 있지만 눈동자가 점점 더 파랗게 변하는 것 같다. 주도권을 가져서인지 더 강해 보이기도 한다. 멜리사는 이 상황을 즐기고 있다. 멜리사의 숨소리가 점점 더 커진다.

나는 지퍼를 풀고 청바지를 내린 뒤 몸을 일으켜 멜리사를 쳐다본다.

"벗어요."

"벗지 않으면 쏠 거예요?"

"뭘 해도 쏠 거예요."

솔직하군. 솔직한 건 잘못이 아니다. 멜리사도 거짓말하지 말라고 엄마에게 배운 모양이다. 나는 신발을 벗어 던지다가 넘어질 뻔하며 겨우 청바지를 벗는다.

"내 쪽으로 던져요."

멜리사의 발치에 청바지가 털썩 떨어진다. 벨트가 부딪쳐 댕그랑거리고 주머니에서 열쇠가 떨어진다. 이제 내 몸에 남은 건 셔츠와 사각팬티, 그리고 양말뿐이다. 참, 발기도 남았다. 음경이 거대하게 곤추서 있다.

"셔츠도요."

"셔츠를 어쩌라고요?"

"이리 던져요."

나는 폴로셔츠를 머리 위로 벗은 뒤 둥글게 뭉쳐 멜리사 쪽으로 던진다. 새벽의 잿빛이 흐려지고 보랏빛 하늘도 파랗게 옅어진다. 멜리사가 내가 던진 옷 대신 내 몸을 보며 묻는다.

"그 흉터들은 어쩌다 생겼어요?"

나는 내 가슴과 배와 어깨와 팔을 내려다본다. 여자들이 죽음을 거부하려다 낸 흉터다. "기억 안 나요."

"범죄자들을 체포하다가 그랬나 보죠?"

"비슷해요."

"양말도요."

양말도 벗어서 둥글게 뭉친 뒤 멜리사 쪽으로 휙 던진다. 양말이 폴로셔츠 위에 떨어진다. 발바닥에 닿는 잔디가 차가워 몸이 덜덜 떨린다.

"팬티도요."

나는 망설이지 않고 바로 벗는다.

멜리사가 발기된 내 음경을 바라본다. 음경이 위아래로 살짝 흔들린다. 멜리사가 총을 들지 않은 손으로 머리칼을 어깨 너머로 넘기더니 무언가를 깊이 생각하는 듯 손끝으로 입술을 천천히 문지른다.

"이게 다예요?" 드디어 멜리사가 입을 연다.

"다른 여자들은 불평하지 않던데요."

"입부터 틀어막아서 그런 건 아니고요?"

"원하는 게 뭐예요?"

"왼쪽에 있는 나무 보여요?"

가느다란 나무 한 그루가 덩그러니 있다. "저 나무를 원한다고요?"

"저기로 가요."

시키는 대로 가서 나무에 기대선다. 멜리사가 핸드백을 뒤져 수갑을 꺼낸다. 맙소사. 멜리사가 수갑을 내 쪽으로 툭 던지지만 나는 잡을 생각조차 하지 않는다.

"주워요."

"왜요?"

멜리사가 내 음경에 총을 겨누자 나는 수갑을 집어 든다.

"왼쪽 손목에 수갑 한쪽을 차요."

"뭘 하려고요?"

"시키는 대로 하지 않으면 불알을 쏠 거예요."

나는 내 손목에 차가운 금속 쇠고랑을 내리쳐 채운다. 톱니가 제자리에 걸리면서 딸깍 소리가 난다.

"드러누워서 양팔을 위로 해서 나무를 두른 다음 반대쪽 손목에도 수갑 채워요."

"정말로요?"

"정말로요."

"다시 생각해보는 게 어때요."

"짜증나게 하지 말고 그냥 하지 그래요."

시키는 대로 한다. 바닥에 드러누우니 등에 풀이 닿아 간지럽다. 자세가 몹시 불편하지만 멜리사는 신경도 안 쓸 것이다. 두 팔을 위로 뻗어 나무를 감싸 안은 뒤 반대쪽 손목에도 수갑을 채운다. 멜리사는 내게 총을 겨눈 채 나무를 빙 돌며 확인하고는 내가 느슨하게 채운 수갑을 더 꽉 채운다. 수갑이 손목뼈를 꽉 눌러 아프지만 앓는 소리를 내지 않는다. 아픈 티를 낼 순 없다. 그렇다.

나는 진짜 사나이다. 뭐가 어떻게 돌아가는지도 모르는 진짜 사나이.

멜리사가 내 쪽으로 돌아와 수갑을 하나 더 꺼낸다. 멜리사는 계획이 다 있었다.

내 발목에 수갑을 채우는 멜리사를 발로 차볼까 고민하지만 그래봤자 아무 소용도 없을 것이다. 멜리사에게는 총이 있다. 수갑을 여는 열쇠도 있다. 내게는 그녀에게 닿을 수 없는, 발기한 음경만 있을 뿐이다. 수갑과 나무를 당겨보지만 소용없다.

"편해요, 조?"

"별로요."

멜리사가 내 재킷 양쪽을 움켜쥐고 쫙 펼친다. "여기 또 뭐가 들었어요?"

나는 대답하지 않는다. 답을 하든 안 하든 어차피 확인할 것이다. 역시나 멜리사는 주머니를 뒤져 칼을 찾아낸다.

"재미있는 물건을 갖고 다니네요."

어깨를 으쓱하지만 멜리사는 보지 못한다. 두 팔을 머리 위로 뻗은 채 누워 있으면 제대로 으쓱할 수가 없다. 멜리사가 내 칼을 허공에 던져 한 바퀴 돌리고는 날이 앞으로 향하게 칼자루를 잡는다. 나보다 칼을 더 잘 다룬다. 사실은 요리사일지도 모른다. 멜리사가 이번엔 청바지를 뒤져 지갑을 찾아낸다.

"신분증은 없어요?"

"술 마실 때 신분증 검사 받을 나이는 아니니까요. 그 뜻으로 물어본 건지는 모르겠지만."

"경찰이 된 지는 얼마나 됐어요?"

멜리사는 내가 경찰이 아니라는 걸 알고 있다. 아마 처음 만난 순간부터 알았을 것이다. "당신이 건축가로 산 시간과 비슷할 걸요."

그녀가 웃는다. "경찰이 이 칼을 보면 아주 좋아하겠네요. 요즘 벌어진 몇 가지 나쁜 일과 연관 지을 수 있을 테니까요. 총에 담긴 사연도 꽤 많을 것 같은데요?"

"뭐든 사연이 있기 마련이죠." 내가 말한다. "당신의 사연은 뭔데요?"

멜리사가 내 쪽으로 걸어와 이제는 텅 빈 내 지갑을 바닥에 내던진다. 그러고는 지갑에서 뺀 돈을 내 재킷 주머니에 쑤셔 넣은 뒤 나더러 재킷에도 작별 인사를 하라고 비웃듯 말한다. "아까 말했잖아요. 예전에 여기 살았고 이사 갔다가 돌아왔다고요."

본명인지는 모르지만 멜리사가 왼손으로는 총을, 오른손으로는 칼을 든 채 내 옆에 쭈그리고 앉는다. 멜리사는 제물로 바칠 처녀의 심장을 내리찌를 때가 아니라 구운 닭고기의 윗면을 얇게 저밀 때처럼 칼을 잡는다. 그러고는 칼날의 옆면을 내 배에 갖다 댄다. 부들거리는 내 몸보다 칼날이 더 차갑다. 발딱 선 성기가 아랫배에 누워 있다. 칼끝과 성기의 거리는 불과 몇 센티미터밖에 안 된다. 나는 기도를 올린다. 샐리가 일요일 아침마다 나도 교회에 오게 해달라고 기도하는 그 하느님에게. 내가 이 상황에서 무사히 벗어나게만 해준다면 교회에 가겠다고 맹세하면서.

"내 사연 더 듣고 싶어요?"

"아뇨." 나는 떨리는 목소리로 대답한다. 그렇다. 나는 멜리사의 사연이 하나도 궁금하지 않다. 알면 괜히 무섭기만 할 것이다. 멜리사가 왜 크라이스트처치를 떠났는지 왜 돌아왔는지 알 필요도 없다. 과거에 남자들을 어떻게 다뤘는지도 알고 싶지 않다. 나는 나와 얽힌 여자들을 똑같이 존중한다. 나는 원래 그런 남자다.

그것이 내 인간성이다.

멜리사가 칼끝이 배꼽 바로 위 복부에 닿도록 칼을 기울인다.

그리고, 칼을 누른다. 내 배는 덜 익은 토마토의 껍질처럼 버티다가 이내 항복하듯 갈라진다. 칼날이 살을 가르지만 피가 살짝 맺히는 정도다. 아프다기보다는 따뜻하고 따끔하다. 목을 길게 빼고 멜리사가 칼끝으로 내 배를 천천히 그어 올리는 모습을 지켜본다. 칼에 베인 적이 있으니 어떤 느낌인지는 안다.

이다음에 어떻게 될지 모를 뿐이다.

24장

 이 나라 곳곳에서 수천 명의 노숙자가 똑같이 보고 있을 구름 한 점 없는 하늘을 올려다본다. 마치 천국을 덮은 보라색 커튼에 구멍이 뚫린 듯 별들이 희미하게 반짝거린다. 뭐든 다 아는 거대한 눈으로 저 구멍을 통해 아래를 지켜보고 있다면 신은 지금 무슨 생각을 할까? 나를 보고 있을까? 본다 해도 신경이나 쓸까?
 "무서워요, 조?" 멜리사가 내 배를 칼로 그으며 묻는다.
 무섭다. 하지만 들키고 싶지 않다. "내가 무서워하면 좋겠어요?"
 "그건 당신 마음이죠."
 "무서워해야 해요?" 떨리는 목소리를 애써 진정시키며 내가 묻는다.
 멜리사가 칼을 가슴까지 훑어 올린다. 그러자 살갗이 갈라지지 않은 곳만 점점이 끊길 뿐 칼이 지난 자리를 따라 몸 중앙에 빨간 선이 꽤 곧게 그어진다.
 "난 무섭지 않아요." 멜리사가 말한다.
 "그래요? 그럼 어떤데요?"
 "칼과 총이 있어 무서울 게 없는 사람이죠."
 "나랑 역할을 바꿀까요?"
 "아뇨."

"다 끝나면 칼을 줄게요. 기념품으로요."

"참 친절하네요. 그런데 조, 난 이미 칼이 있어요. 총도요. 더 바랄 게 있겠어요?"

없다. 그래서 문제다. 멜리사가 내 배에 낸 상처를 손가락으로 쓸어내린다. 기분이 나쁘지는 않지만 간지럽고 소름이 오싹 끼친다. 멜리사의 손끝에 핏물이 번진다.

"느낌이 어때요, 조?"

"궁금하면 당신도 한번 느껴보든가."

손끝이 상처 끝에 다다르자 멜리사가 손가락을 빨면서 눈을 감고 신음 소리를 낸다. 그런 다음 입에서 손가락을 빼고는 눈을 뜨고 웃더니 몸을 기울여 내 상처에 혀를 대고 봉투를 핥듯 천천히 혀를 움직인다. 상처를 따라 계속 내려가던 멜리사의 얼굴이 사타구니에 도달하기 직전에 우뚝 멈춘다.

멜리사는 나를 올려다보며 몸을 부르르 떤다. "맛있네요."

몸이 다시 반응한다. 흥분을 감추기엔 역부족이다. 멜리사가 일어서서 나를 내려다본다.

"난 당신이 누군지 알아요."

"그래요?"

"총, 칼, 흉터들. 모르면 바보죠. 당신이 바로 그자잖아요."

"그자가 누군데요?"

"크라이스트처치 카버."

나는 고개를 젓는다. "아니에요." 거짓말하지 말라는 엄마의 가르침을 잊은 건 아니다. 그저 우선순위가 밀려났을 뿐이다.

멜리사가 좋아하는 록 스타를 만난 여학생처럼 킥킥 웃는다. 그러고는 내게 총을 겨누고 외친다. "탕!"

그 소리에 몸이 움찔하자 수갑이 손목과 발목을 파고든다.

멜리사가 웃는다. "카버 맞잖아. 다 알아. 날 다음 표적으로 점찍었던 거."

"잘난 척하지 마."

"잘난 척하는 건 아니야. 내가 특별한 사람도 아니고. 그냥 술집에서 우연히 낯익은 얼굴을 봤을 뿐이야. 난 가끔 경찰을 집까지 미행하는 취미가 있는데 그러다 네가 경찰서에 드나드는 걸 봤어. 작업복을 입고 다니던데 뭐 하는 사람이야? 청소부? 아무튼 잠깐 얘기해보면 재밌겠다 싶었지. 그런데 네가 경찰이라고 거짓말하니까 갑자기 흥미가 확 생겼어. 어디까지 그 거짓말을 밀고 갈지 궁금하더라고. 그러다 사건 이야기가 나왔어. 네 사건. 넌 화장실 청소나 하는 사람치고는 수사 중인 사건이며 살인에 대해 너무 많은 걸 알고 있어. 두 번째 잔을 채 비우기도 전에 네가 누군지 감이 왔어. 내가 원래 사람 마음을 잘 읽거든. 전에는 안 그랬는데 한번 호되게 당한 뒤로 달라졌지. 인간은 실수의 대가를 크게 치를수록 빨리 배우니까. 어쨌든 그 덕분에 요즘에는 전문가 뺨쳐. 테스트만 해보면 돼. 방법은 간단해. 내가 외지 사람이라고 슬쩍 흘리니까 넌 곧바로 날 다음 피해자로 점찍었어. 당장 사라져도 아무도 찾지 않을 테니까."

"잘못 봤어."

"아니, 제대로 봤어."

"경찰이 하는 일을 얼마나 안다고 그런 추측을 함부로 하지? 연쇄 살인이 뭔지도 모르면서."

"모른다고? 있잖아, 조. 나는 경찰을 아주 좋아해. 경찰이 하는 일도 경찰이 사는 집을 뒤지는 것도 좋아해. 페티시라고 해도 좋아. 어쨌거나 나는 주인이 잠든 집에 몰래 들어가는 취미가 있어. 특히 경찰이 사는 집에. 말했지만 내가 당신을 알아본 것도 그 때문이야." 멜리사가 발을 하나씩 들고 신발을 벗는다. 멜리사의 팬티를 슬쩍 보려 했지만 아무것도 보이지 않는다. 멜리사는 계속 말을 이었다. "다 주도권 때문이지. 주도권은 너도 잘 알지? 그게 네 정체성이나 다름없잖아. 너도 경찰처럼 모든 걸 쥐락펴락하고 싶겠지? 경찰이 시키면 무조건 해야 하잖아. 뛰라면 뛰어야 하고. 경찰은 보통 강하지. 우리도 알고 경찰도 아는 사실이야. 난 경찰 물건과 경찰에 대한 책을 수집해. 우리나라든 외국 경찰이든 가리지 않고, 포스터며 다큐멘터리며 영화도 모아. 이런 것도 있고." 멜리사가 글록 권총을 흔든다. "제복에 배지에 경찰봉에 수갑도 있지. 아, 수갑은 차고 있으니 알겠네."

"그래, 알겠어. 조개껍데기 모으듯이. 대단하네. 칭찬받고 싶어? 여성지에 기고라도 하지 그래."

멜리사가 총과 칼을 내려놓고 치마 밑으로 팬티를 내린다. 그러고는 다리를 하나씩 들어 올려 팬티를 벗는다. 티 팬티다. 멜리사가 허리를 숙여 다시 칼과 총을 집어 들고는 내 쪽으로 걸어온다.

"조, 나는 단순한 수집광이 아니야. 수사 방식이며 법규까지 모르는 게 없지. 몇 달 동안 경찰견을 키운 적도 있어. 암컷 독일셰

퍼드고 트레이시라고 불렀지. 덩치가 컸는데 나만 좋아했고 다른 사람들은 아주 싫어했어."

좋아했다고? 싫어했다고? 왜 과거 시제지? 개한테도 수갑을 채우고 죽였나?

"밤에는 제복을 입고 집 안을 돌아다녀. 속옷은 안 입고. 셔츠가 피부에 닿는 느낌이 참 좋거든." 멜리사가 두 손으로 자기 몸을 살짝 문지른다. "얼마나 좋은지 모를 거야."

맙소사. 침을 삼킨다. 꿀꺽. 나에게 무슨 짓을 할까? 멜리사가 다시 웃는다. 웃겨 죽겠다는 듯. 그러고는 다리를 벌려 내 몸 양쪽에 두 발을 딛고 선 뒤 천천히 몸을 낮춰 내 허리를 깔고 앉는다.

"입 벌려."

"왜?"

멜리사가 총구를 내 한쪽 눈에 대고 눈물이 핑 돌 정도로 세게 눌러서 입을 여는 수밖에 없다. 잠시 후 총신이 통째로 내 입속에 들어간다. 마치 머리뼈를 깨부수는 금속 막대사탕을 빠는 것 같다.

멜리사가 몸을 들어 올린 뒤 총을 잡지 않은 손으로 발기한 내 음경을 잡아 제 몸속으로 밀어 넣는다. 그러고는 제 몸을 미끄러뜨리듯 내리꽂는다. 처음에는 꽉 조여서 아팠지만 통증은 바로 사라진다. 평소의 낙관적인 모습을 보여야 할지 두려워해야 할지 고마워해야 할지 모르겠다. 고맙다면 무엇을 고마워해야 할지도. 나는 골반을 위로 움직이려 애쓴다.

멜리사가 몸을 앞으로 숙이고 내 귀에 속삭인다. "경찰이 또 뭐가 좋은지 알아?"

"모아." 나는 총을 문 채로 속삭인다.

멜리사가 신음하며 천천히 앞뒤로 몸을 흔든다. 나는 총에서 시선을 떼지 않는다. 사물이 너무 가까워 눈이 아프다. 멜리사의 손가락이 방아쇠에 얹혀 있다. 너무 흥분하면 방아쇠를 당길지도 모른다. 아니, 처음부터 그럴 계획이었을 수도 있다. 지금은 분명 내 인생에서 가장 초현실적인 순간이다. 나는 지금 정말 이곳에 있는 걸까? 라틴어로 뭐라고 하더라? 카르페디엠? 오늘을 즐겨라? 지금 내가 해야 할 일은 바로 오늘, 더 구체적으로는 이 순간을 즐기는 것이다. 지금이 내 인생의 마지막 순간이라면 이 순간의 즐거움을 놓칠 이유가 없다. 나는 사형수고 멜리사는 내 마지막 식사다. 멜리사가 몸을 앞뒤로 흔드니 내 몸은 더 안달이 난다.

"나는 경찰이 사는 집에 몰래 들어가서 경찰이 가족과 잠들어 있는 사이에 집 안을 돌아다니지. 가끔 그 집 물건을 기념품으로 가져오기도 해."

멜리사의 움직임에 맞춰 몸을 움직인다. 멜리사가 속도를 높인다. 신음이 점점 커진다. 총신이 내 이에 부딪혀 덜커덕거린다. 집중해야 한다. 카르페 디엠. 내 새로운 좌우명이다.

"살인범에 대한 책도 많이 읽었어." 멜리사가 내게 시선을 고정한 채 말한다. "그래서 그들이 무슨 짓을 하고 왜 그런 짓을 하는지 잘 알아. 자, 말해봐. 너한테도 군림하는 엄마나 이모가 있지? 엄마를 죽이진 못하니 다른 여자들을 죽이는 거지?"

나는 고개를 젓는다. 문득 이모와의 기억이 떠오르지만 생각하기 싫은 기억이라 얼른 떨쳐낸다.

"어때, 좋아?" 멜리사가 나를 내려다보며 헐떡이는 목소리로 말한다. 총 때문에 답할 수가 없다.

멜리사가 갑자기 싫증이 난 듯 동작을 멈추고 일어서자 음경이 튕겨져 나와 내 배에 찰싹 부딪친다.

"넌 살인자야. 내가 그렇게 바랐던 경찰이 아니라. 난 네 집에서, 마당에서, 네 차에서 섹스하고 싶었어. 네가 날 눕히려고 어떤 수를 쓰든 실컷 당해줄 생각이었다고. 근데 여기는 싫어. 이 공원은 싫다고. 이 짓도 그만해야겠어."

총이 입에서 빠져나갔지만 아무 말도 나오지 않는다. 멜리사가 역겹다는 듯 얼굴을 찡그리고는 내 가슴에 침을 뱉었다. "넌 그냥 살인자야. 괜히 시간 낭비만 했네." 멜리사가 허리를 굽히더니 칼이 닿아서는 안 되는 부위를 칼로 두드린다.

나쁜 징조다.

멜리사가 예상되는 방식으로 음경을 감싸 쥐고는 예상치 못한 힘으로 꽉 붙잡는다. 그러더니 칼끝을 내 물건에 갖다 댄다. 기념품을 챙기려는 것이다. 울고 싶지만 꼼짝도 하지 않는다.

"강간범은 어떻게 벌줘야 하는지 알아?" 멜리사가 묻는다.

"제발 그러지 마."

멜리사가 총신을 다시 내 입에 넣는다. 그런 뒤 음경의 밑동을 따라 칼날을 빙 돌린다. 땀이 난다. 아, 신이시여. 아, 예수 그리스도여. 하늘을 올려다보지만 감감무소식이다.

두 주먹을 꽉 쥐고 당겨보지만 수갑은 풀리지 않는다. 빌어먹을 나무도 쓰러지지 않는다. 고개를 들어보지만 멜리사가 하는 짓이 보이지 않는다. 차라리 안 보이는 게 나을까? 총구가 목구멍을 찔러 구역질이 난다. 비명을 질러보지만 목구멍에서는 꼴깍거리고 꺽꺽대는 소리와 총신에 이가 부딪치는 소리만 난다. 멜리사에게서 멀어지려는 본능에 온몸의 피부가 쪼그라든다. 땀이 뻘뻘 나는데도 미치도록 춥다. 얼굴은 눈물로 범벅이 된다. 칼에 들어간 힘이 점점 세지지만 나는 아무것도 할 수 없다. 이건 말도 안 된다. 누가 죽고 살지 결정하는 사람은 늘 나였다. 엉덩이를 뒤로 빼려고 안간힘을 쓰지만 땅바닥이 움직일 리 없다.

음경이 잘리는 장면이 구식 영사기에서 빠르게 돌아가는 프레임처럼 머릿속에서 재생된다. 두 눈을 질끈 감고 그 장면을 되감기 해 음경을 도로 붙이고 칼을 빼앗고 수갑을 푼다. 위장의 음식물이 솟구쳐 올라 넘어올락 말락 한다. 온몸이 떨리고 발에 쥐가 난다. 인간이 어떻게 이렇게까지 잔인할 수 있을까?

기온이 계속 떨어진다. 나는 죽고 싶지 않다. 아직 세상에 보여줄 게 너무 많다. 하지만 성기 없이 사느니 차라리 죽는 게 나을 것 같기도 하다. 눈물이 마구 쏟아져 시야가 흐릿해진다. 축축이 젖은 눈으로 흐느끼며 애원해보지만 멜리사는 본 척도 하지 않는다.

마침내 멜리사가 칼을 뗀다.

눈을 깜박이며 눈물을 훔친다. 고통의 눈물이 안도감의 눈물로 바뀐다. 풀려나기만 하면 반드시 멜리사를 죽일 것이다. 어떻게 죽일지는 아직 생각조차 못 하겠지만 고통스럽게 천천히 죽일 것이다. 멜리사에게, 신에게 고마운 마음을 전하고 싶은데 멜리사가 입에서 총을 빼지 않는다.

 그때, 멜리사가 핸드백에서 펜치를 꺼낸다.

25장

나는 학창 시절에 잘하는 운동이 하나도 없었다. 하지만 운동을 하지 않으면 교실에 틀어박혀 기초 미술이나 바느질 같은 수업을 들어야 했다. 재미는 없었지만 베이킹과 뜨개질보다는 크리켓이 나았다. 그러다 내 기억에 선명히 각인된 어느 날 크리켓 공이 날아와 내 사타구니에 정면으로 부딪쳤다. 덕분에 상대 팀의 득점을 막을 수 있었지만 나는 엉엉 울면서 고통 속에 뒹굴었고 경기는 20분간 중단됐다. 그동안 나는 아이들의 야유와 웃음이 쏟아지는 가운데 들것에 실려 나갔다. 내 고환은 멍들고 부어올랐다. 만화 속이었다면 악당의 망치에 맞을 때처럼 시뻘겋게 달아올랐을 것이다. 나는 나흘 동안 학교에 가지 못했다. 말도 못 하고 토하기만 했다. 이후 몇 달 동안 나를 향한 웃음은 끊이지 않았다. 남자애들도 나빴지만 여자애들은 더 잔인했다. 그 애들은 나를 '멍해진 불알'을 줄인 '멍알'이라고 불렀다. 여자애들은 그 별명을 절대 잊지 않았고 그 별명은 졸업할 때까지 5년 내내 날 따라다녔다. 그러나 20년이 지난 지금 그날의 고통이 한없이 가볍게 느껴진다. 앞으로 겪게 될 고통이 훨씬 클 게 분명하기 때문이다.

이른 새벽 공원의 시간이 완전히 멈추었다. 앞으로 닥칠 일을 속삭이는 목소리가 들린다. 고통의 목소리가 가장 크지만 분노의 목소리도 못지않게 크다. 그다음으로 큰 건 후회의 목소리다. 그뿐만이 아니다. 작은 목소리도 들린다. '*일하려고 살았으면* 이런 일 없었잖아. 집에 남아서 계속 파일이나 읽지 그랬어.'

멜리사가 펜치로 내 왼쪽 고환을 감싼다. 더 많은 눈물이 샘솟는다. 총을 내 입에 꽂았다는 건 어떤 대화도 협상도 하지 않겠다는 뜻이다. 눈으로 애원해보지만 멜리사는 신경도 쓰지 않는다. 몸을 좌우로 위아래로 흔들어보지만 펜치가 점점 조여 와 그럴 마음이 싹 사라진다. 척수가 절단된 것처럼 온몸이 마비된다.

멜리사가 나를 보고 미소를 짓는다.

그리고 펜치의 집게발을 닫는다.

비명이 터져 나오려다 목구멍에 걸려 숨이 쉬어지질 않는다. 숨을 쉬고 싶지 않다. 멜리사는 엄지와 검지로 포도 알을 으깨듯 손쉽게 내 고환을 으깼다. 포도가 으깨질 때처럼 고환의 내용물이 쏟아져 나왔다. 배와 허벅지에 경련이 인다. 날숨이 나오지 않아 폐가 부풀어 오른다. 총구로 막힌 입술 사이로 비명이 새어 나와 흩어진다. 머리 위로 새들이 날아오른다. 타는 듯한 열기로 사타구니가 욱신거린다. 지옥의 한가운데 말고는 어디에서도 절대로 느낄 수 없는 열기다. 펜치의 집게발 사이에서 열기가 뿜어져 나와 온몸을 타고 끓어오른다.

베이고 남은 음경은 여전히 발기돼 있다.

폭발하듯 끓어오른 열기가 영혼을 찢어놓는다. 온몸의 세포를 갈가리 찢고 바싹 말린다. 집게발이 조여들 때마다 비명을 지르고 울고 이 세상의 모든 생명체에게 저주를 퍼붓는다. 그것 말고는 할 수 있는 게 없다. 벗어나려고 내 몸을 떼어내려고 갖은 애를 쓰지만 집게발은 나를 움켜쥐고 놓아주지 않는다. 이 미쳐 돌아가는 엿 같은 우주에 존재하는 고통이란 고통은 죄다 들러붙어 내 몸을 파고든다.

이제는 비명조차 나오지 않는다. 멀리서 개들이 길게 울부짖는 소리가 들린다. 턱이 꼼짝도 하지 않는다. 인두를 삼킨 듯 목구멍이 뜨겁다. 차라리 의식을 잃고 싶지만 잃으려는 순간 고통의 파도에 휩쓸려 다시 의식이 되살아난다. 그때 내 앞에 무릎을 꿇고 있는 멜리사라는 이름의 악마가 보인다. 멜리사가 반대쪽 고환이 아니라 같은 고환에 집게발을 다시 맞추고 있다. 멜리사의 움직임 하나하나가 신경을 자극하고 정신을 파고든다. 멜리사는 납작해진 고환의 모양을 되돌려놓기라도 하려는 듯 집게발을 가로로 벌려 고환에 맞춘다. 그러고는 다시 힘껏 움켜쥔다.

나는 제발 살려달라는 듯 비명을 지르고 또 지르지만 사실 지금 내가 가장 바라는 건 죽음이다. 이곳은 지옥이고 나는 지옥에 끌려왔다. 타는 듯한 감각이 무릎 위로 스멀스멀 번진다. 보이지 않는 불길에 피부가 지글지글 끓어 물집이 잡히는 느낌이다. 멜리사가 총을 입속으로 더 깊이 밀어 넣는다. 방아쇠울이 앞니에 밀착된다. 나는 방아쇠를 당겨달라고 눈빛으로 애원한다.

그러나 멜리사는 방아쇠를 당기지 않는다.

고환이 2차원으로 변한다. 허벅지를 타고 체액이 뚝뚝 떨어진다. 체액에서 김이 나는 소리가 들리는 듯하다. 통증과 고통이 너무나 심하고 깊어서 내가 아직 살아 있다는 게 믿기지 않는다. 멜리사가 무언가를 묻는 것 같은데 들리지 않는다. 들리는 소리라고는 클럽의 음악 소리보다 더 크고 깊게 두개골을 울리는 윙윙 소리뿐이다.

카르페 디엠.

아직도 숨이 쉬어지질 않는다. 입을 다물고 총을 깨물면서 멜리사가 방아쇠를 당기기를 기도한다.

그리고 오르가슴에 도달한다.

이제는 앞이 거의 보이지 않는다. 검은 형체들이 은은한 새벽빛을 받으며 움직인다. 고통은 분명 사라질 것이다. 그것이 고통의 본질이기 때문이다. 그러나 지금의 이 고통은 그 본질을 거부하고 있다. 멜리사가 드디어 펜치를 고환에서 떼고 총을 내 입에서 뺀 뒤 일어선다. 이제는 말을 할 수 있지만 할 말이 없다. 무엇을 애원해야 할지 모르겠다.

죽기를 바라며 눈을 감는다. 잠시 후 눈을 뜨니 나는 자유의 몸이 돼 있었다. 멜리사는 수갑을 챙겨 사라지고 없었다. 배는 뜨겁고 가슴은 따뜻하고 다리는 차갑다. 다시 눈을 감으니 나를 둘러싼 세상이 서서히 사라진다.

시간이 얼마나 흘렀는지 모르겠다. 천천히 고개를 들고 벌거벗은 몸을 내려다본다. 음경과 허벅지는 말라붙은 피로 얼룩져 있고 배는 피와 정액으로 뒤덮여 있다. 토사물이 가슴에 고여 있고 얼굴과 턱에 들러붙어 있다. 악취가 난다. 토한 기억조차 나지 않는다. 질식사하지 않은 게 다행이다. 아니, 차라리 죽었어야 했다. 얼마나 훼손됐는지 가늠하기 위해 조심스럽게 손을 내린다. 납작해진 버섯 같은 무언가에서 스파게티 같은 무언가가 밀려 나오고 있다.

아, 신이시여. 제발, 제발 꿈이라고 해주세요!

팔이 뻣뻣하다. 온몸의 근육이 쑤시고 아프다. 두 팔을 지지대 삼아 상체를 세운다. 구토한 흔적이 몸을 타고 떨어진다. 정신을 잃을 뻔했다. 통증은 조금 전에 비하면 아무것도 아니다. 햇빛의 밝기를 보니 '조금 전'은 세 시간 전인 듯하다. 손목시계를 들여다보지만(시계가 아직 있다는 게 놀랍다), 시야가 너무 흐려서 시침이 가리키는 숫자가 보이지 않는다. 아마 오전 9시쯤 됐을 것이다. 여기서 벗어나야 한다.

옆으로 몸을 굴린다. 연약해진 목구멍에서 터져 나오려는 비명을 간신히 억누른다.

옷을 찾아 둘러보니 10미터 떨어진 곳에 있다. 옷을 향해 기어간다. 망가진 고환이 다리 사이에 끼인 채 앞뒤로 흔들린다. 펜치의 집게발이 아직 고환을 조이고 있는 것 같다. 집에 갈 수만 있다면 살 수 있다고 되뇐다. 집에 갈 수 있을지는 모르겠지만.

10미터를 이동하는 데 2분이나 걸린다. 마라톤을 뛴 것처럼 이마에서 땀이 뚝뚝 떨어진다. 피가 허벅지를 타고 흘러내린다. 어깨를 움츠려 셔츠를 입는다. 재킷은 어디에도 보이지 않는다. 총과 칼도 안 보인다.

드러누운 자세로 최대한 조심스럽게 몸을 흔들면서 청바지에 다리를 집어넣는다. 말은 쉽지만 너무 힘들다. 도중에 잠시 멈추고 쉬니 주변 세상이 잿빛으로 변한다. 기절하지 않으려고 안간힘을 쓴다. 사각팬티를 입고 온 게 아쉽다. 삼각팬티였다면 만신창이가 돼 흔들리는 고환을 고정해줬을 것이다. 고환이 햇빛을 너무 많이 받아 즙이 스며 나오는 썩은 토마토처럼 매달려 있다. 팬티를 겨우 다 끌어올린다. 젖은 풀을 한 움큼 뜯어 얼굴을 닦는다. 두 움큼을 더 뜯어 목과 가슴의 토사물을 대부분 닦아낸다.

시야가 선명해진다. 손목을 힐끗 보니 놀랍게도 아직 8시밖에 안 됐다. 안 그래도 며칠을 지각했는데 오늘은 더 늦게 생겼다. 지갑과 열쇠를 집어 든다. 무릎을 꿇은 다음 발을 딛고 선다. 이제 집에 가기만 하면 된다. 멀지 않았다. 한 발을 다른 발 앞에 디디면, 그 과정을 반복하면 된다. 침대에 쓰러질 때까지 고통은 잊어버리자. 한 발씩 앞으로 내딛자.

그렇게 첫발을 내딛는다.

처음에는 천천히 일정한 속도로 걸을 계획이었다. 하지만 천천히 걸으려 해도 균형을 잡으려면 자세가 뛰다시피 될 수밖에 없는 아이러니에 봉착한다. 빠르게 걷는데다가 다리가 무거워 발이 바닥에 닿을 때마다 온몸이 부르르 떨리고 욱신대는 열기가 다리를 타고 올라 사타구니까지 솟구친다. 휘청거리고 넘어지며 20미터를 걷다가 주저앉고 만다. 몸을 잔뜩 웅크린 채 피비린내 나는 극한의 고통 속에 울부짖는다. 눈을 감고 몇 시간 더 누워 있고 싶지만 그럴 순 없다. 머지않아 사람들이 공원에 나타날 것이다. 공원 가장자리의 벤치 아래와 놀이터의 작은 오두막에서 마약 중독자들이 깨어나 약에 찌든 아침을 맞이할 것이다. 그들은 나를 발견해도 도와주지 않을 것이다. 내 남은 소지품을 챙기기는 하겠지만 말이다.

몸을 일으켜 무릎을 꿇고 앉는다. 일어서자. 앞으로 나아가자. 아까보다는 쉽다. 양팔을 옆으로 벌리고 균형을 잡고 지그재그로 앞으로 나아간다. 벤치 부근을 주시한다. 아래를 내려다보지 말자. 주위를 둘러보지 말자. 그냥 계속 걷자. 계속 걸으면 괜찮아질 것이다. 그렇게 20미터, 30미터를 걷다가 몇 분 만에 백 미터 지점에 도달한다. 하지만 몇 분 뒤 다시 무릎을 꿇고 주저앉아 터져 나오려는 비명을 또다시 억누른다.

태양이 서서히 떠오른다. 오늘 날씨는 어떨까? 맑고 따뜻할 것 같다. 이런 날씨에 나는 집에 틀어박혀 격렬하고 극심한 통증에 수시로 시달릴 것이다. 주말 내내 계속 그럴 것이다. 아니, 1년 내내 그럴지도 모른다.

다시 두 발을 딛고 일어선다. 다리를 벌려 천천히 걷는다. 한 손으로 고환을 감싸 쥔다. 죽을 듯 아프지만 걷기가 더 쉬워진다. 몇백 미터를 비틀거리며 걷다가 잠시 멈춰 토했다가 몇백 미터 더 비틀거리며 걷는다. 소변을 보려고 멈추기도 한다. 고통스럽지만 그냥 바지를 입은 채 싸니 어렵지는 않다. 오줌이 다리를 타고 흘러내려 가죽신 위로 떨어진다. 따뜻하고 불편하고 따끔거린다.

한 시간 넘게 걸어 집에 도착하니 바지 앞면이 오줌과 피로 흠뻑 젖어 있다. 기절은 하지 않았지만 몇 차례 온 세상이 흔들리고 캄캄해졌다. 집에 오는 길에 몇 사람을 지나쳤는데 나를 보는 사람도 있고 보지 않는 사람도 있었다. 나를 빤히 본 사람은 아무 말도 하지 않았고 그 외에 도와주겠다고 나서는 사람도 없었다. 여긴 그런 동네가 아니다. 오는 길에 빈 지갑과 시계를 도난당하지 않은 게 기적인 동네다. 집에 도착하니 정크 아티스트가 폐기물을 모아 만든 조형물 같던 아파트가 궁전처럼 보인다. 엘리베이터가 없는 게 아쉬울 따름이다.

계단에 앉은 채 두 팔로 무게를 지탱하며 천천히 엉덩이를 들어 올리는 식으로 한 칸씩 올라간다. 3층까지만 올라가면 되지만 지금의 내게는 대장정이다. 마치 엠파이어스테이트 빌딩 외벽을 알몸으로 타고 오르며 고환이 벽에 쓸리는 것과 같다. 거의 다 왔다고 스스로를 다독이며 겨우 집에 도착한다. 그런데 막상 도착하니 넘어야 할 산이 여전히 많다.

현관문 앞에서 주머니를 뒤진다. 열쇠를 쥐니 청바지의 사타구니 부근이 팽팽해져 얼굴이 절로 찡그려진다. 자물쇠를 만지작거린다. 남의 집도 아니고 내 집인데도 30초나 걸린다.

문을 닫고 열쇠를 바닥에 떨어뜨리고 비틀거리며 침대로 간다. 온몸이 덜덜 떨린다. 이제 다음 단계로 넘어가도 되나? 언제까지고 누워 있어도 될까?

아니다. 한시라도 빨리 쉬고 싶지만 상처부터 치료해야 한다. 아직 그럴 용기가 있을 때 하는 게 좋다.

수건을 찾아 바닥에 대충 깔고 천천히 청바지를 벗는다. 다시 입을 수 있을지는 모르겠다. 경험상 핏자국은 잘 안 지워진다. 15분 동안 옷을 벗은 뒤 다시 5분 동안 양동이를 찾아 따뜻한 물을 채운다. 금붕어들이 이상하다는 표정으로 날 지켜본다. 녀석들을 걱정시키기 싫어 아무 말도 하지 않는다. 먹이를 주고 싶지만 지금은 줄 수가 없다.

필요한 물건을 챙긴 뒤 바닥에 깔린 수건에 드러누워 엉덩이를 들어 올린다. 이후 한 시간 동안 다음의 세 가지 일을 한다. 첫째, 방이 빙글빙글 도는 듯한 착각이 들 정도로 와인을 마신다. 둘째, 빗자루 손잡이를 꽉 물고 비명을 억누른다. 셋째, 소독약을 흠뻑 적신 천 조각으로 소독약이 닿아서는 절대 안 될 부분을 살살 문지른다. 고환이 썩어 들어갈지 모른다고 생각하니 생각만으로도 너무 오싹해 상처 부위를 문지르고 또 문지른다. 소독을 마치고 배를 닦아내자 멜리사가 낸 긴 상처가 보인다. 무시해도 좋을 만큼 얕은 상처다. 지금 중요한 건 이게 아니다. 상처가 덧나 위벽이 뚫릴 수도 있지만 고환에 비하면 아무것도 아니다.

앞으로 영영 섹스를 할 수 없을지도 모른다. 제대로 걸을 수는 있을까. 말은 할 수 있을까. 그저 오늘 하루가 빨리 끝나길 바랄 뿐이다. 오늘이 일요일이니까…… 아니, 잠깐만. 토요일인가?

그렇다, 오늘은 토요일이다! 생체 시계가 생각보다 더 심하게 망가진 모양이다. 어쨌든 주말이 하루 더 남아 있어 다행이다. 상처가 아물 시간을 벌었다.

온몸이 곧 작동을 멈추리라는 예감이 든다. 침대로 가서 눕는다. 고환이 욱신거린다. 몇 개 없는 진통제를 삼킨다. 약이 더 많았어도 전부 삼켰을 것이다. 흐릿한 정신으로 금붕어들에게 잘 자라는 인사를 한다. 지금은 아마 밤일 것이다. 아니, 아직 아침일 수도.

복수할 방법을 생각하느라 머리가 빙빙 돈다. 술과 진통제 때문에 나른해진다. 눈을 감고 현실에서 도망쳐 잠 속으로 빠져든다.

26장

 전화벨이 울린 건 샐리가 아버지와 DVD를 보고 있을 때였다. TV에서는 누군가가 클린트 이스트우드를 무덤에 처넣으려 하고 있었다. 하긴, 그런 장면을 빼버리면 클린트 이스트우드 영화는 남는 게 별로 없다. 이번 영화는 그의 머리에 올가미를 씌우는 걸로 시작한다. 샐리는 일어나 주방으로 갔고 아버지는 멈춤 버튼을 눌렀다. 화면 속 시간이 멈춘 덕분에 클린트는 저 남자들이 도대체 왜 자신을 목매달려 하는지 곱씹어볼 시간을 벌었다.

 샐리는 당연히 부모님 중 한 분에게 온 전화일 거라고 생각했다. 자신에게 전화가 오는 일은 없으니 말이다. 조일 수도 있다는 생각이 잠깐 들었지만 그 생각은 금세 사라졌다. 아마 조는 샐리가 기록 보관소를 나가자마자 샐리가 준 연락처를 버렸을 것이다. 나는 무슨 생각을 하는 걸까? 조가 남동생을 대신할 수 있다고 생각하는 걸까?

 샐리는 수화기를 집어 들었다. "여보세요?"

 "샐리?"

 "네, 저 맞는데요." 샐리는 전화를 건 사람이 누군지도 모른 채 대답했다.

 "샐리?"

"누구세요?"

"조예요."

"조라고요?"

"샐리? 필요한 게 있으면 언제든 말하라고 해서요······." 조의 목소리가 점점 희미해졌다.

"조?" 정말 조일까? 평소 목소리와 다르다. "조?"

"제발 부탁이에요, 샐리. 일이 좀 생겼어요. 몸이 아픈데 뭘 어째야 할지 모르겠어요. 통증이 심해요. 나 좀 도와줄 수 있어요? 도와줄 방법을 어떻게든······ 찾아줄래요?"

"구급차를 불러줄게요."

"구급차는 안 돼요. 이건 꼭 알아둬요." 조는 마치 정신적으로 문제가 있는 사람이 자신이 아니라 샐리인 것처럼 말했다. "진통제가 필요해요. 구급상자도요. 제발 진통제 좀 챙겨서 집에 와줘요. 너무 아파요. 제발요. 내 말 무슨 뜻인지 알겠어요?"

"조, 어디 살아요?"

"어디 사냐고요? 그게······ 어······ 기억이 안 나요."

"조?"

"잠깐, 잠깐만요. 펜은요? 펜 있어요?"

"있어요."

조는 샐리에게 주소를 알려주고 전화를 끊었다. 샐리는 채소와 잡초가 전쟁을 벌이고 있는 텃밭을 창밖으로 내다보았다. 조와의 통화가 꿈처럼 느껴졌다. 짧고 혼란스러운 통화에서 조는 평소와 너무나 달랐다. 샐리는 그제야 자기가 아직도 수화기를 들고 있다는 사실을 깨달았다. 조와의 통화가 꿈이 아니라는 증거였다. 조의 말투가 마음에 걸렸다. 구급차 번호 중 마지막 세 번째 숫자를 누르려던 순간 샐리는 전화를 끊었다. 조의 상태를 직접 보고 판단해야 할 것 같다. 어쩌면 가시에 찔린 것처럼 단순한 부상일 수도 있다. 남동생도 가끔 사소한 일로 호들갑을 떨 때가 있었다.

침실로 올라간 샐리는 침대 밑에서 구급상자를 꺼내 뚜껑을 열고 빠진 물품이 없는지 확인했다. 그러고는 부모님에게 곧 돌아오겠다고 한 뒤 차로 향했다. 밖은 회색빛이다. 동쪽 하늘에 파란 조각이 군데군데 보이긴 하지만 많지는 않다.

지도에 표시된 길을 따라가니 점점 낙후되고 있는 동네가 나왔다. 손봐야 할 건물과 주택이 많고 어떤 건 상태가 특히 심각했다. 페인트칠하고 잔디를 깎으면 해결될 집도 있고 아예 철거하고 새로 지어야 할 집도 있었다. 관심을 기울이는 사람이 있었다면 이렇게까지 낡지는 않았을 것이다.

샐리는 조의 아파트 밖에 차를 세웠다. 4층짜리 건물이었는데 각 층이 스프레이 페인트로 표시돼 있었다. 깨끗한 창문은 하나도 없고, 건물 아래쪽 3분의 1은 희고 검은 곰팡이 때문에 변색됐고, 외벽의 균열은 모르타르와 페인트로 땜질돼 있었다. 기름과 썩은 음식으로 얼룩진 길을 걸어 건물 안으로 들어가니 지린내 나는 계단이 나왔다. 계단은 조명이 희미하긴 하지만 몇 걸음마다 묻어 있는 핏자국이 안 보일 정도로 어둡진 않았다. 샐리는 계단을 오를수록 점점 불안해졌다. 손을 뻗어 조의 집 문을 두드릴 때는 자기도 모르게 손을 떨고 있었다.

문을 두드리고 1분이 지나도록 조는 나오지 않았다. 전화를 건 사람이 조가 맞기는 할까? 확실히 말투가 평소와 다르긴 했다. 하지만 조가 아니면 도대체 누구란 말인가. 그때 훨씬 더 나쁜 생각이 떠올랐다. 조가 너무 심하게 다쳐서 죽어 있으면 어쩌지? 샐리는 문을 열어보기로 했다. 다행히 손잡이를 돌리자 문이 열렸고, 열리자마자 구역질나는 썩은 냄새와 소독약 냄새가 훅 풍겨왔다.

조의 집은 어느 기준으로 보나 작았다. 구석에 있는 유일한 창문으로 쏟아져 들어온 햇살이 허공에 떠다니는 먼지 입자를 훤히 비춰 마치 모래 폭풍 속으로 걸어 들어가는 것 같았다. 조가 어떤 집에서 사는지 궁금하긴 했지만 이런 모습일 줄은 상상도 못 했다. 벽지는 여기저기 들떠 있고, 마룻바닥은 더럽고 상처투성이였으며, 가구는 오래돼 금이 가고 틈이 벌어져 있었다. 조는 침대에 누워 있었다. 핏자국과 풀풀, 토사물로 뒤덮인 바닥에는 조의 옷과 붕대, 티슈, 빈 와인 병, 면봉, 천 조각, 소독약 통이 어지럽게 쌓여 있었다. 소파 옆에는 고약한 냄새가 진동하는 양동이가 있었다. 샐리는 문득 조가 칼에 찔렸을지 모른다는 생각이 들었다. 칼에 찔려 죽었을 수도 있다. 서둘러 침대 쪽으로 달려갔다. 조는 허리에 덮인 시트를 제외하고는 벌거벗은 상태였다. 몸은 온통 땀으로 번들거렸고, 피부는 잿빛을 띠고 있었다. 눈은 간신히 뜨고 있는데 샐리를 보고 있는지조차 알 수 없었다. 가슴이 오르락내리락 하는 건 확실했다. 샐리는 조의 축축한 머리를 부드럽게 쓸어 올리고는 이마에 손을 얹었다. 불덩이처럼 뜨거웠다.

"조, 내 말 들려요?"

조의 눈꺼풀이 살짝 올라갔다. "엄마? 무슨 일이에요?"

"조, 난 샐리예요."

"엄마?"

조의 눈이 다시 감겼다. 허리를 덮은 시트 곳곳에 핏자국이 번져 있고, 배에는 더 많은 피가 말라붙어 있었다. 몸 여기저기에 흉터가 가득했고, 최근에 생긴 상처 하나가 배를 따라 길게 나 있었다. 두 손과 손톱 밑에도 피가 흙과 뒤섞여 말라붙어 있고, 상반신은 토사물과 풀과 흙으로 얼룩져 있었다.

"조, 무슨 일이 있었는지 말해줄 수 있어요?"

"당했어요. 공격당했어요."

"경찰에 신고할게요. 구급차도 부르고요."

"구급차는 안 돼요. 경찰도요. 제발요."

"전화기는 어디 있어요?" 샐리는 이렇게 물은 뒤에야 구급차도 경찰도 안 된다는 조의 말이 귀에 들어왔다.

그 이유를 묻기도 전에 조는 손을 뻗어 샐리의 손목을 잡았다. 그러고는 손아귀에 힘을 준 채로 몇 초간 버티다 힘을 빼고 말했다. "나는 피해자 조예요. 조는 피해자가 되고 싶지 않아요. 경찰은 안 돼요. 약만 있으면 돼요."

샐리는 조심스럽게 손을 뻗어 시트 끝자락을 집어 올렸다. 그러자 조가 몸을 떨며 움찔했다. 무엇을 보게 될지 모르는 채 천천히 시트를 젖히자 그 순간 너무나 충격적인 광경이 눈앞에 펼쳐졌다. 숨이 막히고 눈물이 터져 나왔다.

"어쩌다 이렇게…… 불쌍한 조…… 누가 이런 짓을 했어요?"

"아무도 아니에요." 조가 간신히 속삭이듯 대답했다.

"나 혼자서는 못 해요."

"사람들이 알면 안 돼요. 사람들은 조를 비웃을 거예요. 알면 더 많이 비웃을 거예요."

"경찰에 신고해야 해요." 샐리는 손을 뻗어 수화기를 잡았다.

"안 돼!" 조는 비명을 지르며 벌떡 일어나 샐리의 손목을 다시 움켜잡았다. 그 힘이 하도 세서 뼈가 부러지는 건 아닐까 싶을 정도였다. "날 죽일 거예요!"

그러다 갑자기 조가 털썩 쓰러졌다. 상체를 일으키면서 통증이 한꺼번에 몰려온 듯했다. 조는 눈동자를 뒤집더니 그대로 의식을 잃었다.

샐리는 전화기를 가만히 바라보았다. 지금 내가 해야 할 일은 무엇일까? 조를 도와야 한다는 것만은 분명하다. 환자를 위해 가장 좋은 선택을 해야 할까, 아니면 환자의 뜻을 따라야 할까? 경찰에 신고하면 조가 말한 대로 정말 누군가가 다시 찾아와 조를 해칠까? 경찰이 할 수 있는 일에는 한계가 있다. 샐리는 수화기를 내려놓았다. 하느님이 자신을 이곳에 보내신 건 조를 돕기 위해서지 그를 더 큰 위험 속에 밀어 넣기 위해서는 아닐 것이다.

샐리는 시트를 뭉쳐 옆으로 던졌다. 지금부터 샐리는 간호사다. 전문가다. 이 일은 샐리가 배웠고 하고 싶었던 일이다.

물론 전문가라면 자기 역량을 넘어서는 순간과 그럴 땐 구급차를 불러야 한다는 것을 알아야 한다.

그렇다. 샐리는 아직 그런 판단은 내릴 수 없었다. 하지만 조의 말이 사실이라면 그 전문가다운 판단이 오히려 조를 죽게 만들 수도 있다. 일단 할 수 있는 만큼 조를 도와보고 그다음에 다시 판단해도 늦지 않다. 샐리는 목걸이의 십자가 장식을 턱까지 끌어올렸다. 몇 초간 그렇게 잡고 있다가 벗어서 조에 손에 감아 예수가 조의 손바닥에 머물게 했다. 그런 뒤 침대를 빙 돌면서 조의 상처를 다양한 각도에서 관찰했다. 조의 음경은 아랫배에 강력 테이프로 붙여져 있었다. 끝부분이 상처와 닿지 않게 하기 위한 조치였다.

"가엾은 조." 샐리는 눈물을 닦으며 말했다. 기본에 충실하자. 라텍스 장갑을 끼면서 몇 번이고 되뇌었고 그러다 주변에 같은 장갑이 여러 개 널브러져 있는 걸 발견했다. 조는 이 라텍스 장갑을 어디에 쓸까? 아마 청소할 때 쓰겠지. 샐리는 상처를 건드리지 않고 들여다보려고 조의 허벅지 안쪽 살을 바깥쪽으로 밀어냈다. 한쪽 고환이 공구로 조여지고 으깨지고 훼손된 상태였다. 펜치나 바이스 그립을 쓴 것 같았다.

"강도를 만났어요." 조가 다시 눈을 뜨며 중얼거렸다.

"강도가 누군데요?"

조는 대답하지 않았다. 그저 앞만 똑바로 볼 뿐이었다.

샐리는 계속 상처를 살폈다. 고환을 제거해야 한다. 다른 방법이 있으면 좋겠지만 그런 건 없다. 고환은 분명 없애야 하고 샐리에게 그런 수술을 할 자격이나 자신이 없다는 것도 분명한 사실이었다. "병원에 가야 해요, 조."

"안 돼요. 그자들이 다시 올 거예요. 날 해칠 거예요. 제발……

어떻게든 낫게 해줄 수 있어요?"

샐리는 조를 내려다보며 애써 미소 지었다. "그럼요."

제일 먼저 창문부터 열었다. 실내 온도가 40도는 되는 듯 벌써 땀이 흘렀다. 창밖에서 신선한 공기가 들어왔다. 물이 끓는 동안 천에 차가운 물을 적셔 조의 이마에 올렸다. 조는 느끼지도 못하는 듯했다. 샐리의 구급상자는 간호학교 시절부터 써온 물품을 갖추고 있어 전문가용에 가까웠다. 딱 하나 국소 마취제가 없지만 운이 좋으면 조의 의식이 돌아오기 전에 수술을 마칠 수 있을 것이다. 아니, 정확히 말하자면 조가 운이 좋아야 했다.

샐리는 메스 손잡이를 뽑아 끓는 물에 넣었다. 칼날은 이미 무균 상태로 포일에 싸여 있었다. 의료용 비닐을 펼치고 조를 옆으로 굴려 비닐을 몸 밑으로 밀어 넣으려 했지만 조가 너무 무거웠다. 환자를 옮기는 법은 알지만 고환이 갈가리 찢긴 환자를 옮기는 법은 모른다. 조를 옆으로 살짝 흔들면서 비닐을 최대한 밀어 넣었다. 음경에 붙은 테이프는 그대로 뒀다. 조잡하긴 해도 효과는 충분했다. 소독약에 적신 작은 솜 몇 개로 상처 주변을 닦았다. 감염 위험이 높지만 지금은 이 정도가 최선이다.

"정말 병원에 가기 싫어요?"

조는 샐리가 왜 여기 있는지 모르겠다는 표정으로 샐리를 빤히 바라보았다. 그러고는 탁자 위 어항으로 시선을 돌렸다. 샐리는 조가 그제야 깨어났다는 것을 알아챘다.

"조?"

"저것 좀……." 조가 빈 와인 병을 가리켰다. 자세히 들여다보니 와인이 아직 3분의 1쯤 남아 있었다. 샐리는 조에게 병을 가져다주었다. 도움이 될 것이다. 샐리는 조가 버린 피 묻은 청바지에서 벨트를 뽑았다. 벨트도 도움이 될 것이다.

  샐리는 자기 손을 내려다보았다. 이젠 떨리지 않았다. 메스 날의 포일 포장을 뜯고, 수술 준비를 시작했다.

27장

 차라리 현실이길 바라며 죽음을 꿈꾼다. 현실이 아니길 바라며 고통을 꿈꾼다.
 병 주둥이를 이로 깨문 채 와인을 최대한 많이 삼킨다. 이거라도 있어 다행이다. 엄마 생일 때 주려고 6개월 전에 산 와인이다. 같이 마시며 생일을 축하할 생각이었다. 하지만 엄마는 내가 독을 먹이려 한다고 비난했고 결국 집으로 가지고 오는 수밖에 없었다. 평소 와인은 냄새만 맡아도 구역질이 난다. 하지만 지금은 와인이 주는 느낌, 이 모든 상황에서 벗어날 수 있으리라는 희망에 매달린다. 와인 맛이 안 나게 혀를 옆으로 빼고 마셔보지만 효과가 없다. 역시나 구역질이 치민다. 그래도 자꾸 마시니 맛에 대한 걱정은 줄고 와인이 주는 감각을 즐기게 된다. 베개에 편히 누워 내 사타구니 앞에 웅크리고 선 사람을 바라본다. 수술용 마스크를 쓰고 있는데 보아하니 여자다. 제발 아니길 바라지만 멜리사 같다. 이 여자가 왜 여기 있을까. 누군가에게 도움을 청한 기억이 없는 걸 보면 헛것이 보이는 모양이다. 아니면 그냥 운이 좋은 걸 수도 있다. 얼굴에 감각이 없고 안구의 움직임이 느려진다. 고개를 돌리면 1초 뒤에야 눈동자가 따라 돌아간다.
 주변을 둘러보니 익숙하다. 병원은 아닌 듯하다. 고통을 참으려고 와인 병을 깨물려고 하니 입에 병 대신 벨트가 물려 있다. 의료용 벨트는 아니다. 여자 의사가 믿기지 않을 정도로 빨리 움직인다. 한 순간은 날카로운 무언가를 들고 있다가 다음 순간에 보면 상처에 무언가를 문지르고 있다. 눈을 한 번 깜박이면 자세가 달라져 있고 다시 깜박이면 어느새 다른 곳에 가 있다. 그러다 문득 내가 의식을 잃었다가 깨어나길 반복하고 있다는 걸 깨닫는다. 의사의 말이 뚝뚝 끊어져 들리지만 날 안심시키려고 애쓰는 건 분명하다. 의사가 내 살점과 피부 조각을 떼어내는 모습을 지켜본다. 더는 볼 수가 없어 고개를 돌리고 이 모든 게 꿈은 아닐까 생각한다. 설마 내가 내 몸을 수술하고 있는 걸까?

물어보려고 하지만 의사가 보이지 않는다. 나는 하나 남은 고환처럼 완전히 혼자가 된다. 사타구니에 손을 뻗어 만져보려다 그러지 않기로 한다. 얼마나 훼손됐는지 보기가 두렵다. 눈을 감는다. 다시 눈을 뜬다. 의사가 들어온다. 나는 눈을 감는다. 의사가 나간다.

나에게 무슨 일이 벌어지고 있는 걸까? 죽고 있는 걸까?

제발 그러길 바라며 천장을 바라본다.

28장

샐리는 소파에 앉아 어항을 바라보았다. 사료를 조금 뿌려주자 금붕어 두 마리가 재빨리 수면으로 올라와 먹기 시작한다.

수술은(수술이라고 해도 될지 모르겠지만) 잘 끝났다. 감염될 가능성은 별로 없어 보였다. 펜치로 훼손된 부위는 깔끔하게 제거했고 피부 안쪽은 흡수되는 실로, 바깥쪽은 일반 실로 꿰맸다. 물론 시간이 지나봐야 알 수 있다. 수술이 끝나자 샐리는 다시 십자가 목걸이를 목에 걸었다.

수술하는 동안에는 조에게 더 필요해 보였다.

경찰에 신고하고 싶은 마음은 굴뚝같았지만 그러지 않기로 했다. 조의 삶은 평범하지 않았다. 지적 장애가 있는 데다 돈과 존엄성마저 빼앗겼으니 숨기고 싶은 게 당연했다. 그런 조를 탓할 수는 없다. 샐리는 고환 한쪽을 잃은 남자로 알려지지 않을 조의 권리를 존중했다. 물론 조가 깨어나 정상적인 사고를 할 수 있게 되면 도움을 받아야 한다고 설득할 것이다. 그런 사악한 짓을 저지른 자들이 활개를 치고 다니게 돼서는 안 된다. 샐리는 여자들을 지옥 속으로 몰아넣고 있는 크라이스트처치 카버가 떠올랐다. 악마가 인간 세상에 섞여 산다는 말은 결코 틀린 말이 아니다.

조의 가슴에 난 흉터 생각도 났다. 조는 어떤 인생을 산 걸까?

누가 그를 학대했을까? 그래서 부모님 이야기를 한 번도 하지 않은 걸까?

샐리는 의식이 없는 조를 한쪽으로 굴렸다가 다시 반대 쪽으로 굴려 피 묻은 비닐을 빼냈다. 잘라낸 살점은 피 묻은 비닐에 싸서 비닐봉지에 넣었고, 침대 시트와 청바지, 속옷, 셔츠는 세탁기에 넣고 돌렸다. 비닐봉지를 하나 더 찾아 수술하다 나온 쓰레기도 모두 집어넣었다. 메스 날은 위험하지 않게 단단히 싸맸다. 라텍스 장갑도 벗어서 비닐봉지에 넣었다.

그런 뒤 새 장갑을 끼고 집 안을 청소했다. 싱크대에는 헹구지도 않은 그릇들이 수북했고 조리대와 식탁에는 음식물이 흘러 있었다. 바닥은 진공청소기를 돌렸다. 조는 이 모든 소음에도 깨어나지 않았다. 세탁기가 다 돌아가자 샐리는 세탁된 옷을 건조기에 넣고 돌렸다. 소파에 있는 책은 다 로맨스 소설이었다. 마틴은 만화책만 읽었어서 언뜻 의아했지만 조는 이야기가 더 풍부한 읽을거리를 좋아할 수도 있다. 책 옆에는 파일이 쌓여 있었는데 몇 개를 집어 들자 그중 하나에서 사진이 쏟아져 나왔다.

"조, 뭘 하고 있었던 거예요?" 샐리는 혼잣말로 속삭였다. 사진 속 사람은 살해된 여자 중 한 명이었다. 샐리는 떨어진 사진들을 획획 넘겨본 뒤 파일에 넣고는 또 다른 파일을 열었다. 크라이스트처치 카버가 죽인 여자들에 대한 파일이 하나도 빠짐없이 있었다. 이 사건을 수사하는 형사들의 목록도 있었다. 샐리는 조가 왜 이런 걸 갖고 있는지 의아해하며 파일을 훑어보았다. 조는 사진 속 여자들이 죽었다는 사실을 알고 있을까?

아무 이유 없이 이런 사진을 집에 가져오지는 않을 것이다. 누군가가 그를 위협하고 있는 걸까? 공격당한 것도 그 때문일까?

샐리는 조를 돌아보다가 침대 옆 작은 탁자에서 또 다른 파일을 발견했다. 크라이스트처치 카버의 심리 상태를 분석한 보고서였다. 조가 이 내용을 이해했을 리는 절대 없다. 그렇다면 왜 갖고 있을까? 왜 최근에 읽기라도 한 듯 침대 옆에 있을까? 밖을 내다보니 가로등이 켜져 있었다. 차 몇 대가 주차돼 있을 뿐 거리에는 아무도 없었다. 이제야 정말 가을이 온 기분이 들었다.

싱크대에 있는 양동이를 비우고 헹군 뒤 다시 4분의 1쯤 물을 채워 조의 침대 옆에 두었다. 며칠은 걷지 못할 테니 이 양동이에 소변을 보면 될 것이다. 상처에 붙인 거즈의 상태를 확인했다. 피가 나지는 않았다. 건조기가 다 돌아가자 샐리는 시트 한 장을 꺼내 조의 몸을 좌우로 굴려서 그 밑에 깔았다. 이불을 덮기에는 실내 온도가 아직 높지만 다른 한 장은 조의 몸 위에 덮었다. 생각보다 무거운 서류 가방은 조가 찾을 수도 있으니 침대 가까이에 두었다. 이 질문들의 답이 들어 있을지도 모를 서류 가방을 열어볼까 잠시 고민했지만 그러지 않기로 했다. 조는 샐리가 도우러 와서 자기 물건을 뒤져보지는 않을 거라고 믿고 있을 것이다.

청소를 마친 샐리는 조의 집 열쇠와 구급상자를 챙겨 차로 향했다.

29장

　일요일이다. 아침도 오후도 아니고 밤이다. 꼬박 하루를 자다니. 생체 시계가 완전히 고장 난 모양이다. 의식이 오락가락해 내가 살아 있는지 죽었는지조차 모르겠다. 알람시계를 본다. 밤 9시 40분이다.

　시트를 옆으로 치우니 다행히 피가 거의 보이지 않는다. 가랑이에 흰색 거즈가 꼼꼼히 붙어 있는데 피가 밴 곳이 거의 없이 보송보송하다. 어제 아침에 집에 온 뒤로 무슨 일이 있었는지 떠올리려 안간힘을 쓰자 머리만 지끈거린다.

　일어나야 할 이유가 없다. 금붕어에게 밥을 줄 시간이기는 하지만 녀석들은 좀 더 기다릴 수 있을 것이다. 녀석들이 안 먹고 얼마나 버틸 수 있을지는 모르지만 이번 기회에 알게 되겠지. 물과 소독약으로 채웠던 양동이가 꽤 깨끗해 보여 그 안에 오줌을 싼다. 오줌 줄기가 따끔거리고 짧게 끊기면서 뿜어져 나온다. 소변을 다 보고 나니 방에서 평소보다 더 지독한 냄새가 난다. 눈을 감는다. 어떤 여자가 마스크를 쓰고 한 손에 메스를 든 채 내 옆에 서서 날 지켜보는 장면이 떠오른다. 여자는 희미하게 빛나고, 마스크는 사라지고, 메스는 펜치로 변하고, 내 방 천장은 죽어가는 별이 가득한 보랏빛 하늘이 되고 여자는 멜리사가 된다.

날 이렇게 만든 건 멜리사다. 멜리사는 내 고환 하나를 으깨버렸다. 그러고는 나를 도우러 왔다. 날 도우러 온 사람은 분명 멜리사다.

"빌어먹을 년."

시트를 몸에 덮고 다시 베개에 눕는다. 쉬어야 하지만 피곤하지는 않다. 잠깐이라도 멜리사 말고 다른 생각을 하고 싶다. 침대 옆 탁자로 손을 뻗어 크라이스트처치 카버의 심리 분석이 적힌 파일을 잡는다.

외톨이, 백인, 이런 범죄는 대부분 인종을 넘나들지 않으므로 피해자는 모두 백인 여성이다. 30대 초반. 살인이 모두 밤에 벌어지는 걸 보면 낮에는 일을 하는 게 분명하다. 다만 하찮고 단순한 직업일 가능성이 크다. 자신은 그런 하찮은 일을 하기에는 너무 똑똑하다고 생각한다. 엄마나 이모 등 자신을 좌지우지하는 여자와 함께 산다.

멜리사도 나에게 군림하는 엄마가 있지 않느냐고 물었다. 이 글을 쓴 사람과 똑같은 생각을 했다는 건데 다 헛소리다.

그 여자에게 직접 맞서지는 못해 전이 작용을 통해 다른 여자들을 살해함으로써 그녀에게 복수한다. 범인이 원하는 것은 섹스가 아니라 지배하고 군림하는 힘이고 섹스를 무기로서 사용한다. 훔쳐보는 관음증 관련 전과나 절도 전과가 있을 가능성이 매우 크다.

다음으로 내가 다중 인격도 아니고 정신 이상도 아니라는 내용
이 이어진다. 그래도 하나는 맞췄다.

강간하고 살해하고 싶은 충동이 끊임없이 들었다면 그렇게 띄엄띄
엄 죽이지 않았을 것이다. 사건은 대부분 한 달 정도 간격을 두고
벌어졌다. 범인이 살인과 무관한 다른 죄로 체포되었다가 풀려났
기 때문일 수도 있다. 어떨 때는 일주일 간격으로 벌어졌다. 피해자
들이 협조한 걸 보면 무기로 위협했을 가능성이 크다. 또한 피해자
가 남편이나 파트너와 집에 함께 있을 때는 사건이 발생하지 않은
걸 보아 범인이 다른 남성과 마주칠 위험을 피하려 했다고 보는 게
타당하다. 계획적인 면이 부족해 피해자를 결박할 때는 사전에 준
비한 도구가 아닌 현장에서 눈에 띄는 물건을 가져다 쓴다. 범행을
거듭할수록 변태적 성향이 심해지고 있다. 살해 계획은 한참 전부
터 세운다. 피해자의 얼굴을 가리고 피해자의 사진을 엎어놓는 것
은 피해자를 비인격화하고 싶어 하기 때문이다. 죽인 뒤가 아니라
죽이기 전에 피해자의 얼굴을 가리는 것은 죄책감 때문이 아니라
자신을 좌지우지하는 여자를 죽이는 상상을 하기 위해서다. 속옷
이나 보석 등 현장의 물건을 전리품으로 챙겨 범행을 저지른 순간
을 되새기는 듯하다. 소시오패스 성향이 있고 양심이 없으며 피해
자를 실재하는 인간으로 보지 않는다.

피해자들의 묘지를 계속 감시해야 한다. 범인이 후회해서가 아니
라 범행을 되새기기 위해 나타날 수 있기 때문이다. 수사의 진행 상
황을 파악하기 위해 경찰에 전화해 제보를 하거나 목격자 진술을

할 수도 있다. 또는 경찰이 자주 가는 술집에 드나들면서 경찰들과 사건에 관한 이야기를 나눌 수도 있다.

보고서는 이어서 강간은 섹스를 무기로 삼는 폭력 범죄라고 주장한다. 섹스는 권력과 통제력을 과시하고 상대를 지배하기 위한 수단이라는 것이다. 나는 정말 보고서에 나온 이유로 피해자들의 얼굴을 가렸을까? 그들을 비인격화하고 다른 누군가로 상상하기 위해서였을까? 잘 모르겠다. 묘지 이야기는 맞다. 실제로 가볼까 고민했지만 경찰이 감시 중이란 걸 알았으니 이제 가지 않을 것이다.

불을 끄고 눈을 감는다. 피곤한데도 상처 부위가 쓰리려 잠들 수가 없다. 양을 넷까지 세다가 양을 세는 것은 멍청한 짓이라는 결론을 내린다.

어찌 된 영문인지 나도 모르게 잠이 들었다가 또 다른 악몽을 꾸고 깨어난다. 멜리사와 펜치가 나오는 꿈이다. 꿈속에서 나는 멈추라고 소리 지르지만 그녀를 막을 길은 없다.

직장에 전화해 병가를 낸다. 아뇨, 제가 아니라 엄마가 아프세요. 네, 슬픈 일이죠. 네, 최선을 다해 보살피려고요. 네, 상태가 어떤지 알려드릴게요. 네, 엄마가 괜찮아질 때까지 충분히 쉬고 출근할게요. 네, 네, 빌어먹을 네, 네. 말을 하니 상처 부위가 아프다. 마치 고환이 기차에 치인 것 같다. 양동이에 소변을 본다.

일어나서 물을 한 잔 마시고 싶지만 그랬다가는 감당 못 할 고통이 뒤따를 터라 용기가 나지 않는다. 그냥 목마른 채로 버티다 다시 잠이 든다. 다시 깨어났을 때는 온몸이 땀으로 흥건하다. 시트는 젖어 있고 얼굴은 끈적거린다. 갈증이 너무 나서 시트를 둘둘 뭉쳐 있는 힘껏 땀을 짜내본다. 그걸로는 턱도 없어 양동이를 힐끗 쳐다보지만 차마 소변을 마시지는 못한다.

휘청거리며 일어나 비틀비틀 싱크대로 간다. 싱크대에 토한 뒤 컵에 물을 가득 채워 꿀꺽꿀꺽 마신다. 컵에 물을 다시 채워 싱크대를 씻어낸다. 그러고는 다시 토한다. 주방 조리대가 깔끔하다. 조리대를 치운 기억이 나지 않는다. 조리대뿐 아니라 집 안 전체가 깨끗하다. 정신을 잃었던 동안 나는 도대체 뭘 하고 다닌 걸까?

소파 쪽으로 발을 질질 끌면서 가다가 헛디뎌 넘어진다. 그 바람에 사타구니가 바닥에 부딪혀 미칠 듯한 고통에 휩싸인다. 주변이 흐릿하게 보이면서 의식을 잃는다. 얼마 후 정신이 들자 나는 침대에 누워 있다. 침대 옆 탁자 위에 녹다 만 얼음 조각이 든 물 한 잔이 라벨 없는 알약 한 통과 나란히 놓여 있다. 쓰러진 뒤로 몇 시간이 지났는지 모르겠다. 하루가 지났는지도 모른다. 약통에서 알약 하나를 꺼낸다. 부디 항생제이길. 물과 함께 알약을 삼킨다. 눈을 감는다. 이제는 무엇이 현실인지조차 모르겠다.

침대에서 내려와 소파에 기댄 채 어항에 먹이를 뿌린다. 녀석들이 먹는 모습을 지켜보지 않고 침대로 향한다. 누군가가 내 옷을 세탁해서 개어놓았다. 시트에는 피가 거의 묻어 있지 않다. 상처에 붙은 거즈를 내려다본다. 어제보다 피가 덜 묻어 있다. 멜리사가 나를 다시 침대로 옮기고 거즈를 교체했을까? 아니면 내가 가까스로 침대로 돌아가 교체했나? 맙소사, 머리가 어떻게 된 모양이다. 침대에 도착한 순간 또다시 정신을 잃는다.

깨어나서는 수화기를 들고 번호를 누른다.

"조? 너니?" 엄마가 묻는다.

"네, 엄마. 저기, 오늘은 저녁 먹으러 못 가요."

말을 꺼내는 것조차 힘들지만 고환이 한 개뿐인 남자치고는 최대한 정상적으로 말하려 애쓴다.

"미트로프가 있단다, 조. 넌 미트로프를 좋아하잖니."

"맞아요."

"난 널 위해 미트로프를 만드는 게 좋단다. 너 내가 만든 미트로프 좋아하지?"

"그럼요, 엄마. 하지만—"

"네 아빠는 내가 만든 미트로프를 좋아하지 않았어. 고무 밑창 달린 신발 맛이 난다면서."

"엄마……."

"너도 싫으면 싫다고 말하렴."

도대체 뭐라고 지껄이는 거지? "어쨌든 오늘은 못 가요. 일이 많이 바빠요."

"바빠 봤자 얼마나 바쁘다고. 넌 고작 차를 팔잖니. 저기, 조, 싫으면 다른 걸 만들어줄 수도 있어. 볼로네제 스파게티는 어떠니?"

처음에는 엄마가 내 사촌 이야기를 하는 줄 알았다가 곧 깨닫는다. 나는 몇 년째 엄마에게 차를 판다고 거짓말해왔다. 나도 모르게 수화기를 든 손에 힘이 들어간다. "오늘은 못 가요, 엄마."

"그럼 7시에 올래?"

"못 간다니까요."

"마트에서 닭을 세일하더라. 좀 살까?"

고개를 저으며 이를 악문다. 남은 고환이 욱신거린다. "그러시든가요."

"8번 치킨은 싸더라."

"그럼 좀 사세요."

"사야 할 것 같니?"

"네."

"네 것도 좀 사줄까?"

"아뇨."

"부탁해도 돼."

"괜찮아요, 엄마."

"너 괜찮니? 아픈 것 같구나."

"피곤해서 그래요."

"잠이 부족하구나. 너한테 딱 좋은 게 있는데. 내가 갈까?"

"아뇨."

"엄마한테 집을 보여주기 싫구나? 동성애와 관련된 뭔가가 있기라도 하니? 남자랑 같이 사는 거야?"

"그런 거 아니에요, 엄마."

"그럼 이 미트로프는 어쩌니? 버릴까?"

"얼리세요."

"그럴 순 없다." 엄마가 말한다. 고기 얼리는 걸 당연하게 여기는 내가 도대체 어떻게 세상을 살아가는 건지 이해할 수 없다는 듯한 말투다.

"다음 주 월요일에 갈게요, 엄마. 약속해요."

"그건 두고 보자꾸나."

엄마가 전화를 끊는다. 나도 전화를 끊는다. 그러고 보니 기억이 난다. 공원에서 집으로 오고 나서 나는 분명 전화를 걸었다. 누구한테 걸었을까?

샐리?

식은땀이 흐른다. 양동이를 내려다본다. 소변 냄새가 사라졌다. 물이 깨끗해 보인다. 양동이에 오줌을 누니 사타구니가 욱신거린다. 냉장고로 걸어간다. 샐리의 연락처가 적힌 명함이 아직 붙어 있고 명함 곳곳에 피가 얼룩져 있다. 나는 어제 집으로 돌아왔다. 고통스러워하며 전화를 걸었다. 아니, 걸었던 것 같다.

다시 잠자리에 든다. 고환 한 개가 사라졌다. 고환이 제거되는 순간을 기억해내려 애쓰니 수술용 마스크를 쓴 멜리사와 같은 마스크를 쓴 샐리가 차례로 떠오른다. 나는 잘라낸 고환을 어디에 두었을까. 아니, 그 여자는 내 고환을 어디에 두었을까. 빛과 어둠이 교차하고, 잠들었다가 깨고, 모든 것을 자각하다가 아무것도 모르는 상태가 반복된다. 그저 최선을 다해 생을 이어갈 뿐이다. 가끔 어항 앞에서 피클과 제호바가 헤엄치는 모습을 바라보며 생각한다. 금붕어는 고환을 없애면 그 사실을 기억할까? 고환과 함께 내 분별력도 사라진 듯하다. 고환은 결코 돌아오지 않겠지만 분별력은 돌아오리라는 희망을 놓지 않는다.

 월요일 아침 7시 30분, 생체 시계가 나를 깨운다. 어느새 일주일이 지나갔다. 침대에서 일어나니 지난 일주일에 비하면 걷기가 한결 편안하다. 창가에 서서 형편없는 풍경을 내다본다. 오늘은 평소보다 특히 더 형편없고 추워 보인다.

 평일 오전 일과를 평소대로 따른다. 시간이 조금 더 걸리긴 하지만 샤워하고 면도를 한다. 토스트를 만든다. 금붕어에게 먹이를 준다. 집 안에서 나는 냄새가 생각보다 나쁘지 않다. 내내 소변을 본 양동이는 이상하게 몇 번 안 쓴 것처럼 보인다. 점심을 만들려고 보니 음식이 거의 다 상했다. 지옥에서 일주일을 보낸 것치고는 몸 상태가 꽤 괜찮다. 계단을 내려가는 건 여전히 불편하지만 조심조심 내려가니 작업복 앞쪽에 핏자국이 번지지는 않는다. 꽤 춥다. 기온이 마지막으로 집 밖에 나갔을 때의 반으로 뚝 떨어진 것 같다. 하늘은 잿빛이고 저 멀리 검은 구름이 보인다. 스탠리 씨에게 최근에 버스를 타지 않은 이유를 설명한다. *네, 엄마가 아프셨어요.* 버스가 덜컹거릴 때마다 고환을 제거하고 남은 음낭 부분이 찢어지려 한다. 남성용 탐폰이 있으면 좋을 텐데. 타임머신이 있으면 더 좋고.

 스탠리 씨가 나를 버스에서 내려준다. 비틀거리며 길을 건너 새로운 한 주를 시작할 준비를 한다.

30장

"다시 출근했다길래 와봤어요." 샐리가 반가움과 걱정 사이에서 갈피를 잡지 못하는 표정으로 말한다.

나는 아래층 유치장에서 주말 동안 주취자들이 여기저기 뿌려놓은 토사물과 소변을 대걸레로 닦는 중이다. 내가 경찰서에서 하는 일 중 가장 끔찍한 일이다. 한 달에 한 번 계약된 청소부들이 대청소를 하는데도 유치장은 페인트칠한 콘크리트 블록 벽과 시멘트 바닥이 놀랍도록 악취를 흡수해 냄새가 도통 사라지질 않는다. 동물들을 작은 우리에 가두고 똥을 한 번도 치워주지 않는 그런 동물원에서 날 법한 냄새다. 철문과 콘크리트로 된 유치장은 한여름에도 지독하게 추워 가을인 지금은 더 냉골이다. 얼어붙을 듯한 공기에 불알이 욱신거린다.

"엄마는 괜찮으세요." 나는 샐리도 내가 휴가를 낸 이유를 들어서 알 거라고 생각하고 말한다.

"네?"

"우리 엄마요. 일주일 내내 아프셨거든요. 그래서 출근을 못 한 거고요."

"어머니가 아프셨어요?"

"네. 그래서 출근 못 했어요. 다들 알 거예요."

"아…… 무슨 말인지 알겠어요." 샐리는 '아'를 길게 끌고는 음모라도 꾸미듯 쉬쉬하며 말한다. 마치 우리 둘이 바람을 피우는 것처럼. "어머니가 아프셨군요. 그래서 일주일 쉰 거고요."

"맞아요." 샐리의 말투가 이상하다. 뭔가 잘못됐다. 그것도 크게.

"어머니는 이제 괜찮으세요?"

"네……." 나도 '네'를 길게 끌며 답한다. 무슨 일이 있었는지 샐리가 아는 걸까? IQ 70인 여자가 집에 찾아와 날 수술이라도 했다는 건가?

"조는 어때요? 조도 이제 괜찮아요?"

"그럭저럭 버티고 있어요. 어떤 상처든 시간이 지나면 다 낫는대요. 엄마가 그러셨어요." 그 말을 할 때 엄마는 고환이 으깨지는 상처도 염두에 뒀을지 문득 궁금해진다.

"맞는 말씀이에요. 저기 조, 필요한 게 있으면, 그러니까 어머니와 관련해서…… 도움이 필요하면…… 언제든 말만 해요."

물론 샐리는 우리 엄마와 관련해 내가 정말 필요로 하는 도움을 줄 수 없다. 하지만 샐리와 같은 사람이 많아지면 세상은 더 나은 곳이 될지도 모른다. 문제는 샐리의 말투가 마치 우리 둘만 아는 엄청난 비밀이라도 있는 것처럼 들린다는 것이다. 어느 날 아침 내가 공원에서 깨어났고 고환 한쪽이 펜치로 으깨져 납작해진 채로 집까지 기어 돌아왔다는 비밀 말이다.

"조?"

하지만 샐리와 나만 아는 비밀이 존재한다는 게 상상조차 되지 않는다. 샐리는 그저 샐리답게 구는 것뿐이다. 내게 점심 샌드위치를 만들어줬듯 나와 엄마를 도우려는 것이다. 나와 자겠다는 일념으로 내게 잘 보이려고 애쓰는 중인 것이다.

"조? 조는 괜찮아요?"

"괜찮고말고요."

"그렇군요. 하지만 난 조의 어머니가 아프신 일에 대해…… 대화를 나누고 싶어요. 무슨 뜻인지 알겠어요? 난 조가 걱정돼요. 조의 어머니가…… 다시 아프실까 봐."

"우리 엄마는 워낙 건강한 체질이라 괜찮아요. 난 그만 일하러 가야 해요, 샐리."

"알겠어요." 샐리는 대답만 할 뿐 꼼짝하지 않고 서서 나를 빤히 쳐다보았다. 나는 시선을 맞췄다가는 샐리가 옷을 벗으라는 신호로 받아들일까 봐 바닥만 바라본다.

"조, 개인적인 질문 하나 해도 돼요?"

안 된다. "돼요."

"혹시 살인이 아주 흥미롭다고 생각해요?"

그렇다. "아뇨."

"지금 진행 중인 수사는 어떤 것 같아요?"

"어떤 수사요?"

"크라이스트처치 카버 수사요."

"범인이 똑똑한 것 같긴 해요."

"왜 그렇게 생각해요?"

"잡히지 않았잖아요. 계속 도망치고 있잖아요. 아주 똑똑한 사람일 거예요."

"그렇겠네요. 그래서 흥미로워요?"

"그렇지는 않아요."

"혹시…… 사건 파일을 봤어요? 죽은 여자들의 사진 같은 거요."

"회의실 벽에 걸린 사진은 봤어요. 그게 다예요. 정말 끔찍하더라고요."

"누군가가 조를 아프게 해서 어쩔 수 없이 뭔가를 훔쳤다면 그건 진짜 훔친 게 아니에요. 그리고 그럴 때 가장 좋은 방법은 경찰에 신고하는 거예요."

속으로 무슨 논리적 비약을 했는지는 모르지만 말도 안 되는 소리다. 누가 억지로 주입한 기독교식 도덕 타령을 하려는 모양이다. 지금 우리가 하는 얘기와는 아무 상관없는데 말이다. 살인은 나쁜 짓이고 복수는 신의 몫이고 신의 이름을 헛되이 사용하면 안 되며 자기 딸을 노예로 파는 건 괜찮다는 말을 할 수도 있다. 샐리는 성경에 나오는 이 도덕적 지침들을 두고 무슨 이유에선지 나와 논쟁을 벌이려는 것 같다.

"맞아요, 샐리. 누군가에게 하기 싫은 일을 강요하는 건 나빠요. 그런 일이 생기면 경찰이 도와줘요."

물론 경찰은 도와주지 않는다. 그건 내가 보증할 수 있다. 죽은 여자들의 사진이 그 증거다.

샐리는 미소를 지으며 자기도 일하러 가야겠다고 하고는 자리를 떴다. 내 대답으로 '샐리의 상상 속 세상'에서 벌어진 어설픈 딜레마가 어느 정도 해결된 모양이다. 샐리가 가고 나서도 불안이 가시지 않는다. 샐리가 집에 왔을 수도 있다는 생각이 다시 들자 생각만으로도 구역질이 난다. 정말 샐리가 집에 왔었다면 보답을 해야 할 수도 있다. 그날 샐리가 봤을 수도 있는 것들과 내가 말했을 수도 있는 것들을 비밀에 부치려면 한밤중에 샐리의 집에 방문해 은혜를 갚아야 할지도 모른다.

청소 중인 유치장의 침상에 앉아 빗자루 손잡이에 이마를 기댄다. 어지럽고 속이 울렁거린다. 이후 몇 분에 걸쳐 미친 생각이라는 확신이 서서히 생긴다. 샐리가 집에 왔을 리는 절대 없다. 왔었다면 그 일을 내게 떠들지 않고는 못 배겼을 것이다. 내게 고환의 상태가 어떤지 대놓고 물었을 것이다. 벌거벗은 내 몸을 봤으니 결혼할 사이가 됐다고 믿고는 예식용 테이블 매트와 얼음 조각상을 골랐을 것이다. 무엇보다 샐리는 나를 돕기에는 너무 멍청하고 경찰에 신고하기에는 너무 순진하다. 게다가 정말 그날 집에 왔었다면 날 너무 사랑한 나머지 내가 앓아 누운 일주일 내내 한시도 내 곁을 떠나지 않았을 것이다. 샐리가 항생제를 구해 왔을 리도 없다. 약국에서 아스피린 하나 살 줄도 모를 텐데 말이다. 그날 날 도운 여자는 멜리사일 수밖에 없다. 멜리사가 아직 뭔가를 꾸미고 있는 게 분명하다.

점심시간 전에 회의실에서 20분간 창문과 블라인드를 닦으면서 수사 현황을 살피고 녹음기의 테이프를 교체한다. 진술서를 읽고 사진을 살펴보면서 지켜보는 사람이 없나 수시로 확인하지만 역시 아무도 없다. 그런 적은 지금껏 한 번도 없었다.

경찰이 이 사건과 관련해 이 지역 매춘부 몇 명에게 받아놓은 진술서를 발견한다. 경찰이 매춘부들에게 한 질문이 꽤 흥미롭다.

기이한 페티시가 있는 고객이 있었나요? 변태적 성행위를 즐긴 고객이 있었나요? 특이한 요구를 하면서 폭력을 행사한 고객이 있었나요? 효과도 없는 이런 헛수고를 하다니. 경찰은 내가 한 번쯤은 매춘부에게 성욕을 분출했길 내심 바라고 있지만 그런 일은 절대 없다.

분출한다 해도 그 여자를 살려두지 않을 것이다.

매춘부들이 제출한 의심스러운 고객 명단이 있기는 하다. 하지만 이름이 몇 개 안 되는 짧은 명단인 데다 단서도 거의 없다. 오늘 회의실에서는 경찰이 여전히 뭐가 뭔지 쥐뿔도 모른다는 사실 말고는 알아낸 게 없다.

근무 시간이 끝나기 전 내 용의자 목록에 있는 남자들의 컬러 사진을 확보한다. 슈뢰더와 맥코이는 각자의 파일에 최신 사진이 있지만 나머지 두 사람은 최신 사진을 확보하기가 어렵다. 그러다 지난 몇 주 동안 경찰서를 드나든 기자와 카메라맨이 이 둘의 사진을 찍었을 수도 있다는 사실을 깨닫는다. 위층의 빈방에서 청소기를 돌리면서 인터넷 검색과 신문 사이트를 활용해 인쇄해도 될 만큼 화질이 좋은 사진을 찾아낸다.

퇴근할 때는 차로 집에 데려다주겠다는 샐리의 제안을 거절한다. 늘 타는 버스를 타지 않고 오늘 밤 필요한 현금을 찾으러 은행에 들른다. 은행은 작은 자연 보호 구역 같다. 우리가 은행에 내는 수수료가 다 어디에 쓰이는지 짐작이 가고도 남는다. 천장에 닿을 듯한 거대한 화분 몇 개가 눈부신 할로겐 등 불빛 아래 놓여 있다. 야생 동물이 산다고 해도 놀랍지 않을 풍경이다. 나와 말을 섞었다가는 끼리끼리 논다는 시선을 받을, 나처럼 비주류에 속한 사람들 뒤에 줄을 선다. 줄이 짧아져 드디어 은행 창구 직원에게 다다른다. 손이 크고 키가 큰, 남자 같은 여자인데 미소를 자주 짓는다. 물론 이 여자가 아무리 자주 웃는다 해도 늦은 밤 몰래 문을 따고 여자의 집에 들어갈 마음은 생기지 않을 것 같다.

은행에서 나와 마트로 간다. 집에 있는 음식이 대부분 유통기한을 넘겼기 때문이다. 직장에서 멀어졌으니 약간은 절뚝거려도 괜찮다 싶어 편하게 걷는다. 파스타와 시리얼, 우유가 진열된 통로에서 카트를 밀고 다니는 게 낯설게 느껴진다. 마치 들어와서는 안 되는 공간에 몰래 들어온 기분이다. 연쇄 살인범이나 펜치로 유린당한 남자들을 위한 마트는 길 저쪽 서점 옆에 따로 있을 것만 같다. 쇼핑하면서 아름다운 여자들을 쳐다보니 속이 메스꺼워진다. 저 여자들을 공격하면 비웃음만 사겠지. 날 '멍알'이나 '불알 한쪽'이라고 부를지도 모른다. 계산대의 여자 점원이 내게 오늘 하루는 어떠냐고 묻는다. 지퍼를 내리고 어떤지 보여주고 싶다. 미치도록 화가 난다. 왼쪽 고환을 더 좋아했는데.

버스에 타니 차체가 덜컹거려 봉합한 왼쪽 음낭이 다시 찢어질 것 같다. 보청기를 낀 심심해 보이는 마흔 줄의 운전사가 탈 때는 "안녕하세요"라고 소리치고 내릴 때는 "좋은 하루 보내세요"라고 외친다. 정말 그런 하루를 보내볼까 싶다.

아파트에 도착해서는 계단을 올라가는 데만 5분이 걸린다. 내려갈 때보다 올라갈 때가 훨씬 힘들다. 집에 들어서니 자동 응답기에서 불빛이 번쩍인다. 창을 통해 가느다란 햇살 한 줄기가 휘어져 들어온다. 소독약 냄새와 퀴퀴한 지린내는 나지 않지만 유통 기한이 지난 음식 냄새는 난다. 창문을 열고 상한 음식을 새 음식으로 바꾼 뒤 소파에 편히 앉는다. 피클과 제호바에게 사료를 주니 한 톨도 남김없이 먹고는 날 위해 헤엄친다.

엄마가 무슨 말을 할지 두려워하며 자동 응답기 버튼을 누른다. 그런데 듣고 보니 동물병원의 그 여자 제니퍼다. 고양이는 다 나았지만 아직 주인과 연락이 닿지 않는다고 한다. 이 불쌍한 야옹이를 정확히 어디에서 발견했는지, 주변에 고양이를 키우고 싶어 하는 사람은 없는지도 묻는다. 자기는 2시까지 근무하니 집에 오면 연락 달라는 말도 한다.

나는 그 망할 고양이를 키우고 싶은가? 딱히 그렇지는 않지만 책임감을 느끼는 건 사실이다. 엄마에게 키우라고 줄까? 고양이 친구가 생기면 2분마다 내게 전화해 엄마를 사랑하지 않는 이유를 물어보지 않을지도 모른다. 매일 나 대신 그 털북숭이에게 미트로프를 요리해줄 수도 있다.

물론 또 내가 엄마를 죽이려 한다고 우길 수도 있다. 고양이가 알레르기를 일으키거나, 밤에 잠자는 엄마 얼굴 위에 앉아 숨을 못 쉬게 하거나, 커피에 쥐약을 쏟을 거라고 하면서.

제니퍼에게 전화를 건다. 벨이 네 번 울린 뒤 제니퍼가 전화를 받는다. 내 이름을 밝히자 들뜬 목소리가 된다. 제니퍼는 자동 응답기에 이미 남긴 내용을 교태 어린 목소리로 다시 설명한다. 고양이를 수술한 이야기조차 야하게 들린다. 나에게 고양이를 데려 갈 거냐고 물을 때는 당장이라도 같이 자자고 할 기세다. 데려가겠다고 하니 나 같은 사람이 많아지면 훨씬 나은 세상이 될 거라고 한다. 글쎄, 그건 아닌 것 같다. 서로 잘 자라는 인사를 하고 전화를 끊는다. 예상과 달리 '아뇨, 먼저 끊어요' 같은 말이 나오지는 않는다.

저녁 7시, 엄마 집에 도착한다. 엄마가 정말 내 친엄마인지 의문을 품게 만드는 대화를 나눈다. 저녁을 먹고 엄마가 퍼즐 조각을 엉뚱한 위치에 놓는 모습을 30분쯤 지켜본 뒤 엄마가 좋아하는 드라마를 보며 등장인물들의 근황을 확인한다. 속이 미칠 듯 울렁거린다. 간신히 핑계를 대고 엄마와의 월요일 저녁 식사 자리에서 빠져나오자 내가 엄마를 얼마나 푸대접하는지 아느냐는 불평이 따라붙는다. 애써 무시하고 밖으로 나서니 보슬비가 내리고 있다.

시내로 가는 버스에 올라타 가는 내내 서류 가방에서 손을 떼지 않는다. 다니엘라 워커의 집에 잠시 들렀다가 두 블록 더 가서 차를 훔친다. 밤 10시, 사진과 현금으로 무장하고 맨체스터 거리에 도착한다. 거리에는 매춘부들이 돌아다닌다. 이제 막 일을 시작하는 이들도 있고, 어두운 골목길에 세워진 차 안에서 10분, 15짜리 일을 마치고 돌아오는 이들도 있다. 이게 제대로 된 수사 방법인지 계속 자문한다. 경찰들에게 안 통한 방법이 내가 한다고 통할까? 통할 수도 있다. 우선 나는 경찰의 후보지에는 없는 사진을 매춘부들에게 보여줄 수 있다. 매춘부들의 시각을 자극하면 기억이 떠오를지도 모른다.

처음 만난 매춘부는 목소리가 낮아 좀 섬뜩하다. 이름은 굳이 알고 싶지 않아 안 묻는다. 내가 경찰이라고 밝혔는데도 여자는 자기랑 자고 싶은지 묻는다. 나는 아니라고 말한다. 여자가 젖꼭지를 보여주지만 여전히 생각이 없다고 말한다. 고환이 멀쩡했어도 저 여자 근처에 갖다 댈 일은 없었을 것이다. 여자는 내가 가져간 어떤 사진도 알아보지 못한다. 두 번째 매춘부도 마찬가지다. 이때부터는 경찰이라고 하지 않고 그냥 이 사건에 관심 많은 시민이라고 소개한다. 두 번째 여자는 작은 핸드백 하나는 들어가고도 남을 만큼 큼지막한 빨간 가발을 쓰고 있다.

매춘부를 바꿔가며 계속 사진을 보여주지만 쓸모 있는 반응은 하나도 건지지 못한다. 기억이 잘 안 난다고 하면 돈을 쥐보기도 하지만 아직까지는 운이 좋지 않다. 총과 칼을 쓰던 내가 있지도 않은 정보에 헛돈을 쓰다니 기가 막힌다. 그나마 보슬비가 굵어지지는 않아 다행이다. 길모퉁이를 옮겨 다닐 때마다 고환이 욱신거린다. 모퉁이마다 여자들이 손님을 기다리고 있다. 인생이 더 나아지길 기대하면서.

월요일이 화요일로 바뀌기까지 한 시간도 채 안 남았을 때 드디어 운세가 바뀐다. 매춘부 두 명이 사진 중 하나를 알아본다. 그 순간 시간 낭비라고 불평하던 내 안의 작은 소리가 입을 다문다. 문제는 두 여자가 서로 다른 사진을 알아본다는 것이다. 첫 번째 여자 캔디(내가 죽인 캔디가 아니다. 매춘부들은 예순 명이 일곱 개쯤 되는 이름을 돌려 쓴다)가 칼 슈뢰더 경위의 사진을 알아본다. 물론 지난주에 슈뢰더에게 탐문 수사를 받아서 알아보는 걸 수도 있다. 캔디는 4백 달러를 주면 슈뢰더가 자신에게 한 짓을 보여주겠다고 한다.

두 번째 매춘부 베키는 다른 도시에서 온 경찰을 알아본다. 오클랜드에서 온 로버트 칼훈 경위다. 칼훈이 무엇을 원했는지 묻자 베키는 2천 달러를 주면 말해주겠다고 한다. 4백 달러와 2천 달러라. 2천이나 부르는 걸 보면 엄청난 서비스를 해준 게 분명하다. 아니면 칼훈이 평범하지 않은 걸 원했을 수도 있다.

2천 달러라. 안 될 거 없다. 그만한 돈은 있다.

베키를 차에 태워 다니엘라의 집으로 데려간다. 출입 금지 테이프는 아까 들렀을 때 제거했고 증거 번호표도 숨겨두었다. 경찰이 다니엘라 집을 아직 감시 중인지도 낮에 경찰서를 청소하면서 알아보았다. 대답은 '아니요'였다.

현관문을 열자 시체 냄새가 또 코를 찌른다. 신선한 공기가 필요하다.

베키는 아무 말도 하지 않는다. 눈치채지 못했을 수도 있다.

주방에서 베키에게 술을 권하며 가벼운 대화를 나눈다. 베키는 20대 초반이지만 삶의 풍파를 겪어선지 실제 나이보다 두 배는 성숙해 보인다. 곧게 뻗은 검은 머리카락은 어깨까지 흘러내리고 눈은 충혈돼 있지만 슬픔과 지성의 빛이 깜박거린다. 담녹색 눈동자는 한 쌍의 예쁜 구슬 같다. 짧은 검정 가죽 미니스커트와 무릎까지 오는 가죽 부츠 차림에 브래지어 없이 진홍색 캐미솔만 입어 탄력 있는 가슴이 그대로 드러난다. 등 부분이 치켜 올라간 얇은 검정 가죽 재킷에는 술이 주렁주렁 달려 있다. 목에 걸린 작은 은 십자가에서 묻어나는 소소한 아이러니가 마음에 든다. 손가락에 낀 싸구려 반지들은 플라스틱 같다. 들고 있는 작은 핸드백에는 콘돔과 돈, 티슈가 가득할 것이다. 휴대전화가 있을지도 모른다. 아이나 남자친구의 사진, 또는 매일 밤 이렇게 자신을 벌주는 이유를 적은 목록 같은 게 있을 수도 있다.

오래 걸어 다녀서 다리가 뻐근하다. 특히 고환 부위가 죽을 듯 아프다. 베티와 함께 식탁에 앉아 맥주를 마신다. 베키에게 2천 달러를 건넨다. 어차피 돌려받을 돈이다.

베키는 숫자를 중얼거리며 돈을 두 번 세고, 나는 지폐를 한 장씩 살피는 베키를 지켜본다. 확인이 끝나자 베키가 미소를 짓는다. 돈을 줬지만 베키는 아직 아무것도 하지 않았다. 머리를 굴리는 게 다 보인다. 로버트 칼훈 형사와 어떤 행위를 했는지는 모르지만 내게는 짧게 각색해 보여줄 작정일 것이다. 받은 돈을 어디에 쓸지 상상하는 것도 보인다. 아마 일주일 휴가를 내서 피지로 떠나는 상상을 하고 있을 것이다.

"시작할까요?"

내 말에 베키가 재킷을 벗는다. "여기서 하고 싶어요?"

"위층에서 하죠."

서류 가방을 들고 위층으로 올라간다. 안방으로 가려다가 생각을 바꿔 아이들 방으로 베키를 데려간다. 1인용 침대가 두 개 있고 벽에는 포스터가 붙어 있고 장난감이 여기저기 흩어져 있다.

"여긴 덥네요."

베키의 말에 창문을 연다. "난 못 느꼈어요."

"여기서 하게요?" 베키가 첫 번째 침대에 핸드백을 던지며 묻는다.

"너무 좁나요?"

베키가 고개를 젓는다. "좀 변태적인 거 같아서요."

"그렇긴 하네요." 나도 동의한다.

아이들 방을 고른 이유는 두 가지다. 첫째, 쳇바퀴 도는 삶을 사니 이 집에서는 색다른 시도를 해보고 싶다. 둘째, 이 방 침대 시트에는 죽음의 냄새가 스미지 않았다. 베키와 침대를 하나씩 차지하고 앉아 마주 본다. 내가 치마 속을 볼 수 있도록 베키가 몸을 뒤로 젖힌다. 빨리 접근하게 하려는지 팬티는 입고 있지 않았다.

"그 남자에 대해 말해줄 수 있어요?" 내가 묻는다.

"누구요?"

"사진 속 남자요."

"뭘 알고 싶은데요?"

"전부 다요."

베키가 왠지는 모르지만 어깨를 으쓱하며 실망한 표정을 짓는다. 행동으로 보여주는 것보다 말로 들려주고 돈을 버는 게 낫지 않나? "2천 달러를 주면서 원하는 걸 할 수 있게 해달랬어요."

"2천 달러면 그런 게 가능해요?"

"2천 달러면 가능한 게 아주 많답니다."

그런가 보다. "얼마나 자주 만났어요?"

"딱 한 번요."

"언제였어요?"

"모르겠어요."

"생각해봐요."

"한 달 전이었나. 두 달 전일 수도 있고요."

베키 같은 여자에게 시간은 그리 큰 의미가 없다. 집에는 약에 찌든 친구와 친구의 보살핌을 받는 아기가 있을 것이다. 그 친구는 '이 일'을 어찌어찌 그만뒀지만 베키도 같이 그만두게 할 만큼 성의가 있지는 않을 것이다. 베키는 이 일로 번 돈으로 담배와 대마초를 사서 아이 앞에서 피울 것이다. 각각 절도, 마약 소지, 폭행 전과가 있는 서너 명의 남자와 사귀고 있을 것이다. 허벅지에는 멍이 사라질 날이 없고 그 고통은 마약으로 감출 것이다. 정부가 주는 복지 지원금을 받으려고 아이를 계속 낳지만 그 돈으로는 아이를 제대로 먹이고 입힐 수 없을 것이다. 이것이 베키의 세계다. 어떤 사람들은 탈출할 수 없거나 탈출해도 어디로 가야 할지 모른다. 베키는 자기가 그 세계에 갇혀 있다는 걸 알기는 할까? 인생이 그렇게 흘러가서는 안 된다. 베키도 한때는 아빠의 작은 공주였을 것이다.

오늘 밤 나는 베키에게 고통스러운 삶에서 탈출할 기회를 줄 것이다.

그것이 내 인간성이다.

31장

아이들 방을 둘러보니 나는 어릴 때 가져본 적 없는 행복하고 즐거운 물건이 많다. 벽에는 만화 캐릭터 포스터가 스테이플러로 붙어 있다. 캐릭터들이 바보같이 웃고 아기자기한 몸짓을 하며 서로를 쫓아다니는 포스터다. 침대보에도 흥분해서 뛰어다니는 캐릭터들이 있다. 작은 파란색 책상 위에 놓인 시계 달린 라디오는 광대 모양이다. 광대는 눈알을 굴리며 이 방의 아이들이 엄마를 잃고 흐른 시간을 세고 있다. 하지만 그 사실을 알지는 못하는지 베키와 같은 새빨간 입술로 여전히 웃고 있다. 바닥에는 형형색색의 장난감이 흩어져 있다. 곰 인형들은 마치 장난감 병정 군단에 학살당해 혼돈의 전장에 내던져진 것처럼 보인다. 한쪽 구석에는 플라스틱 보드게임 상자가 쌓여 있다. 벽에 붙어 선 책장에는 책보다 장난감이 더 많이 진열돼 있고, 벽마다 연한 파란색과 분홍색 페인트가 칠해져 있다. 이런 색은 마음을 편안하게 해준다고 한다. 사례 연구에 수천 달러를 써가며 입증된 사실이다. 행복한 색은 행복한 아이를 만든다나. 어릴 때 내 방 벽은 회색이었고 벽에 포스터를 붙였다가는 외출 금지를 당했다. 하지만 지금 내가 얼마나 행복한지 보라. 연구원들이 나를 먼저 찾아왔다면 색깔 연구에 그 많은 돈을 들이지 않아도 됐을 것이다.

"그 남자를 두 달 전에 마지막으로 봤다고요?" 나는 확인차 되묻는다.

"네, 그런 것 같아요."

"2천 달러나 낸 고객인데도 기억이 가물가물한가 보죠?"

베키가 어깨를 으쓱한다. "난 시간보다 돈을 기억하거든요."

"남자의 이름은 뭐였죠?"

"이름이요? 이름 따위에 중요한 게 뭐가 있는데요?"

"모든 게 있죠." 내가 '로미오와 줄리엣'의 대사를 인용한 건가 싶지만 아마 우연히 나온 말일 것이다.

베키가 다시 어깨를 으쓱한다. "이름을 밝히진 않았어요."

"뭐라고 하던가요?"

"그냥 원하는 걸 말했어요."

"그게 뭐였는데요?"

베키가 그 남자의 요구 사항을 설명해준다. 묘사가 너무 생생해 얼굴이 화끈거린다. "2천 달러에 _그걸_ 해줬다고요?"

"네."

저렴하게 해준 건지 아닌지는 잘 모르겠다. 확실한 건 그 남자와 베키의 만남과 다니엘라 워커의 죽음 사이에 유사점이 있다는 것이다. 똑같은 시그니처다.

"그래서 어디로 갔어요?"

"다 말한 것 같은데요."

나는 고개를 젓는다. "내 말은, 그가 당신을 자기 집으로 데려가던가요? 아니면 당신 집? 모텔?"

"아, 그거요. 모텔로 갔어요."

"어떤 모텔인지 기억나요?"

"시내를 가로질러 가면 있는 허름한 모텔이었어요. '에버블루'라고, 들어봤어요?"

나는 고개를 끄덕인다. 가본 적은 없지만 차로 몇 번 스쳐 지나간 곳이다.

"당신이 보는 앞에서 방을 잡던가요?"

"이미 그가 잡아둔 방이 있었어요. 곧장 그 모텔로 차를 몰고 가서 그 방으로 갔어요."

"그가 그 모텔에 살고 있었어요?"

"네?"

"여행 가방이 있던가요? 여분의 옷은요?"

"없었던 것 같아요. 주의 깊게 보진 않았지만요."

장기 투숙 중이진 않았을 것이다. 에버블루는 베키 같은 매춘부들을 위해 1박이 아니라 시간 단위로 방값을 받는 모텔이다. 베키는 이제 더 많은 이야기를 들려주고 싶어 안달이 나 보인다. 조금 전까지만 해도 신중하고 방어적인 태도더니 이야기만으로 2천 달러를 벌 수 있다는 걸 알아챈 모양이다. 칼훈이 어떤 변태적 섹스를 주문했는지 다 털어놓은 마당에 딱히 뭔가를 숨길 이유가 없기도 했다.

"어디에서 당신을 태웠죠?"

"당신이 날 태운 곳에서요."

"주변에 다른 사람은 없었어요?"

"아무도 없었어요."

"포주는요?"

"당신 경찰이나 뭐 그런 거예요?"

베키는 처음부터 이걸 묻고 싶었을 것이다. 그동안 돈 욕심에 참았지만 이제 돈도 받았겠다, 핸드백 안에 잭나이프라도 들었는지 못 할 말이 없는 모양이다. "비슷해요."

"경찰이라면 함정 수사네요."

하, 참 똑똑하시다. "경찰은 아니에요."

딱히 실망하거나 안도하는 표정은 아니다. "그래서 나랑 할 거예요, 말 거예요?"

"아직 모르겠어요."

"할 거면 지금 하는 질문들은 따로 추가 요금을 내야 해요."

"좋아요. 2천 달러는 대답 값으로 쳐요. 섹스하고 싶으면 따로 돈을 낼게요." 내 제안이 마음에 드는 표정이다. "포주도 그 남자를 봤어요?" 내가 묻는다.

"난 포주가 없어요."

"진짜요?"

"전에는 있었는데 좀 폭력적이었어요."

"포주가 없는 여자들은 있는 여자들한테 시달린다고 하던데요." 솔직히 내가 포주와 매춘부에 대해 아는 거라고는 TV에서 본 게 전부다.

"그 포주가 그런 애들보다 더 악독했거든요."

"그럼 당신이 그 남자와 모텔에 간 걸 아무도 모르겠네요?"

"그 남자와 나, 하느님만 알죠."

하느님이라. 베키가 하느님을 언급하다니 흥미롭다. 하느님이 시간을 내서 자기 같은 쓰레기를 살펴볼 것 같은가 보다. 인간 세상에서도 베키의 일에 관심을 보일 사람은 아무도 없다. 그래도 그녀가 여기 있다는 사실을 나와 신만 안다는 건 좋은 소식이다.

"그럼 그 남자의 이름은 전혀 모르는군요."

"자기야, 잘 들어요. 나한테 자기 이름을 알려주는 남자는 없어요. 알려준다 해도 다 가짜예요. 게다가 난 이름과 얼굴은 곧 잊어버려요. 그나마 기억에 남는 건 섹스뿐이에요. 그것도 특이할 때만 기억해요. 이 경우가 그랬고요."

"더 말해줄 건 없어요? 무슨 차를 몰았어요? 어디에서 내려주던가요? 도움이 될 만한 건 뭐든 좋아요."

"뭐에 도움이 되는데요? 그 남자는 왜 찾아요?"

"2천 달러를 줬으니 질문은 나만 해도 되는 줄 알았는데요."

"그러든가요."

"그 남자가 몰던 차는 기억나요?"

"대충요. 멋진 차였어요. 신형이었죠."

"참도 상세하네요."

"비꼬지 마요."

"스포츠카였나요?"

"세단이었어요. 뒷자리에서 입으로 해달라고 하겠구나 생각한 기억이 나요."

"했나요?"

"아뇨."

"앞자리에서는요?"

"그게 중요해요?"

사실 중요하지 않다. "차 색깔은요?"

"검은색이었어요. 어쨌거나 진짜 폭력적이고 이상한 섹스였고 끝나고 나서 그 남자가 아주 친절했었다는 건 확실히 기억나요."

상상이 간다. "집에 데려다주던가요? 당신이 그래 달라고 했어요?"

"설마요. 그런 미친놈한테 집을 알려줄 순 없죠. 어떤 아파트 단지 앞에 내려달라고 하고는 그 남자가 떠난 걸 확인하고 나서 집에 갔어요."

"그자와 하면서 많이 다쳤나요?"

베키가 어깨를 으쓱한다. "뭐, 처음 겪는 일은 아니니까요."

"얼마나 다쳤어요?"

"집까지 걸어갈 수가 없어서 택시를 불러야 했어요. 사흘은 제대로 못 걸었어요."

어떤 느낌인지 나는 잘 안다. "얼마나 심했는데요?"

"그렇다고 강간한 건 아니에요. 그런 뜻으로 물어본 거라면요."

매춘과 강간. 편협한 사람들은 이 둘은 같이 해도 된다고 생각한다. 매춘부는 강간당해도 싸다고 하는 사람들도 있다. 사람들은 멍청한 생각을 참 많이 한다. 매춘부를 강간하는 것은 강간이 아니며 매춘과 강간의 차이는 50달러를 내느냐 안 내느냐뿐이라고 생각하는 사람들도 있다.

"둘의 차이를 경험한 거네요, 그렇죠?"

베키는 대답하지 않는다. 대신 날 쳐다보며 핸드백에서 물 흐르듯 유려한 동작으로 담뱃갑을 뺀다. 얼마나 능숙한지 눈 깜짝할 새 베키의 손가락에 담뱃갑이 끼워져 있다.

"피워도 돼요?" 베키가 묻는다.

담배 연기는 몇 개의 방 건너에서 나는 죽음의 냄새를 가리는 데 도움이 될 것이다. "피워요."

담뱃불을 붙이는 베키의 손이 약간 흔들린다. "경찰이 자기에 대해 물으면 입을 다물라고 했어요. 입을 열면 나를 죽일 거라고도 했고요."

애초에 범인은 왜 바로 베키를 죽이지 않았을까? 입을 다물게 하는 데 그보다 좋은 방법은 없는데 말이다. 아직 그 경지에 오르지 못했는지도 모른다.

"그런데 왜 나한테 다 말해요?" 내가 묻는다.

"공과금을 내야 해서요." 베키가 마른 입술로 연기를 불어 연기 고리를 세 개 만든다. "여기 어디 재떨이 없어요?"

"발밑에 털어요. 청소부가 치울 거예요."

베키가 담뱃재를 카펫에 톡톡 떨어뜨린다. "언젠가는 끊어야 한다는 생각이 자꾸 드네요." 담배를 보며 말하지만 분명 다음 남자를 어떻게 낚을지 생각하고 있을 것이다.

"안 끊으면 죽을걸요."

"요즘에 안 그런 게 있긴 한가요."

맞는 말이기는 하다. "그 남자, 경찰 같아요?"

베키가 어깨를 으쓱한다. "경찰처럼 굴긴 했어요."

"어떻게 했는데요?"

"왜, 그런 사람 있잖아요. 말수가 적고 누가 보지 않는지 자꾸 두리번거리고 몸짓은 뻣뻣한 사람. 그런 사람은 자기 행동에 확신이 있어요. 단호하다고 해야 하나."

"그런 걸로 경찰이라는 걸 알 수 있다고요?"

"이 일을 하다 보면 직감적으로 알 수 있어요. 그 남자가 처음에 차를 세울 때 나랑 자려는 게 아니라 날 체포하려는 줄 알았죠. 뭐, 내가 하는 일이 불법은 아니지만요."

"세금을 안 내면 불법이죠."

"그렇긴 하죠. 어쨌거나 그 남자 경찰 맞아요. 보면 알아요."

"직접 물어봤어요?"

"아뇨. 물어보면 당연히 아니라고 했겠죠. 아무튼 에버블루로 곧장 차를 몰았는데 겁이 좀 나더라고요. 요구한 것보다 더 많은 걸 원할지도 모른다는 생각이 들었거든요. 그래도 돈을 받아놓고 안 하겠다고 할 순 없었어요. 남들이 뭐라고 생각하든 나도 나름 프로거든요. 도중에 안 하겠다고 하면 가만 안 있는 남자들이 있기도 하고요."

"모텔에 안 가면 보통 어디로 가요?"

"보통은 멀리까지 안 가요. 주로 근처 골목길에서 해요."

몇 분 전 베키가 들려준, 칼훈이 요구한 행위를 골목길에서 하기는 불가능했을 것이다. 그렇다고 해도 소리가 아주 많이 날 수밖에 없는 행위인데 모텔을 선택하다니 의외다. 하긴 20개쯤 되는 주변의 방에서도 비슷한 소리가 났을 테니 시끄럽다고 불평하는 사람은 없었을 것이다.

나는 재킷 주머니에서 칼훈의 사진을 꺼내 베키에게는 안 보이게 들고 묻는다. "그 남자와 이 사진 속 남자가 같은 사람이라고 확신해요?"

"네."

"어떻게 생겼는데요?" 30분 전에 사진을 보여주기는 했지만 나는 베키의 기억력을 시험해보기로 한다.

"그 남자처럼 생겼어요." 베키가 사진을 향해 고갯짓하며 말한다.

"묘사해봐요."

"네?"

"묘사해보라고요. 어떻게 생겼는지요."

"음, 흰색 셔츠에 연갈색 스포츠 재킷, 검정색 바지를 입고 있었어요."

"입고 있던 옷 말고, 쌍년아."

"왜 이래요."

"생김새를 말해보라고."

"욕하지 말아요."

"닥치고 질문에나 대답해."

"지랄하네."

이 감정은 어디에서 오는 걸까? 왜 갑자기 적개심이 치밀까? 서류 가방을 열고 칼을 꺼낸다. "잘 들어. 장난 칠 시간 없으니까. 내 질문에 똑바로 답하지 않으면 이걸로 얼굴을 벨 거야. 그러면 종이봉투라도 쓰지 않고서는 손님을 못 받게 되겠지."

반응을 기다리며 베키의 얼굴을 유심히 살핀다. 놀라거나 무서워할 줄 알았는데 하품을 하기 시작한다. 하품을 다 한 뒤에는 아무렇지 않다는 듯 담배를 다시 물고는 암을 유발하는 연기를 쭉 빨아들인다.

이런 협박을 한두 번 당한 게 아닌 모양이다.

"이러면 내가 무서워할 것 같아요?"

그렇다. 무서워할 것 같다. 그렇다고 답하자 베키가 묻는다. "이러는 게 좋아요?"

"뭐라고?"

"겁주는 거요."

"내가 늘 하는 게 그거야."

"아."

칼끝이 베키를 향해 있다. 이 칼을 쓸지 말지 고민하기는 처음이다. 베키에게는 어딘가 마음에 드는 구석이 있다. 물론 난 감상에 젖을 생각도 없고 청혼할 생각 같은 건 더더욱 없지만 굳이 그녀를 난도질할 필요가 있을까?

뭘 어떻게 해야 할지 모르겠다. 어쩌면 베키는 바로 이런 상황을 노렸을지도 모른다.

"그래서 이 정보로 뭘 할 건데요?" 베키가 칼은 본체만체하며 묻는다.

"그게 왜 궁금한데?"

"당신 같은 처지면 좀 더 친절해야 하는 거 아닌가요?"

나 같은 처지라니 무슨 처지를 말하는 걸까. 칼을 들고 있는 건 나인데. 내가 허락하지 않는 한 베키는 꼼짝도 못 한다. 베키가 모르는 게 하나 있다. 내가 하는 협박은 헛소리가 아니다. 지금까지 그녀와 뒹군 한심한 놈들이 장난처럼 던졌을 협박과는 다르다.

협박한 걸 사과할까 잠깐 생각했지만 그럴 마음은 없다. "그 남자가 누굴 죽인 거 같아요."

"세상에, 정말이에요?" 자기도 칼훈에게 살해될 수 있었다는 생각이 들었는지 베키가 경악하며 묻는다.

"꽤 확실해요."

"리사 휴스턴도 그자가 죽인 거 같아요?"

"누구요?"

"리사 휴스턴이요."

누군지 떠올리는 데 몇 초쯤 걸린다. "지난주에 살해된 그 매춘부요?"

"네."

복도로 나가는 문을 힐끗 본다. 리사가 저 계단을 올라가고 내가 리사의 시신을 계단 아래로 끌어내린 기억이 떠오른다. "그런 것 같아요."

"경찰이 리사를 죽였다는 거예요?"

뭐, 안 될 거 없다. 어차피 베키가 이 정보를 가지고 할 수 있는 건 아무것도 없다. "현재로서는 그래 보여요."

"믿기지 않네요."

"아는 여자예요?"

"우리는 서로를 다 안답니다."

"리사를 좋아했어요?"

"정말 질색이었어요. 그렇다고 죽길 바란 건 아니지만 죽었다고 하니까…… 뭐, 솔직히 기쁜 것도 같네요."

"적어도 리사보다는 기쁘겠죠."

"흠, 맞는 말이에요."

맞을 수밖에. 나보다 둘을 더 잘 비교할 수 있는 사람이 또 있을까. "이제 그 남자에 대해 다 말해봐요."

베키가 그 남자를 상세히 묘사한다. 칼훈에 딱 들어맞는다.

칼훈의 사진을 보여주니 맞는다고 고개를 끄덕인다. 겨우 한 시간 만에 용의자가 한 명으로 좁혀진다. 로버트 칼훈 형사. 죽은 소년의 아버지. 실망한 아내의 남편. 병적인 욕망의 범인.

칼을 서류 가방에 다시 넣고 뚜껑을 닫는다. 베키는 칼이 사라지는 걸 보고도 애초에 신경도 쓰지 않았다는 듯 무덤덤하다. 그냥 계속 담배를 피우면서 하던 말을 할 뿐이다. 아마 돈 생각을 하고 있을 것이다. 나도 베키의 가방에 든 내 돈 2천 달러를 생각하고 있다. 이제 베키에게 그 돈을 돌려받고 싶다. 손목시계를 힐끗 본다.

"바쁜가 봐요?"

고양이도 데리러 가야 하고 할 일이 많다. "네."

"그럼 이제 어쩌죠?"

나는 어깨를 으쓱한다. 돈을 돌려받지 않을 거면 본전이라도 뽑아야 한다.

"뭐 하고 싶은 거 있어요?" 베키의 질문에 고개를 끄덕인다. 하고 싶은 건 많다. 내 인생은 하고 싶은 일로 가득하다.

"그래요? 뭔데요?" 베키가 묻는다.

"안방을 쓰면 되겠네요."

하지만 지금은 안방은 물론이고 베키를 쏠 마음이 나지 않는다. 눈이 커다란 광대 시계가 계속 베키와 나를 번갈아 본다. 지금은 그냥 집에 가서 자고 싶다. 하품이 나온다. 하품으로 고인 눈물을 손끝으로 문지른다. "다음 기회로 미룰게요."

"그렇게 해요, 자기. 또 궁금한 게 있으면 언제든 전화해요."

나가는 길에 불을 끈다. 현관문은 잠그지 않는다. 보슬비가 멈추고 찬바람이 분다. 1년 중 가장 찬 바람 같다. 다들 집에서 이불과 담요에 폭 싸여 자고 있을 것이다. 나 같은 사람에게 쫓기는 꿈을 꾸면서.

베키를 태우고 시내로 향한다. 굳이 말을 섞고 싶지 않다. 베키도 그런 것 같아 라디오를 켠다. 형편없는 노래가 흘러나오지만 귀찮아서 채널을 바꾸지는 않는다. "어디에 내려줄까요?"

"어디든 상관없어요."

죽일까 말까. 아직도 모르겠다. 베키를 죽이면 2천 달러를 되찾을 수 있고 살려두면 정보가 더 필요할 때 도움을 받을 수 있다. 게이 경찰 집에서처럼 심각한 딜레마는 아니지만 그래도 고민은 된다. 두 상점 사이에 난 골목에 차를 댄다. 전조등 불빛이 수십 개의 골판지 상자와 쓰레기봉투를 비춘다. 곳곳의 작은 웅덩이에는 배기가스가 스며들어 무지개가 떠 있다. 베키를 향해 웃고는 몸을 기울여 신사답게 문을 열어준다. 용의자를 한 명으로 좁혀준 건 진심으로 고맙다. 베키도 웃으면서 즐거운 시간이었고 고맙다고 말한다.

"뭘요." 30초 후 베키의 몸이 콘크리트 바닥에 쿵 쓰러진다. 나는 2천 달러를 내 재킷 주머니에 찔러 넣는다. 베키의 미니스커트에 칼을 문질러 닦은 뒤 다시 차에 올라탄다.

나는 늘 그렇듯 마지막까지 신사다웠다.

32장

 주머니에 든 돈이 기분 좋게 묵직하다. 내가 뭔가 가치 있고 중요한 사람이라는 느낌이 든다. 이 기분을 방해하는 게 딱 하나 있다. 바로 베키를 죽인 죄책감이다. 이렇게 빨리 죄책감이 들다니 믿기지 않는다. 플러피의 목을 부러뜨렸을 때와 비슷하다. 집에 가다가 차에 치인 매춘부라도 발견해야 마음이 편해질 것 같다. 하지만 죄책감은 후진으로 골목길을 빠져나오면서 희미해졌고, 첫 번째 신호등에 걸렸을 때쯤엔 흔적도 없이 사라졌다.
 그보다 칼훈은 왜 다니엘라를 살해했을까? 답은 간단하다. 매춘부 베키와의 섹스는 그가 꿈꾸던 환상과 일치하지 않았다. 돈을 들이면 거친 섹스를 향한 욕망을 잠재울 수 있을 줄 알았지만 베키는 두려워하는 척만 해서 생동감이 없었다. 베키는 생명의 위협을 느끼지 않았고 칼훈도 그 사실을 알았다. 칼훈에게는 더 강한 자극이 필요했다. 다니엘라 워커는 그에게 환상을 구현해주었다. 다니엘라를 집까지 따라가 맞닥뜨리고 그녀를 무너뜨리면서 칼훈은 어마어마한 자아도취에 빠졌을 것이다.
 차가 무겁게 느껴진다. 4백 달러짜리 매춘부 '캔디 2호'가 트렁크에 들어 있기 때문이다. 멜리사가 펜치로 내 인생을 바꿔놓은 공원 밖에 차를 세우고 뒤로 걸어가 트렁크를 연다. 또 다른 캔디의 짧은 블라우스가 피로 흥건히 젖어 있다. 퉁퉁 부은 눈이 떠져 있다. 내 뒤 어딘가를 빤히 바라보는 듯하다. 무엇을 보려고 하는 걸까? 피부가 새하얗다 못해 창백해 마치 6개월은 트렁크에 갇혀 있었던 것 같다. 반면에 입술은 핏빛을 닮은 새빨간 립스틱이 칠해져 있다. 트렁크를 닫는다.

불 켜진 집은 하나도 없고, 가로등도 절반 가까이 꺼져 있다. 공원의 나무들이 검은 실루엣으로만 보인다. 사람도 차도 없고 생명의 기척이라고는 하나도 없다.

다시 트렁크를 열고 죽은 캔디를 내려다본다. 장갑을 끼고 몸을 굴린다. 시신 밑에 고인 피가 기름처럼 번들거린다. 처음 트렁크에 밀어 넣고 문을 쾅 닫을 때만 해도 의식은 없지만 살아 있었다. 하지만 다시 트렁크 문을 쾅 닫는 지금 캔디는 죽어 있다.

내가 죽인 게 아니다.

멜리사가 죽였다. 언제 왜 그랬는지는 모른다. 아마 내 집에 와서 상처를 치료해준 것과 같은 이유일 것이다. 멜리사는 나와 게임을 하고 있다. 날 장난감 취급하고 있다. 대체 무엇을 원하는 걸까?

차에 다시 타려는데 오른쪽에서 무언가가 움직이는 기척이 느껴진다. 고개를 돌리니 어둠 속에서 노인이 걸어 나온다.

"세상에! 조, 너 맞니?"

노인이 내 쪽으로 몇 걸음 다가온다. 나는 죽일 사람을 물색할 때처럼 노인을 위아래로 가볍게 훑어본다. 60대 후반으로 보이는 백발의 노인은 앞머리는 빗어 넘겼지만 뒷머리는 위로 뻗쳐 있다.

얼굴에는 길고 깊은 주름이 무늬를 이루고 있다. 돋보기안경은 코걸이가 부러져 동그란 찍찍이 테이프로 고정돼 있다. 안경알에 얇게 먼지가 내려앉아 눈동자가 무슨 색인지는 잘 보이지 않는다. 노인이 나를 향해 손을 든다. 날 가리키는 건 아니고 내 팔에 손을 올리려는 것 같다. 슬프게도 나는 노인의 손길을 허락하려 한다. 노인은 플란넬 셔츠와 갈색 코듀로이 바지를 입고 있다. 얼굴이 어렴풋이 낯이 익다.

나는 아무 말도 하지 않는다. 대화를 나눌 기분이 아니다.

"꼬맹이 조? 너 맞지?"

기억을 더듬자 노인의 얼굴이 또렷해지면서 이름 하나가 떠오른다. "채드윅 씨?"

"그래, 애야. 세상에, 믿기지가 않는구나." 채드윅이 고개를 젓는다. "누군가 했더니 꼬맹이 조였어. 에블린 아들."

채드윅이 오른손을 내민다. 나는 그가 날 껴안지 않길 바라면서 그의 오른손을 손목째 잘라 서류 가방에 넣는 상상을 한다.

"엄마는 어떠시니, 조?"

나는 어깨를 으쓱한다. 채드윅 씨는 검버섯과 주름이 많기는 해도 늘 좋은 사람이었고 지금도 아주 착해 보인다. 문득 그 나이가 되면 죽음을 자주 생각하는지 궁금해진다. 물어봐야겠다.

"엄마는 잘 지내세요, 채드윅 씨."

"월트라고 부르렴."

"엄마는 그냥…… 엄마예요, 월트. 무슨 뜻인지 아실 거예요."

"아직도 직소 퍼즐을 하시니?"

"네." 날이 점점 추워진다. 하늘을 힐끗 보니 별들이 구름에 가려져 있다. 비가 더 올 모양이다. 그러면 계획이 틀어진다.

"아주 오래전부터 직소 퍼즐을 하셨지." 월트가 말한다.

"엄마는 퍼즐을 정말 좋아하세요."

"잘 맞추기도 하실 거다. 아주 잘하실 거야."

"그런데 월트, 이 늦은 시간에 웬일이세요?"

월트가 내게 목줄을 보여준다. "개를 산책시키느라."

주위를 둘러본다. "어디 있는데요? 공원에 있나요?"

"누구?"

"개 말이에요, 월트."

월트가 고개를 젓는다. "스파키는 2년 전에 죽었단다."

대꾸할 말이 없다. 농담이라고 믿고 싶지만 분명 농담이 아닐 것이다. 나는 알겠다는 듯 천천히 고개를 끄덕였다. 월트도 나를 따라 천천히 고개를 끄덕이고는 말한다. "넌 왜 나와 있니, 조?"

"그냥 운전 좀 하러 나왔어요. 뭔지 아시죠?"

"글쎄다. 이젠 운전을 안 해서 잘 모르겠구나. 뇌졸중을 앓은 뒤로는 운전대를 잡지 않는단다. 의사들이 다시는 운전하지 말라고 하더구나. 그나저나 언제 한번 네 엄마랑 밀린 얘기나 나눠야겠다. 네 엄마는 참 대단한 여자야. 요즘은 그런 여자 보기 힘들지."

보기 힘들다고? 아뇨, 월트. 미친 여자는 많아요. 나는 어깨를 으쓱하고는 아무 말도 하지 않는다.

"넌 요즘 뭐 하니, 조?"

"차를 팔아요."

"그래? 안 그래도 차 하나 살까 싶었는데 잘됐구나." 월트가 말한다. 조금 전까지만 해도 운전을 안 한다고 했던 말과 앞뒤가 맞지 않아 혼란스럽다. 어쩌면 스스로도 헷갈리는 중일지 모른다. 그보다 그가 내 차 트렁크에 있는 시체를 봤는지가 너무 궁금하다. "어디에서 일하니?"

"음......." 적당한 이름을 떠올리려 애쓴다. "에버블루 자동차요. 들어보셨어요?"

월트가 천천히 고개를 끄덕인다. "좋은 데서 일하는구나. 자랑스럽겠어."

"고마워요, 월트."

월트가 내 차를 향해 고갯짓을 하며 묻는다. "네 차니?"

착한 채드윅 아저씨, 월트는 목격자다. "네, 타보실래요?"

"판매용이니?"

"네." 가격을 한번 찔러본다. "8천 달러예요."

월트가 휘파람을 분다. 사람들은 견적을 알려주면 휘파람을 분다. 살 마음도 없으면서 타이어만 툭툭 쳐보는 것과 비슷하다.

"와, 싸구나." 월트가 말하면서 가장 가까이에 있는 타이어를 발로 차보려다 헛디딘다.

월트와 함께 차에 올라탄다. 각자 안전띠를 채운다. 월트가 계기판을 보면서 또 휘파람을 분다. 그러다 말한다. "있잖아, 조. 네 아버지가 돌아가신 뒤로는 네 엄마를 한 번도 못 봤단다."

부럽다.

"참 안타까운 일이었지." 월트가 속상하다는 듯 덧붙인다.

나도 그렇게 생각한다고 말하고 싶다. 아빠가 우리 곁을 떠나 얼마나 슬픈지, 아빠가 살아 있다면 얼마나 좋을지 말하고 싶지만 아무 말도 하지 않는다. "네." 떨리는 목소리를 가다듬으며 겨우 한마디 할 뿐이다.

"그때 내가 얼마나 마음이 아팠는지 말한 적 있던가?"

당시에 월트가 무슨 말을 했는지는 하나도 기억나지 않는다. 누가 무슨 말을 했든 마찬가지다. "하셨어요. 고마워요."

월트가 입을 열어 잠시 주저하더니 묻는다. "그래, 요즘은 좀 괜찮아졌니?"

"괜찮아요." 아빠가 떠나고 삶이 얼마나 공허해졌는지는 말하지 않는다.

"잘됐구나. 가장이 스스로 목숨을 끊으면 그 가족은 몇 년이고 엉망이 되기 마련이지. 그런 일을 겪고도 이렇게 훌륭한 청년으로 자라다니 정말 다행이구나."

아빠가 자살했을 때 처음에는 나도 따라 죽고 싶었다. 궁금한 게 한둘이 아니었지만 가장 궁금한 건 '왜?'였다. 엄마는 이유를 아는 게 분명했다. 내게는 절대 말하지 않겠지만 말이다. 또 다른 '왜?'도 머릿속을 떠나지 않았다. 왜 아빠는 날 엄마와 단둘이 남겨두고 떠났을까?

"엄마는 아직도 사우스 브라이턴에 있는 집에 사시니?"

아빠를 생각하면 우울해진다. 멜리사가 나를 지켜보고 있겠지만 지금은 별로 신경 쓰이지 않는다. 시동을 건다. "네. 한 바퀴 돌아볼까요?"

"좋지."

이 동네는 시간이 멈춘 듯하다. 도로에 간간이 차 한두 대가 지나갈 뿐이다. 월트가 차와 날씨와 자꾸 도망치는 죽은 개 이야기를 하다가 말한다. "와, 내가 에블린의 아들과 마주칠 줄 누가 알았겠니. 그거 아니, 조? 난 네 엄마랑 40년 넘게 알고 지낸 사이란다."

"그렇군요."

"둘 다 이제 독신이 됐구나. 늙은 독신이 됐지. 사는 게 참 슬프지 않니?"

"아주 슬프죠."

도심 북쪽에 다다라 고속도로로 빠지기 직전에 잠시 멈췄다가 천 그루도 넘는 나무들로 시야가 막힌 기다란 길로 방향을 튼다. 이 길에는 우리 둘밖에 없다. 하고 싶은 대로 할 수 있다.

"내일 네 엄마한테 전화해서 저녁이나 얻어먹을까 싶구나."

나는 한 손으로 운전대를 잡은 채 조수석 뒤로 다른 손을 뻗어 서류 가방을 연다.

"내가 꺼내줄까?"

"괜찮아요."

"우리는 네 엄마가 네 아빠를 만나기 한참 전부터 아는 사이였단다. 그거 알았니, 조?"

"아뇨, 몰랐어요, 월트."

"네 엄마한테 전화해도 되겠니? 다시 친하게 지내고 싶구나."

기회가 너무도 선명하게 눈앞에 닥치는 바람에 그만 칼을 떨어뜨리고 만다. 캔디가 차 트렁크에 있지만 월트는 캔디가 거기에 있는지 모른다. 모를 수밖에 없다. 설사 캔디를 봤다고 해도 너무 늦어 상황 파악이 안 됐을 것이고 파악했다면 온갖 질문을 퍼부었겠지. 서류 가방을 닫는다. 살려주면 월트는 엄마와 시간을 보낼 것이고 그러면 엄마가 내게 쏟는 시간이 줄어들 것이다.

"조, 왜 웃니?"

"아무것도 아니에요. 돌아갈 땐 직접 몰아보실래요?"

"아니다, 애야. 운전은 너한테 맡기마."

가는 내내 월트는 식단과 질병, 외로움 등 나는 아직 젊어서 관심이 하나도 없는 주제를 두고 계속 말을 이어간다. 엄마가 아빠를 만나기 전에 어땠는지도 시시콜콜 알려준다. 어찌나 말이 많은지 그의 수다를 듣다 보니 월트가 엄마와 잘 지낸 이유를 알 것 같다. 월트도 엄마처럼 재미가 하나도 없는 이야기를 더 재미없게 만드는 신기한 재주가 있다. 월트가 끊임없이 내뱉는 말 중에는 집으로 가는 길을 안내하는 말도 섞여 있었다. 월트의 집은 작고 잘 관리돼 있다. 당연하지만 개가 죽어서 잔디밭에 개똥도 하나 없다.

"내일 아침에 네 엄마한테 전화해야겠다." 차에서 내린 월트가 차창으로 날 들여다보며 말한다.

"엄마가 좋아하시겠네요. 대화할 분이 생기면 좋죠. 연금이나 암 같은 주제는 저보다 연배가 같은 분들과 더 통하실 테니까요."

월트가 알겠다는 듯 고개를 끄덕이며 눈을 반짝거린다. "에블린." 그런 뒤 이 말을 혼잣말처럼 중얼거리고는 돌아서서 현관문을 향해 걸어간다.

나는 남쪽으로 차를 몬다. 스테레오를 켜고 큰 소리로 노래를 부른다. 10분쯤 달리다 길가의 나무가 우거진 둑 아래 차를 세운다. 풀밭을 보니 최근의 더위로 말라붙은 풀들이 나무 그늘에 가려 오늘 내린 비를 제대로 맞지 못한 듯하다. 캔디의 시신을 다시 살핀다. 뭔가 단서를 얻을 수 있지 않을까 하는, 아니 그보다 멜리사가 내게 어떤 메시지를 남겼을지도 모른다는 기대 때문이다. 깊이 파인 상처가 나를 보고 웃는다. 두꺼운 피부 아래로 검붉은 살이 번들거린다. 내게는 아주 익숙한 형태의 상처다. 피가 묻지 않게 조심하면서 캔디를 차에서 끌어내 바닥에 내던진다. 그러자 트렁크 바닥에 있던 살해 도구가 드러난다.

내 칼이다.

아니, 정확히 말하면 내 칼의 사진이다.

그걸 본 순간 두 가지 결론에 이른다. 첫째, 멜리사는 분명 나를 스토킹하고 있다. 둘째, 이건 보통 큰일이 아니다. 내 총이 그렇듯 칼에도 내 지문이 잔뜩 묻어 있기 때문이다.

휘발유가 가득 든 빨간 플라스틱 통을 꺼내 바닥에 내려놓는다.

멜리사는 대체 무슨 게임을 하는 걸까? 내 칼과 총을 경찰에게 넘길 생각이었다면 진작 그렇게 했을 것이다. 하지만 그러지 않았다는 건 다른 의도가 있다는 뜻이다. 멜리사는 조만간 본심을 드러낼 것이다.

캔디를 다시 트렁크에 넣는다. 두 손은 여전히 묶여 있고 입에는 재갈이 물려 있다. 이건 내가 한 짓이다. 트렁크에 갇혀 도움이 절실한 상황에서 어떤 여자가 트렁크 문을 열었을 때 캔디는 무슨 생각을 했을까. 그 순간 캔디의 불행은 막을 내렸다. 모든 것이 끝장났다.

트렁크 안에 잘 들어가도록 캔디를 옆으로 굴려보지만 한쪽 다리가 밖으로 삐져나온다. 트렁크 문을 쾅 닫자 발목이 부러진다. 캔디는 개의치 않는다. 결국 트렁크 문은 열어둔다. 찰랑거리는 소리에 귀를 기울이며 휘발유 통을 흔들어본다. 4분의 1쯤 차 있는 소리다. 휘발유를 캔디와 차 안 곳곳에 붓는다. 나머지는 시가라이터가 처리한다.

시내에 거의 도착했을 때 고양이 생각이 난다. 보는 사람이 아무도 없는 걸 확인하고 두 번째 차를 훔친다.

동물병원의 문을 열고 들어가자 제니퍼가 마치 오래전 연락이 끊긴 친구를 만난 듯한 눈빛으로 나를 바라본다. "왔어요, 조?" 요염한 목소리다.

"안녕하세요."

제니퍼는 내가 데이트 신청을 하길 기다리는 눈치다. 하지만 내가 아무 말도 하지 않자 포기하고 말한다. "잠시만요, 고양이 데려 올게요."

"고마워요."

작은 우리에서 고양이를 꺼내는 제니퍼를 보니 징이 박힌 개 목걸이를 찬 멜리사의 모습이 그려진다. "데리러 오지 않으실 줄 알았어요. 지난주에 그러고 나서요." 제니퍼가 말한다.

"지난주요?"

285

"고양이 소식을 전하려고 전화했을 때 말이에요. 이미 키우고 있어서 안 된다고 하셨잖아요. 몇 마리나 키우세요?"

"지난주라고요?"

제니퍼의 얼굴에서 미소가 사라지고 경계의 빛이 떠오른다. "지난주에 통화했잖아요."

"아, 지난주에 아팠어요. 좀 많이요. 솔직히 통화한 기억도 안 나요. 일주일 내내 누워 있었는데 병명이 뭔지는 몰라도 정신이 몽롱했거든요. 통화할 때 내가 무례하게 굴거나 했다면 정말 미안해요." 사실 미안해야 할 사람은 제니퍼다. 고환 한쪽이 없어진 사람은 나니까.

제니퍼의 경계심이 연민으로 바뀐다. "지금은 괜찮아요?"

"많이 좋아졌어요. 근데 이상하네요. 난 고양이를 한 마리도 안 키우거든요." 제니퍼가 웃는다. 나는 왜 자꾸 사람들에게 친절하게 구는 걸까? 왜 제니퍼를 어딘가로 끌고 가서 내가 늘 하던 짓을 하지 않는 걸까?

"이제 한 마리 생기셨네요. 이름은 지으셨어요?"

"생각해본 적 없어요. 추천해주시겠어요?"

"커피 한잔하면서 생각해볼까요?"

"고양이도 커피를 마시는 줄은 몰랐네요."

제니퍼가 웃다가 웃음을 멈추고는 약간 혼란스러운 표정을 짓는다.

"케이지는 얼마예요?" 주머니에 든 비닐봉지에 고양이를 쑤셔 넣고 싶지만 그러면 모양새가 나쁠 것 같아 묻는다. 치료비도 꽤 되는데 케이지 값까지 들다니 참 비싼 포유동물이다.

"돌려주실 거라고 믿어도 될까요?"

"제가 믿을 만한 남자기는 하죠."

"그럼 무료로 빌려드릴게요." 제니퍼가 미소를 짓는다. "집까지 태워드릴까요? 차 가져오셨어요?"

제니퍼의 차를 타고 가면 고환 하나가 거세된 뒤로 쓰지 않은 기능 몇 가지를 시험해볼 수 있을 것이다. 하지만 병원에 내 이름이 등록돼 있으니 경찰이 날 잡으러 오는 건 시간문제다. 제니퍼의 제안을 거절하고 고맙다는 인사를 한 뒤 이번 주 내로 케이지를 꼭 돌려주겠다고 약속한다. 제니퍼가 택시를 불러준다.

고양이가 케이지 안에서 꿈틀거린다. 택시 기사가 고양이를 보고 한마디 하며 말을 붙여보려 하지만 헛수고다. 집에 도착해서 고양이를 욕실에 넣고 문을 닫는다. 잠자리에 드니 고양이가 우는 소리가 들린다. 내일 고양이 사료와 귀마개를 사야겠다. 고양이에게 집 구경도 시켜줘야지.

33장

다음 날 아침, 생체 시계가 정상적으로 작동해 제시간에 일어난다. 왼쪽 고환을 잃은 남자치고는 모든 것이 제자리를 찾아가고 있다. 하지만 아직도 꿈을 꿔서 걱정이다. 어젯밤에는 아빠와 대화하는 꿈을 꿨다. 앞뒤가 안 맞고 뒤죽박죽이었지만 몇몇 장면은 또렷이 기억난다. 아빠는 내게 무슨 짓을 하는 거냐면서 계속 질문을 해댔다. 내가 어떤 차 앞자리에 아빠를 밀어 넣고 있었기 때문이다. 나는 밧줄 때문에 멍이 생기지 않게 아빠의 손목에 스펀지와 보호대를 감았다. 아빠는 차창을 내리지도 문을 열지도 못했다. 일산화탄소가 차 안으로 쏟아져 들어왔지만 에어컨을 조절하거나 시동을 끌 수도 없었다. 아빠는 파랗게 질린 얼굴로 내게 계속 그만하라고 했다. 엄마는 동네 빙고 게임장에서 브리지 게임을 하느라 그 자리에 없었다. 그날을 마지막으로 엄마는 브리지 게임을 하지 않았다. 그러다 아빠는 그만하라는 말을 멈추고 내게 사랑한다고 말했다. 그런 뒤 죽었다. 그렇게 조금 전까지 아빠였던 사람이 한순간에 아무것도 아닌 존재가 됐다.

꿈에서 깨니 속이 메슥거리고 온몸이 떨린다. 물론 나는 아빠를 죽이지 않았다. 나는 아빠를 정말로 사랑했다. 엄마와 마찬가지로 아빠에게 해를 끼칠 생각은 단 한 번도 해본 적 없다. 그런 꿈을 꾼 건 아빠가 자살한 일을 어제 월트가 언급했기 때문일 것이다. 아빠가 왜 그런 짓을 했는지는 아무도 모른다. 아빠는 차고에 차를 세운 채 호스를 통해 차창 틈으로 일산화탄소를 주입했다. 그래놓고는 유서 한 장 남기지 않았다.

고양이를 욕실에서 꺼내주면서 가구나 벽을 긁지 말라고 단단히 일러둔다. 고양이는 내 말을 잘 따른다. 주변을 둘러보더니 지금 가장 하고 싶은 일이 침대 밑에 숨는 것인지 그리로 기어들어간다. 금붕어에게 먹이를 주고 고양이 사료를 사야겠다고 마음속에 메모한 뒤 평소 하던 일들을 처리한다. 그러고 나서 빗자루의 도움을 받아 고양이를 다시 욕실로 몰아넣는다.

라디오를 켜고 뉴스를 듣는다.

예상한 대로 차에 붙은 불은 번졌지만 전날 내린 비 덕분에 크게 번지지는 않은 모양이었다. 뉴스 진행자는 나무와 농작물이 피해를 덜 입은 게 중요한 문제라는 양, 이 나라에 나무와 농작물이 부족하기라도 한 양 이 소식을 전한다. 하지만 죽은 매춘부들 이야기는 하지 않고 대신 양 이야기로 넘어간다. 이제는 양이 사람보다 열 배나 많아졌다고 한다. 그 때문에 폭동이 일어날 조짐이 있다는 것이나 복제를 하면서까지 양의 숫자를 늘려야 하는 이유에 대해서는 말하지 않는다.

계단을 내려가기가 어제보다 한결 수월하다. 버스 타기도 더 쉽다. 비가 꾸준히 내려 날씨는 좀 안 좋다.

"샌드위치 좀 만들어 왔어요." 샐리가 점심시간 전에 내 사무실 앞으로 와서 말한다.

"고마워요."

샐리가 준 샌드위치를 먹고 약을 하나 더 삼킨다. 알약이 목을 비스듬히 타고 내려가는 느낌이다. 삼키고 나서도 나아지는 건 없다. 꿈 생각을 한다. 요즘 왜 이렇게 꿈을 많이 꿀까. 사람들이 상상으로만 하는 일을 지금은 할 수 없게 됐기 때문이 아닌가 싶다.

오후 늦게 양동이와 대걸레를 들고 어딘가로 갈 때 그녀를 본다. 멜리사가 책상에 앉아 있다. 세상이 멈추고 내 심장도 멈춘다. 심장이 멈췄는데도 맥박이 고동치는 소리가 귓전을 울린다. 신기한 일이다. 멜리사가 나를 보고 윙크한다. 멜리사에게 다가가다가 다시 물러선다. 결국 한 발짝도 움직이지 못한다. 경찰들이 곧 덮칠 테니 주변을 경계해야 하는데도 멜리사에게서 눈을 뗄 수가 없다. 내게 그런 끔찍한 짓을 저질렀는데도 멜리사에게는 어딘가 감탄할 수밖에 없는 구석이 있다.

멜리사는 오늘 연회색 정장을 입고 있어서 수임료만 많이 받는 변호사 같다. 머리는 단정하게 뒤로 넘겼고 화장은 거의 하지 않았다. 어떤 남자라도 절실히 믿고 싶어 할 얼굴이다. 멜리사는 날 향해 미소를 한 번 짓고는 다시 칼훈 형사에게 시선을 돌린다. 둘이 한패인 걸까?

"안녕, 조."

화들짝 놀라 돌아보니 슈뢰더가 옆에 서서 내가 타주지도 않은 커피를 홀짝이고 있다. "안녕하세요, 슈뢰더 형사님."

"아는 여자예요?"

"네?"

슈뢰더가 멜리사를 향해 턱짓을 한다. "표정이 아는 사이 같아서요."

나는 고개를 젓는다.

슈뢰더가 씩 웃는다. "그냥 쳐다본 거군요? 뭐, 괜찮아요. 들켰다고 부끄러워할 거 없어요."

"들켰다고요?" 이럴 수가. 결국 이렇게 되다니. 이제 다 끝났다. 그런데 총이 사무실에 있다. 믿기지가 않는다. 울고만 싶다.

"조만 그런 게 아니에요." 슈뢰더가 말한다.

"네?"

"여기 남자 절반은 저 여자를 쳐다보고 있으니까요."

맞는 말이다. *정말* 절반은 멜리사를 보고 있다.

"저 여자한테 들키지만 말아요." 슈뢰더가 말한다. 본인은 모르겠지만 생각보다 훨씬 적절한 조언이다.

슈뢰더는 그냥 잡담이나 하러 나타났던 양 그대로 사라진다. 나는 아까부터 계속 같은 자리에서 멜리사를 보고 있다. 누가 봐도 수상해 보일 것 같다. 움직여야 한다. 탈출할 때 필요할 수도 있으니 총이 든 서류 가방을 챙기러 갈까? 아니면 바로 출구로 도망칠까?

양동이와 대걸레를 사무실로 가져가 문을 닫은 뒤 서류 가방을 연다. 그제야 가방에 총이 없다는 걸 깨닫는다. 의자에 털썩 주저앉는다. 뭘 어찌해야 좋을지 모르겠다. 정신을 가다듬으려면 남은 고환을 멜리사에게서 더 떨어뜨려놓아야 한다. 한 가지는 확실하다. 멜리사는 아직 나를 신고하지 않았다. 멜리사가 여기 온 건 내 총처럼 내가 그녀의 소유물이기 때문이다. 멜리사는 지금 게임을 하고 있다. 주도권이 누구에게 있는지 보여주러 온 것이다.

아니다. 신고하러 왔을지도 모른다.

서류 가방에서 칼 하나를 꺼낸다. 숨기기 쉬운 작은 칼이다. 이 칼을 쓰면 한 명, 아니 두 명 정도는 저승길 동반자로 데려갈 수 있을 것이다. 칼을 주머니에 쑤셔 넣는다. 진공청소기를 끌고 복도로 나가니 멜리사와 칼훈이 보이지 않는다. 2층에 있는 회의실 두 개 중 작은 곳에 있을 것이다. 취조실과 비슷하지만 선량한 사람들에게서 정보를 얻어내는 공간이라 실내 장식이 세련되고 분위기가 편안하다. 차와 커피, 가벼운 점심 식사를 즐길 수 있고 은은한 음악도 흐른다. 살인범을 잡기 위한 심리전이 예열되는 곳이랄까. 작은 회의실에 들어가 칼훈과 멜리사의 대화를 듣고 싶은 마음 반, 지구 반대편으로 도망치고 싶은 마음 반이다. 더 큰 회의실 문을 여니 형사들이 떼로 모여 게시판을 뚫어져라 바라보고 있다. 서부 영화에서 총잡이가 동네 술집에 들어갈 때처럼 형사들이 일제히 나를 돌아볼 줄 알았는데 랜드리 형사만 내 쪽으로 다가온다. 40대 중반쯤 되는 랜드리는 영화에서 형사 연기를 하는 배우처럼 거칠고 매력적으로 생겼다. 구겨진 옷을 입고 소매를 말아 올린 랜드리가 중요한 단서를 곧 찾을 것 같은 얼굴로 담배 냄새를 풍기며 말한다. "조, 지금은 청소하기가 좀 그래요."

"네?"

"아직 깨끗해요. 며칠은 안 해도 될 것 같아요."

"알겠습니다."

랜드리가 내 어깨를 토닥인다. 손이 어깨에 평소보다 오래 머무는 것 같다. 혹시 평소와 다른 눈빛으로 나를 보고 있나?

"고마워요, 조."

도망치고 싶은 충동을 억누른다. 주도권은 나에게 있고 지휘자는 나라는 사실을 되새긴다. 하지만 정말 그렇다면 이렇게까지 속이 울렁거리지는 않았을 것이다. 복도로 나가기 전 한 번 더 게시판을 힐끗 쳐다보지만, 불에 탄 자동차 사진만 보인다. 젠장, 알아낸 게 아무것도 없다. 완전히 소외된 기분이다.

그러다 갑자기 정보를 얻을 기회가 생긴다. 윌슨 Q. 허튼 형사가 땀에 젖은 손으로 초콜릿 바를 인슐린 주사라도 되는 양 꼭 쥔 채 다가온다. 초콜릿은 절대 포기 못 하는 거 보니 Q가 '포기(quitting)'의 약자는 아닌가 보다. 윌슨은 늘 그렇듯 검은색 터틀넥 스웨터를 입고 있다. 사실 다른 옷을 입은 건 한 번도 보지 못했다. 어떤 스타일을 노리는 건지 아마 본인도 모를 것이다. 터틀넥을 입으면 중요한 사람처럼 보인다고 생각하는 걸 수도 있다. 덜 뚱뚱해 보인다든가.

"안녕하세요, 조."

"안녕하세요, 허튼 형사님. 다들 바빠 보이네요. 무슨 일 있나요?"

윌슨이 늘 그렇듯 날 연민 어린 눈빛으로 보며 웃는다. "못 들었어요?"

"뭘요?"

"용의자 인상착의가 나왔어요."

배를 세게 얻어맞은 것 같다. 지금 날 갖고 노나? 나를 유인하려는 정교한 함정일까? 주머니 속을 더듬어 칼을 잡는다. 하지만 허튼 같은 사람을 찌르기에는 칼날이 너무 짧다.

"어떻게요?" 나는 목소리를 애써 진정시키며 묻는다.

"어젯밤에 또 피해자가 나왔어요. 이번에도 매춘부예요. 근데 이번에는 범인이 여자를 죽인 골목길에서 나오는 걸 목격한 사람이 있어요."

이런. 자기가 돈을 주고 산 매춘부 베키가 죽은 걸 알게 된 지금 칼훈은 어떤 기분일까? 나보다 더 마음이 안 좋을까? 그가 죽은 베키를 보고 나에 대한 뭔가를 눈치채더라도 과연 그걸 믿기나 할까? "그 나쁜 놈은 잡으셨어요?"

허튼이 고개를 젓는다. "아직요. 훔친 차를 썼더라고요."

"그걸 벌써 알아내셨어요? 와, 똑똑하시네요."

"그날 저녁에 또 다른 시체를 버릴 때도 그 차를 썼죠."

"또 매춘부예요?"

"더 말해줄 순 없어요, 조." 허튼은 하면 안 되는 말을 떠올리는 것만으로도 에너지가 소모된다는 듯 초콜릿 바를 한 입 베어 문다. 초콜릿으로 얼룩진 이로 과자를 씹자 작은 부스러기 몇 개가 터틀넥의 목 부분에 떨어진다.

"용의자는 있나요?"

그는 고개를 젓고 초콜릿 바를 계속 씹는다. "가던 길 가요, 조."

나는 사무실로 돌아간다. 손이 살짝 떨린다. *침착하자. 침착하자.* 몸이 생각대로 따라주질 않는다. 멜리사가 이 미친 상황에 나를 몰아넣었지만 정신 줄을 붙잡아야 한다. 그러나 멜리사를 해쳐야 할 이유만 늘어날 뿐 아무 생각도 떠오르지 않는다. 결국 사무실 문을 살짝 열고 복도를 내다본다. 아무도 없다. 이대로 사무실을 나가서 멜리사를 따라가도 될까? 그게 그렇게 쉬울까? 경찰이 날 가만 놔둘까?

몇 분에 한 번씩 사무실에서 고개를 내밀어 밖을 살핀다. 언제 갑자기 멜리사나 경찰이 들이닥칠지 모른다. 그렇게 30분이 흐르지만 아무 일도 일어나지 않는다. 그냥 이대로 지나갈지도 모른다는 희망이 생긴다. 진공청소기를 끌고 복도로 나가 카펫의 먼지벌레와 음식 부스러기를 빨아들이며 때를 기다린다. 가끔 형사 한둘이 회의실에서 나와 칸막이 자리나 엘리베이터로 가지만 나를 쳐다보지는 않는다. 커피를 마시러 나오기도 하는데 그때도 날 제대로 보지도 않은 채 고개를 끄덕이며 웃기만 한다.

하루가 느리게 흘러간다. 손목시계를 자꾸 들여다본다. 시계가 거짓말을 하는 게 분명하다. 속이 좋지 않다. 화장실 칸막이 안을 청소할 때마다 두 손으로 얼굴을 감싼 채 변기에 앉는다. 내 운명은 이 변기에 앉았던 자들의 손에 달렸다.

어떻게 된 건지는 모르지만, 결국 4시 반이 되긴 한다. 하지만 불안이 가시질 않는다. 언제 어디서 누가 갑자기 내 이름을 부르며 멈춰 서라고, 엎드려서 두 손을 등 뒤로 하라고 외칠지 모른다. 여전히 벌벌 떨리는 손으로 서류 가방을 들고 다시 복도로 나간다. 그때 마침 칼훈 형사의 안내를 받아 엘리베이터 쪽으로 가는 멜리사를 발견한다. 내가 퇴근할 때까지 기다린 걸까? 형사들과 세 시간이나 이야기하다니. 도대체 무슨 말을 한 거지?

다시 재빨리 사무실로 몸을 숨기고 문틈 사이로 밖을 내다본다. 엘리베이터 문이 열리고 멜리사가 타려는 순간 랜드리 형사가 엘리베이터에서 내린다. 그의 손에 들린 투명한 비닐봉지를 보니 칼이 하나 들어 있다. 그냥 칼이 아니다. 내 칼, 내가 가장 아끼던 칼이다. 랜드리는 성배라도 찾은 듯한 얼굴로 칼을 들고 있다. 누구라도 단번에 알아챌 만큼 얼굴에 자부심이 흘러넘친다. 랜드리가 칼훈과 몇 마디 나누고 사라지자 멜리사와 칼훈이 엘리베이터에 올라탄다. 나는 엘리베이터 문이 닫히자마자 아랫도리의 통증을 꾹 참고 계단으로 허겁지겁 뛰어 내려간다. 때맞춰 1층에 도착하니 멜리사가 건물 밖으로 나가고 있다. 칼훈은 보이지 않는다. 나도 출입구에 다다르지만 아무도 내 어깨를 붙잡지 않는다.

에이번강 쪽으로 가는 멜리사를 뒤따라간다. 멜리사와 같은 도로를 건너고 같은 사람들을 피한다. 머리 위로 해가 나왔지만 오래가진 않을 것 같다. 몸이 딱히 따뜻해지지도 않는다. 풀로 뒤덮인 강둑에 다다르자 멜리사가 오른쪽으로 방향을 틀어 검은 강줄기를 따라 계속 걷는다. 나도 20미터 정도 거리를 유지하며 따라 걷는다. 들키지 않게 조심해야 한다. 멜리사가 도망치기라도 하면 지금 내 몸 상태로는 따라잡을 수 없다.

잠시 후 멜리사가 갑자기 근처에 있는 공원 벤치로 방향을 틀더니 맨 끝자리에 앉아 나를 똑바로 바라본다. 그런 뒤 옆자리를 툭툭 두드리고는 기다린다.

34장

긴 여름이 마침내 끝났다. 조금 아쉽긴 해도 괜찮다. 샐리는 나뭇잎이 물들고 옷이 포근해지고 따뜻한 음료를 마시는 가을도 좋아했다. 하지만 조 때문에, 조가 하는 거짓말 때문에 혼란스러운 건 싫었다. 엄마가 아프다는 거짓말은 이해할 수 있다. 자신을 보호하기 위한 거짓말이니 기꺼이 속아줄 수 있다. 어떤 남자가 펜치에 고환 한쪽이 으깨진 남자로 알려지고 싶겠는가. 만약 마틴에게 그런 일이 생겼다면 샐리는 자기 같은 사람이 곁에서 마틴을 돌봐주길 바랐을 것이다. 지금은 그저 조에게 준 항생제가 회복을 돕고 감염을 막아주길 바라는 수밖에 없다. 효과가 있어야 한다. 없다면 조는 병원에 가야 하고 그건 선택의 문제가 아니다.

조가 공격당한 날부터 나흘 동안 샐리는 매일 조를 찾아갔다. 어떤 날은 조가 바닥에 기절해 있기도 했다. 그 이후에도 계속 가고 싶었지만 아버지가 심하게 넘어지는 바람에 조의 집에 가는 게 잠시 우선순위에서 밀려났다. 아버지는 고관절이 탈구되고 쇄골이 부러졌지만 다행히 회복 중이라 월요일에 다시 조를 보러 갈 생각이었다. 상처 부위 실밥도 풀어야 하니 말이다. 그런데 조가 출근한 것이다. 조에게 대놓고 그 일을 거론하지는 않았다. 경찰에 도움을 요청하라고 설득하고 싶었지만 직장에서 나눌 얘기는 아니다.

그보다 조는 왜 회의실에 있는 현장 사진 말고는 본 게 없다고 거짓말했을까? 샐리에게 털어놓지 않은 걸 보면 조는 분명 사건 파일을 가져간 게 절도라는 걸 알고 있다. 그토록 해맑게, 환하게 웃는 조가 작정하고 거짓말을 하다니 믿기지 않았다. 하지만 생각해보면 2주 전 엘리베이터 문틈으로 샐리를 보며 미소 짓던 조는 분명 다른 사람이었다. 그날의 조는 무언가를 할 능력이 있어 보였다.

뭘 할 수 있을 것 같았냐고? 뭐든 다 할 수 있을 것 같았냐? 아니, 그건 아니다. 하지만 거짓말 정도는 충분히 할 수 있을 것 같았다. 샐리는 그건 그냥 우연히 튀어나온 미소였다고, 조는 그런 사람이 절대 아니라고 스스로를 다독였다.

그렇다면 거짓말은 왜 한 걸까?

머릿속에서 모든 경우의 수를 돌리면 돌릴수록 한 가지 생각이 떠올랐다. 조가 원치 않는 일을 강요당하고 있다는 것. 그렇다면 누군가가 도와줘야 했고, 그 누군가는 바로 샐리였다.

오늘 조는 종일 초조하고 불안해 보였다. 오후에는 특히 더 그랬는데 왜 그런지 알 것 같았다. 조에게 파일을 가져오라고 시킨 사람이 더 많은 정보를 요구한 게 분명했다. 그 파일들이 왜 조를 공격한 사람에게 있지 않고 조의 집에 있었는지는 의문이지만, 타이밍이 맞지 않았기 때문일 거다. 조가 파일을 깜빡 잊고 안 가져가 조를 협박하고 있는 자를 화나게 했을 수도 있고, 지금은 파일이 조의 집에서 그자의 손으로 넘어갔을 수도 있다. 확실히 알려면 계속 조를 지켜보는 수밖에 없다. 조가 형사들에게 무언가를 말하러 온 그 여자를 지켜보는 것처럼 말이다. 솔직히 그 모습을 보고 샐리는 약간의 질투심을 느꼈다. 조뿐만 아니라 경찰서의 남자들 대부분이 그 여자를 쳐다보기는 했다.

샐리도 경찰서에 빠르게 퍼진 소문을 들었다. 그 여자가 사건을 해결할 수도 있는 무언가를 목격했다는 소문. 그게 사실이라면 조는 곧 안전해질 것이다.

샐리는 그 여자를 쳐다보는 조를 지켜보며 불안해졌다. 어찌나 빤히 보던지 조가 그 여자를 아는 게 아닐까 하는 생각마저 들었다. 그리고 지금 조에게는 보이지 않는 도로 건너편에 선 샐리는 벤치에 앉은 그 여자에게 다가가는 조를 지켜보면서 같은 생각을 했다. 조가 어떤 문제에 휘말렸든 조를 도울 수 있을 때까지 계속 지켜볼 것이다.

35장

에이번강은 오리와 맥주 캔, 과자 봉지로 가득하다. 금요일 밤에 사람들이 싼 오줌은 어딘지 모를 곳으로 흘러가고 물 위에는 수초와 쓰레기가 뒤섞여 떠다닌다. 쓰고 버린 콘돔은 세상에서 가장 끔찍한 직업을 가진 누군가가 와서 치운다. 그런데도 이곳의 풍경은 의외로 아름답다. 짙은 물은 햇빛을 반사하고 수면에는 그림자가 어룽거린다. 그렇다고 내가 자연을 사랑한다거나 하는 건 아니다. 지금 당장 강 전체를 콘크리트로 뒤덮는다 해도 나는 아무 상관없다.

내가 다가가자 멜리사는 볼 가치조차 없다는 양 내게서 시선을 거둔다. 그러고는 내가 1미터 앞까지 다가간 뒤에야 다시 나를 쳐다본다. 사타구니의 통증이 유독 심해진다. 남은 고환이 가슴 아리게 형제를 그리워하고 있는 모양이다. 형제를 없앤 여자 앞이라 겁을 먹기도 했을 것이다. 고환이 욱신거리는 박자에 맞춰 심장이 거세게 고동친다. 나는 왜 이렇게까지 멜리사가 두려울까?

"앉아, 조." 멜리사가 억지 미소를 지어 보이며 말한다.

나는 고개를 젓는다. "네 옆에? 농담하지 마."

"아직도 화난 거야? 왜 이래, 조. 이젠 잊을 때도 됐잖아."

잊으라고? 아빠가 죽고 나서도 그랬다. 사람들은 늘 그렇게 말한다. 칼훈도 아들이 목을 매고 죽은 뒤에 같은 말을 들었을 것이다. 뭐든 쉽게 쓰고 버리는 세상이라서 미움과 후회를 붙잡고 있을 자유마저 허락되지 않는 걸까? 지금 당장 멜리사에게 달려들어 몇 가지 일만 처리하고 나면 나도 다 잊을 수 있다는 걸 몸소 보여주고 싶다. 하지만 그럴 순 없다. 주변에 사람이 너무 많다. 게다가 멜리사의 목을 꺾고 달아나 보았자 내 총을 되찾지 못하면 경찰에 잡히는 건 시간문제다. 멜리사에게 무슨 일이 생기면 아마 그 총은 경찰에 넘겨질 것이다.

"너 아주 괜찮은 일을 하더라?"

나는 아무 말도 하지 않는다.

"청소부라. 증거나 보고서, 현장 사진 같은 기밀 정보에 접근할 수 있겠네. 수사 진행 상황을 훔쳐보는 재미가 쏠쏠하겠어. 혹시 경찰이 되고 싶었던 적 있어? 도전했다가 실패한 거야? 아니면 네가 하는 병적인 생각을 들킬까 봐 도전조차 못 했나?"

"질투하는군."

"내가 너를?"

"그 많은 형사와 그 모든 정보 속에서 일하는 내가 부럽겠지."

멜리사가 그날 밤처럼 손끝으로 입술을 천천히 문지른다. "너랑 난 그렇게 다르지 않아, 조."

"글쎄, 아닌 거 같은데."

"거기서 무슨 냄새 나는 거 못 느꼈어?"

"무슨 냄새?"

멜리사가 두 손을 무릎에 얹고 말한다. "넌 매일 맡으니 익숙해져 몰랐겠지만 경찰서에서는 권력의 냄새가 나. 권력과 지배의 냄새."

"에어컨 냄새야."

"거기 있으니까 재밌더라. 네가 매일 보는 걸 나도 봤거든. 너 같은 사람이 하기엔 너무 하찮은 일 아니야?"

"좋아서 하는 일이야."

"보수가 괜찮은가 봐?"

"꼭 그래야 일을 하나?"

"헷갈리는 게 하나 있는데 뭔지 알아?" 멜리사가 묻는다.

"한두 개가 아니겠지."

멜리사의 미소가 길게 번진다. "비싼 총에 멋진 옷, 좋은 시계까지 있으면서 왜 그런 구질구질한 아파트에 살아?"

멜리사가 내 집에 들어왔다는 게 역겹다. 엉망이 된 상처를 깨끗하게 소독해준 것도 끔찍하게 싫다. 죽었다 깨도 고맙단 인사는 하지 않을 것이다. "담당 회계사가 좀 잘해."

"청소부 월급이 넉넉한가 봐?"

"공과금 정도는 내고 살아."

"다른 돈줄이 있는 거겠지."

"무슨 뜻이야?"

"따로 감춰둔 돈이 있을 거란 뜻이야."

"2백 달러쯤 있긴 해. 그건 왜?"

"헛소리 마. 진짜 얼마나 있어?"

"방금 말했잖아."

"거짓말. 이제 파트너한테 솔직해질 때도 되지 않았나?"
"뭐라고?" 나는 되묻고 나서야 우리가 하는 게임의 정체를 깨닫는다.

멜리사가 고개를 젖히고 웃는다. 깔깔거리면서. 그 모습이 미치도록 거슬린다. 어딜 가나 '멍알'이라는 별명이 따라붙던 학창 시절 이후로 누가 나를 이렇게 비웃은 적은 한 번도 없었다. 사람들이 우리를 쳐다본다. 참고 기다리는 수밖에 없다. 드디어 멜리사가 웃음을 멈춘다. "네가 좋든 싫든 우리는 파트너야. 내가 오늘 널 위해 해준 걸 생각하면 이러면 안 되지."

"뭘 해줬는데?"

"형사들한테 네 몽타주를 알려줬어."

주먹에 힘이 들어간다.

"어이, 진정해. 걱정 마, 다른 사람 걸 알려줬으니까."

"왜?" 답은 이미 안다. 돈 때문이다.

"그러면 안 돼?"

"그만 둘러대고 본론을 말해."

"싫어? 그럼 어떻게 하는 게 좋은데?"

"내가 지금 뭘 하고 싶은지는 안 궁금해?"

"짐작은 가." 멜리사가 말한다. "어쨌든 형사들이 얼마나 똑똑한지 직접 가서 보니 좋더라. 이 사건에 한해서는 얼마나 멍청한지 봤지만. 형사를 속이는 게 그렇게 쉬울 줄은 상상도 못 했어. 난 항상 경찰을 특별하게 생각했거든. 그런데 그냥 사람이더라고. 너랑 나 같은 진짜 사람. 그래서 네가 안 잡힌 거겠지. 사실 좀 실망스러웠어, 어떤 면에서는."

"너랑 나 같은 사람은 이 세상에 더 없을 것 같은데."

내 말에 멜리사가 천천히 고개를 끄덕인다. "하긴."

"그나저나 왜 그랬어? 왜 경찰서에 온 거야?"

"돈 때문에."

"또 그 얘기야? 내 말을 듣기는 한 거야? 난 돈 없어."

"왜 이래, 조. 겸손 떨 필요 없어. 지금은 없어도 네 능력이면 구할 수 있잖아. 10만 달러면 돼."

"내 집 봤잖아. 그런 돈을 대체 어떻게 구하라는 거야?"

"대답은 안 하고 질문만 많네."

"그런 큰돈은 절대 못 구해."

"자수해. 그럼 반은 건지잖아."

날 잡는 데 결정적인 정보를 제보하는 사람에게 주는 현상금 5만 달러를 말하는 모양이다. 고작 그것밖에 안 되다니 믿기지 않는다. 현상금은 오르기야 하겠지만 멜리사가 진작 날 신고하지 않은 걸 보면 정말 돈을 원하는 게 맞나 싶다. 돈 때문이 아니거나 현상금이 오르길 기다리고 있을 것이다. 그러는 동안 날 괴롭히며 돈을 뜯어내겠지. 멜리사에게 나는 주식처럼 투자 대상일 뿐이다.

"넌 내가 죽이고 말 거야. 알고 있지?"

"있잖아, 조. 너랑 같이 일하는 건 꽤 즐거울 거야. 넌 정말 웃기거든." 멜리사가 자리에서 일어나 맞춤 정장의 매무새를 정리한 뒤 머리를 쓸어 넘긴다. 정말이지 숨 막히게 아름다운 여자다. 이 여자가 죽었으면 좋겠다. 멜리사가 내게 상자를 하나 건넨다.

"뭔데?"

"추적 안 되는 선불 폰이야. 며칠 뒤에 전화할 테니까 갖고 다녀."

"정확히 언제?"

"금요일 5시."

상자를 내려다본다. 새 휴대전화다. 죽은 매춘부에게 훔친 돈으로 샀나?

"있지, 조. 우린 이제 아름다운 관계의 첫걸음을 내디딘 거야. 그런 말들 하지 않나?"

내가 할 말은 아니다. 나는 멜리사에게 지옥에나 가라고 한다.

"당연한 얘기지만 나한테 무슨 일이라도 생기면 내가 갖고 있는 너에 대한 증거는 전부 경찰에 넘어갈 거야. 상세한 진술서와 함께."

안다. 당연한 건 그뿐만이 아니다. 나는 조만간 저 여자를 죽일 것이다. 하지만 지금은 일단 내가 잘하는 숙제부터 해야 한다. 인생은 숙제의 연속이다. 이번 숙제는 금요일 5시까지 끝내야 한다. 멜리사가 게임의 규칙을 설명한다. 집에 가면 곧 연락할 테니 자기가 준 휴대전화를 충전하라고 한다. 아직 내 총을 갖고 있고 총에 내 지문이 묻어 있다는 사실도 상기시킨다. 그 총으로 사람을 죽일 수 있다는 경고도 한다. 경찰에게 나를 본 위치를 알려주기 전에 칼에서 내 지문을 다 닦아냈다고는 하지만 그렇다고 이 악몽 같은 상황이 나아지지는 않는다.

멜리사가 떠난 뒤 강물과 새들을 바라보며 서류 가방 뚜껑을 손가락으로 두드린다. 두드리다 보니 한 번도 들어본 적 없는 리듬이다. 내 인생도 이 낯선 리듬을 따라 흐르는 것 같다. 오리 몇 마리가 나를 바라본다. 녀석들도 돈을 원하는 걸까. 10만 달러라니, 내게는 실감조차 나지 않는 액수다. 어차피 나는 그 돈을 마련할 수 없다. 멜리사도 알고 있을까? 게다가 내가 기적적으로 돈을 마련한다 해도 멜리사는 분명 다음 해, 다음 달, 다음 날에 또 돈을 요구할 것이고 그걸 막을 방법은 없다.

집에 도착하니 자동 응답기에서 불빛이 깜빡거린다. 재생 버튼을 누르자 엄마 목소리가 흘러나온다. 오늘은 꼭 저녁을 먹으러 오라고 성화다. 월트 채드윅이 전화해서 저녁을 먹자고 하길래 그러기로 했다는 말도 한다. 엄마는 월트와 통화한 내용을 응답기의 테이프가 다 떨어질 때까지 시시콜콜 전달한다.

욕실 문을 열자 고양이가 튀어나온다. 깜빡 잊고 가둬뒀다는 사실에 죄책감이 든다. 엄마가 트집 잡을 구석이 없도록 샤워를 깨끗이 하고 단정한 옷을 입는다. 준비를 마친 뒤 이따 사료를 사 오겠다고 약속하면서 고양이를 다시 욕실에 집어넣는다.

차를 한 대 훔쳐 타고 가서 엄마 집에서 한 블록 떨어진 곳에 주차한다. 해변에서 들려오는 소리에 나도 모르게 미소가 지어진다. 해변으로 걸어가 바다에서 헤엄치는 상상을 한다. 몸이 젖는 상상까지는 하지 않는다.

집 앞에 도착하기도 전에 엄마가 문을 열고 밖으로 나온다. 몇 년 만에 처음 보는 활기찬 모습이다.

엄마가 나를 껴안는다. 귓바퀴를 맞는 것보다 포옹이 더 나은지는 잘 모르겠다. "조, 널 보니 정말 기쁘구나."

"나도 기뻐요, 엄마."

엄마가 포옹은 풀고 두 손은 계속 내 어깨에 올려둔 채 말한다. "내일 월트랑 점심 먹으러 나가기로 했단다. 장례식 이후로 처음 보는 거야. 네 아빠가 세상을 떠난 지도 벌써 6년이나 됐구나."

"8년이에요, 엄마."

"세월 참 빠르네." 엄마는 이렇게 말하고는 나를 집 안으로 안내한다. 시간은 즐거울수록 빨리 가는데, 엄마의 시간은 어떻게 그렇게 빨리 갈 수 있었을까. "월트랑 어디로 가는데요?"

"그건 안 알려주더라. 깜짝 선물이라나. 11시쯤 데리러 온대."

"잘됐네요."

"이렇게 입고 갈 거란다." 엄마가 빙글빙글 돌며 입은 원피스를 보여준다. 마대 자루를 재활용해 만들고 피에 담갔다 뺀 것 같은, 소매가 긴 흉측한 원피스다. "어떠니?"

"엄마가 이렇게 멋지고 행복해 보이는 건 정말 오랜만이에요."

"그동안은 내가 행복해 보이지 않았다는 뜻이니?"

"그런 뜻 아니에요."

엄마가 인상을 찌푸린다. "그럼 못생겨 보였다는 뜻이구나."

"그런 뜻도 아니에요."

"그럼 무슨 말을 하고 싶은 거니, 조?" 엄마가 날카롭게 말한다. "내가 행복할 자격이 없다는 뜻이니?"

"그냥 엄마가 정말 근사해서 월트 아저씨가 설렐 거란 뜻이었어요."

엄마가 웃는 걸 보니 다행히 내가 정답을 말한 모양이다. "정말

"그럴까?"

"설레지 않는 게 이상하죠."

"넌 괜찮니?"

"뭐가요?"

"네 아빠가 떠난 지도 벌써 6년이 됐으니—"

"8년이에요."

"그냥 월트랑 점심 한 끼 먹는 거다. 결혼하겠다는 게 아니야. 너더러 그 사람을 *아빠*라고 부르라는 것도 아니고."

"알아요."

엄마가 몸을 앞으로 숙이길래 때리려나 했는데 또다시 날 껴안는다. "조, 다 네 덕분이야." 엄마가 속삭인다. "네가 아니었으면 월트가 전화했을 리가 없잖니."

엄마가 저녁을 차린다. 오늘 엄마는 미트로프 대신 지난주에 할인가로 산 닭을 요리했다.

둘이 먹기엔 너무 크지만 남은 절반은 냉장고에 들어갈 것이다. 다행스럽게도 엄마는 닭을 완벽하게 요리한다. 엄마가 유일하게 제대로 해내는 일이다. 육즙이 풍부하고 풍미가 가득한 닭고기를 손가락으로 뜯자 기름이 줄줄 흐른다.

"월트와의 점심이 어땠는지는 내일 밤에 전화해서 알려주마."

"아, 네."

"이번 주말에 우리 셋이 저녁 먹으러 가도 좋겠어. 넌 어떠니?"

"좋죠. 괜찮을 것 같네요." 나는 최악일 것 같단 생각밖에 들지 않지만 이렇게 답하고는 엄마가 준 냅킨을 꽉 움켜쥔다. 엄마는 늘 내가 지저분하게 먹는다고 말한다.

  엄마가 빈 접시를 들고 설거지를 시작한다. 나는 고양이 밥으로 줄 닭고기 몇 점을 냅킨에 싸서 서류 가방에 넣는다. 손에 닭기름이 잔뜩 묻는다.

"손 좀 씻고 올게요, 엄마."

"착하기도 하지."

닭고기 한 조각을 먹으면서 욕실로 걸어간다. 변기를 지나치는 순간 엄마가 잠옷을 허리까지 걷어 올리고 코끝에 안경을 얹은 채 변기에 앉아서 퍼즐 조각을 맞추는 모습이 떠오른다. 구역질이 치밀어 잠시 한쪽 무릎을 꿇고 앉아 있는다. 속이 가라앉아 욕실 전등을 켜니 기름 때문에 스위치에서 손이 미끄러진다. 샤워 커튼을 젖힌다. 샤워기와 욕조 둘 다 있지만 엄마는 늘 샤워기만 쓴다. 닭기름을 욕조 곳곳에 문지른다. 손가락과 손바닥, 들고 있던 닭조각에서 기름이 쉽게 묻어 나온다. 닭기름은 투명해서 엄마는 욕조가 엉망이 됐는지도 모를 것이다. 각도와 빛이 딱 맞지 않으면 보이지 않을 테니 말이다. 세면대에서 손을 씻은 뒤 주방으로 돌아가 닭 조각을 음식물 쓰레기통에 버린다.

"월트 말이야. 통화할 때 보니 사람이 참 좋더라."

  또 월트다. 그날 월트를 그냥 보내준 게 후회된다. "네, 좋은 분 같더라고요."

  식탁에 앉아 엄마가 설거지를 마칠 때까지 기다린다. 그릇의 물기는 내가 닦겠다고 해보지만 엄마는 사양한다. 계속 엄마를 바라본다. 이런 여자가 내게 생명을 줬다니 도무지 믿기지 않는다. 엄마는 도대체 왜 내가 남자를 좋아한다고 생각할까? 그래도 명색이 아들인데 왜 내 말을 믿을 생각조차 안 하는 걸까.

엄마는 월트 이야기를 한 시간이나 더 늘어놓고 나서야 나를 보내준다. 나는 현관에 서서 하늘을 올려다본다. 언젠가 저 하늘로 엄마의 영혼이 떠오르겠지. 천국에 가고, 신을 만나고, 아빠를 다시 만나겠지. 신과 아빠는 고생 깨나 할 것이다. 떠나기 전에 엄마를 안아준다. 그때가 오면 엄마가 그리울 테니까.

훔친 차를 집으로 몰고 가서 처음 훔쳤던 곳에 다시 세운다. 집으로 올라간다. 금요일이 점점 다가오고 있으니까…… 젠장!

서류 가방을 내팽개치고 금붕어 어항으로 달려간다. 칼 몇 자루가 가방 속 고정 장치에서 빠져나와 심벌즈처럼 요란한 소리를 내며 바닥에 떨어진다. 두 손으로 어항을 감싼다. 물이 혼탁해 안이 잘 안 보인다. 비늘 수십 개가 물 위에 떠 있다. 손을 어항 속에 넣고 금붕어를 찾아 물속을 더듬는다. 그러다 바닥에서 녀석들을 발견한다. 한 마리는 침대 앞에, 또 한 마리는 주방 근처에 떨어져 있다. 둘 다 피는 나지 않는 상처가 잔뜩 나 있다.

멜리사가 한 짓이다!

내가 피클에게 다가가는 순간 침대 밑에서 고양이가 튀어나와 죽은 피클을 발톱으로 낚아채더니 방 한가운데로 휙 던진다. 그러고는 얼른 쫓아가 피클을 입에 물고는 침대 밑을 향해 다시 달려간다. 그러다 입에서 피클을 떨어뜨리지만 그래도 계속 달린다. 들켜서 곧 큰일이 나리란 걸 눈치챘을 수도 있고, 아직 생선을 물고 있다고 착각했을 수도 있다. 어느 쪽이든 고양이는 다리가 부러졌던 게 맞나 싶을 만큼 힘껏 달린다. 나는 그 모습을 보고야 깨닫는다. 이건 멜리사가 한 짓이 아니다.

"씨발, 이 고양이 새끼가." 소리를 지르며 성큼 다가가 피클을 들어 올린다. 몸이 차갑다. 하지만 물고기는 원래 차갑지 않나? 늦지 않았길 빌며 피클을 어항에 넣는다. 곧이어 제호바도 들어 올려 물속에 넣는다. 피클은 이미 배가 뒤집힌 채 둥둥 떠 있다. 몇 초 뒤 제호바도 그 옆으로 떠오른다.

두 녀석을 물속에서 빙글빙글 돌리며 억지로 수영을 시키듯 밀어본다. 조그만 가슴을 눌러보기도 한다. 다 소용없는 짓 같지만 10분 더 같은 행동을 반복하다가 결국 포기한다. 뒤로 휙 돌아 침대 쪽을 본다. 이 망할 비싼 고양이가 내 둘도 없는 친구들을 죽였다. 와락 침대로 달려들어 매트리스 가장자리를 잡고 옆으로 들어 올린다. 온갖 잡동사니가 바닥으로 쏟아진다. 매트리스가 미끄러지면서 시트도 함께 쓸려내려 간다. 사타구니가 쑤시듯 아프지만 마음만큼 아프지는 않다. 고양이가 놀란 듯 고개를 갸웃하며 휘둥그레진 눈으로 나를 쳐다본다. 내가 몸을 숙여 들어 올리려 하자 고양이가 뒤로 물러선다. 귀를 뒤로 젖히고 날 공격할 태세를 취한다. 등짝을 밟아버리려 하자 녀석이 눈치를 채고 재빨리 몸을 피한다. 그 바람에 나는 이동하는 표적을 향해 발을 뻗었다가 빈 바닥에 쿵 헛발질을 한다. 순간 사타구니에 격통이 밀려온다. 제거된 고환 부위가 칼로 찌르듯 아파 결국 무릎을 꿇고 주저앉는다.

고양이는 방 한가운데에 앉아 나를 조용히 바라본다. 귀는 더 이상 젖혀져 있지 않다. 나는 남은 고환을 조심스레 감싸 쥔 채 전략을 바꾼다.

"이리 온, 야옹아. 착하지. 그냥 쓰다듬어주려는 거야." 고양이들이 좋아하는 소리 같아 손가락을 튕기는 소리를 낸다. 그러면서 내가 주인공인 영화의 한 장면을 떠올린다. 고양이 목을 조르는 장면이다. 고양이도 상상 속에서 같은 장면을 보고 있는지 가까이 오지 않는다. 서류 가방으로 다가가 칼을 꺼낸다. 고양이도 칼을 바라본다. 내가 뭘 하려는지 아는 눈치다. 나는 '고양이 가죽을 벗기는 데도 방법은 여러 가지'라는 속담을 직접 시험해볼 생각이다. 그때 칼날에 비친 내 눈이 보인다.

잠시 내 눈을 바라본다. 그리고 생각한다. 저건 아빠 눈이잖아. 아빠를 생각하니 사랑하는 존재를 잃은 슬픔이 더 깊어지고, 그렇게 만든 고양이를 향한 분노가 울컥 치민다.

"착하지. 이리 온." 야옹거리는 고양이를 향해 계속 손가락을 튕긴다.

그러다 칼을 던진다. 나도 칼도 빠르지만 고양이는 더 빠르다. 칼은 조금 전까지 고양이가 앉아 있던 바닥에 박히고, 녀석은 기울어진 채 서 있는 침대 쪽으로 쏜살같이 달아난다. 칼을 뽑으러 가는데 전화벨이 울린다. 받고 싶지 않다. 지금은 저 망할 고양이를 죽이는 것 말고는 아무것도 하고 싶지 않다. 고환이 불에 타는 듯 아프다. 전화벨은 울리고 또 울린다.

바닥에서 칼을 뽑아 다시 던진다. 이번에도 고양이는 재빨리 칼을 피한다.

"이 망할 자식, 죽여버리겠어."

고양이가 하악질을 한다. 전화벨은 여전히 울리고 있다. 머리가 지끈거린다. 따르릉따르릉, 젠장! 자동 응답기는 대체 뭘 하는 거지?

다른 칼을 집어 들고 수화기를 든다. 중요한 전화일 수도 있다. 어쩌면 엄마 소식일지도 모른다. "여보세요?" 오늘 떠나보내는 건 금붕어뿐이길 바라며 전화를 받는다. 왜 삶은 내가 사랑하는 존재들에게 이토록 잔인할까? 왜 내가 사랑하는 이들은 나를 배신할까? 고양이도 그렇다. 데려다가 살 곳을 줬더니 이런 식으로 갚지 않았는가.

"조? 안녕하세요. 제니퍼예요."

제니퍼? 얘가 우리 엄마를 어떻게 알지? "무슨 일이에요, 제니퍼?"

"믿기 힘들겠지만 그 고양이의 주인을 찾았어요!"

들뜬 목소리다. 침대 쪽을 본다. 고양이는 아직 거기에 앉아 있다. 나는 칼을 고양이에게 겨눈다.

"그렇군요."

"그렇다니까요! 놀랍지 않아요?"

"어쩌죠. 그 고양이, 이제 여기 없는데." 칼을 얼마나 세게 던져야 녀석을 칼과 함께 바닥에 내리꽂을 수 있을까.

"그게 무슨 말이에요?"

"이웃한테 줬거든요."

"다시 돌려받을 수 없어요?"

"그게…… 녀석이 도망쳐버렸어요." 말은 하고 있지만 제니퍼의 말도 내 말도 들리지 않는다. 뇌는 자동 조종 상태고 시선은 고양이에게서 떨어지지 않는다. 머릿속은 온통 아빠 생각뿐이다. 자살한 아빠. 차 안에 갇힌 채 발견된 아빠.

"설마요." 제니퍼가 말한다. 이제는 내 옷을 벗기고 싶어 안달난 목소리가 아니다.

"그뿐이 아니에요."

"그뿐이 아니라뇨? 무슨 일이 생겼어요?"

"그냥 도망친 게 아니라 차도로 뛰어들었어요." 이 고양이는 절대 돌려줄 수 없다. 녀석은 이제 단순한 고양이가 아니다. 멜리사도 아빠도 날 배신했다. 뇌 용량이 내 10분의 1도 안 되는 짐승한테까지 배신당할 순 없다.

"진짜요, 조? 고양이를 보내기 싫어서 거짓말하는 건 아니죠?"

"안 믿기면 와서 마당을 파보든가요!"

"그럴 필요까진—"

"난 미트로프가 싫다고!" 내가 버럭 외치자 제니퍼는 아무 말 없이 전화를 끊었다.

칼을 또 던지는 대신 고양이를 달래면서 조심스레 다가가보기로 한다. 어항을 힐끗 본다. 혼탁한 물이 죽은 듯 고요하다. 착한 사람, 따뜻한 사람이 되려고 애쓴 대가가 고작 이거라니.

"이리 온, 야옹아. 나랑 놀자." 무릎을 꿇고 다가간다. 몇 미터만 더 가면 잡을 수 있다. 이제 곧 무슨 일이 일어날지 녀석은 모른다. 계속 다가간다. 칼이 녀석의 머리통을 꿰뚫고 나오면 꽤 볼만 할 것이다. "그래, 그래, 착하지." 거의 다 왔다. 칼을 든 손을 뻗는다. 나는 저놈에게 평생 잊지 못할 교훈을 안겨줄 것이다. 녀석이 몸을 일으킨다. "이리 온. 괜찮아."

고양이가 달리기 시작한다. 내가 힘껏 내리꽂은 칼은 빗나가고 녀석은 잽싸게 몸을 틀어 주방 쪽으로 달려간다.

달리다가 열린 현관문을 발견한다.

내가 다시 칼을 던진 순간 고양이는 바닥에서 끼익 미끄러지며 방향을 틀고는 서류 가방을 휙 지나쳐 자유를 향해 내달린다. 이번에는 칼이 녀석의 머리 위를 스쳐 현관문에 박힌다. 고양이가 문턱에 멈춰 서더니 나를 힐끗 보며 야옹 하고 운다. 열두 시간 동안 놈을 밟아 죽이고 싶어지는 소리다. 그렇게 녀석은 사라진다.

나는 자리에서 벌떡 일어나 현관문까지 달려가 복도를 내다본다. 쫓아가고 싶지만 사타구니가 욱신거리고 피가 나는 것 같아 갈 수가 없다. 문을 닫고 소파에 털썩 주저앉아 어항을 바라본다. 피클과 제호바는 여전히 물 위에 둥둥 떠 있다. 누가 누군지 구별도 안 된다. 눈앞이 뿌옇게 흐려진다. 우는 건 부끄러운 일이 아니다.

나는 그놈을 반드시 찾아낼 것이다. 찾아서 죽이고 말 것이다.

기억이 밀려온다. 피클과 제호바를 처음 산 날이 떠오른다. 외로움이 지긋지긋해 산 금붕어였다. 처음에는 그냥 집에 생기를 불어넣는 용도였지만 몇 달도 안 돼 정이 들었다. 물론 언젠가 녀석들이 죽으면 끝날 관계였다. 하지만 그게 오늘일 줄은, 이렇게 빨리 올 줄은 몰랐다.

어항의 탁한 물을 싱크대에 버린다. 피클과 제호바를 투명한 비닐봉지에 넣고 묶은 뒤 아래층으로 내려간다. 아파트 잔디밭(잔디밭이라고 하기도 민망하지만)에서 잡초를 걷어내고 손으로 구덩이를 판다.

비닐봉지를 넣고 흙을 덮는다. 간단히 변기에 버릴 수도 있지만 제호바와 피클이 똥 덩이 사이에 떠다니게 둘 순 없다. 녀석들과의 추억을 그렇게 더럽히고 싶진 않다. 덮은 흙을 단단히 다진 뒤 두 친구가 잠든 자리에 몇 마디 말을 건네고는 복수를 다짐한다.

오늘 밤 나는 죽음을 꿈꿀 것이다. 누구의 죽음인지는 나도 모른다.

36장

샐리는 이런 거리에서 살아도 괜찮을 것 같았다. 밤마다 창문을 열어 파도가 해안에 부딪히는 소리를 들으며 잠들고, 여름날 아침에는 출근하기 전에 바다 수영을 할 수도 있을 것이다. 이런 동네에서 사는 사람들은 분명 더 느긋하고 편안할 것이다. 마틴도 좋아했을 것이다. 마틴은 바다를 무척 좋아했다.

오늘 경찰서에서 샐리는 조가 그 여자와 대화를 나누는 모습을 계속 지켜보았다. 조에게 다가가 무슨 일인지 묻고 싶은 마음이 간절했지만 그러지 않기로 했다. 샐리는 혼란스러웠고 그 혼란은 퇴근하고 나서 더욱 짙어졌다. 조의 아파트로 차를 몰고 갔다가 몇 블록 떨어진 곳에서 조가 운전하는 모습을 보았기 때문이다. 확실했다. 그건 분명히 조였다.

저녁이 된 지금 샐리는 사우스 브라이턴 거리에서 우편함에 적힌 번지수를 살피며 천천히 차를 몰고 있다. 이 동네의 집들은 대부분 페인트칠만 새로 해도 멋스럽고 개성 있게 바뀔 것 같다. 샐리는 어떤 집 앞에 차를 멈추고 현관문을 노크했다. 문은 금방 열렸고 열리자마자 제대로 찾아왔다는 걸 알았다. 얼굴만 봐도 알 수 있었다.

"미안하지만 아무것도 안 사요." 조의 엄마는 이렇게 말하고는 문을 닫으려 했다.

"물건을 팔러 온 게 아니에요." 샐리는 문이 닫히기 전에 다급히 말했다. "전 샐리라고 해요. 조와 함께 일하는데, 제가 온 건—"

"어머, 왜 진작 말 안 했어요!" 조의 엄마는 그제야 문을 활짝 열었다. "조 친구는 처음 보네요. 난 에블린이에요. 어서 들어와요. 음료수 마실래요? 콜라 어때요?"

"좋죠. 감사해요."

"샐리, 샐리. 예쁜 이름이네."

"아…… 고맙습니다." 처음 들어보는 칭찬이었다.

조의 엄마는 복도를 지나 주방으로 샐리를 안내했다. 샐리가 보기에 이 집의 실내 장식은 30년은 된 듯했다. 조의 엄마는 그 오랜 시간을 이 집에서 보냈을 것이다. 샐리가 포마이카 식탁에 앉자 에블린은 냉장고에서 콜라를 꺼내 함께 앉았다.

"조는 방금 나갔어요." 에블린이 말했다.

"방금까지 여기 있었나요?"

"알고 만나러 온 거 아니에요? 저녁 안 먹었으면 뭐 좀 만들어줄까요? 금방 돼요."

"사실 조는 제가 여기 온 걸 몰라요."

에블린은 멈칫하며 입꼬리를 내렸다. "무슨 말인지 잘 모르겠네요, 아가씨."

"조에 대해 얘기를 좀 나누고 싶어 왔어요."

입꼬리뿐 아니라 에블린의 얼굴 전체가 내려앉았다. "조에 대해서요? 왜요?"

오늘 아침 조의 인사 기록 파일에서 부모님의 주소를 찾아낼 때부터 샐리는 이미 조의 엄마가 이런 반응을 보일 줄 알고 있었다.
"그게…… 좀 궁금한 점이 있어서요. 걱정되는 부분도 있고요."
에블린은 샐리가 걱정하는 부분에 자기도 공감한다는 듯 천천히 고개를 끄덕였다. "무슨 말인지 알아요, 아가씨."
"정말요?"
"사실 나도 조가 걱정돼요." 에블린이 조금 밝아진 표정으로 말했다. "그런데 우리 아들 좋아해요?"
"그럼요. 그래서 온 거예요."
에블린은 계속 고개를 끄덕였다. "나는 조가 여자한테 인기가 많을 줄 알았는데, 조는 여자한테 별 관심이 없더라고요. 애가 좀…… 특별하거든요."
"알아요. 조를 보면 제 동생이 생각나요."
"어머, 동생분도 그래요?"
"네…… 그래요." 샐리는 '그랬어요'라고 바로잡지 않았다. 지금은 동생의 죽음을 생각하고 싶지 않다.
"그런데도 조를 좋아하는군요."
"많이 좋아해요." 샐리가 말했다.
"참 반가운 말이네요." 에블린은 콜라 뚜껑을 열어 건넸다. "조한테 아직 희망이 있다는 얘기니까요."
"제가 걱정하는 부분은…… 어디서부터 얘기해야 할지……."
"이미 얘기하고 있잖아요, 아가씨."
"조는 언제부터 운전을 했나요?"

"뭐라고요?"

샐리는 콜라를 한 모금 마셨다. 생각보다 미지근했다. 냉장고 온도를 약하게 설정했거나 넣은 지 얼마 안 된 듯했다. "조가 운전한 지 얼마나 됐냐고요."

"그게 아가씨가 조를 좋아하는 거랑 무슨 상관이죠?"

"그런 건 아니고요. 조금 전에 조가 운전하는 걸 봐서……."

"나를 만나러 온 거예요. 아주 착한 아이거든요."

"알아요. 마음이 따뜻한 사람이죠. 조는 정말 좋은 사람이에요. 그런데 운전을 할 수 있는 줄은 몰랐어요."

"몰랐다고요?" 에블린은 놀란 목소리로 물었다. "조랑 같이 일한다면서요."

"맞아요."

"그럼 당연히 조가 운전하는 걸 봤을 텐데요."

조는 자기 엄마에게 무슨 일을 한다고 한 걸까? 경찰차를 몬다고 했나? 특유의 아이 같은 허세를 부렸을 수도 있다. 샐리는 에블린의 환상을 깨고 싶지 않았다. 조의 사생활을 침해하면서까지 이곳에 와 있는 것만으로도 이미 죄책감이 들었고 조가 이 사실을 알면 어떤 반응을 보일지 두렵기도 했다. 조를 도우려는 마음으로 왔지만 상처만 줄 수도 있다.

"봤죠. 그냥 운전을 얼마나 오래 했는지 궁금했을 뿐이에요."

에블린은 대수롭지 않다는 듯 어깨를 으쓱했다. "글쎄, 몇 년 됐을 거예요. 그보다 난 아가씨가 더 궁금하네. 결혼은 안 했죠?"

"네, 안 했어요." 샐리는 웃으며 콜라를 한 모금 마셨다.

"가족은요? 형제자매는 있어요? 조와는 무슨 일을 해요? 비서예요? 조의 차를 닦아주나? 청소부예요?"

"부모님이랑 같이 살고요." 샐리는 이 대화를 어서 끝내고 다시 조에 대한 얘기를 하고 싶었다. "차를 닦지는 않아요. 조도 안 닦고요."

"당연히 안 하죠. 조가 왜 차를 닦겠어요."

샐리는 어깨를 으쓱했다. 조의 엄마는 청소부에게 왜 비서가 있을 거라고 생각할까?

"그럼 무슨 일을 해요?" 에블린이 물었다. "직장에서요."

"건물 유지 보수 일을 해요. 정리하고 고치는 일이죠."

"와, 그거 참 흥미롭네요. 여자 관리인은 보기 힘든데 말이죠. 그럼 언젠가는 차를 팔고 싶은가요?"

"차를 판다고요?"

"네. 아가씨도 차를 팔고 싶어요?"

어쩌면 그게 조의 꿈인지도 몰랐다. "글쎄요, 생각해본 적이 없어서요." 샐리는 다시 콜라를 들이켰다. 조의 엄마와 이야기하는 것도 조와 이야기하는 것만큼 쉽지 않았다. "사실은 무슨 일이 일어나고 있는 것 같아서 왔어요."

"조랑 아가씨한테요? 그럼 정말 기쁜 일이죠!"

샐리는 새어 나오는 한숨을 간신히 억누르며 의자에 등을 기댔다. 더 이상 대화를 이어가는 건 불가능했다. 조는 엄마에게 보여줄 세계를 오랜 시간 공들여 만들어온 게 분명했다. 경솔한 몇 마디 말로 그 세계를 무너뜨릴 순 없었다. 이쯤에서 그만둬야 했다.

이 집에서는 조가 어떻게 운전을 할 수 있고 누가 조를 공격했는지 알아낼 길이 없다. 샐리는 콜라를 한 모금 더 마셨다. 이곳을 벗어나려면 빨리 잔을 비워야 했다.

"언젠가는 짝을 만날 줄 알았다니까요."

"조는 참 좋은 사람이에요." 샐리는 달리 무슨 말을 해야 할지 알 수 없어 건성으로 말하고는 콜라를 한 모금 더 들이켰다. 이제 한 모금만 더 마시면 된다.

"아빠가 세상을 떠난 뒤로 난 조가 어떻게 될까 봐 불안했어요. 애가 망가질 수도 있고 이상해질 수도 있으니까요."

샐리는 고개를 끄덕였다. 조의 아버지가 돌아가셨다는 건 처음 알았다.

"실제로 조는 말수가 줄고 내성적으로 변했어요. 그러다 얼마 지나지 않아 집을 구해 나가더군요. 그 애 집에는 한 번도 가본 적 없지만요. 난 늘 조가 걱정돼요. 엄마라는 게 원래 그런 거죠, 뭐."

"저도 조가 걱정돼요." 샐리는 남은 콜라를 다 마시고 말했다. "이만 가볼게요."

"벌써 가게요?"

"다음엔 좀 더 있을게요. 오늘은 그냥 인사차 들른 거예요."

"아가씨는 정말 착하네요." 에블린은 샐리를 현관으로 안내했다. 밖은 샐리가 이 집에 들어선 15분 전보다 서늘해져 있었다. 다시 비가 올 것 같았다. "조가 월트 얘기도 하던가요?"

"월트요?"

샐리는 문간에 서서 두 팔로 몸을 감싼 채 에블린이 늘어놓는 월트 이야기를 들었다. 이야기가 끝나고 에블린에게 감사 인사를 한 샐리는 길을 따라 걸어 차가 있는 곳에 도착했다. 운전석에 올라타 핸들을 잡았지만 시동을 걸지 않았다.

에블린의 말에 따르면 조는 자동차 판매원이었다. 에블린의 오랜 친구인 월트와 우연히 마주쳤을 때 조는 시운전을 하고 있었다.

샐리는 목걸이의 십자가 장식을 움켜잡았다. 조는 엄마를 안심시키려고 허구의 세계를 만들어냈다. 또 무엇을 꾸며냈을까? 조는 보이는 것보다 훨씬 복잡한 인간이었고, 그래서 샐리는 두려웠다.

37장

다음 날 아침, 생체 시계가 작동해 잠에서 깬다. 또다시 찬란한 크라이스트처치의 아침이 밝았다(라디오에서 일기 예보하는 아저씨가 그렇게 말한다). 창밖을 내다보니 하늘은 잿빛이고 지평선 너머로 먹구름이 보인다. 예보관이 미쳤거나 술에 취한 모양이다. 창문에는 습기가 맺혀 있고 바닥은 차갑다.

출근하기 전에 소파 앞 작은 탁자를 물끄러미 바라본다. 금붕어 먹이 통만 덩그러니 놓여 있고 죽은 고양이는 없다. 계단을 내려가 버스 정류장으로 간다. 몸을 약간 떨면서 버스표를 내미니 오늘은 스탠리 씨가 표를 펀치로 뚫는다. 예감이 좋지 않다. 왠지 모르게 스탠리 씨에게 금붕어 이야기를 하고 싶어진다. 관심이나 있을지 모르겠지만. 스탠리 씨가 경찰서 맞은편에 내려줄 때는 그와 손 인사를 나눈다.

시간이 지나도 그다지 따뜻해질 것 같지 않은 날씨다. 두 손을 주머니에 찔러 넣은 채 길을 건넌다. 엘리베이터 앞에서 샐리를 만난다. 우리는 내 사무실이 있는 층까지 올라가면서 무의미한 대화를 나눈다. 샐리는 무언가에 정신이 팔린 듯 건성으로 대꾸하다 사라진다.

회의실에 들어갈 수가 없어서 결국 내가 돈 받고 하는 일을 한다. 칼훈 형사가 보이면 그를 주시한다. 지금 칼훈이 무슨 생각을 하는지 알아내고 싶지만 개인적으로 안 좋은 일이 있냐고 떠볼 만큼 친한 사이가 아니다. 멜리사도 주시할 생각이지만 나타나지 않는다. 청소기를 돌리고, 치우고, 걸레질을 한다. 꽤 짭짤한 보수가 따르는, 청소부라면 매일 하는 일을 한다. 아무도 나를 다르게 대하지 않는다. 아무도 나를 연쇄 살인범 보듯 보지 않는다.

경찰서는 사건의 진상이 곧 드러나리라는 기대가 팽배했던 어제와는 다른 분위기다. 오후가 되자 회의실이 텅 빈다. 회의실로 들어가 주위를 둘러본다. 멜리사의 도움을 받아 그린 몽타주가 벽에 붙어 있다. 짙고 덥수룩한 머리카락, 살에 묻혀 형체조차 보이지 않는 광대뼈, 수북하게 자란 짧은 수염에 납작한 코와 큰 눈, 넓은 이마가 특징인 그림 속 남자는 냉혹하고 계산적이고 사악해 보이는, 타고난 범죄자의 얼굴을 하고 있다.

나와는 전혀 다르게 생겼다. 머리카락 색이 같기는 하지만 비슷한 건 그뿐이다. 내 머리카락은 더 부드럽고 뒤로 넘어가 있으며 적당히 짧다. 광대뼈는 군살이 없어 뼈대가 도드라지고 눈도 더 가늘다. 특히 수염은 한 달에 한 번만 깎아도 될 정도로 잘 안 자란다. 몽타주를 보고 씩 웃어본다. 그림 속 남자는 웃지 않는다. 탁자 위에는 파일들 옆에 칼이 놓여 있다. 내 생애 가장 깊은 수치와 고통과 증오를 느낀 그날 밤, 평생 잊지 못할 상황에서 빼앗긴 바로 그 칼이다. 칼은 지문과 혈흔, DNA 검사를 마치고 비닐봉지에 싸여 종이 상자에 담겨 있다. 내 지문이 나왔다면 내가 벌써 알았을 것이다. 경찰서 직원은 모두 지문을 등록해야 하고 그게 표준 절차지만 DNA 등록은 필수가 아니다. 어쨌든 칼에서 내 지문을 지웠다는 멜리사의 말은 거짓이 아니었다.

사무실로 돌아오니 샐리가 노크를 하고 들어온다. 샐리는 형식적인 인사를 나눈 뒤 오늘 하려고 머릿속에 저장해둔 말이 다 떨어지기라도 한 듯 말을 멈췄다. 그러고는 누군가가 그녀의 머릿속 스위치를 꺼버린 듯 가만히 서 있는다. 30초쯤 지난 뒤에야 샐리가 주변을 둘러보며 말한다.

"오늘 날씨가 참 춥네요." 하지만 자동 모드 상태라 자기가 무슨 말을 하는지도 모르는 듯하다. 샐리는 창밖과 천장과 벤치 아래 바닥을 번갈아 보았다. 그러다 내 서류 가방을 가만히 바라본다.

"점심 싸 오는 걸 잊어버렸네요. 미안해요, 조."

"괜찮아요."

샐리가 계속 내 서류 가방을 바라본다. 아마 내게 잘 보이려고 똑같은 가방을 살까 말까 고민 중일 것이다. 더 좋은 가방을 사면 내가 감동할지 실망할지를 따져보는 걸 수도 있다. 아니, 아무 생각도 안 하고 있을지도 모른다. 이마를 살짝 찡그리는 걸 보니 뭔가 생각 중이긴 한데 얼굴이 조금 일그러지는 걸 보면 머릿속에 온통 혼란만 가득한 것 같다. 뭔가 아주 중요한 질문을 하고 싶기는 한데 정작 그게 뭔지는 본인도 모르는 표정이다.

"들러줘서 고마워요. 이제 그만 일하러 가야 할 것 같네요."

내 말에 샐리가 정신을 차려 '자동 모드'에서 '근근이 작동 모드'로 바뀐다.

"그럼 이따가 봐요, 조."

"아, 그래요, 그럼." 나는 일부러 말에 멜로디를 실어 대답한다.

샐리가 문을 닫지 않고 가버려 어쩔 수 없이 일어나 문을 닫는다.

그러고는 회의실에서 가져온 테이프를 듣는다. 온갖 이론이 오가지만 들어맞는 건 하나도 없다. 경찰은 내가 점점 더 과격해지고 있다며 난리다. 곧 며칠 간격으로 피해자가 나올 거란 말도 한다. 정말 그럴지도 모른다. 단정하기는 이르지만.

퇴근 후 차를 한 대 더 훔쳐 에버블루로 향한다. 에버블루 모텔은 영화에 나올 법한 업소였다. 정신병원에서 탈출한 살인마와 하필 같은 날 묵는 바람에 나쁜 일을 당하는 그런 영화 말이다. 모텔 방은 L자 형태로 배치돼 있고, 페인트칠은 오래돼 벗겨지고 창틀은 군데군데 부서져 있다. 앞마당에는 갈색으로 빛바랜 잔디와 시든 관목이 심어져 있고, 보도블록은 갈라진 틈마다 녹물이 고여 있다. 주차장에는 차가 열두 대쯤 있는데 싸구려 중의 싸구려부터 평범하기 짝이 없는 수준까지 다 그저 그런 차들뿐이다. 성매매 할인 행사 날이라도 되는 모양이다. 한구석에는 녹슨 쇼핑 카트 몇 개가 잡초와 담배꽁초에 둘러싸인 채 나뒹굴고 네온사인에서는 윙윙 소리가 요란하게 난다.

모텔 사무실 앞에 차를 세운다. 문 입구를 덮은 두꺼운 비닐 띠를 보니 1980년대 구멍가게로 시간 여행을 온 것 같다. 비닐을 걷어 올리며 안으로 들어간다. 사무실 안은 라텍스와 담배 냄새로 가득하다. 벽과 천장은 얼룩졌고, 카펫은 담뱃불 자국투성이다. 카운터를 지키고 있는 40대 초반의 뚱뚱한 대머리 남자가 나를 의심하는 눈빛으로 쳐다본다. 내가 비닐 띠를 떼서 도망이라도 칠 것 같은가 보다. 남자가 입은 티셔츠에는 '요즘은 흑인이 대세'라고 적혀 있다.

내가 내 것이 아닌 경찰 신분증을 내밀자 남자는 흘낏 보기만 하고 어깨를 으쓱한다. 투숙객 명부를 보여달라고 하니 명부를 내 쪽으로 돌리고는 길고 더러운 손톱으로 페이지를 획획 넘겨 내가 말한 날짜를 펼친다. 남자는 그 손톱으로 아무것도 없는 두피를 긁었고 손톱 밑에 각질이 끼자 다른 손톱으로 각질을 빼냈다. 명부에 떨어진 각질 조각은 대충 손바닥으로 쓸어냈다.

남자와 나는 명부를 훑어보면서 형식적인 대화를 나눴다. 남자는 전에도 경찰이 왔었고 살인범에게 방을 빌려준 적도 있다고 했다. 물론 당시엔 살인범인 줄 몰랐고 그자가 붙잡힌 뒤에야 알았다고도 했다.

나는 "흥미롭네요"라고 대꾸해준다.

그러고는 칼훈이 빌린 방을 찾아 명부를 뒤진다. 당연히 가명을 썼겠지만 그래도 찾아본다. 손가락으로 이름을 따라가다 보니 '존 스미스'가 수두룩하다. 어니스트 헤밍웨이와 알버트 아인슈타인도 있다. 에이브러햄 링컨도 있는 걸 보면 에버블루는 죽은 사람들에게 인기가 많은 모양이다.

명부를 느끼남 씨 쪽으로 다시 돌려놓고 칼훈 형사의 사진을 명부 위에 탁 내려놓는다. "이 남자 알아보겠어요?"

"알아봐야 해요?"

"알아봐야 해요."

남자가 사진을 유심히 본다. "기억나네요. 몇 달 전에 왔어요."

"손님이 한둘이 아닐 텐데 기억난다고요? 왜죠?"

"방을 아주 난장판으로 만들어놓은 데다 진짜 시끄러웠거든요. 똑똑히 기억나요."

"이 사람이 그런 게 확실해요?"

남자가 또 어깨를 으쓱한다. "그게 중요한가요?"

중요하지 않은가 보다.

다음으로 간 숙박업소는 에버블루와 정반대다. 파이브시즌스 호텔이라는 곳으로, 도심과 가깝고 주변에 있는 몇몇 호텔처럼 지은 지 10년쯤 돼 보이는데 디자인이 참 흉하다. 예술적 야심이 악몽 같은 결과물을 낳았다고밖에는 달리 표현할 길이 없는 건물이다. 설계도는 눈을 감고 그린 수준이고 1970년대에나 유행하던 페인트를 떡칠한 꼴이 꼭 용암 램프 같다. 15층 높이라 딱히 고층 건물이라 할 순 없고 라임 그린이 주된 색이라 부담스럽기 짝이 없다. 밤에는 건물 아래에 설치된 스포트라이트가 호텔을 환하게 비춘다. 디즈니랜드에 갖다놓고 귀신의 집으로 쓰면 더 어울릴 외관이다. 이런 건물이 5성급이라니 놀라울 따름이다. 더 놀라운 건 외지에서 온 경찰들이 여기에 묵는다는 사실이다. 세금을 이런 데 쓰다니 참 잘하는 짓이다.

하지만 호텔 내부는 내 예상과 전혀 달랐다. 벽을 광택 나는 목재로 마감해 로비 전체가 묘하게 고풍스러운 분위기를 풍겼고, 천장 한가운데에는 수많은 빛이 반사되는 샹들리에가 매달려 있었다. 진홍색 카펫은 누워서 편안히 잘 수 있을 만큼 푹신해 보였고 카펫이 끝나는 지점부터는 흑백 격자무늬 리놀륨이 깔려 있었다. 로비는 술래잡기를 할 수 있을 정도로 넓었고 상쾌한 공기에서는 은은한 향기가 났다. 재스민일 수도 라일락일 수도 있는, 남자들에게는 다 똑같이 느껴지는 향이다. 나는 프런트로 다가갔다. 에버블루에 비하면 천국이나 다름없다. 게다가 여기 직원들은 실내 온도를 아늑하게 유지하는 법을 아는 듯하다. 젊은 여자가 미소를 지으며 나를 맞는다. 풍만한 가슴과 날씬한 몸, 예쁜 얼굴을 하고 금발 머리를 단정하게 묶고 화장을 완벽하게 한 꽤 매력적인 여자다. 유니폼은 짙은 녹색이고 블라우스는 하얀색이라 피가 한 방울만 튀어도 눈에 띌 것 같다.

  방을 예약하고 현금으로 계산한 뒤 투숙객 명부에 이름을 적는다. 여자가 추가 요금이 나올 경우에 대비해 신용카드를 요청하지만 나는 현금만 쓰겠다고 말한다. 여자는 고개를 끄덕이며 웃고는 보증금만 내면 괜찮다고 말한다. 보증금을 내니 712호 방을 배정한 뒤 내게는 더 편리한 열쇠 대신 카드키를 준다. 내가 다시 볼 일이 있을까 생각하며 고맙다고 하자 여자도 고맙다고 인사한다. 분명 그녀도 같은 생각을 했을 것이다. 세상을 살아가는 데 필요한 최소한의 인격만 장착한 포터가 나타나 나와 같이 엘리베이터에 타고 7층으로 향한다. 나는 짐도 없는데 굳이 따라붙는다. 내가 열두 번째 방 앞에서 걸음을 멈추자, 포터가 카드키를 받아 문에 꽂는다. 딸깍 하는 소리와 함께 잠금장치가 열린다. 서류 가방이 열릴 때 나는 소리와 비슷하다. 포터가 문을 열어주고는 팁을 받을 자격이 있다는 듯 서 있다. 짐도 안 들고 말 한마디 안 했으면서 10달러는 받아야 한다는 표정이다. 5달러를 주니 고맙다는 말도 없이 받는다.

  방은 환상적이다. 이런 곳에 살기 위해서라도 부자가 돼야겠다는 동기가 생길 정도다. 아마 에버블루의 일주일 숙박비보다 이곳의 하룻밤 숙박비가 더 비쌀 것이다. 큰 창문으로 내다보니 크라이스트처치가 어느 때보다 근사하다. 고층에서 내려다보는 데다 비가 와서 그런지 더 깨끗해 보인다. 침대는 너무 편해서 한 번 누우면 다시는 못 일어날 것 같다. 미니바는 가격표를 보고 나니 내가 범죄자 소리를 듣는 게 아이러니하게 느껴진다. 거대한 평면 TV에는 버튼이 백 개는 돼 보이는 리모컨이 딸려 있다. 못 일어날 각오를 하고 침대에 눕는다. 40분 동안 천장을 멍하니 보며 몇 주간 잊고 있었던 환상의 세계를 다시 방문한다. 동물병원의 제니퍼가 등장하는 오래된 상상과 조금 전 만난 데스크 여직원이 나오는 새로운 상상을 마음껏 즐긴다. 그러다 수화기를 들고 집에 전화를 걸어 자동 응답기를 확인한다. 두 개의 메시지가 녹음돼 있다.

  첫 번째는 동물병원의 남자 직원이 남긴 메시지로, 고양이 케이지를 돌려달라는 내용이다. 제니퍼가 전화하지 않은 이유야 뻔하다. 케이지는 이 일이 다 끝나면 돌려줄 것이다.

  두 번째 메시지는 코스텔로라는 의사가 남겼다. 의사는 연락 가능한 번호를 남기면서 급한 일이라고 했다. 엄마가 병원에 있다고만 할 뿐 다른 설명은 없다. 손이 덜덜 떨려 수화기를 내려놓기조차 힘들다. 엄마에게 무슨 일이 생긴 걸까? 생긴 게 분명하다. 아니라면 병원에 있을 리가 없다. 제발 신이시여…… 엄마가 무사하게 해주세요.

의사가 남긴 번호를 누른다(떨리는 손으로 호텔 메모지에 받아 적은 번호다). 전화가 연결되지만 1분이나 떠든 뒤에야 상대방이 중국 음식점 종업원이란 걸 깨닫는다. 엄마의 상태를 묻는 내게 종업원은 오늘의 스페셜 메뉴를 읊어준다. 번호를 잘못 누른 것이다. 수화기를 쾅 내려놓고 깊게 숨을 들이마셔 보지만 마음이 쉽사리 진정되지 않는다. 손이 계속 부들부들 떨려 양손을 써서 가까스로 번호를 누른다. 눈을 감고 엄마가 없는 세상을 상상하니 눈에 눈물이 고인다.

38장

 여직원이 전화를 받더니 여기는 크라이스트처치 병원이라고 알려준다. 당연한 소리를 해줘 참 고맙다. 코스텔로 선생님을 바꿔달라고 하니 길게만 느껴지는 1분 뒤 우려 섞인 굵고 낮은 목소리가 전화를 받는다.
 "아, 네, 아드님이군요. 어머니 일로 연락드렸습니다."
 "설마…… 무슨 일이 생긴 건 아니죠?"
 "별일 아닙니다." 의사의 말에 왠지 모를 실망감이 차오른다. "직접 말씀 나눠보시죠. 지금 옆에 계십니다."
 "병원인데 별일이 아니라뇨." 나는 의사가 무슨 잘못이라도 한 양 추궁한다.
 "병원이긴 하지만 어머니는 괜찮으세요."
 "그런데 왜 엄마가 직접 전화하지 않았죠?"
 "그게…… *이젠* 괜찮아지셨어요. 그리고 아드님이 당신 전화는 회신 안 할 거라면서 저더러 대신 걸어달라고 하셨어요. 고집이 상당히 세시더군요." 의사가 웃음기 하나 없이 말한다.
 "엄마한테 무슨 문제가 있나요?"
 "직접 들으시죠."
 수화기를 전달하는 소리, 웅얼거리는 소리에 이어 엄마 목소리가 들린다. "조?"

"엄마?"

"그래, 엄마다."

"무슨 일이에요? 왜 병원에 있어요?"

"이가 조금 깨졌어."

엄마는 분명 이가 깨졌다는데 나는 그 말이 믿기지 않는다. "이가요? 이가 깨졌는데 병원에 갔다고요?" 도저히 이해가 안 돼 고개가 저어진다. "이가 깨졌는데…… 왜 치과에 안 갔어요?"

"가봤다."

엄마는 더 이상 아무 말도 하지 않는다. 죽어서도 입을 다물지 않을 사람이 아무런 설명도 하지 않는다. 얼마 전만 해도 본인이 설사한 이야기까지 기꺼이 들려주었는데 말이다. "왜 병원에 있는 거예요?"

"월트 때문이야."

"월트가 아파요?" 다소 기대에 찬 말투로 내가 묻는다.

"월트가 엉덩이를 다쳤어."

"엉덩이를요? 어쩌다가요?"

"샤워하다가 미끄러졌다."

"네?"

"샤워 중에 넘어져서 엉덩이를 다쳤어. 그래서 내가 구급차를 불렀단다. 무섭지만 좀 신나기도 하더라. 구급차는 처음 타봤거든. 사이렌 소리가 얼마나 크던지. 월트는 안쓰럽게도 가는 내내 울었단다. 꿋꿋하게 버티긴 했지만. 참, 구급차 기사가 콧수염을 길렀더라."
 아, 네네. "월트가 샤워할 때 엄마도 월트 집에 있었어요?"
 "말도 안 되는 소리. 난 내 집에 있었지."
 "월트는 왜 엄마한테 전화했는데요?"
 "전화할 필요 없었어. 그땐 내가 같이 있었거든. 구급차를 부른 건 나였어."
 "왜 월트가 직접 부르지 않았는데요?" 나는 혼란스러운 척 묻는다. 정말로 혼란스러우면 좋겠지만 머릿속에 점점 뚜렷한 그림이 그려진다.
 "월트는 샤워를 하고 있었으니까." 엄마가 말한다.
 "그럼 엄마한테는 어떻게 전화했는데요?"
 "난 내 집에 있었다니까. 조, 무슨 말이 하고 싶은 거니?"
 "모르겠어요." 더는 캐묻지 않기로 한다.
 "외출할 준비를 하다가 *같이*⋯⋯." 엄마는 멈칫했지만 이미 한 실수를 되돌릴 수는 없었다. "아니, *월트가* 샤워를 하기로 했다."
 "월트가 엄마 집에 있었던 거예요? 엄마는 월트랑 샤워를 했고요?"
 "무슨 그런 말을 하니, 조. 그럴 리가 없잖니."
 장면이 뇌리를 스친다. 두 눈을 질끈 감는다. 그 장면을 없앨 수만 있다면 눈알이라도 뽑고 싶지만 꿈쩍도 하지 않는다. 감은 눈을 손가락으로 누르자 아까 로비에서 본 샹들리에처럼 색색의 빛이 나타난다. 떠다니는 색깔 빛을 눈동자로 따라가며 그 장면을 지우려 애쓴다. 엄마가 그러지 않았다고 믿고 싶다. 엄마가 안 그랬다고 말하면 나는 그 말을 기꺼이 믿을 것이다. '월트'라고 하기 전에 '같이'라고 말했지만 기꺼이 잊을 것이다. 이 대화 자체를 기억에서 지울 것이다. 엄마는 그저 안 그랬다는 말만 하면 된다.
"그런데 엄마, 어쩌다 이가 깨졌어요?"
"월트가 넘어질 때 날 쳤어."
"뭐라고요?"
"월트가 넘어질 때―"
"그건 들었어요." 나는 눈을 더 질끈 감는다. "아까는 같이 샤워하지 않았다면서요."
"조, 우리는 성인이야. 같이 샤워 좀 한다고 해서 꼭 성적인 일이 일어나는 건 아니야. 요즘 젊은이들이 꼭 달라붙어서 낯 뜨거운 짓을 한다고 우리도 똑같이 그럴 거라고 생각하면 곤란해. 우린 연금을 받아서 살잖니. 뜨거운 물을 펑펑 쓸 형편이 안 된다고. 그래서 같이 씻은 거야. 별일 아닌 걸로 그러지 마라."
"그럼 이는 어쩌다 깨졌어요? 월트가 넘어지면서 엄마를 밀쳤나요?"
눈을 뜬다. 엄마와 그 늙은이가 샤워하는 장면이 아니라 멋진 호텔 방을 보기 위해서다. 나는 이 질문을 하고 싶지 않다. 이미 충분히 들어 할 필요가 없는 질문이었다. 그런데도 그만 입에서 튀어나와 버렸다. 맹세하건대 정말 하기 싫은 질문이었다. 호텔 방 문을 바라본다. 그냥 도망쳐버릴까?
"그 사람 발에 맞았어. 월트가 한쪽 발이 미끄러지면서 넘어질 때 발뒤꿈치로 내 입을 찼어."

묻지 마, 조. 더 이상 묻지 마. "발이 그렇게 높이 올라갔다고요?"

"내가 서 있지 않았거든. 그러니까…… 음…… 그냥 그렇게 됐어, 조. 알겠니? 그 사람 발에 맞았다고."

그냥 그렇게 된 거라니. 도대체 뭐가? 아, 신이시여, 제발 보여주지 마세요.

하지만 내 머릿속은 그 장면을 기어이 보여준다. 셔츠가 땀으로 흠뻑 젖는다. 두 사람이 정확히 무엇을 했는지 엄마의 입으로 들을까 봐 너무 두렵다. 엄마가 다시 입을 여는 순간 수화기를 내려놓고 화장실로 달려간다.

변기 앞에 도착하니 딸꾹질이 나고 뱃속이 뒤틀리고 담즙 맛이 난다. 토사물이 폭발하듯 솟구쳐 변기에 후드득 떨어지고, 그러면서 변기 물과 토사물이 얼굴에 튀어 턱을 타고 흘러내린다. 더는 나올 것도 없는데 구역질이 멈추질 않는다. 변기 바닥에 누르스름한 물이 고인다.

몸이 떨리고, 엄마가 샤워실에 있는 장면이 계속 떠오른다.

목구멍은 타들어 가고, 뱃속은 쥐어짜는 듯 아프다. 피 맛이 난다. 입에서 흘러내린 피가 변기의 걸쭉한 오물 위에 뚝뚝 떨어진다. 죽은 내 금붕어처럼 생긴 무언가가 변기 물에 둥둥 떠다닌다.

레버를 탁 내리치니 정말 내 몸에서 나온 게 맞나 싶은 것들이 쓸려 내려간다. 물살이 멈추기도 전에 다시 구역질이 시작된다.

이제는 나오는 게 없어 헛구역질만 한다. 핏덩어리가 물속에 떨어져 장미 꽃잎 모양으로 퍼진다. 레버를 다시 내리지만 수압이 아직 차오르지 않아 꽃잎이 내려가지 않는다. 아랫입술에 매달린 침이 변기 가장자리에 들러붙는다. 몸을 뒤로 젖히니 침 가닥이 쭉 늘어나다가 끊긴다. 엄마의 샤워실 장면만 떠오르는 게 아니다. 엄마가 한 말 때문에 아빠와 아빠가 한 일까지 떠오른다. 그날은 아빠가 세상을 떠난 날이었다. 그날 나는 이유는 기억나지 않지만 예정보다 일찍 집에 돌아왔다. 그리고…….

아, 맙소사.

구역질이 다시 밀려온다. 더는 토할 게 없어 피만 쏟아진다. 붉게 물든 변기 물을 보기 싫어 눈을 감는다. 하지만 감은 눈꺼풀 뒤에서 기억이 재생된다.

엄마와 월트가 샤워하는 장면이 서서히 사라지고, 아빠가 다른 누군가와 샤워하는 장면이 서서히 떠오른다.

누구였을까. 도대체 왜 나는 그때 샤워기 소리를 듣고 욕실 문을 열었을까.

다른 누군가는 남자였다.

눈을 뜬다.

폐가 타들어 가고 뱃속이 불덩어리 같다.

목구멍은 완전히 막힌 느낌이다. 머릿속에 떠오른 장면을 떨쳐 내려 안간힘을 쓴다. 벌거벗은 몸에 옷을 걸치고 떠난 남자와 나를 진정시키려 애쓰는 아빠.

엄마는 동네 빙고 게임장에서 브리지게임을 하느라 집에 없었다. 그날 이후로 엄마는 브리지 게임을 하지 않았다. 혹시 내가 꿈을 꾼 건 아닐까?

아빠는 게이가 아니다. 그럴 리 없다.

그리고 나는 아빠를 죽이지 않았다. 아빠를 사랑했다.

아빠는 지극히 평범한 사람이었다. 아빠가 왜 스스로 목숨을 끊었는지 나는 평생 모를 것이다. 아니, 알고 싶지 않은지도 모른다.

다리가 풀린 상태로 일어나 세수하고 입을 헹구지만 피 맛이 사라지지 않는다. 호텔에서 무료로 주는 비누 하나를 들어 한 입 베어 문다. 하얀 비누 거품이 피와 섞여 입 안 가득 퍼진다.

비누에서 닭고기 맛이 난다.

사실 닭고기 맛이 나는 토사물 때문이다. 입 안의 비누 거품을 헹궈내고 비틀거리며 돌아가 다시 수화기를 든다. 놀랍게도 엄마는 아직도 말하고 있었다.

"알겠어요, 엄마. 아무 일 없어서 다행이에요." 나는 엄마의 말을 잘랐다. "그리고 월트 병문안도 갈게요. 그런데 지금 막 택시가 도착해서요. 고객을 만나기로 했거든요. 이만 끊을게요. 사랑해요."

엄마가 보고 있는 것도 아닌데 괜히 손목시계를 흘끗 보고는 수화기에 입을 맞춘다. 그리고 수화기를 막 내려놓으려다 엄마의 말 한마디에 손을 멈춘다. "뭐라고요?" 수화기를 귀에 대고 꽉 누른다.

"참 좋은 대화를 나눴다고. 널 정말 많이 아끼더라, 조."

"누가요?"

"네 여자친구. 내가 원래 이름을 잘 못 외우잖니. 'S'가 들어가는 이름이었는데."

"멜리사는 아니죠?"

"멜리사? 그래, 그 이름이었어. 내가 이름이 예쁘다고 말한 기억이 나는구나."

"멜리사가 왔었다고요?" 멜리사의 이름에는 S가 두 개 들어가지만 그건 지적하지 않기로 한다.

"글쎄 그렇다니까. 너 귀 청소 좀 해야겠다."

"어젯밤에요?"

"조, 너 내 말을 듣고 있긴 한 거니?"

수화기를 쥔 손에 힘이 들어간다. "듣고 있어요. 근데 엄마, 중요한 문제니까 제대로 답해줘요. 멜리사가 뭐라고 했어요?"

"네가 걱정된다고 하더라. 정말 좋은 사람이라고도 했고. 난 마음에 들더라, 조. 참 사랑스러운 아가씨였어."

멜리사가 어떤 짓을 저지를 수 있는지 알아도 사랑스럽다고 생각할까. 멜리사는 도대체 왜 엄마를 만나러 갔을까? 주도권이 자기한테 있다는 걸 보여주려고?

"네 인생에 그렇게 사랑스러운 여자가 있다는 건 꿈에도 몰랐구나. 언제 또 볼 수 있니?"

"모르겠어요. 엄마, 그만 가봐야겠어요."

"멜리사의 남동생이 게이였다는 건 아니?"

"뭐라고요?"

"직접 그러더라."

"뭐라고요?"

"남동생이 게이였다고."

도대체 무슨 말을 하는 건지 모르겠다. 전화 회선이 꼬여 엉뚱한 사람과 대화를 나누고 있는 게 아닐까 하는 의심이 들 정도다.
"엄마, 이제 정말 가야 해요. 곧 다시 연락할게요." 엄마의 대답을 기다리지 않고 전화를 끊는다.

창밖의 도시를 내다본다. 창문으로 뛰어내려 저 아래 보이는 보도블록에 곤두박질치고 싶다. 엄마와 월트가 같이 있는 장면이 여전히 머릿속을 맴돌지만 이제는 그저 희미한 그림자일 뿐이다. 수요일이 서서히 끝나간다. 햇빛이 가로등과 전조등 불빛에 자리를 내준다. 청소차들이 거리를 누비며 상점 주인이 내놓은 쓰레기를 치운다. 나는 왜 우는지도 모른 채 뺨을 타고 흘러내리는 눈물을 닦는다. 그제야 내가 이 호텔 방에 있는 이유를 깨닫는다. 불을 켜고 엄마 생각을 떨쳐내려 애쓰면서 방 안을 이리저리 살펴본다. 딴짓이긴 해도 제법 효과가 있다. 욕실에 다시 가서 변기 물을 내리고 공기 청정제를 뿌린다. 딴짓을 하다 보니 짜증이 치밀어 오른다. 내 집에 있는 것, 더 정확히는 없는 것들이 생각난다. 미니바와 편안한 침대 같은 건 있을 리가 없는 내 작은 아파트가 떠올라 또다시 울고 싶어진다.

주방 쪽으로 간다. 히피들의 표현을 빌리면 '간이 주방'이다. 나쁜 짓을 하기에 적당한 나쁜 칼을 찾아 서랍을 뒤진다. 날이 그리 길지 않은 칼을 하나 찾는다. 과도보다는 크지만 공포 영화에 흔히 나오는 칼보다는 작다. 칼을 위아래로 흔들며 무게와 무게 중심, 성능과 한계를 가늠해본다. 굳이 돈을 주고 살 만한 칼은 아니다. 이 호텔에서 유일하게 터무니없이 비싸 보이지 않는 물건이다. 이 칼로 사람을 해치려면 아주 세게 찌르거나 아주 정확히 찔러야 한다.

물론 나는 둘 다 할 수 있다.

서류 가방을 열고 청소용 걸레를 꺼내 칼에 묻은 내 지문을 닦는다. 그럴 필요까지는 없지만 감옥에 가느니 조심하는 편이 낫다. 라텍스 장갑을 끼고 다시 한 번 칼을 닦은 다음 서류 가방에서 비닐봉지를 꺼내 그 안에 칼을 넣는다.

다음으로 서류 가방에서 전화번호 목록을 꺼낸다. 멜리사가 사준 휴대전화로 칼훈 경위에게 전화를 건다. 최근에 확보한 단서 때문에 추가 근무를 하는 형사가 많은데 내가 알기로는 칼훈도 그중 한 명이다. 벨이 여섯 번 울려도 받지 않는다. 자리에 없는 모양이다. 자리에 없으면 전화는 자동으로 그의 휴대전화에 연결된다.

드디어 칼훈이 전화를 받는다. "칼훈 경위입니다." 길 어딘가에서 한쪽 귀를 손가락으로 막은 채 다른 쪽 귀에 휴대전화를 꼭 붙이고 선 칼훈의 모습이 그려진다.

"안녕하세요, 형사님."

"네, 안녕하세요. 어떻게 도와드릴까요?"

"내가 형사님을 도와드려야죠."

"누구신데요?"

"그건 중요하지 않습니다. 내가 알고 있는 게 중요하죠."

"당신이랑 게임할 시간 없어." 자세는 조금 전과 같아도 지금은 화가 나 표정이 굳었을 것이다.

"게임하는 게 아닙니다. 나는 무언가를 알고 있습니다."

"뭘 아는데?"

나는 얼굴은 씩 웃고 있지만 속은 불안에 떨고 있다. 마지막으로 씩 웃었던 때가 기억나지 않는다. 마지막으로 불안에 떨었던 때는 기억나는데 말이다. "형사님이 살인자라는 걸 압니다."

침묵이 흐른다. 칼훈이 한참 뜸을 들이다 답한다. "당신 약이라도 한 거야?"

"그럴 리가요."

"그럼 도대체 무슨 말을 하고 싶은 건데? 이 번호는 어떻게 알았지?"

나는 하나 남은 고환이 가려워 긁으면서 말한다. "본론에서 벗어난 얘기는 하지 마시죠, 형사님."

"본론이 뭔데?"

"형사님은 성기능 장애가 있고 그걸 바로잡으려고 매춘부를 이용했어요. 그 장애가 결국 살인으로 이어졌고요."

칼훈은 부정하지도 욕하지도 위협하지도 않는다. 수화기 너머로 응 하는 소리만 크게 울릴 뿐이다.

"헛소리 마." 칼훈이 드디어 입을 연다. 아직도 전화를 끊지는 않았다.

"당신이 에버블루 모텔로 데려간 샬린 머피도 헛소리라고 생각할까요? 다니엘라 워커도 분명 헛소리가 아니라고 말할 겁니다. 아, 당신이 죽였으니 말은 못 하겠네요."

칼훈은 내가 모든 걸 알고 있다는 사실을 받아들이는 중인지 잠시 아무 말도 하지 않는다. 그러고는 묻는다. "원하는 게 뭐야?"

"돈."

"얼마나?"

"만 달러."

"언제?"

"오늘 밤."

"어디서?"

"캐셜 몰에서."

"누굴 매수하는 장면을 들킬 순 없어. 좀 더 한적한 곳은 어때?"

"예를 들면?" 나는 칼훈이 이렇게 나올 줄 알았다.

칼훈이 무슨 생각을 하는지는 훤히 보인다. 대답이 빠른 걸 보면 알 수 있다. 조금 전만 해도 시간이 없다더니 칼훈은 어느새 게임에 몰입하고 있었다. 체스를 두듯 날 함정에 빠트릴 생각이겠지만 나도 몇 수 앞을 내다보고 있다. 누가 만 달러나 되는 돈을 수중에 갖고 있다가 30분 만에 들고 나올 수 있겠는가. 게다가 자기가 일하는 경찰서에서 불과 몇 백 미터 떨어진 곳에서 거래를 하려 드는 경찰이 어디 있겠는가.

하지만 칼훈은 나라는 위험 요소를 제거할 최적의 기회가 지금이라고 믿고 있다. 내가 이 상황을 너무 갑작스럽게 들이밀어 제대로 생각할 시간이 없었던 탓이다. 칼훈은 지금 자기가 꽤 잘하고 있다고 생각할 것이다. 나보다 영리하고 똑똑하다고 자신하고 있을 것이다. 하지만 나는 종일 이 상황을 머릿속에 그리며 준비했다. 칼훈은 분명 인적이 더 드문 장소를 요구할 것이다.

"스틱스 다리 알아?" 칼훈이 묻는다.

"레드우드 쪽이죠?" 며칠 전 밤 월트를 태우고 드라이브할 때 건넜던 다리다.

"그 다리 아래에서 10시에 만나지. 웃기는 짓은 하지 마."

나는 개그맨이 아니다. "안 해요."

"당신이 만 달러를 받고 입을 다물 거란 걸 어떻게 믿지?"

좋은 질문이다. 동시에 날 제거하려는 그의 계획이 들통 날 수도 있는 질문이다. 거래가 틀어질 수도 있는데 이런 질문을 하다니 놀랍다. 물론 나는 온종일 고심한 덕분에 칼훈이 이 질문을 하리란 걸 이미 알고 있었다.

"만 달러를 주면 매춘부가 에버블루에서 찍은 당신 사진과 필름을 줄게요. 그리고 돈이 더 필요했다면 처음부터 더 큰 금액을 요구했겠죠."

"그럼 10시에 보지." 칼훈이 내 답을 기다리지도 않고 전화를 끊는다. 칼훈은 내가 생각보다 훨씬 똑똑하다는 걸 깨달았을 것이다. 내가 자기 사진을 갖고 있다는 사실에 놀랐을 테고 어떻게 그런 일이 가능한지 의아할 것이다. 그러다 결국에는 내가 거짓말을 하고 있다는 결론을 내릴 것이다. 손목시계를 본다. 약속 장소에 가지 않기로 마음먹을 시간이 45분 이상 남았다. 몇 가지 일을 하지 않기로 마음먹을 시간은 충분하다.

살인하지 않기로 마음먹을 시간도.

거즈 위로 고환을 긁다가 남은 고환이 아니라 사라진 고환이 불편하다는 걸 깨닫는다. 상처가 아물고 있는 부위가 가렵다. 실밥도 제거해야 한다. 서류 가방에서 멜리사가 두고 간 소독약과 땀띠분을 꺼내 침대 가장자리에 걸터앉는다. 거즈를 제거하다가 거즈에 들러붙은 체모가 같이 당겨진다. 비명이 터져 나오려는 걸 간신히 참는다. 상처 부위를 소독하고 땀띠분을 뿌린다. 다 뿌리고 보니 꼭 고환에 지문 채취용 가루를 뿌린 것 같다. 거즈를 교체하고 침대에 누워 잠들지 않으려 애쓴다. 침대가 너무 편해서 훔쳐 갈 방법이 없을까 고민한다.

39장

묘지에는 사람이 거의 없었다. 늦은 시간이었지만 샐리는 조용히 생각할 곳이 필요해 동생의 무덤으로 향했다. 잔디 깎는 기계가 놓쳤는지 묘비 근처에 길게 자란 풀이 이슬의 무게에 눌려 휘어져 있었다. 샐리는 교회를 빼면 묘지가 신과 가장 가까운 장소라는 생각이 들었다.

지난밤 샐리는 궁금증이 조금이라도 해소되기는커녕 더욱 큰 혼란에 빠졌다. 아니, 조가 만들어낸 허구의 세계로 더 깊이 끌려 들어갔다. 조는 어디까지 속이고 있는 걸까? 다친 것도 자해였을까?

조의 아파트 계단에 묻어 있던 피가 떠올랐다. 자해를 했다면 밖에서 했다는 뜻인데 그럴 리는 없다. 하긴 운전도 불가능해 보였는데 하지 않았나. 이제는 조와 정면으로 마주해야 한다. 오늘 직장에서 그럴 작정이었는데 겁이 나서 그러지 못했다. 조를 잃고 싶지 않았다. 이미 잃었을 수도 있다. 조의 엄마는 샐리가 찾아간 일을 아직은 아닐지 몰라도 머지않아 조에게 말할 것이다.

샐리는 손등으로 얼굴을 닦았다. 눈물이 뺨 위로 번졌다. 입김이 얼굴 앞으로 하얗게 피어올랐다. 조를 실망시키고 싶지 않았다. 땅에서 스며 나오는 것 같은 안개가 묘지를 뒤덮고 있었다. 안

개는 묘비 주위를 맴돌았지만 더 높이 오르지는 못했다. 차에 다시 탈 때쯤 샐리의 다리는 축축해져 있었다.

샐리는 히터를 최대치로 켜고 조의 아파트로 향했다. 뜨거운 바람이 다리와 얼굴을 말렸다. 조의 아파트에 도착한 샐리는 처음 왔을 때와 같은 자리에 차를 세우고 구급상자를 챙겼다. 조의 거짓말은 실밥부터 제거한 뒤에 따질 것이다.

꼭대기 층으로 올라가는 계단은 텅 비어 있었다. 대부분 희미해지긴 했어도 아직 핏자국이 남아 있었다. 조의 집에 도착해 문을 두드렸지만 답이 없었다. 그때 복도 끝에서 고양이 한 마리가 나타나 샐리에게 걸어왔다. 고양이는 다리를 약간 절뚝거렸다. 샐리는 고양이의 머리를 문질러주었다.

"어머, 야옹아. 너 참 귀엽구나."

고양이는 동의하듯 야옹 하고 울더니 가르랑거렸다. 다시 문을 두드렸다. 여전히 아무도 답하지 않았다. 조가 또 의식을 잃은 걸까? 아니면 또 공격당했나? 더 세게 문을 두드렸다. 집에 없을 수도 있지만 있는데 답하지 못하는 걸 수도 있다. 남은 고환까지 제거돼 피를 흘리며 침대에 누워 있을지도 모른다.

샐리는 복제해둔 열쇠를 자물쇠에 넣었다. 그러면서 조가 곤경에 처하지 않았더라도 어떻게든 집 안으로 들어갈 핑계를 찾았으리라는 걸 깨달았다. 하지만 그걸 깨달았다고 해서 손잡이를 돌려 문을 열고 들어가는 걸음을 멈출 순 없었다.

"조?"

조는 아무 대답도 하지 않았다. 집에 없으니 당연했다. 샐리는 문을 닫고 집 안에 들어섰다. 뒤따라 들어온 고양이가 금붕어 어항 옆에 앉았다. 어항은 비어 있었다. 조가 먹이를 주지 않았나? 조의 옷이 그날처럼 바닥에 흩어져 있지만 오늘은 핏자국이 하나도 묻어 있지 않다. 싱크대에는 그릇이 쌓여 있고 식탁 위에는 먹다 남은 음식이 방치돼 있다. 침대도 정리가 안 돼 있다. 아마 공격을 당한 그날 이후로 계속 이 상태일 것이다. 마틴도 이렇게 살았을까?

샐리가 이 집에 있는 건 옳지 않았다. 하지만 조에게 벌어지고 있는 일도 옳지 않기는 마찬가지였다.

조에게는 도대체 무슨 일이 벌어지고 있는 걸까?

샐리는 조가 경찰서에서 가져온 파일을 뒤졌다. 파일은 개수가 더 늘어나 있었다. 파일에 든 사진들이 너무 끔찍해 이내 고개를 돌려버렸다. 왜 조는 이 사진들을 여기에 둘까? 아니, 그보다 조가 지금 집에 돌아온다면 자기 집을 둘러보고 있는 그녀를 보고 뭐라고 할까? 지금 당장 고양이를 데리고 이 집에서 나가야 했다. 샐리가 들어 올리려는 순간 고양이가 침대 밑으로 휙 들어갔다.

"이리 온, 야옹아. 거기 있으면 안 돼."

고양이는 계속 있어도 된다고 생각하는지 나올 기미가 없었다. 납작 엎드려 침대 밑을 들여다보니 고양이가 한가운데에 웅크리고 있었다. 그때 고양이 옆에 있는 작은 종잇조각이 보였다. 호기심이 생긴 샐리는 손을 뻗어 종이를 잡았다. 주차장 건물에서 받은 주차권이었다. 주차권에는 몇 달 전 날짜가 인쇄돼 있었다. 주차권을 갖고 있다니 이상하다. 주차권은 보통 주차장 건물에서 나올 때 요금을 확인하기 위해 주차 요원에게 줘야 하는데. 샐리는 주차권을 제자리에 갖다놓았다.

 손가락을 튕기자 고양이가 샐리의 품에 안겨 가르랑거렸다. 샐리는 고양이를 데리고 나가 복도에 내려놓고는 아파트 밖으로 나갔다.

40장

 칼훈의 머릿속에 들어가 본다. 칼훈에게 가장 쉬운 선택지는 나를 죽여 시신을 숨기는 것이다. 벌써 장소를 몇 군데 물색하고 있을 것이다. 재킷을 걸치고 장갑을 고쳐 낀 뒤 호텔 방에서 나온다. 두 손을 계속 주머니에 넣고 있어서 의심을 살 수도 있지만 마주치는 사람이 없으니 괜찮다. 꼭대기 층에 있는 칼훈의 방으로 향한다. 방 번호는 그의 파일에서 확인해두었다. 문제는 그 방에 들어가려면 카드키가 필요하다는 것이다. 카드키 잠금장치는 나도 딸 수 없다.
 엘리베이터에 오른다. 문이 닫히려는 순간 운명의 장난처럼 근처 방에서 청소 담당 직원이 나온다. 얼른 열림 버튼을 누르고 복도로 다시 나간다. 직원이 나를 스쳐 지나가며 미소를 짓는다. 50대쯤 돼 보이고 검은 머리를 염색한 직원은 아이 여섯이 난장판으로 만든 집을 치우고 나온 엄마처럼 기진맥진해 보인다. 게다가 너무 앙상해서 집어 들어 벽에 던지기라도 하면 산산조각이 날 것 같다. 나는 같이 미소를 짓고는 뒤돌아서서 여자가 어떤 방 앞에서 멈추는지 지켜본다. 여자가 방 안으로 들어가자 주변에 아무도 없는 걸 확인한 뒤 조용히 그녀를 따라 들어간다.
 여자가 내 존재를 알아차리기 전에 여자의 어깨 너머로 팔을 뻗는다. 뻗은 팔로 여자의 목을 조르는 동시에 다른 팔로는 여자의 뒤통수를 받친다. 두 팔에 힘을 꽉 줘 여자의 호흡을 늦춘다. 여자는 몸부림치다가 내가 안 그러는 게 좋을 거라고 말하자 바로 멈춘다.

이 여자에게는 아무 짓도 안 할 것이다. 엄마뻘인 여자라 적어도 성적으로는 아무것도 하고 싶지 않다. 이 여자는 내가 하는 일만큼이나 보잘것없고 천대받는 일을 하다 그 일 때문에 죽게 생겼다. 나는 여자에게 계속 일할 기회를 줄 것이다. 일단은 말이다. 여자에게 닥치지 않으면 죽을 거라고 말한다. 앞만 보라고, 몸을 돌려 나를 보려고 했다간 죽을 거라고도 한다.

그런 뒤 카드키를 달라고 한다. 여자가 허리춤에 클립으로 매달아둔 카드키를 풀어 건넨다. 하긴 목숨 걸고 지킬 물건은 아니다. 내가 수건과 공짜 비누를 모조리 훔쳐도 신경 쓰지 않을 것이다. 비명도 지르지 않는다. 눈치가 빠른 여자다. 물론 내가 여자의 남편과 아이들을 죽이겠다고 협박한 것도 한몫했을 것이다.

시트 하나로 여자의 팔다리를 묶고 다른 시트로는 눈을 가린다. 20분만 가만히 있으라고 말한다. 나는 20분 뒤 이 방으로 돌아올 것이다. 더 빨리 올 수도 있다. 돌아왔을 때 여자가 사라지고 없으면 찾아내 죽일 것이다. 여자가 그대로 있으면 풀어줄 것이다. 오늘은 범죄 현장을 만들고 싶지 않다. 경찰의 관심이 이쪽으로 쏠리게 해서는 안 된다. 여자가 도망칠 수 없는 상태라는 걸 확인하고는 복도로 나온다. 누가 볼 수도 있으니 청소 카트를 방 안으로 밀어 넣은 뒤 문을 닫고 나온다.

로버트 칼훈 형사의 방 잠금장치에 카드키를 꽂는다. 칼훈은 지금쯤 조바심을 내며 나를 기다리고 있을 것이다. 최소 10분은 기다릴 것이다. 못 기다리고 지금 출발한다 해도 시내까지 운전해 오려면 꽤 걸릴 테니 시간은 충분하다.

방 안으로 들어가 작은 손전등으로 주위를 비춰보다 굳이 불을 끄고 있을 필요가 없어 등을 켠다. 주방은 내 집 주방보다 크고 요리 도구도 더 많다. 출근하기 전에 샌드위치를 만들어 먹은 흔적이 있다.

경찰은 싼값에 이 호텔에 묵을 수 있지만 대신 설거지나 객실 청소는 스스로 해야 한다. 아내와 떨어져 사는 50대 남자라 설거지거리가 잔뜩 쌓여 있다. 설거지를 미루느라 며칠간 패스트푸드로 끼니를 때우기도 할 것이다.

모양을 비교해 내 방에서 가져온 칼과 똑같은 칼을 찾아낸다. 그런 다음 칼훈의 지문이 지워지지 않게 조심하면서 두 칼을 각각 다른 비닐봉지에 넣은 뒤, 왼쪽 주머니에는 내 칼이 든 비닐봉지를, 오른쪽 주머니에는 칼훈의 칼이 든 봉지를 넣는다.

청소 담당 직원이 있는 방으로 돌아간다. 탈출하려고 몸부림쳤지만 별 소득이 없었던 모양이다. 주방으로 가서 똑같은 칼을 하나 더 찾아내 세 번째 비닐봉지에 넣는다. 그런 다음 여자에게 입을 다물고 계속 얼굴을 돌리고 있으라고 말한다. 시트를 풀어주고 여자의 어깨 너머로 팔을 뻗어 천 달러를 건넨다. 이 정도면 충분히 입을 다물게 할 수 있다. 며칠 전 밤 베키에게 2천 달러를 안 줬으니 이 돈을 줘도 천 달러는 이득을 본 셈이 된다. 범죄 현장을 하나 더 안 늘려도 되는 것도 좋다. 여자의 눈이 돈을 따라가는 게 느껴진다. 이미 돈 쓰는 상상을 하고 있을 것이다. 돈을 더 받아내려면 무엇을 하면 좋을지도 생각 중일 것이다. 나는 여자에게 5분만 더 이 방에 있으라고 한 뒤 이해했으면 고개를 끄덕이라고 말한다. 여자는 돈에서 시선을 떼지 않은 채 열심히 고개를 끄덕인다. 카드키를 침대 위에 툭 던지고는 여자를 끝까지 주시하며 뒷걸음질로 방에서 나온다. 복도로 나온 뒤에는 방문이 닫히게 내버려 둔다. 여자는 아마 범죄 신고가 접수되지 않는 이상 굳이 이 일을 알릴 필요가 없다는 생각을 하고 있을 것이다. 모양이 똑같은데도 칼훈의 방에서 가져온 칼이 더 무겁게 느껴진다. 칼훈의 지문 무게인가 보다.

내 방으로 돌아온다. 주방으로 가서 칼을 원래 자리에 꽂아둔 뒤 청소 담당 직원이 있던 방에서 가져온 칼은 깨끗이 닦아 다시 비닐봉지에 넣는다.

아직 할 일이 많다. 장기 주차 중인 여자를 이용할 수 있었다면 간단했을 텐데 아쉽다. 그 차 트렁크에 칼을 던져 넣고 경찰에 신고하는 건 헛수고다. 나는 그 여자를 칼로 찌른 적이 없고, 이제 와서 찌른다 해도 팔다리를 구별할 정도의 지식만 있다면 어떤 부검의라도 사후에 난 상처란 걸 단박에 알아낼 것이다. 무엇보다 시간이 너무 오래 지났다. 새로운 시체가 필요하다. 갓 죽은 시체가.

오늘 밤 나는 윈도쇼핑을 할 것이다. 숙제는 하지 않을 생각이다. 숙제를 미리 하면 즉흥성이 떨어진다.

오늘 밤은 재미있을 것이다.

오랜만에 하는 쇼핑이니 말이다.

41장

크라이스트처치에서 가장 흔한 범죄는(형편없는 패션, 구식 영국 풍 건축물, 본드 흡입, 지나치게 울창한 녹지, 서툰 운전, 서툰 주차, 턱없이 부족한 주차 공간, 거리를 멋대로 배회하는 보행자, 터무니없이 비싼 상점, 겨울철 스모그, 여름철 스모그, 스케이트보드를 타고 인도 위를 질주하는 아이, 자전거를 타고 인도 위를 질주하는 아이, 길가는 사람마다 붙잡고 성경 구절을 외쳐대는 노인, 멍청한 경찰, 멍청한 법, 지나치게 많은 술주정뱅이, 턱없이 적은 상점 수, 짖어대는 개들, 시끄러운 음악 소리, 아침이면 상점 문 앞에 고여 있는 오줌 웅덩이, 배수로에 고여 있는 토사물 웅덩이, 회색 인테리어를 제외하면) 빈집털이다. 이 도시에서 빈집털이는 몇 분에 한 번씩 벌어진다. 주로 나중에 주유소를 터는 어른으로 자랄 10대들이 저지른다. 빈집털이와 나란히 상위권을 차지하는 범죄는 차량 절도다. 집이 털리는 것만큼 차를 자주 도둑맞는다는 뜻이다. 그래서 차에 경보 장치를 다는 사람이 많을 것 같지만 전혀 그렇지 않다.

사람들은 경보 장치보다 고가의 카스테레오에 돈을 쏟아붓는다. 그 스테레오는 결국 싸구려 전당포에 진열된다. 그러니 차를 한 대 더 훔치는 건 어렵지 않다. 방법을 알고 나처럼 잘만 하면 간단하다.

서류 가방(현대판 연쇄 살인범의 공구함)은 새로 훔친 차 조수석에 둔다. 근처 멀티플렉스에 차를 대고 30초에 한 번씩 와이퍼를 켜 시야를 확보하고 느긋하게 가랑이를 긁으며 기다린다. 영화의 시작과 종료에 맞춰 사람들이 들고 나기를 반복한다. 그러다 마침내 딱 맞는 피해자 후보가 눈에 들어온다. 긴 금발을 늘어뜨리고 광대뼈가 도드라지고 반짝이는 휠체어를 탄 30대 여자다. 이런 사람은 잃을 게 별로 없으니 죽여도 그리 큰 죄는 아니지 싶다. 게다가 여자는 내가 가할 고통의 절반도 느끼지 못할 것이다.

나는 여자가 서툴게 차에 오르는 모습을 지켜본다. 여자는 장애인만 익힐 수 있는 손놀림으로 휠체어를 차 지붕 위로 들어 올려 고정한다. 놀랍도록 능숙하다. 다시는 그 손놀림을 뽐낼 수 없겠지만 말이다.

여자의 뒤를 밟아 집까지 따라간다. 이번 차는 최신형 포드 모델인데 상당히 잘 나간다. 에어컨을 켜고 스테레오도 튼다. 꽤 편안한 드라이브다. 여자의 집에서 몇 집 떨어진 곳에 차를 댄 뒤 여자가 집에 들어가 자리를 잡을 때까지 20분쯤 기다리기로 한다. 여자는 아마 혼자 살 것이다. 애인이나 배우자가 있었다면 영화관에 같이 갔을 것이다. 신체 장애인도 쓸 데가 있다는 생각을 하기는 오늘이 처음이다.

여자의 집은 단층이다. 하기야 그 몸 상태로 그 이상을 바랄 순 없겠지. 정원은 관리가 거의 안 돼 있고 현관으로 이어지는 휠체어 경사로 맨 아래에는 '환영합니다'라고 적힌 매트가 깔려 있다. 밤 11시가 조금 넘은 시각, 현관문으로 걸어가 자물쇠를 만지작거린다. 휠체어에 의지해 사는 사람치고는 보안이 너무 허술하다. 인생이란 게 그렇다. 노약자나 미인은 공격받기 제일 쉬우면서도 문에 체인과 자물쇠 정도만 달아놓고 산다. 나 같은 사람에게 그런 장치는 없는 거나 다름없는데 말이다.

제일 먼저 주방으로 간다. 가전제품이 모두 허리 높이에 맞춰 설치돼 있다. 냉장고를 열어 안을 살펴본다. 맥주가 없는 데다 채식을 하는 것 같다. 채식주의자들은 도무지 이해할 수가 없다.

널찍하고 카펫이 깔려 있지 않은 복도를 지나 여자의 침실로 향한다. 빈둥거릴 시간이 없다. 여자가 비명을 지르는 상황은 만들고 싶지 않다. 곧바로 들어가서 곧바로 끝내야 한다.

여자가 무슨 일이 벌어지고 있는지 깨닫기도 전에 침실로 들어가 여자를 제압한다. 다리를 묶는 건 무의미하다. 손만 묶으면 된다. 침대 옆 전화기에서 선을 뽑아 쓴다. 고환에 거즈를 붙인 상태라 늘 하는 일을 할 순 없지만, 덕분에 나도 여자도 시간을 아낄 수 있으니 나쁘지만은 않다. 손에 피가 너무 많이 묻지 않게 조심하면서 간밤에 깨끗이 닦아놓은 칼을 꺼내 쓴다. 일을 마치고 칼을 다시 비닐에 넣어 챙겨둔 뒤 칼훈의 지문이 묻은 또 다른 칼을 꺼내 벌어진 상처에 조심스럽게 꽂아 넣는다.

다 끝내고는 벽장과 서랍을 뒤져 이제는 쓸 일이 없어진 물건을 몇 개 빌린다. 막 떠나려는 순간 거실 쪽에서 윙윙거리는 소리가 들린다. 수족관에서 나는 소리다. 그 앞에 서서 스무 마리쯤 되는 물고기가 푸른 조명을 받으며 이리저리 헤엄치는 모습을 가만히 바라본다. 다른 여자를 죽일걸 그랬다는 생각이 든다. 두 마리를 골라 집으로 데려가고 싶은 마음이 자꾸 들지만, 떠나보낸 두 녀석을 대신할 물고기는 어디에도 없다.

집을 나서면서 불구 아가씨를 죽인 게 계속 마음에 걸린다. 여자는 물고기를 좋아했고 나도 물고기를 좋아했다. 우리는 둘 다 혼자 살았고 우리에겐 물고기뿐이었다. 물고기는 우리의 친구였고 우리는 물고기의 신이었다. 처음에는 아무 관련 없는 남이었던 여자가 지금은 나를 이해해줄 것처럼 느껴진다. 다음 생에서는 친구가 될 수 있을지도 모른다. 여자의 다리가 멀쩡하다면 그 이상이 될 수도 있다. 현관문은 열어둔다. 그래야 이웃이든 늦은 밤 빈집을 털러 온 도둑이든 조금이라도 빨리 여자의 시신을 발견할 수 있을 것이다. 지금 내가 여자에게 해줄 수 있는 건 장례식이라도 잘 치러지길 바라는 것뿐이다. 차로 걸어가기 전에 옷에 피가 묻었는지 확인한다. 검붉은 핏자국이 몇 개 생기긴 했지만 작업복이 짙은 색이라 거의 보이지 않는다.

호텔로 곧장 차를 몰고 가서 주위에 경찰이 없는지 확인한 뒤 내 방으로 간다.

방에 무사히 들어와서는 살인에 실제로 쓰인 칼을 깨끗이 닦아 직장에서 가져온 락스에 담근 뒤 다시 비닐봉지에 말아 넣는다. 원래 자리에 돌려놓는 게 이상적이겠지만 세상은 이상적이지 않다. 이 칼은 다른 곳에 버릴 것이다.

고환에 붙였던 거즈를 떼고 거울에 비친 내 성기를 들여다본다. 병원이나 영안실에 실려 가게 할 까맣고 흉측하게 감염된 덩어리를 예상했지만 실제로 보이는 건 마른 피와 땀띠분으로 뒤덮인 쭈글쭈글한 피부뿐이다. 젖은 수건 귀퉁이로 살살 닦아내자 아까 긁은 탓에 벌겋게 부어오른 상처 부위가 보인다. 가까이 들여다보니 왜 그렇게 가려웠는지 알겠다. 실밥을 제거해야 하는 시기를 훌쩍 넘긴 상태였다.

멜리사가 또다시 도와주겠다며 찾아오는 일은 막고 싶어서 욕실로 가 비누 옆에 놓인 작은 바느질 세트를 집어 든다. 침대 위에 수건을 깔고 앉아 바늘로 실밥을 아주 천천히 잡아당겨 느슨하게 만든 다음 서류 가방에서 꺼낸 작은 칼로 잘라낸다. 사타구니 전체와 복부 아래쪽, 허벅지 윗부분이 아프지만 견딜 만하다. 오히려 손이 미끄러졌다간 어떤 일이 벌어질지 상상하는 게 더 힘들다. 다행히 그런 일은 벌어지지 않는다. 실을 하나씩 뽑을 때마다 저릿한 통증이 온몸에 퍼진다. 술에 취해 뽑았다면 더 낫지 않았을까 싶지만 미니바의 가격을 생각하니 그런 마음이 싹 가신다. 음낭에서 나기 시작한 피도 조금 스며 나오는 수준이다.

방을 정리하고 오랫동안 샤워를 한다. 분사구의 방향과 수압을 조절할 수 있는 샤워기라니 정말 멋지다. 사타구니의 통증이 한결 나아졌다. 청소부가 아니라 외과 의사가 될걸 그랬다. 30분 뒤 욕실 밖으로 나와 수건으로 몸을 닦는다. 욱신거리는 통증뿐 아니라 가려움도 사라졌다. 내 몸은 회복되고 있다. 예전으로 돌아갈 순 없겠지만 분명 나아지고 있다.

42장

다음 날은 평소와 다를 것 없이 흘러간다. 일기 예보하는 아저씨가 오늘은 웬일로 날씨를 맞혀 밥값을 한다. 기상 보고서가 아니라 창밖을 보고 예보하는 게 아닌가 싶다. 칼훈 형사와 맞닥뜨리는 상황만은 피해야 해서 엘리베이터 대신 계단으로 내려간다. 로비에 도착하니 도어맨이 잘 알아듣지도 못하는 한 무리의 관광객에게 영어로 길을 설명해주고 있다. 로비와 택시를 오가며 짐을 나르는 택시 운전사와 체크인과 체크아웃을 하는 사람들도 보인다. 하지만 칼훈은 없다. 밖을 내다본다. 지금은 비가 오지 않지만 간밤의 먹구름이 허풍이 아니었는지 거리가 온통 젖어 있다.

프런트의 남자 직원에게 체크아웃을 한다. 자꾸 주위를 두리번거려 직원의 눈에는 편집증 환자처럼 보였을 것이다. 추가 요금은 없었다. 직원이 즐거운 시간을 보냈느냐고 물어 그렇다고 대답한다. 어디에서 왔느냐는 질문에는 잠시 고민한다. 바보가 아닌 이상 '크라이스트처치'라고 답할 순 없다. 자기가 사는 도시의 5성급 호텔에서 며칠씩 묵는 사람이 어디 있겠는가. 북섬에서 왔다고 둘러대니 직원이 정확히 어디냐고 묻는다. 그제야 질문이 끊이지 않는 이유를 깨닫는다. 직원은 내게 수작을 걸고 있었다. 내가 오클랜드에서 왔다고 하자 자기도 오클랜드 출신이라면서 세상 참

좁다고 말한다. 나는 그렇게까지 좁지는 않다고 대꾸한다. 직원은 내 말 뜻을 잠시 생각해보고는 내 좁은 세상에 자기는 포함되지 않는다는 걸 깨닫는다. 직원의 얼굴에서 미소가 천천히 사라진다.

호텔을 나와서는 걸어서 출근하기로 한다. 해가 날 수도 비가 올 수도 있는 날씨지만 상관없다. 오늘 아침은 여러모로 기분이 좋다. 특히 고환이 가렵지 않아서 좋다. 엘리베이터를 타고 내 사무실이 있는 층에 내리니 샐리가 있다. 샐리는 나를 위아래로 훑어본다. 표정이 왠지 심란해 보인다.

"어젯밤엔 뭐 재밌는 일이라도 했어요?" 샐리가 묻는다.

또 시작이다. 남들이 뭘 하고 사는지 궁금해서 못 견디는 그 심리 말이다. "별일 없었어요. 그냥 집에서 TV 봤어요."

"좋았겠네요." 샐리는 그렇게 말하고는 걸음을 옮겼다.

1층 화장실 청소부터 시작한다. 불구 아가씨의 시신이 발견된 모양이다. 다들 비극적이라고 말한다. 무자비하다고, 이 나라에 사는 게 부끄럽다고도 한다. 화장실에 오는 사람마다 "도대체 언제 끝날까?"라고 묻지만 정작 내게는 아무도 묻지 않는다. 사무실로 돌아가 작업복에 묻은 핏자국에 매직펜을 칠해 잉크 얼룩으로 위장한다.

형사들이 범인을 쫓느라 신경을 곤두세우는 사이 나는 사무실에 앉아 멜리사가 사준 휴대전화로 전화를 건다. 샐리가 올 수도 있어 의자 등받이를 문에 바싹 붙여 앉는다. 칼훈이 전화를 받는다. 약속 장소에 나가지 못해 미안하다고 하자 날 얼마나 나쁘게 생각하는지 여과 없이 들려준다. 빈말을 몇 마디 더 주고받은 뒤 오늘 저녁 6시에 다니엘라의 집에서 다시 만나기로 한다. 칼훈은 마지못해 동의하고는 고맙다는 말도 없이 전화를 끊는다.

점심을 먹고 나서 다니엘라의 집 근처에서 잠복 수사가 예정돼 있는지 알아내려고 형사들의 대화에 귀를 기울인다. 하지만 누구도 그런 말은 하지 않는다. 칼훈은 오늘 다니엘라의 집에 간다는 사실을 아무에게도 알리지 않았다. 나를 죽이려는 계획을 계속 밀어붙이겠다는 뜻이다. 그런데 갑자기 경찰서가 분주해진다. 자세한 내용은 못 들었지만 오늘 아침에 또 다른 시신이 발견됐다는 사실 정도는 알아낸다. 이번 건은 나와 상관없다. 시내 어느 교회에서 한 남자가 꽤 끔찍한 방식으로 살해된 모양이다. 휠체어를 타는 여자가 죽은 데다 교회에서 웬 남자가 죽는 바람에 형사들은 두 배로 바빠졌다. 인력이 두 배로 늘어나야 할 판이다.

그러는 와중에 30분에 한 번꼴로 샐리를 마주치지만 샐리는 말할 기분이 아닌 것 같다. 복도 끝이나 계단에서 마치 길을 잃은 사람처럼 멍한 얼굴로 나를 바라볼 뿐 예전처럼 신경을 긁는 쓸데없는 말을 늘어놓는 일은 한 번도 없다. 솔직히 샐리가 싸주던 점심이 그립기는 하다.

4시 30분이 된다. 사무실로 돌아와 전화를 한 통 더 건다. 이번에도 경찰서다. 강력반 담당자를 연결해 달라고 요청한다. 제보할 내용이 있다고 하자 칼 슈뢰더에게 연결된다. 이름을 밝히는 순서를 슬쩍 건너뛰고는 내가 아는 정보, 아니, '알게 된' 정보를 말한다. 어젯밤 사건 현장에서 세 블록 떨어진 쓰레기통에 수상한 남자가 칼을 버리는 걸 봤다고 제보한다. 오늘 살인 사건이 났다는 소식을 들어 신고하기로 했다는 말도 덧붙인다.

슈뢰더가 용의자의 인상착의를 묻는다.

회의실에 붙어 있는 '나'의 몽타주와는 전혀 다른 칼훈의 외모를 묘사해주고는 질문이 이어지기 전에 전화를 끊는다. 휴대전화의 전원을 다시 끈다.

집에 도착해 세 발짝 걸어 들어간 순간 무언가 달라졌다는 걸 감지한다. 무엇이 어떻게 다른지 꼬집어 말할 순 없지만 누군가가 다녀간 듯 집 안의 모든 게 아주 조금씩 틀어진 느낌이다. 제자리에서 한 바퀴 빙 돌면서 훑어보지만, 이런 느낌이 드는 이유를 찾아내지는 못한다. 멜리사가 다녀갔을 수도 있고 아닐 수도 있다.

라텍스 장갑을 끼고 매트리스 밑으로 손을 넣어 몇 달 전 기념품으로 숨겨둔 주차권을 찾는다. 그런데 없다. 어깨까지 쑥 집어넣고 두 손을 이리저리 휘저으며 찾고 또 찾지만…… 없다.

멜리사가 가져갔나?

멜리사는 왜 하필 여길 뒤졌을까? 답은 뻔하다. 사람들은 주로 매트리스 밑에 무언가를 숨긴다. 주차권을 이런 데 숨기는 건 멍청한 짓이었다.

그때 문득 그 망할 고양이를 잡으려다 침대를 뒤엎었던 기억이 난다. 무릎을 꿇고 엎드려 침대 밑을 들여다보니 역시 거기 있다. 주차권을 꺼내 서류 가방에 넣고 장갑을 벗는다.

집에서 나와 몇 블록을 걸어 차를 한 대 훔친 뒤 칼훈과 만나기로 한 장소로 향한다. 둘 다 서로를 죽일 작정이지만 겉으로는 그 사실을 모르는 척할 것이다. 도착하니 5시 40분이다. 종일 시신과 씨름하느라 진을 뺀 칼훈보다는 분명 내가 먼저 도착했을 것이다.
 약속 장소에서 몇 블록 떨어진 곳에 차를 대고 걷는다. 저녁 공기가 아침 못지않게 쌀쌀하다. 겨울도 여름만큼 길어지는 건 아닐까 걱정된다. 늘 그러듯 현관문을 따고 안으로 들어선다. 발끝으로 조용히 문을 닫고 현관에 멈춰 선 채 인기척을 살핀다. 아무도 없다. 침실이 제일 적당해 보여 먼저 그쪽으로 향한다. 서류 가방을 열고 총이 있다면 이 모든 드라마를 간단히 끝낼 수 있을 텐데 하고 아쉬워하며 망치를 꺼낸다. 지금 상황에서는 이게 최선이다. 하지만 막상 꺼내보니 망치는 적절하지 않아 보인다. 자칫하면 칼훈의 머리를 깨뜨려 진짜로 죽여버릴 수도 있다. 더 나은 대안을 찾으러 주방으로 간다. 커다란 프라이팬을 하나 들고 침실로 돌아온다. 끈적임 방지 코팅이 된 팬이다.
 침대에 앉아 손목시계의 초침을 바라보며 칼훈 형사가 오기를 기다린다.

43장

샐리는 뭔가를 모르는 게 신물이 났다. 머릿속이 질문으로 가득한 것도 신물이 나는 것 자체도 지긋지긋했다.

그래서 평소보다 일찍 퇴근했지만 아무도 눈치채지 못했다. 오늘은 강력반 형사들에게 정신없는 하루였기 때문이다. 샐리는 이런 날이 싫었다. 이런 날이 너무 자주 오는 것도 싫었다.

주차장 건물에 가니 헨리가 늘 있던 자리에 없었다. 샐리가 오는 시간에만 있는 모양이었다. 샐리는 헨리가 없어서 실망해야 할지, 헨리가 자기를 기다린다는 사실에 우쭐해야 할지 알 수 없었다. 자신이 헨리에게 이용당하는 건지 사랑받는 건지도 헷갈렸다.

경찰서를 지나쳐 유턴한 뒤 경찰서 건너편에 차를 세웠다. 4시 30분이 됐지만 조는 나타나지 않았다. 샐리가 아는 한 조는 늘 같은 시간에 퇴근했는데. 벌써 간 걸까?

5분을 더 기다렸지만 조는 나타나지 않았다.

너 지금 뭐 하는 거야? 샐리는 스스로에게 물었다. *조를 미행이라도 하려고? 아직도 조를 도우려는 거야?*

그렇다. 샐리는 조가 누굴 만나는지 알고 싶었다. 며칠 전 경찰서에 와서 몽타주를 그리게 협조한 그 여자를 만나는지도 몰랐다. 5분쯤 지나자 샐리는 실망한 얼굴로 시동을 걸고 차를 뺐다. 어차피 이런 식으로 기다리는 게 내키지 않던 참이었다.
 그런데 신호에 걸려 차를 세운 순간 인도를 걷는 조가 백미러에 보였다. 신호등이 파란불로 바뀌었는데도 샐리는 어찌할 바를 몰라 멍하니 있었다. 뒤차가 경적을 울려댔다. 돌아보니 조는 이미 사라지고 없었다. 벌써 버스에 탄 모양이었다.
 묘지 방향으로 차를 몰았지만 몇 분 뒤 샐리는 자기도 모르게 조의 아파트 쪽으로 가고 있었다. 아파트 근처 길가에 차를 대고 기다리면서 샐리는 조와의 대화가 어떻게 흘러갈지 상상했고, 그러다 보니 그만 이곳을 떠나야 할 것 같았다. 하지만 조가 도착해 아파트 안으로 들어가자 샐리는 조의 집에 올라가기로 마음먹었다. 그때 결심이 무색하게도 조가 다시 아파트 밖으로 나왔다. 조는 샐리의 차 앞을 걸어갔고 샐리는 차를 탄 채로 조를 따라갔다. 그러다 길모퉁이에서 조가 왼쪽으로 방향을 틀어 사라져버렸다. 샐리는 누굴 미행하는 게 처음이었고 자신이 미행에 그다지 소질이 없단 걸 깨달았다. 샐리의 차가 서서히 모퉁이를 돌려 할 때였다. 조가 갑자기 왼쪽에서 차를 몰고 나타나 교차로를 지나갔다.
 게다가 지난번에 본 차와 다른 차였다!
 샐리는 일정 거리를 유지하며 차 한 대를 사이에 두고 조를 계속 따라갔다. 조는 여러 동네를 지나치다가 상류층 주택가에서 속도를 줄이고는 길가에 차를 댔다. 샐리는 조가 탄 차를 지나치면서 백미러로 조를 지켜보았다. 차에서 내려 블록 끝까지 걸어가는 조의 손에 들린 서류 가방이 앞뒤로 살짝 흔들렸다.
 샐리는 차를 돌리면서 조가 이층집 안으로 들어가는 모습을 목격했다. 어딘가 낯익은 집이지만 어디서 봤는지는 떠오르지 않았다. 그냥 친구를 만나러 온 거라면 왜 진입로나 집 앞이 아니라 굳이 모퉁이를 돌아 차를 세웠을까?

20분이 지나도록 샐리는 블록 끝에 세운 차 안에 앉아 손가락으로 핸들을 두드리며 같은 질문을 되뇌었다. 나는 왜 조에게 도대체 무슨 일이 벌어지고 있는 건지 직접 물을 용기가 없을까? 하지만 조가 위험한 상황이라면 괜히 나섰다가 더 큰 해를 끼칠지도 모른다. 샐리는 어느새 속삭이는 목소리로 기도를 올리고 있었다. 제발 조가 무사히 집 밖으로 나오길. 아무 일 없이 지나가길. 조에게 지금 나쁜 일이 벌어지고 있을지도 모르는데 앉아서 기다리기만 하는 자신이 한심했다.

"바보, 바보, 바보." 샐리는 손바닥으로 이마를 치면서 중얼거렸다.

그때 진입로로 차 한 대가 들어오고 한 남자가 차에서 내렸다. 멀어서 얼굴을 알아볼 순 없지만 이 집처럼 남자도 어딘가 낯이 익었다. 남자는 성큼성큼 현관문으로 다가가 집 안으로 들어갔다.

44장

칼훈이 들어서는 순간 침실 문 뒤에서 튀어 나가 프라이팬을 휘두른다. 칼훈이 한 팔을 들어 올려 막자 프라이팬이 그의 팔꿈치에 맞고 튕겨 그의 가슴에 부딪힌다. 칼훈은 뒤로 휘청거리고 나는 앞으로 휘청거리다가 그를 들이받는다. 둘 다 바닥으로 넘어진다. 그때 칼훈이 재킷 안으로 손을 뻗어 총을 잡는다. 머리가 광속으로 돌아가며 '망했다'는 자각이 드는 동시에 칼훈의 의도까지 분석한다. 왜 애초에 총을 꺼내고 있지 않았을까? 우선 나를 안심시키고 내가 무슨 정보를 쥐고 있는지 알아낼 생각이었을까? 칼훈이 무릎을 짚고 일어서면서 몸을 일으킨다. 놀란 표정이다. 내가 누구인지 드디어 알았다는 뜻이다. 물론 그렇다고 나를 죽이겠다는 각오가 줄어들 리는 없다.

칼훈의 이마에 내 이마를 쾅 들이박는다. 나도 다치겠지만 총을 떨어뜨리는 데는 성공한다. 눈꺼풀 안쪽에서 빛이 번쩍인다. 눈앞이 하얘지다가 붉어지지만 최근 겪은 고통에 비하면 아무것도 아니다. 비틀거리며 몸을 일으키니 방 안이 빙글빙글 돈다. 프라이팬은 아직 내 손에 들려 있다. 칼훈이 둘로 보인다. 침실 문도 두 개, 방 안의 물건이 죄다 두 개로 보인다. 고개를 흔드니 방은 여전히 빙글빙글 돌며 두 개의 이미지들이 하나로 합쳐진다. 프라이팬을 칼훈의 얼굴 옆으로 휘두르자 광대뼈와 턱에 명중한다. 광대뼈가 부러졌거나 턱이 빠졌을 것이다. 칼훈은 바닥에 쓰러져 움직이지 않고 나는 기진맥진해 팬을 바닥에 떨어뜨린다.

 칼훈의 몸을 굴려 엎드리게 한 뒤 두 손을 등 뒤로 묶고 다리도 묶는다. 입을 벌려보다가 턱이 빠진 걸 발견한다. 대화를 해야 하니 턱을 맞춰야 한다. 손으로 맞추려 했지만 아무 변화가 없다. 망치로 턱을 두드려본다. 처음엔 살살 치다가 점점 세게 두드리자 딱 하는 소리와 함께 턱이 제자리로 돌아온다. 질식 위험이 있는 달걀 대신 다니엘라의 남편 속옷을 재갈 삼아 입에 물린다.

 칼훈은 내가 식당에서 끌고 올라온 의자에 밧줄로 단단히 묶인 상태로 정신을 차렸다. 의자 다리가 금속이라 기울여 넘어뜨려도 부러질 일은 없다. 다리는 강력 테이프를 감아 의자에 고정시켰고 팔에도 테이프를 여러 겹 감았다. 마술사 후디니가 아닌 이상은 빠져나올 수 없다.

 칼훈이 나를 빤히 쳐다본다. 기절하기 직전에 본 얼굴과 지금 눈앞의 얼굴이 같을 리 없다는 눈빛이다. 조가…… 청소부 조, 멍청이 조가 이런 짓을 할 수 있을 리 없다는 표정이다. 나는 할 수 있는 정도가 아니라 아주 잘 할 수 있다는 뜻으로 고개를 끄덕인다.

 그가 낮게 끙 하는 소리를 낸다. 놀라움을 표현하려는 건지 이유를 묻는 건지 재갈의 효과를 시험하려는 건지는 알 수 없다. 의도가 뭐든 큰 소리는 내지 못한다. 턱의 통증이 엄청날 것이다. 아랫입술에 핏방울이 매달려 있다. 고환이 찢겨나가는 고통에 비하면 아무것도 아니라고 말해주고 싶지만 그 일을 남들이 알게 하고 싶진 않다. "그 여자, 네가 죽였지?"

칼훈이 고개를 젓는다.

"아니, 네가 죽였어."

칼훈은 이번에는 고개를 저으며 재갈을 문 채 웅얼거린다. "이이히 해기."

미친 새끼라고 한 것 같다. 맞는 말일 수도 있다. 어쩌면 그게 내 문제일지도 모른다.

"이제 재갈을 빼줄 거야. 잘 알겠지만 조금이라도 소리를 내면," 칼훈의 입 앞에 칼을 들이대며 말한다. "안 좋은 결말을 맞게 될 거야. 이해했으면 고개 끄덕여."

나는 미친 새끼답게 칼훈이 고개를 끄덕일 때마다 찔리도록 칼끝을 그의 턱 밑에 대고 있는다. 칼훈의 입을 막고 있던 속옷은 잘라내자 탁 하고 풀리며 그의 목에 옷깃처럼 감긴다. "좀 낫나?"

"저기 조, 내가 누군지 알겠어요?"

멍청한 질문이지만 답해준다. "그럼, 알지."

"이런 짓을 하면 안 된다는 거 알아요? 사람을 묶는 건 범죄예요. 특히 경찰은 묶으면 안 돼요."

"난 바보가 아니야."

"당연히 아니죠. 나도 알아요. 조가 힘들다는 거. 뭐랄까…… 조 같은 특별한 사람들은 사는 게 쉽지 않을 거예요. 다 아는데—"

나는 한 손을 들어 그의 말을 막는다. "저기 밥, 거기까지만 하지. 한 가지 알아둬야 할 게 있어. 난 네가 이 도시에 온 뒤로 매일

본 그 멍청이 조가 아니야."

 칼훈은 고개를 갸웃하며 꼭 필요한 깨달음의 과정을 거친 끝에 내가 '느린 조'가 아니라 '화난 조'라는 결론에 도달한다. 나는 '초지능 조'다.

 "저기 조, 기분 상하게 하려던 건 아니야. 그러니까, 뭐랄까······ 네가 연기를 워낙 잘했잖아. 속은 게 잘못은 아니지 않아?" 칼훈이 아부하듯 말한다.

 "그래, 잘못은 아니지. 근데 아부는 집어치워, 밥."

 "아직 선을 넘지는 않았어. 지금 날 풀어주면 다 없던 일로 해줄게. 우리 둘 다 원래 삶으로 돌아갈 수 있어. 하지만 지금 네가 어떤 짓을 저지르면, 그러니까 날 해치면 그땐 내가 널 도울 방법이 없어. 알겠어? 내가 죽어버리면 무슨 쓸모가 있겠어. 똑똑하니까 이해할 거야. 게다가 알다시피 경찰이 죽으면 괜한 골칫거리만 생겨. 너나 나나 골치를 썩긴 싫잖아, 안 그래?" 나도 경찰이 죽는 사태까지는 바라지 않는다고 생각하는 모양이다. "그러니까 말인데, 날 풀어주는 게 어때? 풀어주고 나서 네가 우려하는 부분이 뭐고 뭘 원하는지 얘기해보자고."

 "우리가 무슨 얘기를 하게 될지 알고 싶지 않아?"

 "그럼, 알고 싶지. 알고 싶고말고. 근데 그전에 먼저 나부터 풀어줘야 하지 않을까? 풀어주고 총도 돌려줘. 그런 다음에 아래층이든 어디든 네가 가고 싶은 곳으로 가서 얘기하자. 이건 네 게임이니까 무조건 네 결정에 따를게. 네가 원하는 장소에서 하고 싶은 얘기가 뭐든 시간이 얼마가 걸리든 같이 얘기해보자고."

"내가 누군지 짐작 가는 건 없어? 청소부 조 말고."

"넌 그냥 청소부야. 청소부 조. 난 네가 누구든 상관 안 해. 다른 사람이더라도 내가 상관할 바가 아니지. 네가 누구든 나한테는 그저 청소부일 뿐이야. 넌 우리가 널 '느린 조'로 착각하게 만든 것 말고는 아무 죄도 없어. 그러니까 조, 이제 그만 날 풀어주는 게 어때?"

칼훈이 땀을 뻘뻘 흘리며 말한다. 땀이 어찌나 많이 나는지 땀에 젖어 매듭이 풀리거나 은색 테이프가 떨어질까 봐 걱정될 정도다.

"내가 누군지 알지?"

칼훈이 고개를 저었다. "몰라."

"왜 이래, 알잖아. 난 카버야."

"아니, 그건 불가능해. 네가 누군지는 모르지만 그자일 리는 없어. 그리고 날 풀어주면 난 그런 생각조차 안 할게. 알겠지, 조?"

물론 다 개소리다. 경찰이라면 누구나 익히는 뻔한 대사다. 나와 협상하려 애쓰고 있지만 칼훈에게는 협상할 카드가 없다. 다 알아도 뭘 어쩌겠는가? 그저 자꾸 내 이름을 부르고 공감하는 척 하면서 자기도 나와 같은 인간이란 걸 상기시키는 수밖에.

"몇 가지 가정을 해볼게. 첫째, 내가 하는 말이 전부 사실이고, 둘째, 나는 널 풀어줄 생각이 없고, 셋째, 네가 내 요구에 따르지 않는다고 가정해보자. 그러면 무슨 일이 일어날지 알겠어?"

내 말에 칼훈이 고개를 끄덕인다. 경찰은 가정을 하면 안 된다. '아마도'가 아니라 '사실'만을 다뤄야 한다. 하지만 칼훈은 내가 만든 범죄 현장을 두 눈으로 목격했다. 더 이상의 증거 따위는 필요 없다. 무슨 일이 일어날지는 죽은 여자들이 있던 자리에 자기가 누워 있는 상상만 해도 알 수 있다.

"알겠어."

"좋아. 그럼 몇 가지 확실히 해두자. 첫째, 넌 지금 완전히 혼자야. 누구도 널 구하러 오지 않을 거고 빠져나갈 방법도 없어. 이미 눈치챘겠지만 내가 널 죽일 생각이었다면 넌 벌써 죽어 있을 거야."

칼훈이 다시 고개를 끄덕인다. 사실 이건 정신이 든 순간부터 알고 있었을 것이다.

"네가 내 제안에 동의하면 여기서 살아 나갈 뿐 아니라 살아남은 대가로 돈까지 받게 될 거야."

칼훈은 '살아 나간다'보다 '돈'이라는 단어에 반응하며 천천히 고개를 끄덕였다. 죽을 고비를 넘기는 것만도 고마운데 돈까지 벌게 생겼으니 칼훈에게는 꽤 괜찮은 거래다. 칼훈은 지금 돈을 얼마나 받을지도 모르면서 벌써 여자를 살 상상을 하고 있을 것이다.

"둘째, 질문은 내가 하고 너는 진실만 답해야 해. 질문 있어?"

칼훈은 입을 열려다가 아무 말도 하지 않는다. 그렇다. 내 말을 완벽히 이해한 것이다. "얼마를 벌게 될지, 뭘 해야 하는지 궁금하지?"

"그래."

"네가 내게 받을 돈은 2만 달러야. 할 일은 간단해. 누구를 해칠 필요도 없어. 그건 내 몫이니까."

칼훈이 또 고개를 끄덕인다. 2만 달러는 묶이는 걸 감수할 만큼 큰돈은 아니지만, 묶인 채로 총에 맞아 죽느니 그 돈이라도 버는 게 낫다. 게다가 아무것도 하지 않고 버는 돈으로는 분명 거액이다. 칼훈은 내 계획 중 이 부분이 마음에 들 것이다. 물론 나는 그가 이 부분을 좋아할 줄 처음부터 알고 있었다.

45장

"난 누가 죽는 건 원치 않아." 칼훈이 마치 진심인 양 말한다. 내가 자기 진심에 신경이라도 쓸 것 같은가 보다. 사람이 죽고 사는 건 지금 그에게도 나에게도 중요한 변수가 아니다. 중요한 건 다니엘라 워커다.

나는 한쪽 팔꿈치를 탁자에 짚고 비스듬히 몸을 기댔다. 담배를 피웠다면 지금쯤 비싼 담배를 하나 물고 불을 붙였을 것이다. 악당 두목이라면 하얀 페르시아고양이를 쓰다듬고 있을 것이다. 하지만 난 밥 줄 금붕어도 없는 청소부일 뿐이다. 평범하고 흔한 조. 대걸레라도 있었다면 한 번 쓰다듬어 봤을 것이다. 양동이가 있었다면 드럼처럼 박자를 두드려봤을 테고 말이다. 그러나 지금은 칼을 두 손으로 이리저리 돌리면서 그 칼을 쳐다보는 칼훈을 지켜볼 뿐이다.

"왜 이래, 밥. 사람 죽여봤잖아. 누가 또 죽는다고 해서 갑자기 양심의 가책이라도 느끼는 거야?"

"난 아무도 안 죽였어."

나는 한 손가락을 좌우로 흔들며 말했다. "거짓말하면 어떻게 되는지 기억나지?"

칼훈이 고개를 끄덕인다. 기억하고 있다는 뜻이다.

"좋아. 내가 아는 방법이 몇 가지 있는데 오늘은 이걸 쓸 거야." 서류 가방을 열고 날 선 원예용 가위를 꺼낸다. "내가 듣고 싶은 답을 하지 않으면, 그때마다 손가락을 하나씩 자를 거야."

사실 진짜로 자를 생각은 없다. 칼훈이 그렇게 믿게 만들기만 하면 된다. 칼훈은 곧 상상 때문에 잘못된 선택을 할 것이다. 칼훈이 원예용 가위를 빤히 바라본다. 저 가위가 자기 손가락에 어떻게 걸릴지, 날이 살을 어떻게 파고들지, 내가 힘을 조금만 더 주면 뼈가 어떻게 뚝 잘릴지 상상하고 있을 것이다. 손가락 열 개가 의자 밑에 흩어져 있는 상상까지 갔을지도 모른다.

나는 그의 손가락을 자를 수 있다. 물론 멜리사도 칼훈도 자를 수 있다. 셋 다 사람도 죽이지 않았던가.

"넌 다니엘라를 죽였어, 그렇지?" 칼훈이 고개를 끄덕인다. "왜 죽였는지 말해줄 수 있어?"

칼훈이 어깨를 으쓱한다. "아직 잘 모르겠어."

구체적인 답은 아니지만, 자기 딴에는 진심으로 한 말일 것이다. "내가 알려줄까?"

내 제안에 칼훈이 현명하게도 고개를 끄덕인다.

"죽일 수 있었기 때문이야. 넌 늘 그런 힘을 느껴보고 싶었을 거야. 사람을 죽인다는 건 어떤 느낌일까? 주도권이 나에게 있는 느낌! 물론 어디까지나 상상일 뿐이라고 자위했을 거야. 정말로 죽여보고 싶은 그 마음을 차마 인정할 수 없었을 테니까. 하지만 머릿속으로는 살인을 하면 어떤 일이 생기고 어떻게 하면 잡히지 않고 무고한 사람처럼 보일 수 있을지 그려봤을 거야. 방법은 많지만 깊이 파고들지는 않았겠지. 어차피 정말로 할 생각은 없었으니까. 그러다 어느 순간 상상만으로는 부족해졌어. 사람을 죽이는 상상 말고 섹스하는 상상 말이야. 폭력적인 섹스를 하는 상상. 결국 넌 매춘부를 샀어. 하지만 뭔가 달랐어. 매춘부는 '진짜 피해자'가 아니거든. 매춘부를 죽여서 폭력적인 섹스를 완성하고 싶었겠지만 그 여자는 죽일 맛이 안 났어. 매춘부는 운도 없고 태생부터 망가진 좀비 상태니까. 넌 더 '격'을 갖추고 살고 있는 인간을 죽이고 싶었고, 그때 마침 다니엘라 워커가 나타났어. 남편한테 맞고 살면서도 고소하지 않는 여자 말이야."

칼훈은 아무 말도 하지 않았다. 부검 보고서에 따르면 다니엘라의 몸에는 살해되기 전에 입은 상처가 있었다. 남편을 떠났다면 다니엘라는 아직 살아 있었을 것이다. 물론 칼훈이 고른 다른 누군가가 대신 죽었겠지만 말이다.

"다니엘라는 남편을 협박도 해보고 경찰서에도 가봤지만 결국엔 남편에 대한 두려움과 사랑 때문에 아무것도 하지 못했어. 한심한 여자지. 도대체 어쩌다 그런 놈과 결혼하고 애까지 낳았는지 이해가 안 될 거야. 근데 다들 깜빡하는 사실이 있어. 그 남편이란 작자도 처음 만났을 땐 매력적이었을 거야. 딱 네가 네 부인을 처음 만났을 때처럼."

칼훈은 아무런 반응을 보이지 않았다. 하긴 내 말이 옳다고 해도 내색할 리가 없다. 거슬리긴 하지만 벌떡 일어나 목을 그어버릴 정도는 아니다.

나는 계속 말을 이었다. "낯선 도시에 왔겠다, 욕망을 실행에 옮길 기회가 왔는데 그걸 어떻게 참을 수 있었겠어? 넌 다니엘라의 집 주소를 알아내고 동선을 파악했어. 그러다 다니엘라의 남편은 직장에 있고 애들은 캠프에 간 날이 왔지. 절호의 기회가 온 거야. 범행을 준비하면서 넌 남편을 범인으로 몰기로 했어. 남편만큼 유력한 용의자는 없어 보였으니까. 그런데 더 그럴듯한 사람이 떠오른 거야. 바로 나였지. 결국 넌 내가 저지르지도 않은 살인을 나한테 뒤집어씌웠어. 솔직히 진짜 기분 나빴어. 그래도 넌 운이 좋은 거야. 너에 대한 내 악감정을 바꿀 기회가 생겼잖아? 선택은 네 몫이야. 돈도 벌고 더 성숙한 인간으로 이 집을 나가든가, 시체 가방에 실려 지옥으로 직행하든가. 알아서 해. 이건 말할 필요도 없지만 지옥에서 받는 벌은 영원할 거야. '영원'은 아주 긴 시간이라고."

문득 내가 한 말에 의문이 든다. 지옥? 사탄? 그런 거 누가 신경이나 쓰나? 손목은 축 늘어지고 피부는 새빨간 그 개자식은 살인범이나 도둑, 강간범, 거짓말쟁이, 위선자, 마임쟁이 놈들을 겁주려고 기독교에서 만든 상상의 산물일 뿐이다. 게다가 별 효과도 없다.

"네가 지옥에서 썩든 말든 그건 내 알 바 아니야. 내가 궁금한 건 네가 불쌍한 다니엘라 워커한테 무슨 짓을 했느냐야. 지금까지 알아낸 정보와 여기 와서 얻은 정보를 종합한 결과······" 나는 방을 에워싸듯 두 팔을 쫙 벌렸다. "난 나름 전문가답고 날카로운 결론을 몇 가지 내렸어."

"대단하네."

나는 웃으며 말을 이었다. "너는 그날 늦은 오후에 다니엘라의 집에 침입했어. 다니엘라가 샤워하는 사이에 위층으로 올라가 침실에서 그녀를 기다렸어. 바로 이 방이었지."

내게는 익숙한 시나리오다.

"다니엘라는 승산이 없었어. 넌 몸싸움을 벌이며 다니엘라를 침대에 강제로 눕혔어. 그런데 그 와중에 다니엘라가 침대 옆 탁자로 간신히 손을 뻗어서 그나마 잡을 수 있는 유일한 무기를 움켜잡았어." 나는 연출하듯 탁자를 손가락으로 가리켰다. "바로 십자말풀이를 할 때 쓰던 만년필이었지. 다니엘라는 그 펜으로 널 찔렀고, 상처가 깊진 않았지만 널 열받게 하기엔 충분했어. 넌 만년필을 집어던지고 다시 본론에 집중했어. 바로 그게 실수였지. 너도 알잖아, 안 그래? 넌 그 순간에는, 그러니까 그 여자를 죽이고 나서는 어떤 것도 신경 쓰이지 않았어. 만년필에 찔린 아픔도, 잡힐지 모른다는 불안도 씻은 듯 사라졌지. 만년필 따위는 생각조차 안 났을 거야. 그랬는데 현장에 돌아오니 그 만년필이 떡하니 있는 거야. 그때부터는 온통 그 생각뿐이었겠지. 어쨌든 넌 운 좋게 아무도 모르게 그걸 바꿔치기했어. 물론 난 눈치챘지만."

"그래서, 원하는 게 뭐야?"

나는 고개를 저었다. "밥, 밥, 밥, 합의된 거 아니었어? 질문은 나만 하기로 했는데."

"그냥 원하는 게 뭔지 말해."

"그것도 질문이잖아."

"아니, 요청이야."

"거짓말. 잘리고 싶구나, 그렇지?"

내가 원예용 가위를 들어 보이자, 칼훈이 고개를 젓는다. "그건 아니야. 절대로."

"다니엘라는? 죽고 싶어 했어?"

칼훈이 젖은 얼굴로 제 무릎을 내려다본다. 그도 나도 땀 범벅이다. 더운 날씨가 아닌데도 이 집은 어쩐 일인지 여름의 열기를 고스란히 품고 있다. 퀴퀴한 냄새와 눅눅한 공기가 피부를 무겁게 짓누르는 느낌이 그때와 비슷하다. 고환이 찢겨나가 피를 흘리고 양동이에 오줌을 받아내며 침대에 일주일을 누워 있었던 그때 말이다. 나는 창가로 걸어가 창문을 살짝 열고 재킷을 벗은 뒤 침대에 앉았다. "질문에 답해, 밥."

칼훈이 고개를 갸웃하며 날 쳐다본다. 안타깝다는 표정이다. 물론 다니엘라 워커를 죽여서가 아니라 내게 들켜서 안타까운 거겠지만.

"죽일 생각은 없었어."

나는 아무 말도 하지 않았다. 말없이 가만히 앉아서 내가 칼훈 위에 군림하고 있다는 사실을 각인시킬 뿐이다. 방 안이 점점 시원해진다. 멜리사는 지금 이 순간 어딘가에서 돈을 받는 꿈에 젖어 있을 것이다. 근처 어딘가에서 개가 짖는다. 저 멀리 어딘가에서는 경찰이 쓰레기통에서 발견된 살인 흉기의 지문과 일치하는 인물을 찾아내고 있을지도, 아니 이미 찾았을지도 모른다.

칼훈은 본인만 아직 모를 뿐 이미 끝난 인생이다. 그의 가족, 특히 아내는 평생 비난의 악취 속에서 살아가야 할 것이다. 몰랐다고 해도 문제고 알았는데도 아무것도 안 했으면 더 큰 문제다. 그런 남자를 남편으로 둔 걸 어떻게 합리화할 수 있겠는가.

나는 칼훈이 나의 몇 건의 살인에 대해 알리바이가 있는지 줄곧 생각해왔다. 처음 몇 건은 오클랜드에 있었으니 알리바이가 성립된다. 그러나 워낙 심각하고 끔찍한 연쇄 살인이라 경찰은 사소한 모순쯤은 덮고 넘어갈 것이다. 그리고 더 이상 시체가 나타나지 않으면 기꺼이 칼훈에게 '크라이스트처치 카버' 딱지를 붙일 것이다. 경찰서 복도를 청소하면서 보고 들은 대로라면 경찰은 지금 용의자를 찾는 데 혈안이 된 상태라 DNA가 안 맞아도 끼워 맞출 게 분명하다. 앞으로 간간이 새로운 시체가 나오더라도 모방 범죄라고 둘러대면 그만이다. 그러면 경찰과 언론, 이 나라 전체가 만족할 것이다. 나도 마찬가지고 말이다.

"좋아, 밥. 우발적 살인이었다는 건데 어쩌다 그랬는지 설명해봐."

칼훈은 어깨를 한 번 으쓱하고는 바닥을 내려다보더니 다시 어깨를 으쓱했다. 자기도 잘 모르겠다는 듯한 표정이다.

"그 여자를 집까지 따라간 건 그냥 얘기 좀 하려던 거였어."

여전히 시선을 내리깐 채로 칼훈이 말한다.

"남편을 폭행죄로 고소하게 하고 싶었어. 그 남자, 진짜 개자식이거든. 젠장, 아마 너도 봤을 거야. 거만하고 자기 잘난 맛에 사는, 자기가 법 위에 있는 줄 아는 놈이지. 마누라를 두들겨 패는 게 권리라도 되는 줄 안다니까. 어쨌든 그래서 여자한테 지금 실수하는 거라는 말을 해주려고 따라갔어. 근데 집에 가보니까 여자가 혼자 있더라고."

"그건 네가 할 일이 아니었을 텐데. 네가 이 도시에 온 건 내 사건 때문이잖아."

칼훈은 한숨을 쉬며 말했다. "알아. 나도 아는데, 그냥…… 일이 그렇게 돼버렸어."

"여자가 집에 혼자 있을 거라는 건 알고 있었어?"

"꼭 그런 건 아니야."

"알았다는 뜻으로 들리는데."

"어렴풋이는 알았지."

"그래서 따라갔구나? 혼자 있어야 얘기할 수 있을 테니까. 남편이 있으면 제대로 된 대화를 못 나눴겠지."

"그런 것 같아."

"'그런 것 같다'라…… 좋아, 그다음엔?"

"잠시 집 앞에 앉아 있었어. 뭘 해야 하나 생각하면서."

"죽일지 말지 고민한 거야?"

칼훈은 고개를 저었다. "그런 건 아니야."

"그럼 뭐였는데?"

"모르겠어. 그냥 앉아서 집을 보고 있었어. 어떻게 설득하면 좋을지 생각하면서. 문 앞까지 가서 노크했는데 아무 대답이 없더라고. 그래서 그냥 돌아가려고 했는데……." 칼훈은 말끝을 흐렸다.

"가지 않았지."

"맞아, 안 갔어. 왜 그랬는지는 모르겠는데, 아무튼 안 갔어."

"기회라고 생각했겠지."

"그런 거 아니야. 걱정돼서 그랬어. 집에 있는데도 남편한테 맞느라 답하지 못하는 거면 어쩌나 싶었어. 밥을 안 차렸다는 둥 구두를 안 닦아놨다는 둥 그런 말도 안 되는 이유로 맞고 있을 수도 있잖아. 어쨌든 문을 확인해봤는데 잠겨 있었어. 그런데 마침 웬만한 자물쇠는 다 딸 수 있게 제작한 열쇠 꾸러미가 있더라고. 그래서 그걸로 열었지."

나는 그 열쇠를 잘 안다. 가정 폭력이 '아내를 너무 사랑해서' 벌어지는 일이 아니라는 것도 안다. 그건 아내를 통제할 수 있다는 착각에 빠진 남자들이 저지르는 폭력일 뿐이다.

"집에 들어가서는 여자를 찾아 주방이랑 거실을 돌아다녔어."

"이름은 불러봤어?"

"아니."

"네가 거기 있다는 걸 여자가 몰랐으면 해서?"

칼훈은 고개를 저었다. "그건 절대 아니야. 혹시라도 남편이 집에 있어서 여자를 때리는 중이라면 내가 왔다는 걸 알리고 싶지 않았어. 현행범으로 붙잡고 싶었거든."

"참 궁색한 변명이군."

"이 집이 워낙 크잖아. 어디서 어떤 일이 벌어지고 있는지 확신할 수가 없었어."

"그래서 어떻게 됐어?"

"여자가 위층 침실 침대에 앉아 울고 있었어."

"그래서 문을 두드려도 대답 안 했나?"

"그런 것 같아. 날 보자마자 기겁하며 벌떡 일어나길래 내가 누군지 급하게 설명했어. 이미 알아보는 눈치였지만."

"살인마가 아니라 경찰이라 안심했겠군." 칼훈은 이 말에 담긴 아이러니를 아는지 모르는지, 무표정했다.

"그 여자는 다시 침대에 앉아 남편 얘기를 했어. 그런데 대부분 자기 얘기였어. 알고 보니 문제는 남편이 아니라 그 여자였어. 남편은 어차피 아내를 때리는 인간이고 그건 절대 바뀌지 않아. 사람들이 잘 모르는 게 있는데, 그런 놈은 절대 갱생이 안 돼. 아니, 도대체 뭘로 갱생시킬 건데? 평생 폭력밖에 모르고 산 놈이잖아. 어쨌든 난 다니엘라를 차분하게 이성적으로 설득하려 했고 처음엔 분위기가 나쁘지 않았어."

칼훈이 말을 멈추고 나를 바라본다. 눈가가 촉촉한데 어설프기 짝이 없다. 이 미치광이에게 울음 같은 건 연기조차 안 되는 모양이다. 나는 원예용 가위의 위치를 슬쩍 바꿔 들며 계속 말하라고 재촉한다. 무슨 말을 할지 무척 기대된다.

"그런데 그 여자는 내 생각을 이해하지 못하더라고. 내가 세상을 보는 방식도."

"네 방식이 '정답'인데 말이지?"

"맞아. 너도 그럴 때 있지 않아? 내가 진짜로 백 퍼센트 확신하는 무언가가 다른 누군가에게는 도무지 통하지 않을 때 말이야. 그들이 이해하기 싫어서가 아니라 평생 잘못된 방식으로 살아서 다른 길은 생각조차 못 하는 거지."

"본론으로 돌아와, 밥."

"우리는 결국 뜻이 안 맞아 티격태격했어. 얼마 안 있어 분위기가 험악해졌고 여자가 나한테 나가라고 소리치기 시작했어. 진정하라고 해도 말을 안 듣더라고. 그러다 경찰까지 부르려고 해서 말릴 수밖에 없었어. 내 뺨을 때리길래 나도 반사적으로 때렸고, 정신을 차리고 보니까…… 그 여자는 벌거벗은 시체가 돼 있었고 나는 그 위에 서 있었어."

칼훈이 말을 멈추자 방 안이 고요해진다. 우리는 함께 침묵의 소리에 귀를 기울였다. 평화롭지만 방 안은 여전히 더웠다. 나는 칼훈의 이야기를 대부분 믿는다. 단, 한 가지 빠진 게 있다.

"'정신을 차리고 보니까'라……." 나는 칼훈이 한 말을 반복했다. "죽일 생각은 아니었어."

"감동적인 얘기네. 넌 아주 흔한 패턴을 따르고 있어. 책임을 전부 피해자한테 떠넘기는 패턴. '먼저 반대한 것도, 이성을 잃은 것도, 폭력을 쓴 것도 그 여자'라고 하면서. 여자가 그중 어느 하나라도 하지 않았다면 지금 살아 있었을 거라는 논리지. 안 그래?" 대답이 없다. "내 말 맞지?"

칼훈이 다시 어깨를 으쓱한다. "모르겠어."

"다 알면서 왜 이래. 가정 폭력의 전형적인 논리가 그거잖아. 여자가 선을 넘어서 벌을 줄 수밖에 없었다는 논리. 시키는 대로만 했다면, 고분고분하게 순종했다면 지금쯤 만족스럽고 행복한 삶을 살고 있었을 거라는 거지. 다니엘라는 그러지 않았고 그래서 넌 그녀를 죽였어. 물론 기억나지는 않겠지만. 그게 바로 두 번째 흔한 패턴이야. 너도 살인범 많이 잡아봐서 알잖아. 툭하면 '기억이 안 난다'고 하지? 그 여자가 이상하게 굴지만 않았어도 그런 일은 없었을 거라고도 하고. 자, 그러니까 진짜 무슨 일이 있었는지 말해."

"아까 말한 게 전부야."

"내 목숨을 걸고······." 나는 극적인 효과를 주려고 멈췄다가 말을 바꿨다. "아니, *네* 목숨을 걸고 장담하는데 넌 분명 기억하고 있어. 처음부터 끝까지 다."

"기억이 안 난다니까."

투정 부리는 애 같다. "세상에 불가능한 건 없어, 밥." 나는 내 말이 옳다는 걸 입증하고자 원예용 가위를 들어 보였다. 칼훈은 아무 말도 하지 않다가 내가 자리에서 일어나려 하자 입을 열었다.

"알았어, 알았다고." 손이 자유로웠다면 미친놈처럼 두 손을 휘저으며 항복하는 몸짓을 했을 것이다. "아까도 말했지만 말다툼을 하다가 그 여자가 수화기를 집어 들고 경찰을 부르겠다고 협박했어. 그래서 때렸고 그 순간 알았어. 이 여자의 입을 막을 방법은 이제 없다는 걸."

"다니엘라는 가정 폭력 피해자야, 밥. 남자가 때리면 입을 꾹 다무는 데 도가 튼 여자라고."

"그때는 아니었어. 나더러 직장을 잃게 될 거라고 했어. 맞는 말이라 또 때렸어. 더 세게. 그러고 나서 침대 위로 밀쳤어. 그리고······." 칼훈은 말을 멈췄다. 다음에 할 말을 생각하고 있거나, 지어내고 있거나 둘 중 하나일 것이다. "그 여자도 당신이 죽인 것처럼 꾸미기로 했어."

"방법은 아주 잘 알고 있었겠지. 넌 내가 며칠 전에 죽인 매춘부한테 네 마누라한테 하는 건 상상도 못 할 짓을 했어. 그리고 다니엘라한테도 똑같은 짓을 저지른 거야. 불쌍한 가정 폭력 피해자 아가씨한테."

"너한테 당한 것처럼 보이게 하려면 어쩔 수 없었어." 칼훈이 힘없는 목소리로 말한다. 자기 행동에 확신이 있는 사람의 말투는 아니다.

"그게 다야? 그 상황을 즐기고 싶었던 건 아니고? 난 널 심판하려는 게 아니야. 그냥 네가 나랑 다를 바 없다는 얘기를 듣고 싶을 뿐이야."

칼훈의 얼굴이 분노로 굳어진다. "나한테 원하는 게 뭔데?"

"또 질문이네."

"그냥 뭘 원하는지나 말해! 아니면 꺼지든가."

갑작스럽기는 하지만 발끈할 만도 하다. 지난 한 시간 동안 나는 그의 급소를 몇 번이나 건드렸다. 그리고 이 일이 다 끝나기 전에 내 칼은 그의 급소를 몇 군데 더 건드리게 될 것이다. "내 요구는 간단해. 그냥 뭘 듣기만 하면 돼."

"그렇게 간단하다고?"

"그래."

"헛소리 마. 도대체 뭘 들으라는 건데?"

"자백."

"당신 자백을 들으라고?"

"웃기게 들리겠지만 아니야. 네 역할은 나를 지키는 거야. 일종의 보험인 셈이지. 아까 날 본 순간 너도 알았을 거야. 내가 널 죽이거나 거래를 제안하겠구나 하고. 자, 내 제안은 이거야. 내일 밤 난 너한테 현금 2만 달러를 줄 거야. 조건은 단 하나, 자백을 들어주면 돼. 네가 할 일은 그게 전부야. 그냥 앉아서 듣고 기억해. 할 수 있겠어?"

"그러면 날 풀어주겠다고? 그게 다야?"

"그게 다야."

"넌 뭘 얻는데?"

"내 자유. 네 자유도."

"내가 거절하면?"

"지금 당장 널 죽이겠지."

"그 돈 절반은 지금 줘."

자리에서 일어나 칼훈에게 다가간다. "넌 지금 뭘 요구할 처지가 아니야, 밥."

"뭐 하는 거야?"

칼훈이 묶여 있는 의자를 뒤로 기울여 카펫 위로 질질 끌고 간다. 하도 무거워서 고환이 욱신거린다.

"조? 대체 뭘 하려는 거야?"

목적지는 욕실 안이다. "안됐지만 오늘 밤은 여기서 자줘야겠어."

"왜?"

"그게 더 안전하거든."

"누구한테?"

"나한테." 강력 테이프를 꺼낸다. "지금부터 테이프로 널 밀봉할 건데 더 할 말 있어?"

"넌 진짜 사이코야, 조. 알고 있어?"

"난 아는 게 아주 많답니다, 경위님."

테이프를 그의 입부터 뒤통수까지 빙 돌려 붙인 뒤 침실로 돌아가 서류 가방에서 주차권을 꺼낸다. 칼훈의 손등 살을 잡아 비틀자 움켜쥐고 있던 손이 풀린다. 그때를 놓치지 않고 그의 손끝을 주차권에 눌러 찍는다.

"도망칠 생각은 마. 참, 변기는 저기 있으니 필요하면 쓰고." 칼훈을 보고 씩 웃고는 욕실 문을 잠근다. 주차권은 증거 보관용 봉지에 넣어 서류 가방에 집어넣는다.

현관문을 잠그고 나온다. 밖은 어둡다. 열사병에 걸린 듯 어지럽고 기운이 없다가 잠시 찬바람을 맞으니 증상이 금세 사라진다. 가로등 불빛이 새까만 밤에 창백한 빛을 드리운다. 칼훈의 차를 몰아 시내로 향한다. 주차장 건물 입구에 있는 기계에서 주차권을 뽑아 경사로를 따라 올라간다. 올라갈수록 주차된 차가 점점 줄어들다가 꼭대기 층에 도착하니 한 대밖에 없다. 차를 제때 빨리 돌리지 못해 범퍼 모서리로 주차된 차의 옆면을 긁고 만다. 표면이 깊게 긁히고 움푹 들어간 자국이 길게 생긴다. 지난번에 왔을 때와 달리 타이어의 바람이 반쯤 빠져 있다. 차에서 내린다. 긁힌 차의 트렁크에서 냄새가 나지만 거의 느껴지지 않는다.

46장

샐리는 길가에 차를 세우고 좁은 입구를 통과해 묘지로 들어갔다. 마틴의 무덤 앞에 다다른 샐리는 늘 그러듯 무덤 위가 아닌 옆에 쪼그리고 앉았다. 머릿속에서 온갖 경우의 수가 휘몰아쳤지만 어느 것 하나 온전히 이해되지 않았다. 겨우 감이 잡힌 듯한 생각조차 이내 흩어져버렸다.

조와 그 남자는 집 안에서 한 시간은 족히 있었다. 조가 무사히 나왔을 때 샐리는 안도감이 들었고 뒤따라가고 싶기도 했지만 집 안에 있는 남자가 누구인지가 더 궁금했다. 그러나 30분을 더 기다려도 남자는 나타나지 않았다. 아마 그 집에 사는 사람일 것이다.

떠나기 전 샐리는 운전석에 있는 메모지에 그 집의 주소를 휘갈겨 적었다. 이 정보를 가지고 뭘 할지는 몰랐다. 아마 몇 주쯤 놔두다가 결국 구겨서 버릴 것이다.

매일 다른 차를 모는 조.

집에 사건 파일을 가져다 둔 조.

한쪽 고환이 사라진 조.

비밀리에 사람들을 만나는 조.

"이제 어떻게 해야 하지, 마틴?"

만약 마틴이 무덤에서 일어나 충고를 해줄 수 있다면 '아무것도 하지 마'라는 말은 하지 않을 것이다. 마틴은 샐리가 아무것도 하지 않아서 죽었다. 샐리는 무책임하고 게으르고 무신경했다. 무언가를 했어야 할 때 아무것도 하지 않았다. 시속 30킬로미터 구간에서 50킬로미터로 달리는 차에 마틴이 치이지 않게 하려면 무언가를, 아니 무엇이라도 했어야 했다. 그건 학교의 잘못도 운전자의 잘못도 아니었다. 마틴이 도로로 뛰어들게 만든 샐리의 잘못이었다. 수업이 일찍 마친 날 평소와 달리 샐리가 데리러 가면 마틴이 얼마나 흥분하는지 깜빡한 샐리 탓이었다. 샐리는 마틴을 데리러 가겠다고 집에 전화를 걸었다. 엄마는 신경 쓰지 말라고 했지만 샐리는 기어코 학교로 갔다. 학교에서 나와 자신을 보고 환하게 웃는 마틴의 얼굴이 너무 좋았기 때문이다.

규칙은 늘 간단했다. 부모님은 마틴에게 천 번도 넘게 말했다. 너는 절대 혼자 길을 건너면 안 된다고. 샐리도 그 규칙을 알고 있었다. 길 건너편에 차를 대고 마틴을 기다려서는 안 됐다. 마틴이 있는 쪽에 주차를 하거나 차에서 내려 길을 건너야 했다. 부모님은 샐리에게 그 점을 수없이 상기시켰지만, 사람은 같은 말을 여러 번 들으면 대수롭지 않게 여긴다. 귀로는 들어도 마음에 새기지 않는다. 게다가 그날 샐리는 약속 시간에 늦었다. 불과 2분 차이였다. 샐리는 그날 학교로 가면서 지나친 길을 수없이 되짚었다. 파란불이었으면 좋았을 신호등, 시속 50킬로미터가 아닌 40킬로미터로 앞서가던 트레일러 차량, 횡단보도를 느릿느릿 건너던 사람들. 이 모든 것이 쌓여 2분이 됐다. 묘비에 적힌 나이를 전부 더하고 나눠 평균을 내면 62가 되는 것처럼, 그날도 단순한 숫자 하나가 생명을 앗아갔다.

샐리는 예정된 시간보다 2분 늦게 학교 앞에 도착했다. 차 문도 2분 늦게 열었다. 그리고 마틴은 길 건너편에서 샐리를 보았다. 결국 모든 건 수학과 기초 물리학, 인간 행동의 역학에 따라 움직인다. 흥분한 마틴은 차에서 내리는 샐리를 향해 도로를 가로질러 달려갔다. 그러다 자신보다 훨씬 빠르고 훨씬 무거운 물체 앞을 가로막았다. 샐리는 마틴에게 달려가 그 옆에 무릎을 꿇고 앉았다. 마틴은 살아 있었지만 이틀 뒤에는 아니었다.

마틴이 샐리를 가장 필요로 했을 때 샐리는 마틴을 실망시켰다.

조에게는 그러지 않을 것이다. 무슨 일이 벌어지고 있든 샐리는 조를 도울 것이다.

47장

집까지 걸어가는 길에서 축축한 개털 냄새가 난다. 옷은 몸에 달라붙고 속옷은 자꾸 엉덩이 사이로 말려 올라간다. 집에 도착하자마자 살인에 쓴 흉기와 장갑을 마당에 묻는다. 주머니에서 열쇠를 꺼내며 위층으로 올라간다. 그런데…….

젠장!

현관문 앞 바닥에 피클이 누워 있다. 아니, 제호바일 수도 있다. 누가 누군지 도통 구별이 안 된다. 이 짓을 한 털북숭이 자식을 찾으려고 주변을 휙 돌아보지만 이미 사라지고 없다. 죽은 물고기를 손끝으로 톡 건드려본다. 고무처럼 탱탱하다.

주방에서 증거 보관용 봉지를 하나 찾아낸다. 금붕어를 그 안에 넣고 있는데 야옹 소리가 들린다. 복도 끝에 그 망할 고양이가 있다. 놈의 앞쪽 바닥에 또 다른 금붕어가 놓여 있다. 고양이가 천천히 앞발을 뻗어 금붕어를 내 쪽으로 몇 센티미터 밀어놓더니 발을 뺀다. 그런 뒤 고개를 갸웃하고는 날 보고 야옹거린다. 나는 서류 가방에서 칼을 꺼낸다. 고양이는 여전히 날 똑바로 바라보고 있다. 그러면서 다시 앞발을 뻗어 금붕어를 내 쪽으로 더 가까이 밀고는 가만히 앉는다. 대체 이 자식은 뭘 하려는 걸까?

"이리 온, 야옹아. 어서 이리 와."

고양이가 나를 향해 다가오기 시작한다. 절반쯤 오다가 멈춰 서더니 금붕어 쪽으로 뒤돌았다가 다시 내 쪽으로 돌아서서 야옹거린다. 나는 칼을 더 세게 움켜쥔다. 고양이가 다시 뒤로 돌아 천천히 금붕어 쪽으로 가서는 금붕어를 조심스레 물고 내 쪽으로 걸어온다. 그러다 나와 1미터쯤 거리를 두고 멈춰 서서 금붕어를 바닥에 내려놓고 몇 발짝 뒤로 물러선다. 그러고는 또 야옹거린다. 나는 무릎을 꿇고 엎드린 자세로 칼을 앞세운 채 천천히 고양이를 향해 기어간다.

그제야 고양이가 뭘 하려는 건지 깨닫는다. 금붕어를 내게 주려는 거였다. 고양이가 다시 야옹거린다. 이번엔 속삭이듯 칭얼거리는 소리에 가깝다.

"착하지." 나는 최대한 다정한 목소리로 말한다. 놈의 가죽을 산 채로 벗기고 싶은 충동 따위는 이제 안 든다는 믿음을 줘야 한다. "이리 온. 안 죽일 테니 이리 와. 목을 꺾지도 않을게."

고양이가 또 야옹거리며 몇 발짝 다가온다. 나도 계속 다가간다. 이제 거의 코앞이다. 손만 뻗으면 닿을 거리다. 조금만 더……. 고양이가 머리를 숙이더니 내 주먹에 머리를 들이민다. 그러고는 가르랑거리기 시작한다.

이제 어쩐다?

나는 이 망할 고양이를 쓰다듬기 시작한다. 세상에서 가장 사랑스러운 고양이라도 되는 듯 턱 밑을 간질여준다. 칼끝으로 정수리를 긁어주자 녀석은 얼굴을 옆으로 돌려 긁히기 좋은 자세를 잡는다.

이제 손을 꾹 내리누르기만 하면 된다. 그러면 내가 구해준 이 작은 고양이는…….

구해줬다. 그렇다. 난 이놈을 구했다. 돈도 써서 집으로 데려왔건만 놈은 내 금붕어를 죽이는 것으로 은혜를 갚았다. 그랬는데 나는 놈을 또다시 구해주고 있다. 죽이지 않는 것으로 말이다. 칼을 도로 집어넣는다.

금붕어는 두 마리 모두 증거 보관용 봉지에 넣는다. 묻는 건 나중에 할 생각이다.

집 안으로 들어와 소파에 앉는다. 내 무릎 위로 폴짝 뛰어오른 고양이를 계속 쓰다듬어준다.

몇 분 후 고양이가 잠이 든다.

잠자리에 들기 전 소파 앞 탁자를 멍하니 바라보며 물고기를 다시 살지 생각해본다. 이 일이 다 끝나고 나면 그럴지도 모른다. 피클과 제호바가 없으니 삶의 한 조각을 잃어버린 기분이다. 공허하지만 어제보다는 덜하다.

다음 날 아침 땀에 젖어 눈을 뜬다. 침대 끝에 고양이가 있다. 또 꿈을 꿨다. 멜리사가 나오는 꿈이다. 꿈속에서 우리는 해변에 함께 있었고 나는 내가 우리의 관계를 폭력적인 것으로 오해했다는 걸 깨달았다. 그래서 멜리사를 죽이기는커녕 같이 누워 모래와 파도 소리, 햇살을 즐겼다. 정말로 좋은 시간을 보내는 느낌이었다.

악몽이었다.

꿈속에서 맡은 바다 냄새가 현실까지 따라와 방 안에 잠시 머문다. 냄새에서 벗어나려고 샤워실로 간다. 온몸에 들러붙은 밤의 잔재와 꿈의 찌꺼기를 씻어낸다. 샤워를 마치고 나오니 고양이가 주방에서 몸단장을 하고 있다. 냉장고를 뒤져 고기처럼 보이는 걸 꺼내주니 고기라고 믿고 기쁘게 먹는다.

출근 전 서류 가방을 열어 여러 도구를 점검한다. 특히 칼훈에게 빼앗은 글록에 총알이 가득 장전돼 있는지 확인한다. 장전되어 있다. 총을 다시 서류 가방에 넣는다. 고양이를 아파트 밖으로 내보내고 출근한다.

경찰서는 아수라장이다.

형사와 경관들이 분주히 오가는 현장 속으로 들어선다. 소매는 걷혀 있고, 넥타이는 느슨하고, 사방의 칸막이 자리와 사무실, 구석구석에서 대화가 쏟아져 나온다. 내 사무실로 가면서 여기저기서 흘러나오는 대화 조각들을 주워듣는다.

"그 사람, 얼마나 알고 지냈어?"
"아들이 자살했다던데."
"지금 어디에 숨어 있을까?"
"지금까지 몇 명이나 죽였을까?"
"그 사람 잘 알지 않아?"
"같이 저녁 먹지 않았어?"
"같이 일했잖아."

지금 경찰은 칼훈을 찾고 있다. 쫓고 있다. 내가 사무실로 들어가 문을 닫자 곧이어 슈뢰더가 노크를 하고는 문을 열고 들어온다.

"좋은 아침이에요, 조."

"안녕하세요, 슈뢰더 형사님."

"들었어요?"

나는 고개를 젓는다. "뭘요, 슈뢰더 형사님?"

"칼훈 경위를 마지막으로 본 게 언제예요?"

잠시 생각해본다. "어제 근무 중에요. 형사님은 못 보셨어요? 머리가 희끗희끗한 분인데."

"무슨 말 안 하던가요? 평소답지 않은 말 같은 거요."

어젯밤 칼훈이 다니엘라 워커를 어떻게 죽였는지 말하던 장면이 떠오른다. "안 하던데요."

"확실해요?"

"음……." 10초쯤 기억을 더듬는 척한다. 누가 날 뚫어져라 보는 상황에선 꽤 긴 시간이다. 그렇게 극적인 효과를 노린 뒤 처음 대답을 반복하고는 한마디 덧붙인다. "형사님은 그분을 언제 마지막으로 보셨는데요?"

"뭐든 생각나는 게 있으면 알려줘요." 슈뢰더는 그렇게 말하고는 왜 칼훈을 찾는 건지 설명도 없이 서둘러 자리를 떴다.

나는 화장실 청소로 하루를 시작한다. 이 일을 하다 보면 대체 내가 뭘 잘못했을까 하고 인생을 되돌아보게 된다. 청소를 마칠 무렵에는 4층에서 북적이던 사람들이 절반 넘게 사라져 있다. 남은 사람들은 나에게 전혀 관심이 없다. 이중에 누가 지금 칼훈이 묶여 있는 집을 조사하고 있을까? 아무도 없는 것 같다. 시신이 두 구나 나온 집이니 조사할 만도 한데 말이다.

그래도 수많은 경찰이 수색 중이고 수많은 형사가 칼훈이 숨었을 만한 곳을 찾고 있으니 우연히 발견될지도 모른다. 그러면 칼훈은 무슨 말을 할까? 나에 대해 말할 수 있을까? 말하면 나도 자신에 대해 말할 테니 그럴 순 없을 것이다. 그나마 다행인 건 경찰은 칼훈이 숨어 지내면서 이 나라를 뜰 계획을 짜고 있으리라고 믿고 있다는 것이다. 자신이 한 짓을 회상하면서 범행 현장 주변을 어슬렁거릴 거라고는 상상도 못 하고 말이다.

진공청소기를 끌고 회의실로 들어간다. 회의실 안은 난장판이다. 파일이며 사진이며 진술서며 구겨진 음식 포장지까지 탁자 위에 널브러져 있고, 배달 음식 용기가 쓰레기통에 처박혀 있다. 칼훈의 호텔 방에 있던 칼은 비닐봉지에 담겨 탁자 위에 놓여 있다. 멜리사의 도움을 받아 그린 몽타주는 칼훈의 사진 옆에 핀으로 꽂혀 있다. 두 얼굴이 비슷하다고 하기엔 무리가 있지만, 지문이 확보된 이상 그건 중요하지 않다. 이 단계에서 지문은 자백이나 마찬가지다. 게다가 칼훈은 오늘 갑자기 사라져 죄를 인정한 꼴이 됐다. 흉기가 발견된 걸 알고 줄행랑칠 수밖에 없었던 것이다.

회의실 청소를 마친 뒤 테이프뿐 아니라 카세트 녹음기도 챙겨서 사무실로 돌아와 점심을 먹는다. 나만 빼고 모두 정신없이 바쁜 하루를 보낸다. 나는 그저 스트레스에 시달릴 뿐이다. 주변 사람들을 하나하나 감시하듯 지켜본다. 다니엘라의 집에서 의자에 테이프로 묶여 있는 칼훈을 발견하고는 모두가 체포할 준비를 하고 날 지켜보고 있는 기분이다.

4시 30분, 칼훈의 지문이 선명하게 찍힌 주차권을 그의 책상 뒤에 숨긴다. 책상은 이미 수색이 끝났을 테니 서랍에 넣어둘 순 없다. 하지만 책상 뒤에 숨기면 지금까지 눈에 띄지 않다가 한 번 더 수색할 때 발견된 것처럼 보일 것이다. 경찰이 정 못 찾으면 내가 청소하다 찾은 척 슈뢰더에게 넘기면 된다. 손이 닿지 않도록 증거 보관용 봉지를 기울여 주차권이 스르륵 빠져나오게 한다.

아름다운 금요일 저녁, 다니엘라의 집을 향해 느긋하게 걷는다. 걸은 지 25분쯤 됐을 때 휴대전화의 전원을 켜니 곧바로 벨이 울린다. 벨소리가 작은데도 움찔한다. 주머니에서 휴대전화를 꺼내 펼친다. "안녕, 멜리사."

"안녕, 조. 저녁은 잘 보내고 있어?"

"방금 전까진 잘 보냈지."

"어머, 너무하네. 난 계속 네 생각 했는데. 그 공원에 다시 널 데려가서 남은 한쪽과 즐거운 시간을 보내고 싶다는 생각 말이야."

"원하는 게 뭐야?"

"내 돈. 가지고 있지?"

"전부는 아니야."

"그건 좀 곤란한데. 난 분명히 10만 달러라고 했어. 그보다 적으면 얘기할 가치도 없어."

"8만 달러는 구했는데, 나머지 2만 달러는 다음 주에 가능해." 훨씬 현실적이라서 그럴듯하게 들리는 평계를 댄다. 멜리사가 잠시 침묵한다. 전화 요금은 어차피 그녀가 내니 상관없다.

"좋아, 주말에는 8만 달러만 받아주지. 하지만 날 실망시켰으니 다음 주에 4만 달러 더 가져와."

"4만은 못 구해."

"그 얘긴 내가 10만 달러를 요구할 때도 했잖아? 그런데 봐, 해냈잖아."

"알겠어."

"어디서 만날까?" 멜리사가 묻는다.

"내가 정하라고?"

"그럴 리가. 그냥 희망을 좀 줘보고 싶었어. 그뿐이야."

"아니, 내가 정할 거야. 돈 받고 싶으면 내 조건을 따르라고."

"감옥에 가기 싫으면 내 조건을 따라야지, 조."

"웃기시네."

"네가 더 웃겨, 조."

이런. 꼭 부부 싸움 같다.

"이봐, 넌 내 총을 갖고 있잖아." 내가 말한다. "어디서 만나든 걱정할 필요가 없을 텐데."

"난 너 못 믿어, 조."

"내가 누군가를 죽인 집에서 만나."

"시체가 아직 거기 있어?" 멜리사의 목소리가 한 옥타브 올라간다.

나는 멜리사가 못 볼 텐데도 고개를 젓는다. "아니, 이전에 죽인 사람 집이야. 원하면 구경도 시켜줄 수 있어."

"며칠 전에 네가 매춘부를 데려간 집?"

"그래, 맞아."

내 제안이 마음에 드는지 멜리사가 답한다. "6시에 거기로 갈게.

기다리게 하지 마."

그녀가 전화를 끊는다. 젠장, 시간이 별로 없다. 버스를 탄다. 차를 훔치고 싶지는 않다. 오늘만큼은 붙잡히면 안 된다. 날이 더워지고 있다. 하필 오늘 저녁에 여름이 마지막 발악을 하는 모양이다. 역시 크라이스트처치 날씨는 종잡을 수가 없다. 다니엘라의 집에 도착해 크라이스트처치 카버로서 보내는 마지막 밤을 준비한다.

48장

곧바로 집 안에 들어가지 않고 한 블록을 빙 돌아본다. 수상한 차는 보이지 않는다. 잠복하는 경찰도 멜리사도 없다. 평범하기 그지없는 교외 주택가일 뿐이다. 현관으로 이어진 길을 걸으니 집에 온 기분이 든다. 지난 몇 주간 하도 많이 들락거려 이젠 일상이 됐다. 다니엘라의 남편이 슬슬 월세를 달라고 할지도 모른다. 그래도 이번이 마지막 방문이 될 것이다. 주변을 둘러봐도 아무런 감흥이 일어나지 않는다. 아쉬움도 눈물도 없다.

집 안은 여전히 따뜻하다. 겨울이 올 때까지는 계속 이럴 것 같다. 경찰이 오늘 다녀갔다면 지금쯤 문을 박차고 들어와 나를 체포하겠지만 그런 일은 없다. 경찰은 여기 없다. 없다. 확실하다. 하지만······.

눈을 감는다. 기다린다. 집 안과 거리에서 들려오는 소리를 하나하나 들으며 천천히 1분을 센다. 잔디 깎는 기계가 돌아가는 소리, 어떤 여자가 아들에게 빨리 하라고 외치는 소리, 자동차가 지나가는 소리. 집 안에서는 내 숨소리만 들린다. 경찰이 들이닥치면 이 집도 청소해야 하는 줄 알았다고 둘러대야지. 수사본부가 확장된 줄 알았다고 할 것이다. 며칠째 형사 수십 명이 이 집을 들락거렸으니 말이다. '확장'이라는 단어를 일부러 틀리게 발음했다가 쉬운 단어를 찾는 척 잠시 말을 멈추기도 할 것이다.

눈을 뜬다. 아무 일도 없다. 여전히 나 혼자다.

침실에 도착하자마자 곧장 욕실로 들어간다. 의자에 묶인 칼훈을 보니 웃음이 난다. 밤사이 혹은 오늘 오줌을 지린 모양이다. 욕실에 악취가 가득한 데다 꼴이 지저분한 게 딱하다 못해 우습기까지 하다. 칼훈은 어젯밤과 똑같이 증오가 서린 눈빛으로 나를 노려본다. 손으로 계속 비빈 듯 눈이 충혈되고 부어 있지만 손을 못 쓰니 그럴 리는 없다. 어제 나를 만난 뒤로 한숨도 못 잔 것 같다. 셔츠는 바지 밖으로 삐져나오고 옷깃은 피로 얼룩져 있다. 테이프와 밧줄을 끊으려고 버둥댔는지 팔은 붉게 부어올랐다. 머리카락은 짧은데도 헝클어져 있고 강력 테이프 표면에는 핏방울이 말라붙어 있다. 턱 오른쪽은 거무스름하게 변해 있고 이마 한가운데는 큰 혹이 솟아 있다. 칼훈은 이 모든 걸 알고 있을 것이다. 거울로 자기 모습을 똑똑히 볼 수 있으니 말이다.

"아냐, 아냐, 일어날 거 없어." 손사래를 치며 농담하지만 칼훈은 웃지 않는다. "좋아, 형사님. 거래 조건은 이거야. 2만 달러로 네 귀랑 머리를 살 거야, 알겠지? 총은 내가 갖고 있다는 거 잊지 마. 간밤의 대화를 녹음한 테이프도 있고." 몇 달 동안 화분 속에 있었던 녹음기를 꺼내 보여준다. "괜한 짓을 하거나 나한테 무슨 일이 생기면 이 녹취는 네 동료들한테 전해질 거야. 이해했으면 고개 끄덕여."

이해했나 보다.

"자, 이제 잘 들어. 5분쯤 뒤에 누가 올 거야. 여잔데 이리로 올라와서 날 협박할 거야. 그 여자도 너처럼 살인자야. 너도 아는 얼굴일 거고. 네가 할 일은 이 욕실에서 조용히 기다리는 거야. 그 여자가 자백하면 나는 욕실 문을 열고 여자에게 널 보여줄 거야. 그럼 셋 다 꼼짝없이 살인 사건에 엮이게 돼. 삼자가 대치하는 교착 상태가 되는 거야. 동의하지?" 칼훈이 낮게 끙 소리를 낸다. "동의한 걸로 알게."

칼훈은 다시 한번 끙 소리를 내더니 고개를 저었다. 내 계획에 문제가 있다고 생각하는 모양이지만 상관없다. 나는 욕실 문을 닫고 8만 달러가 들어 있지도 않은 서류 가방을 옆에 둔 채 침대 가장자리에 앉아 기다린다.

10분 뒤 현관문이 열린다. 나는 같은 자리에 그대로 앉아 있는다. 멜리사가 주방으로 들어가는 소리가 들린다. 냉장고 문이 열렸다가 닫힌다. 정말 나는 멜리사와 닮은 걸까? 제발 아니길 바란다.

1분 뒤 멜리사가 계단을 올라온다. "여기 진짜 덥다, 조."

나는 어깨를 으쓱한다. "에어컨이 없어."

"아직 전기가 들어오다니 신기하네. 저게 돈이야?" 멜리사가 서류 가방 쪽으로 고갯짓하며 묻는다.

"응."

나는 계속 그녀를 바라본다. 멜리사는 처음 만났던 밤보다, 날 협박하던 날보다 더 아름답다. 검은 미니스커트 아래로는 긴 구릿빛 다리가 드러나 있고, 구두는 짙은 보랏빛 재킷과 같은 색이고, 블라우스는 윤기 나는 검은색이다. 힘 있고 세련된 인상을 노렸다면 대성공이다. 멜리사가 손목에 찬 비싸 보이는 시계를 힐끔 본다. 도대체 이 여자는 무슨 일을 하는 걸까. 돈은 어디서 나는 걸까. 어쩌면 진짜 건축가인지도 모른다. "데이트라도 있나 봐?"

내 질문에 멜리사가 웃는다. "넌 항상 날 웃게 해, 조."

"그게 내 특기지."

"실은 네가 언제쯤 헛소리를 멈추고 돈을 줄지 시간을 보고 있었어."

나는 침대에 등을 기댄다. "아직 좀 걱정되는 부분이 있어서 말이지."

"아, 그래서? 불쌍하기도 하지. 자, 멜리사한테 다 얘기해봐."

"네가 돈을 받고도 경찰에 신고하면?"

"난 착한 사람이야, 조. 거짓말 안 해."

그래. 빌어먹게 착하지. "날 속였잖아."

"속이는 재미가 있으니까."

"질문에 대답부터 해."

"이렇게나 서로를 못 믿다니 세상이 어쩌다가 이 지경이 됐지? 걱정 마, 돈을 받으면 너에 대한 정보는 다 안전한 곳에 넣어둘 테니까. 물론 나한테 무슨 일이 생기면……" 멜리사가 허공에 손을 휘저으며 말한다. "왜, 있잖아. 내 목이 잘린다든가 하는 일 말이야. 아무튼 그런 일이 생기면 그 정보는 죄다 경찰한테 갈 거야. 그런 일은 없겠지만."

"네가 다시 내게 돈을 뜯으러 올 수도 있잖아."

멜리사가 어깨를 으쓱한다. "그럴 수도 있겠네." 그러고는 자기 말이 허공에 맴돌게 둔다. 언젠가는 다시 돈을 요구할 생각을 하면서.

"그래, 죽음이 깃든 곳에 오니까 기분이 어때?" 내가 묻는다.

"죽어 있는 게 하나도 없는데?"

"지금은 없지."

"어디서 죽였는데?"

나는 침대에서 일어나 건너편 벽으로 걸어가 한쪽 끝에 섰다. 다른 쪽 끝에는 욕실 문이 있다. "침대에서 한 명씩 따로 죽였어." 다니엘라의 죽음도 내 공으로 돌린다.

"이 침대에서?"

침대는 정리가 안 돼 있다. 담요와 시트가 사용한 그대로 구겨져 있고 핏방울이 말라붙은 자국이 아직 남아 있다. "그래, 바로 거기서."

멜리사가 침대 쪽으로 걸어간다. 내 글록 권총을 들고서. 멜리사는 글록을 내게 겨눈 채 침대를 살폈다. "기분이 어땠어?"

"네가 더 잘 알 텐데."

멜리사가 돌아서서 미소를 짓는다. "맞아, 조. 난 가끔 우리 사이에 특별한 공통점이 있다는 생각이 들어."

"협박하는 거?"

"아니."

"우리 둘 다 살인자라는 거?"

멜리사가 고개를 젓는다. "아니, 그것도 아니야."

"그럼 뭔데?"

"우리 둘 다 인생을 사랑하잖아."

"시적이네."

"네가 원한다면."

나는 그런 걸 원한 적이 없다. "그래서, 어땠는데?"

"몇 번 안 해봤지만 재밌었어."

나도 고개를 끄덕인다. "확실히 좀 재밌긴 하지."

"그거 봐. 나한테 공감하고 있잖아. 우린 그렇게 다르지 않아, 조." 멜리사가 총을 쥐지 않은 빈손으로 침대 위를 쓰다듬으며 말한다. 마치 이곳에서 벌어진 죽음을 피부로 느끼며 몸속 깊이 흡수하려는 것 같다.

"우리는 네가 모르는 공통점이 하나 더 있어."

"그래? 그게 뭔데?" 멜리사가 묻는다.

"너도 속이는 재미가 있다는 거."

멜리사가 허리를 쭉 펴면서 서류 가방을 힐끗 본다.

나는 서류 가방을 향해 턱짓을 한다. "열어봐."

멜리사는 계속 내게 총을 겨눈 채 가방의 왼쪽 버클과 오른쪽 버클을 차례로 푼다. 그러고는 나를 잠시 본 뒤 뚜껑을 열고 가방 안을 들여다본다. "대체 뭘 꾸미는 거야, 조? 내 돈은 어딨어?"

"돈은 없어, 멜리사."

진심으로 놀란 표정이다. 내가 진짜로 돈을 안 주리라고는 생각지도 못한 모양이다. "이런 식으로 나온다면 당장 경찰서에 가겠어."

"네가 연루된 건 어떻게 해명할 건데?"

"나는 아무것도 해명할 필요 없어."

나는 욕실 쪽으로 턱을 까딱 움직인다. "다시 생각해봐."

"설마 카메라를 설치한 거야, 조? 유치하게 왜 이래. 카메라부터 처리한 뒤에 네 고환에, 아니 하나뿐인 고환에 총알을 박아주겠어."

"카메라보다 훨씬 좋은 거야. 가서 한번 보지 그래?"

멜리사가 총을 앞으로 겨눈 채 욕실로 다가간다. 그러고는 천천히 문을 열고 안을 들여다보더니 웃음을 터뜨린다. 내가 자신을 위해 최고의 선물을 준비했다고 생각하는 모양이다.

"경찰? 네가 경찰을 죽이겠다고?" 멜리사가 묻는다.

"아니, 죽이진 않아. 쓸모 있는 놈이거든."

멜리사를 보고 칼훈의 눈이 놀라 휘둥그레진다. 경찰서에서 본 기억이 났을 것이다. 칼훈은 나와 멜리사 중 누가 더 위험한지 판단하려는 듯 눈동자를 좌우로 빠르게 움직인다. 멜리사는 그에게 범인의 인상착의를 알려준 여자다. 그런데 지금은 내게 총을 겨누고 있다. 그리고 나는 그를 기절시키고 결박한 남자다. '이게 대체 무슨 상황이지? 내 돈은 도대체 언제 받는 거야?' 칼훈의 눈이 그렇게 말한다.

멜리사의 머릿속도 복잡해 보인다. 멜리사는 경찰 관련 물건을 수집하길 좋아하니 이 남자도 수집할 수 있을지 고민 중일 것이다. 이 남자를 집 안 어디에 두면 좋을까? 거실 구석? 아니면 냉장고 옆?

"무슨 장난을 치는 건지 모르겠네." 멜리사가 말한다.

"네 정체를 증언해줄 증인이야."

"그래? 넌 이 남자에 대해 뭘 알고 있는데?"

"필요한 만큼은 알아."

멜리사가 방 안을 둘러본다. 지는 걸 얼마나 싫어하는지 표정만 봐도 알 수 있다. 멜리사가 천천히 고개를 젓는다. 이를 가는 소리가 들린다. 눈에는 분노가 가득하다. "네가 잊은 게 하나 있어, 조."

"그게 뭔데?"

"난 이 인간이 필요 없어."

멜리사가 순식간에 내 서류 가방에서 칼을 낚아채 욕실로 달려간다. 칼훈은 멜리사가 자기 뒤에 서는 걸 보고는 겁에 질려 동공이 확장된다. 곧 무슨 일이 벌어질지 그도 나처럼 아는 것이다. 의자를 덜컹거리며 몸을 비틀어 빠져나가려 하지만 소용없다. 멜리사가 칼훈의 목에 칼을 들이대고 내 눈을 똑바로 바라본다. 나는 돌처럼 굳어버린 칼훈의 눈에서 멜리사의 눈으로 시선을 옮긴다. 멜리사의 눈동자가 쾌감으로 반짝거린다. 경찰을 죽일 수 있어서가 아니라 내게 필요한 증인을 없앨 수 있어서 들뜬 눈빛이다. 나는 간신히 한 발을 내딛지만 그 이상 다가설 엄두는 나지 않는다.

"잘 생각해, 멜리사." 말이 급하게 쏟아져 나온다. 나는 두 손을 앞으로 내밀고 손바닥을 펼쳐 보인다. "지금 네가 뭘 하려는 건지 생각해봐. 넌 경찰을 사랑하잖아, 기억 안 나?"

칼훈의 눈빛이 애원으로 가득하다. 멜리사가 그의 목에서 칼을 거두자 애원은 안도로 바뀌고, 곧이어 그녀가 칼을 들어 가슴에 내리꽂자 안도는 순식간에 공포로 뒤바뀐다. 두려움에 눈동자가 반짝이던 것도 잠시, 칼이 그의 몸에 박힌 순간 그 반짝임은 연기처럼 사라진다.

그와 동시에 입에서는 꾸르륵거리는 소리와 신음이 터져 나온다. 칼훈이 밧줄에 맞서 더욱 격렬하게 몸부림친다. 마치 가슴을 꿰뚫은 게 칼이 아니라 고전압 배터리라도 되는 양 거기서 힘을 끌어내리는 것 같다. 하지만 몸을 묶은 테이프와 밧줄을 끊어내기에는 턱없이 부족한 힘이다. 칼훈의 몸이 이리저리 흔들릴 때마다 의자가 요동치며 앞뒤로 왈츠를 춘다. 가슴에서 피가 솟구친다. 칼날 주변에 고인 핏물이 곧 셔츠로 번지며 붉은 꽃처럼 퍼져나간다. 멜리사는 칼을 뽑지 않고 몇 걸음 뒤로 물러서서 그 모습을 지켜본다. 피가 거울은 물론이고 천장까지 튀어 있다. 칼훈은 피를 더 토해내려 하지만 입을 틀어막은 테이프 때문에 그러지도 못한다. 칼훈의 얼굴이 숨이 막혀 점점 붉어지다가 보랏빛으로 바뀐다. 그날 내가 공원에서 고환이 으깨진 채 올려다본 하늘과 같은 색이다. 의자는 더 빠르게 왈츠를 추고, 칼훈의 다리는 죽음의 리듬에 맞춰 탭 댄스를 춘다. 극도로 커진 칼훈의 눈 속에는 죽음에 대한 공포와 생이 몇 초밖에 남지 않았다는 자각이 뒤엉켜 있다.

칼훈이 나를 바라본다. 도와달라는 것 같지만 확실하지는 않다. 나는 한 발짝도 움직이지 못한 채 멍하니 서 있다. 칼훈의 목이 부풀어 오르고 입 안이 피로 가득 찬다. 찔린 상처와 질식 중 무엇이 먼저 그를 끝장낼지는 알 수 없다. 드디어 움직임이 멎고 고개가 툭 떨어지고 거친 숨소리가 섬뜩하게 가라앉는다. 사인이 무엇인지는 짐작만 할 뿐이다.

나는 입을 반쯤 벌린 채 서서 이마에서 땀이 줄줄 흘러내리는 것도 잊은 채 간신히 입을 연다. "어떻게 이런 짓을 할 수 있어?"

멜리사가 칼훈의 입을 막고 있던 강력 테이프를 뜯어낸다. 칼훈의 입술 사이에서 피가 분수처럼 솟아 셔츠 위로 흘러내린다. "그럼 내가 당하고 있을 줄 알았어? 그러게 꼼수 쓰지 말랬잖아, 조."

"아니, 그런 말 한 적 없어."

"알아서 짐작했어야지. 어쨌든 돈은 받아야겠어."

"돈 없어."

"구해 와."

나는 다시 시체를 보고 속삭인다. "아직 살아 있을지도 몰라." 확인하려고 발을 떼려는 순간 멜리사가 끼어든다.

"그러네." 멜리사는 내 말에 동의하고는 꽂힌 칼을 잡아 뺀다.

"그러지 마……." 나는 말끝을 흐린다.

멜리사가 칼로 시신의 목을 긋고 한 걸음 물러선다. 그러고는 상처에 손가락을 하나 넣어 피를 찍더니 그 손가락을 입에 넣고 빤다. "이제 확실히 죽었을걸. 월요일에 경찰한테 뒷덜미 잡히고 싶지 않으면 돈 내놔."

"네 시간만 줘."

멜리사가 피가 군데군데 튄 재킷을 내려다보고는 재킷을 벗는다. 작은 동전이라도 넣은 듯 브래지어 너머로 유두가 도드라져 보인다. 그녀가 시신의 목을 다시 칼로 긋는다. 젖은 신발을 신고 걸을 때처럼 질퍽거리는 소리가 난다. 그러더니 시신의 뒤로 돌아가 밧줄과 테이프를 끊고 칼을 바닥에 떨어뜨린다. 그런 뒤 시신의 손 하나를 들어 제 오른쪽 가슴 위에 올리고는 작게 신음을 흘린다.

멜리사가 웃는 얼굴로 나를 돌아보며 말한다. "너도 해볼래?"

"왜, 나 때리려고?"

"아니, 이 멍청아. 어떤 느낌인지 궁금하지 않냐고."

"시체 느낌이겠지."

"네가 돈만 빨리 구해 오면 우리 거래는 아직 유효해." 멜리사가 시신의 팔을 내려놓고 손목시계를 들여다본다. 그러고는 머릿속으로 일정을 따져본다. "자정에 우리 공원으로 와. 늦지 마."

우리 공원이라. "알았어."

"꼼수 쓰지 마, 조."

"안 써."

그렇게 그녀는 떠나고, 나는 쓸모없는 시체와 단둘이 남는다.

49장

미리 준비하라. 보이 스카우트의 좌우명이다. 인생의 모든 일에 적용되는 이 좌우명은 '숙제를 해라'와 같은 말이다. 이 원칙이 얼마나 중요한지는 아무리 강조해도 지나치지 않다.

창가에 서서 멜리사를 지켜본다. 맑은 저녁 하늘에 별 몇 개가 벌써 떠 반짝이고, 희미한 달빛이 점점 환해진다. 멜리사는 가로등 사이로 사라졌다가 다음 가로등 아래로 모습을 드러내길 반복하다 완전히 자취를 감춘다. 그녀가 사라지는 걸 확인한 뒤 리모컨을 옷장 쪽으로 겨눈다. 버튼 하나를 누르자 옷장 안에서 돌아가던 카메라가 꺼진다. 불구 아가씨의 카메라다.

테이프를 되감은 뒤 침대 가장자리에 앉아 작은 뷰파인더로 오늘 밤 촬영한 영상을 재생한다. 녹화는 내가 침실 구석으로 이동한 뒤부터 시작됐다. 렌즈는 침대를 포함해 방 전체가 프레임에 잡히게 줌 아웃을 해두었다. 계속해서 영상을 본다. 멜리사가 이불을 쓰다듬다가 욕실 문을 열고 경찰을 살해하는 장면이 나온다. 렌즈의 각도 덕분에 나는 영상에 나오지 않는다. 나왔다면 편집했겠지만 그럴 필요는 없어 보인다.

죽은 칼훈의 권총을 바지 허리춤에서 꺼내서는 언제든 바로 잡을 수 있게 침대 위에 둔다. 총은 오늘 밤 내내 장전돼 있었고 지금도 돼 있다. 일이 틀어질 경우를 대비해 준비해둔 보호 장치다.

그러나 결과적으로 모든 게 완벽하게 굴러갔다.

멜리사가 칼훈을 묶은 테이프와 밧줄을 전부 풀지 않아 내가 칼로 마저 잘라낸다. 무거운 시체를 침실로 끌고 가려니 오줌 냄새와 죽음의 냄새가 뒤섞여 코를 찌른다. 피가 내 몸에 묻지 않도록 조심하면서 침대 위에 던지자 시신이 한 번 튕겼다가 움직임을 멈춘다. 시신을 감쌀 만한 것을 찾아 방 안을 둘러본다. 이불은 피가 금방 스며 나올 테니 욕실로 가서 샤워 커튼을 뜯어낸다. 플라스틱 고리들이 튕겨 나가 사방으로 흩어진다. 시신을 커튼으로 둘둘 만다. 다 말고 나니 기묘하게 생긴 고치 같다. 1950년대 B급 SF 영화에 나오는 괴생명체가 금방이라도 튀어나올 것만 같다. 샤워 커튼 안쪽에 번진 피가 꼭 자궁 내벽에 그려진 기괴한 벽화 같다. 둘둘 만 커튼은 강력 테이프와 칼훈의 신발끈으로 고정한다. 다시 욕실로 가서 멜리사가 칼훈을 죽일 때 쓴 칼을 깨끗이 씻고 물기를 닦아낸 뒤 서류 가방에 넣는다.

고치처럼 감싼 시신을 발목을 잡고 아래층으로 질질 끌고 내려간다. 계단을 한 칸씩 내려갈 때마다 머리가 탁탁 부딪친다. 그 상태로 집과 연결된 차고까지 끌고 간다. 샤워 커튼으로 제대로 감싸이지 않은 틈에서 피가 새어 나와(역시 사람은 감싸기가 어렵다) 카펫이 얼룩진다. 시신을 차고 바닥에 내던지고 불을 켠 뒤 주변을 둘러본다. 내가 즐겨 쓰는 도구가 다 있다. 잔디깎이 옆에 놓인 플라스틱 휘발유 통을 들고 흔들어본다. 거의 꽉 차 있다. 통을 들고 집 안으로 들어간다.

계획은 간단하다. 불로 태운다고 모든 증거가 완벽하게 사라지진 않지만, 집 안 구석구석을 닦아내는 것보다는 훨씬 낫다. 게다가 다 닦아낸다 해도 의심이 가는 부분에 화학 약품을 쓰면 피를 닦아낸 흔적을 찾을 수 있다. 그러면 순식간에 나와 칼훈이 연결된다. 불로 태우는 건 어떤 흔적도 안 남기는 훨씬 더 확실한 방법이다.

물론 시신을 집 안에서 태우는 건 그다지 좋은 생각이 아니다. 뼈까지 태워 없애려면 엄청난 열이 필요하고, 이웃들이 소방서에 신고하기라도 하면 소방차가 도착하기 전에 시신이 재로 변하거나 집 전체가 완전히 불탈 가능성은 거의 없다. 내 고환이 다시 자라날 가능성만큼 말이다. 그러면 부검의는 타고 남은 시신을 조사해 목의 베인 상처와 턱의 멍은 물론이고 얼굴에 남은 테이프 자국과 발목과 손목이 밧줄로 묶였던 흔적까지 찾아낼 것이다. 뼈만 남고 다 타더라도, 흉골에 남은 칼의 톱니 자국을 보면 칼훈이 누명을 쓰고 살해당했다는 걸 알아낼 것이다.

휘발유를 카펫과 침대 위에 흩뿌린다. 처음 몇 초 정도는 휘발유 냄새가 괜찮다가 곧 속이 울렁거리고 구역질이 난다. 불이 빨리 붙을 만큼 충분히 뿌리고는 위층의 다른 방들에도 휘발유로 길을 만든다. 아래층에서도 똑같이 한 뒤 운전에 쓸 만큼만 남겨 둔다.

서류 가방을 집어 들고 집 밖으로 나간다. 폐 속을 씻어내듯 몇 차례 깊은숨을 들이쉬고는 입 안에 남은 휘발유 맛을 뱉어낸다. 걸음을 옮긴다. 어제 퇴근 후 훔쳐 타고 와서 몇 블록 떨어진 곳에 세워둔 차가 그대로 있다. 그 차를 몰고 다니엘라의 집으로 돌아온다. 후진으로 차고에 차를 집어넣고 문을 닫은 뒤 시신을 트렁크에 밀어 넣는다. 도난 차량을 운전하는 건 내키지 않지만 오늘 밤은 그러지 않는 쪽이 더 위험하다. 샤워 커튼으로 감싼 시체를 어깨에 둘러메고 시내를 걸어 다니면 아무리 이 도시라 해도 수상해 보일 것이다.

성냥을 찾아보지만 없다. 이럴 때는 전에도 그랬듯 차 안의 시가 라이터가 요긴하다. 30초쯤 지나자 라이터 끝이 붉게 달아오른다. 라이터를 차고 안의 걸레에 갖다 댄 뒤 불붙은 걸레를 집 안으로 던진다. 불길이 바닥을 따라 퍼지다가 벽을 타고 올라가더니 계단을 타고 순식간에 위층으로 번진다. 무(無)에서 태어난 불이 어느새 사방에서 꿈틀댄다. 살아 있고 굶주린 채로.

차고 문을 열고 도로로 차를 몰고 나온다. 다니엘라의 집을 흘 깃 뒤돌아보지만 아직은 불이 난 티가 조금도 나지 않는다. 곧 활활 타오를 테니 굳이 기다릴 필요는 없다.

카스테레오를 켠다. 그날 안젤라의 침실에서 그녀를 죽일 때 흘러나오던 노래가 나온다. 아주 오래전 일처럼 느껴진다. 이건 분명 징조다. 노래를 따라 부르며 북쪽으로 차를 몬다. 기분이 한껏 들뜨고 저녁 공기는 포근하고 모든 일이 순조롭게 굴러간다. 이럴 때는 인생이 참 살만하다.

시신을 버릴 완벽한 장소를 찾아야 한다. 이번 시신만큼은 절대 발견되면 안 된다. 캔터베리 평원을 가로지르며 어디로 가는지도 모를 외딴 흙길을 찾아 헤맨다. 한 시간 가까이 달린 끝에 마침내 그런 길을 하나 찾아낸다. 철사 울타리로 일반인의 접근을 막은 곳이다. 자물쇠를 만지작거려 울타리를 연다.

충분히 깊숙이 들어왔다고 판단될 때 차를 멈춘다. 트렁크를 열고 고치처럼 감싼 시신을 끌어내 나무 사이로 끌고 간다. 차고에서 빌려 온 삽으로 무릎 깊이 정도 되는 구덩이를 꼬박 30분 동안 판다. 아직 장갑을 낀 상태라 손가락이 다시 젖은 고무처럼 축축해진다. 구덩이가 충분히 깊어졌을 때 시신의 옆구리를 발로 찬다. 시신이 털썩 하는 소리와 함께 무덤 안으로 굴러 떨어진다.

이곳은 선택의 여지가 많은 동네다. 구덩이를 그대로 열어두면 햇빛을 받아 시신이 빨리 썩을 것이고 주변에 사는 작은 동물들이 증거가 될 만한 건 다 갉아먹어 없애줄 것이다. 하지만 그건 위험하다. 웬 촌부 하나가 어슬렁거리다 이곳에 흘러 들어오기라도 하면 자기 인생에서 가장 흥미진진한 발견을 하게 될 것이다. 게다가 앞으로 며칠에서 몇 주간은 햇빛도 별로 안 비칠 것 같다.

구덩이 속으로 내려가 칼로 고치를 가른다. 원예용 가위와 펜치와 망치로 시신의 이빨과 손가락 끝을 떼어낸다. 소름 끼치는 일이지만 생각보다 할 만해 휘파람이 나온다. 피가 튀지 않게 도구를 최대한 멀리 떨어뜨려 작업했지만 역시나 실패다. 한참 하다 보니 요령이 생겨 시간 가는 줄 모른다.

이빨과 손가락과 지갑과 신분증을 서로 다른 비닐봉지에 넣는다. 그런 다음 남은 휘발유를 시신에 몽땅 쏟아붓고는 다시 자동차 시가 라이터로 걸레에 불을 붙여서 시신 위에 던진다. 바비큐 냄새가 난다. 15분쯤 뒤 거의 다 타고 나자 슬슬 배가 고파진다.

다시 휘파람을 불며 구덩이를 흙으로 메우고 발로 밟아 평평하게 다진 뒤 낙엽과 마른 풀을 끌어다 덮는다. 차로 돌아가 다니엘라 워커의 삽을 트렁크에 던져 넣고 집으로 향한다.

집에서 1킬로미터쯤 떨어진 지점에 차를 세우고 차 안에 휘발유를 들이붓고 불을 붙인다. 이 동네에서는 불이 나도 소방서에 신고할 만큼 신경 쓰는 사람이 없다. 비디오카메라와 비닐봉지를 들고 집으로 걸어간다.

집에 도착해서는 비디오테이프를 두 개 복사한다. 필요한 건 하나뿐이지만 혹시 모르니 하나는 집에 보관하고 다른 하나는 서류가방에 넣어 나중에 안전한 장소에 보관하기로 한다. 칼훈의 지갑에서 현금을 꺼내 반으로 접어 주머니에 넣고, 빈 지갑은 손가락과 이빨이 든 비닐봉지에 던져 넣는다. 손가락은 나중에 갈아서 동네 개들에게 먹이고 이빨은 망치로 부술 것이다.

자정이 가까워지자 공원으로 향한다. 밤공기는 여전히 따뜻하고 보름달은 하늘에 둥실 떠 있고 오늘따라 별빛이 유난히 밝다. 내가 세상을 더 또렷하게 보고 있기 때문인지도 모른다. 낭만과 죽음에 더없이 잘 어울리는 밤인 건 확실하다. 바지 허리춤 안쪽에는 나는 쓸 생각이 없는, 죽은 칼훈의 권총이 꽂혀 있고, 바지 뒤쪽에는 5센티미터짜리 칼이 칼집에 꽂혀 있다.

공원에 도착하니 텅 비어 있다. 풀밭을 디디며 고환을 잃었던 자리까지 걸어간다. 다른 데보다 왠지 더 쌀쌀하게 느껴진다. 달빛을 받아 도드라져 보이는 나무들은 별빛을 거의 다 가린 채 검은 손가락으로 나를 가리키고 있다. 나는 내 인생이 영영 바뀌었던 풀밭 가장자리에 선다. 아직도 풀밭에 내 피가 묻어 있을까 궁금하지만 너무 어두워서 보이지 않는다.

  자정이 되자 그림자 하나가 날 향해 걸어온다.

50장

경찰이 들이닥쳤을 때 샐리는 침대에 누워 조를 생각하고 있었다. 오늘 밤 샐리는 조의 아파트에 갔었다. 집 안에 들어가 확인하진 않았지만 조는 집에 없었다. 어딜 간 걸까? 혹시 조가 있을까 싶었지만 조의 엄마 집에는 가지 않았다. 어젯밤 조를 목격한 그 집에도 갔어야 했던 것 같지만 가지 않았다.

경찰이 샐리의 집에 마지막으로 왔던 건 5년 전이었다. 마틴이 세상을 떠나고 이틀 뒤였다. 그때는 경찰차가 한 대만 와서 최대한 조심스럽게 진술을 받았다. 그런데 이번에는 사이렌을 끈 경찰차가 여러 대 샐리네 집에 몰려왔다. 커튼 틈 사이로 붉고 푸른 경광등 빛이 들어와 벽지에 반사되면서 요란하게 번쩍거렸다. 문을 두드리는 소리도 요란했다. 이번 방문은 전혀 조심스럽지 않았다.

부모님이 무슨 일이냐고 묻는 소리가 들리고, 이어서 경찰이 자신의 이름을 부르는 소리도 들렸다. 샐리는 침대에서 일어나 가운을 걸쳤다. 바로 그때 문이 열리고 슈뢰더 형사가 나타났다. 피로와 짜증의 기색이 역력한 얼굴이었다. 슈뢰더는 샐리가 무슨 잘못이라도 저지른 양 날카로운 눈빛으로 샐리를 바라보았다.

"무슨 일이에요?"

"샐리, 같이 가줘야겠어요." 그가 말했다. 샐리는 처음 들어보는 슈뢰더의 말투였다.
"옷 좀 갈아입어도 될까요?"
　슈뢰더는 선뜻 대답하지 못하고 망설였다. 안 된다고 하고 싶은 눈치였다. 하지만 곧 여자 경찰을 불렀고 여경이 방으로 들어서자 슈뢰더가 말했다. "서둘러." 그러고는 문을 닫고 나갔다.
　샐리가 청바지와 티셔츠로 갈아입는 동안 여경은 한마디도 하지 않았다. 샐리는 여경을 알아보았다. 경찰서에서 몇 번 보기도 했고 가끔 말을 나눈 적도 있었다. 하지만 여경은 샐리를 전혀 모르는 것처럼 행동했다. 샐리는 재킷을 걸치고 양말을 신고 신발을 신었다.
"가시죠." 여경이 말하며 문을 열었다.
　복도에는 경찰관이 여섯 명쯤 서 있었는데, 부모님에게 질문만 할 뿐 부모님이 묻는 말에는 대답하지 않았다. 샐리는 별일 아니라고 부모님을 안심시키면서도 정말 괜찮을지 자신이 없었다. 경찰은 샐리에게 수갑을 채우지는 않았지만 경찰차 뒷좌석에 샐리를 태워 곧바로 출발했다. 출동한 경찰차 중 절반은 샐리의 집 앞에서 대기했다. 샐리는 경찰이 자기 방을 수색하더라도 다 끝나면 정리를 잘 해주길 바랐다. 이웃들이 너도나도 앞마당에 나와 지켜보고 있었다. 도대체 무슨 일이 벌어지고 있는 거지? 두렵고 혼란스러웠다. 직장에서 뭔가를 잘못한 걸까? 내가 뭔가를 훔쳤다고 오해하나? 아니면 5년이 지난 이제야 남동생을 죽게 한 죄를 물으려는 걸까?
　집에서 경찰서까지 이렇게 빨리 가기는 처음이었다. 그러나 그

긴박함이 무색하게도 경찰서에 도착한 샐리는 취조실로 안내된 뒤 30분이나 혼자 있었다. 샐리는 방 안을 서성이다가 의자에 앉았다가 다시 일어나 걷기를 반복했다. 심장이 미친 듯 뛰고 손이 떨렸고, 시간이 지날수록 점점 더 겁이 났다. 처음 들어와본 취조실은 추웠다. 재킷을 입고 와서 다행이었다. 의자는 불편했고 책상에는 왔다 간 사람들의 흔적이 남아 있었다. 손톱이나 열쇠, 동전 등 뭐든 손에 잡히는 걸로 긁어 새긴 흔적이었다.

드디어 한 남자가 들어왔지만 샐리는 모르는 얼굴이었다. 지극히 평범하게 생겼는데도 그 남자가 무서웠다. 샐리가 시키는 대로 손을 내밀자 남자는 샐리의 피부에서 면봉으로 뭔가를 채취했다. 샐리가 이유를 물었지만 남자는 아무 대답 없이 취조실을 나갔다. 그로부터 10분 뒤에야 슈뢰더 형사가 취조실로 들어왔다. 그때쯤 샐리는 울고 있었다. 슈뢰더 형사는 샐리의 맞은편에 앉아 책상 위에 파일 하나를 내려놓았다. 슈뢰더가 파일을 펼치지는 않고 말했다.

"소란을 피워서 미안해요, 샐리. 워낙 중요한 일이라 어쩔 수 없네요."

슈뢰더는 샐리 쪽으로 커피를 밀어주었다. 그러면서 갑자기 오랜 친구처럼 미소를 지었지만 온기라고는 하나 없는 미소였다.

"무슨 일인데요?"

"칼훈 형사와는 얼마나 친해요?"

실종된 그 형사 말인가? 그 형사가 나와 무슨 관련이 있다는 거지? "친하지는 않아요. 왜요?"

"사적으로 어울린 적 있어요?"

"어울린 적요?" 샐리는 고개를 저었다. "한 번도 없어요."

"술 한 잔도 해본 적 없어요? 레스토랑에서 우연히 마주친 적은요? 쇼핑몰이라든가."

샐리는 커피를 힐끗 봤지만 손은 대지 않았다.

"없다고 했잖아요." 샐리는 거짓말쟁이 취급을 받는 것 같아 짜증이 났다.

"그의 차에 타본 적은요?"

"뭐라고요?"

"자동차요, 샐리. 같이 차를 타고 이동한 적 있냐고요."

"없어요. 그 사람은 이 건물 밖에서는 한 번도 본 적 없어요. 같이 밥 먹은 적도, 술 마신 적도 없다고요." 샐리는 아까보다는 힘이 실린 목소리로 말했지만 속은 금방이라도 무너질 것 같았다.

"오늘은 봤어요?"

"아침에도 물으셨잖아요."

"다시 묻는 거예요."

"왜 제 말을 믿지 않으세요?" 샐리가 물었다.

"대답해요, 샐리."

"못 봤어요. 마지막으로 본 게 언제였는지도 모르겠어요. 어제였을지도요."

"어제 봤을 수도 있다고요?"

"전 여기서 늘 사람들을 마주쳐요. 형사님도 어제 봤는지조차 기억이 안 나지만 분명 봤을 거라고요."

슈뢰더는 틀린 말은 아니라는 듯 고개를 끄덕였다. "불 좋아해요, 샐리?"

"불요?" 조금 전 질문도 이해가 안 됐지만 이건 도무지 앞뒤가 맞지 않았다. "무슨 말인지 모르겠어요."

"불요. 오늘 밤 불이 났어요. 샐리 손을 면봉으로 문지른 것도 그 때문이에요. 인화 물질이 있는지 찾으려고요."

"근데 안 나왔잖아요, 맞죠?" 샐리는 의문이 아니라 확신에 찬 말투로 물었다.

"장갑을 꼈을 수도 있죠."

"하지만 난 불을 지르지 않았어요!"

"불이 난 건 어떤 집이었어요."

그 순간 지금까지 아버지와 함께 본 수많은 형사 드라마와 영화가 쓸모 있어졌다. 샐리는 다음으로 해야 할 말을 정확히 알고 있었다. "변호사 불러주세요."

슈뢰더는 몸을 뒤로 기대며 한숨을 쉬었다. "왜 이래요, 샐리. 그냥 솔직하게 말하면 변호사 같은 건 필요 없어요." 드라마 속 형사들이 흔히 하는 말이다. "우리가 알고 지낸 지 얼마나 됐죠?"

샐리는 잠시 고민했다. 이 정도 질문은 변호사 없이 답해도 괜찮을 것 같았다. "6개월 정도요."

"날 믿어요?"

"여기 오기 전까지는 믿었지만 이젠 아니에요. 특히 지금은요."

슈뢰더는 낮게 끙 소리를 내며 다시 몸을 앞으로 기울였다.

"불에 탄 집은 범죄 현장이었어요. 다니엘라 워커가 살해된 곳요. 리사 휴스턴도 거기서 죽었어요." 익숙한 이름이다. 둘 다 '크라이스트처치 카버'의 피해자였다.

"전 그 집에 불 지르지 않았어요."

"칼훈 형사 차에 탄 적도 없고요?"

"없어요."

"그 말 믿어도 되는 거죠?"

"네."

"좋아요. 그럼 걱정할 거 없어요. 변호사도 필요 없고요."

하지만 샐리는 세상이 그렇게 단순하지 않다는 걸 알았다. "그런데 왜 이렇게 불안하죠?"

"보여줄 게 두 가지 있어요."

슈뢰더는 파일을 열었다. 파일 안에는 사진 한 장이 있었고 그 위에 주차권이 든 지퍼백이 있었다. 사진은 지퍼백 아래 깔려 잘 보이지 않았다.

"오늘 칼훈 형사 책상 뒤에서 이걸 발견했어요. 근데 꽤 흥미로운 사실이 드러났어요. 우선 주차권에는 칼훈의 지문이 찍혀 있었어요. 여기서 일하는 사람은 다 지문이 등록돼 있어서 안 거예요. 경찰이 아니어도 등록돼 있죠. 청소부도 마찬가지고요. 조도 샐리도요."

샐리는 무슨 말을 해야 할지 몰라 입을 다문 채 목걸이의 십자가 장식을 꽉 움켜쥐었다.

"주차권에서 나온 두 번째 지문은 샐리 거예요."

"그게 무슨 뜻이에요?"

"그 자체로는 별 뜻 아니에요. 그냥 샐리랑 칼훈 형사가 한 번씩은 주차권을 들고 있었다는 뜻이에요. 주차권을 발부한 주차장 건물에 가봤는데, 날짜를 보니까 5개월 전이더군요."

"5개월 전이요?"

"그래요."

5개월 전이라고? 머릿속 어딘가에서 작은 종이 울린다. 익숙한 무언가가 떠오르려 한다. 뭐지?

"주차장 건물을 한 층씩 올라가며 살폈어요. 뭘 찾는지도 모른 채로요. 그냥 헛다리일 수도 있었죠. 근데 꼭대기 층에 칼훈 형사의 차가 있었어요. 단, 주차권은 그 차의 것이 아니었어요. 칼훈의 차는 주차된 지 길어야 하루밖에 안 돼 보였죠. 어쨌든 칼훈은 차를 그곳에 주차하면서 옆에 있던 차를 긁었어요. 옆면 전체에 큰 흠집이 나 있더군요. 칼훈의 차를 찾은 건 좋았는데, 긁힌 차량의 주인을 상대할 생각을 하니 갑갑했어요. 보험사도 엮일 거고 차 주인은 당연히 난리 칠 테고요. 근데 무슨 일이 있었는지 알아요?"

샐리는 고개를 저었다. 무서워서 입도 뗄 수 없었다.

"번호판을 조회하니 5개월 전에 도난 신고된 차였어요. 그 주차권에 찍힌 시간보다 하루 뒤에 도난 신고가 됐더라고요. 밤에 누군가가 차를 훔쳐 그 주차장에 세웠고, 다음 날 아침 주인이 출근하려다 차가 없어진 걸 알았다는 뜻이죠. 어쨌든 우린 그 차를 열었어요. 안에 뭐가 있었을 것 같아요?"

샐리는 다시 고개를 저었다.

"시체가 있었어요."

샐리는 숨을 헉 들이쉬며 움켜쥔 십자가를 더 세게 잡았다. 십자가 귀퉁이가 피부를 파고들었다.

"시체는 비닐로 싸여 있었고, 주변에는 고양이 모래 20킬로그램이 깔려 있었어요."

"고양이 모래요?"

"냄새를 흡수하거든요."

"전 그 일과 아무 상관없어요."

"칼훈이 그 시체를 죽인 것이라면 자기가 죽인 시체가 든 차 옆에 자기 차를 세웠다는 게 이상해요. 그의 책상을 처음 뒤졌을 땐 없었던 주차권이 나중에 나온 것도 이상하고요. 마치 누가 일부러 거기에 둔 것 같달까요. 샐리의 지문이 주차권에 찍힌 것도 이상해요. 왜 칼훈이 거기에 차를 세웠는지, 이 주차권이 어떻게 나타난 건지, 혹시 짚이는 데 있어요?"

"없어요." 사실 샐리의 답은 진실이 아니었다. 짚이는 데가 분명 있었고 샐리는 그게 싫었다. 정말 싫었다.

슈뢰더가 주차권이 들어 있었던 비닐봉지를 치우자 그 밑에 있던 사진이 드러났다. 사진에는 어제 샐리가 어떤 집의 진입로에서 본 자동차가 찍혀 있었다. 조가 타고 떠난 바로 그 차였다.

"이 차예요. 정말 한 번도 본 적 없어요?"

"전…… 전 모르겠어요." 샐리는 다시 부인했지만, 어제 낯이 익긴 한데 누군지 기억나지는 않았던 남자가 그 집으로 들어가던 장면이 떠올랐다.

슈뢰더가 사진을 치우니 그 밑에 또 다른 증거 보관용 봉지가 놓여 있었다. 봉지 안에는 샐리가 어제 쓴 메모장이 들어 있었고,

메모장에는 조가 갔던 그 집의 주소가 적혀 있었다.

"왜 이 주소를 적은 거죠?"

"이게…… 이게 불탄 그 집이에요?" 샐리가 물었다.

"맞아요." 슈뢰더가 말했다. "샐리 차 안에 있던 메모장에 그 집 주소가 적혀 있더군요."

"이럴 수가……." 슈뢰더가 아니라 스스로에게 한 말이었다. 그제야 샐리는 왜 그 집이 낯익었는지 깨달았다. 조의 집에서 파일을 넘기다가 본 사진 중에 그 집을 찍은 사진이 있었다. 그리고 바로 그날 샐리는 조의 침대 밑에서 주차권을 발견했다. "조가……." 샐리는 작게 속삭였다.

"뭐라고요?" 슈뢰더가 물었다.

샐리는 흐느껴 울기 시작했다. 모든 것이 퍼즐처럼 맞아떨어졌다. 파일들, 조의 상처, 조가 칼훈 형사의 차를 몰고 다닌 이유까지. "전…… 전 아무것도 몰랐어요." 샐리는 흐느낌에 목이 메고 숨이 막혔고 당장이라도 정신을 잃을 것 같았다. 정신을 차리기 위해 샐리는 고개를 흔들고 이를 악물며 크게 숨을 들이쉬었다. 그러고는 눈물로 뒤범벅이 된 채 겨우 하려던 말을 내뱉었다. "전 이 일과 아무 상관이 없어요. 제발 절…… 절 믿으셔야 해요."

"그럼 말해봐요, 샐리. 내가 뭘 잘못 짚은 건지, 뭘 놓치고 있는 건지 알려줘요."

그렇게 샐리는 그간의 일을 털어놓았다. 2주 전 엘리베이터에서 조가 어떤 미소를 지었고 조가 얼마나 다정한 사람이었는지부터 말했다. 그런 다음 나머지 이야기를 들려주었다.

51장

숙제는 끝났다. 할 일은 모두 마쳤다. 이제 남은 건 설득뿐이다.

멜리사가 풀밭을 천천히 걸어 내 쪽으로 다가온다. 손에는 내 총이 들려 있다. 한밤중에 어두운 공원에서 만날 수는 있어도 무기도 없이 나올 만큼 날 믿지는 못하는 모양이다. 놀랄 일은 아니다. 멜리사도 내가 칼훈의 총을 꺼내 겨눴을 때 별로 놀라지 않았을 것이다.

나는 가만히 서서 끈기 있게 기다린다. 멜리사가 몇 미터 앞에서 멈춰 선다. 웃는 얼굴은 아니다. 지금 상황이 하나도 우습지 않은 듯하다. 겁먹은 기색도 없다.

"또 날 못 잊고 찾아왔네? 내가 질리지도 않나 봐?" 나는 여전히 근사한 멜리사를 위아래로 훑어보며 말한다.

"내 돈은?"

들고 있던 비닐봉지를 흔들며 내가 말한다. "돈보다 더 좋은 걸 가져왔지."

멜리사가 내 얼굴에 총을 겨눈다. "그래?"

나는 멜리사에게 비닐봉지를 건넨다. 우리 둘 다 서로에게 총을 겨누고 있다. 멜리사가 봉지 안을 힐끗 들여다본다. "비디오카메라잖아."

"맞아."

"이건 뭐 하려고?"

"뭐가 찍혔는지 보는 게 좋을걸."

"이 개자식."

"왜?"

멜리사가 비디오카메라를 내게 던지며 외친다. "이 개새끼야!"

웃음이 난다. 모든 걸 알아챈 모양이다.

"복사본은 여러 개 만들어뒀어. 혹시라도 내 목이 베인다든가 하는 일이 생기면 복사본이 경찰 손에 들어갈 거야."

"날 속였네." 멜리사가 말한다.

"어렵진 않았어."

멜리사가 코웃음을 친다. "그 테이프에 너도 찍혔잖아."

"난 안 찍혔어. 뭐, 상관은 없지만. 내가 찍혔어도 네가 날 죽이면 아무 소용 없지. 경찰이 뭘 어쩌겠어. 무덤을 파서 내 시체라도 체포하려나?"

멜리사는 몇 초 동안 조용히 나를 바라보다가 한숨을 쉰다. "그럼 교착 상태네."

"그래, 맞아." 내가 말한다. 이게 내가 바랄 수 있는 최선이자 의도한 결과다. 물론 멜리사를 파쇄기에 밀어 넣고 싶은 마음은 여전히 굴뚝같지만 내 안위를 생각하면 그럴 순 없다. 멜리사가 나에 대해 갖고 있는 증거를 내 손에 넣거나, 내가 암에 걸려서 몇 주밖에 못 산다는 걸 알게 되면 또 모르지만 말이다.

멜리사가 총을 핸드백에 집어넣는다. "뭐, 그동안 즐거웠다고는 말 못 하겠네."

"나도 마찬가지야." 나도 총을 집어넣는다.

"그 형사는 어떻게 했어?"

"늘 하던 대로."

우리는 서로에게 등을 돌리지 않는다. 대화는 끝났지만 몇 미터 거리를 유지한 채 자리를 뜨지 않는다. 지금껏 일어난 일들에서 차마 등을 돌리지 못한다. 그간의 우여곡절을 뒤로하고 빈손으로 돌아서려니 허탈하기 그지없다. 이토록 힘 빠지는 결말이라니. 크리스마스 아침에 눈을 떴는데 선물이 다 똑같은 양말뿐일 때 이런 기분일까.

멜리사의 얼굴이 달빛을 받아 창백하게 빛난다. 그녀가 얼마나 아름다운지 새삼 깨닫는다. 지금 당장 칼로 그녀를 어쩌고 싶은 마음만 없었다면 아마 지금쯤…….

멜리사와 나는 누가 먼저랄 것도 없이 서로에게 다가가 입을 맞춘다. 멜리사는 마치 내 목구멍 어딘가에 성배라도 있는 듯 혀를 밀어 넣고, 나도 내 혀를 깊이 밀어 넣는다. 멜리사와 내 몸이 서로에게 점점 밀착된다. 나는 두 손으로 멜리사의 등을 위아래로 천천히 훑는다. 멜리사도 내 등을 더듬지만 내 총을 빼내려 하지는 않는다.

이 상황이 도무지 이해되지 않는다. 문득 칼훈이 다니엘라 워커를 죽일 때를 떠올리며 했던 말이 생각난다. 조금 전까지 대화 중이었던 다니엘라가 정신을 차리고 보니 죽어 있었다고 했다. 지금 내게도 똑같은 일이 벌어지고 있다. 나도 모르게 몸이 움직인다.

10초 전만 해도 멜리사를 노려봤지만 지금은 두 손으로 멜리사의 등을 파고들듯 애무하고 있다. 그녀의 완벽한 가슴을 내 가슴에 바싹 밀착시키면서. 몇 초 뒤 우리는 몸을 뗀다. 둘 다 무슨 말을 해야 할지, 무슨 일이 벌어지고 있는 건지 모르겠다는 얼굴이다. 멜리사도 나만큼 충격받은 눈치다.

멜리사의 눈에 증오가 서려 있는 게 보인다. 내 눈도 마찬가지일 것이다. 그리고…… 우리는 다시 더 거칠게 키스한다.

다시 서로에게서 몸을 뗀다. 증오와 분노가 사라지고 있는 건지 더 커지고 있는 건지 모르겠다. 멜리사가 무언가 말하려는 듯 입을 열고 나도 입을 열지만, 우리는 또다시 서로를 붙잡는다. 격렬하게 껴안고 입술이 으깨지도록 쉴 새 없이 혀를 놀리며 입을 맞춘다. 이제는 아무것도 중요하지 않다. 지금 이 순간에도 세계 곳곳에서 수많은 사람이 사랑을 찾고 있을 것이다. 내가 찾은 게 사랑인지는 모르겠지만 내 마음에 드는 건 확실하다.

한쪽 고환이 너덜너덜해진 채 침대에 누워 지냈던 그 일주일처럼 시간이 흐르는지 멈췄는지 알 수가 없다. 마치 시간은 하나도 중요하지 않고 오직 '사건'만 중요한 곳에 있는 것 같다. 달은 여전히 떠 있고 우리는 비틀거리는 서로를 부축해주며 달빛 아래를 함께 걷는다. 어디로 가야 할까? 멜리사가 나를 자기 집으로 데려간다. 운전은 멜리사가 한다. 우리는 신호에 걸려 교차로에 멈출 때마다 서로를 바라본다. 나는 이 마법이 깨지길 계속 기다리지만 그런 일은 없다. 우리는 멜리사의 침실에 도착한다. 생각이란 걸 할 수 있었다면 멜리사가 날 죽일 거라는 생각을 했겠지만 나도 멜리사도 서로를 죽이는 대신 옷을 벗는다. 멜리사가 내 위에 올라타고 내 남은 고환이 그녀의 몸에 밀착된다. 우리가 처음 키스한 순간부터 얼마나 시간이 흘렀는지 감이 오지 않는다. 풀밭의 축축한 감촉을 등으로 느끼며 쓰러져 있을 줄 알았건만 지금 나는 멜리사가 절정에 오르는 모습을 지켜보고 있다. 꿈만 같다. 나는 멜리사를 올려다보고, 그녀는 미소 띤 얼굴로 나를 내려다본다. 내 왼쪽 고환을 짓이길 때 지었던 그 미소다. 다행히 근처에 펜치는 보이지 않는다. 증오는 사라졌다.

그렇다. 이건 꿈이 아니다.

이불 속에서 뒤엉켜 놀다 보니 시간 감각이 흐릿해진다. 결국 잠이 들고 토요일이 찾아온다. 아침부터 다시 서로에게 달라붙는다. 점심이 되어서야 잠깐 숨을 돌린다. 밖에는 비가 억수같이 쏟아지고 굵은 빗방울이 지붕을 세차게 두드린다. 비 오는 소리가 왜 낭만적이라고들 하는지 이제야 알 것 같다. 그동안 읽은 수많은 책에 묘사된 그대로다. 같이 치즈 토스트를 먹는다. 별다른 이야기를 나누지는 않지만, 사이사이 흐르는 긴 침묵이 하나도 어색하지 않다. 내가 멜리사 때문에 고환 하나를 잃었다는 사실도 전혀 어색하지 않다. 멜리사는 그 일을 사과하지 않고, 나도 그 일로 얼마나 화가 났는지 말하지 않는다. 우리는 오후 내내 침대를 떠나지 않는다. 시간이 흐르고 저녁이 되자 방 안이 점점 어두워진다. 비는 점점 더 거세지고 집 안은 포근하고 따뜻하다. 욕조에 한 시간 동안 함께 몸을 담근다. 드디어 "배고파?", "이러면 좋아?" 같은 말을 뛰어넘어 진짜 이야기를 나눈다. 영화에 대해, 책에 대해,

음악에 대해.

토요일이 일요일이 되고 비가 그친다. 멜리사를 가만히 바라본다. 이제는 진심으로 그녀를 죽이고 싶은 마음이 들지 않는다. 잠드는 멜리사를 바라보면서 그녀를 갈기갈기 찢고 손가락과 칼로 그녀의 살을 헤집어 최대한 고통스럽게 해부하면 어떤 기분일지 생각한다. 나는 당연히 그럴 수 있고 그러면 정말 재미있을 것이다. 그러나 나는 절대 그녀를 해치지 않을 것이다.

이 감정이 뭔지 나는 안다. 당장이라도 멜리사를 죽일 수 있지만, 그녀를 바라보고 있자니 오늘이나 내일은 아니더라도 언젠가는 지금의 삶을 정리하게 되리라는 예감이 든다. 멜리사가 잠에서 깨어나 웃으며 아침 인사를 건넨다.

"보아하니 사람을 죽이는 모양이지?" 나도 아침 인사를 건넨 뒤 말한다.

"글쎄, 그런가 봐."

"소질은 있어?"

"아주 많이 있지."

"우리 엄마 좀 소개해줄까?"

멜리사가 웃는다. 우리는 또 사랑을 나눈다. 불구 아가씨의 집에 서서 물고기를 바라보던 순간이 떠오른다. 그날 나는 물고기를 한 마리도 가져오지 않았다. 물고기로는 공허함이 채워지지 않을 것 같았다. 그날의 나는 내가 지금 아는 사실을 알고 있었을까? 내가 멜리사를 사랑한다는 사실 말이다.

살인과 상상은 이제 다 끝났고, 나는 사랑을 찾았다. 전형적인 로맨스 소설의 결말이다. 나는 평범한 로미오고 멜리사는 눈부신 줄리엣이다.

조금 전까지 침대에서 일어나 옷을 입고 대화를 나눈 것 같은데, 나는 어느새 집을 향해 걷고 있다. 주변에서 차와 사람들이 지나가고 세상은 여전히 흐릿하다. 멍하니 걷다 보니 길을 건너거나 모퉁이를 돌았다는 것조차 의식하지 못한다. 일요일 아침에는 이 도시도 꽤 근사해 보인다. 구름이 걷힌다. 한 번도 깊이 생각해보지 않은 미래를 생각해본다. 나는 잡히지 않을 것이다. 그건 확실하다. 잡히기엔 너무 똑똑하기 때문이다. 사람들이 배우고 믿는 바와는 달리 가끔은 악당이 이긴다. 그게 인생이다. 살아가며 배우는 수밖에 없다.

행복한 삶에는 행복한 결말이 따른다. 모든 건 결국 이 한 문장으로 귀결된다. 나는 크라이스트처치 카버로서도 충분히 행복했지만 로미오가 된 지금이 훨씬 더 행복하다. 이 미쳐 돌아가는 세상이 굳이 날 위해 진짜 사랑이자 함께할 동반자를 찾아주었다. 이제는 청소 일을 그만두고 그보다는 훨씬 덜 하찮은 일을 찾아봐야겠다. 고양이도 있고 약혼자도 있으니 가능성은 무궁무진하다. 물고기 두 마리를 잃었지만 그보다 훨씬 더 좋은 걸 얻었다.

아파트 앞 계단에 도착하니 차 한 대가 내 옆에 끼익 하고 급정거한다. 반사적으로 총을 잡으려다가 운전자가 샐리인 걸 보고 긴장을 푼다. 샐리 같은 부류는 운전 실력이 형편없으니 급정거할 만도 하다. 애초에 샐리처럼 모자란 사람이 어떻게 면허를 땄는지 모르겠다. 아마 그런 부류에게 마트에서 카트를 정리하는 일자리를 억지로 안겨주는 관행과 비슷할 것이다. 샐리가 시동도 끄지 않고 차 문을 열고 내리더니 차를 빙 돌아 내게로 달려온다. 겨우 10미터 달렸을 뿐인데 숨을 헐떡인다. 나는 언제 샀는지도 기억나지 않는 고양이 캔 사료를 손에 들고 있다. 서류 가방은 어디 뒀는지조차 모르겠다. 햇빛은 쨍하고 바람은 따뜻하고 오랜만에 덥지도 않다. 그야말로 모든 게 완벽하다.

조금 전까지는 혼자였는데 어느새 샐리가 내 앞에 와 있다. 게다가 울고 있다.

나는 한숨을 쉬며 샐리의 어깨에 손을 얹고 무슨 일인지 묻는다.

52장

 이웃들이 지나가면서 쳐다볼까 봐 걱정된다. 샐리가 내 애인이라고 생각하면 어쩌나 싶다. 나는 샐리보다 훨씬 괜찮은 여자를 만날 수 있는데 말이다. 사실 이미 만나고 있다.
 "샐리? 무슨 일이에요? 여긴 웬일이에요?"
 "조가 여기 사니까요." 샐리가 애써 숨을 고르며 말한다. 내 주소를 어떻게 알았는지 궁금하다.
 "그렇군요. 여긴 왜 왔어요?"
 샐리가 무슨 이유에서인지 거리를 이리저리 살핀다. 근처에 주차된 차는 두 대뿐이다. 한 대는 비어 있고 다른 한 대에는 두 사람이 앞좌석에 앉아 마주 보며 열띤 대화를 나누고 있다. 조수석에 앉은 여자는 매춘부고 운전석에 앉은 남자는 돈이 부족한 고객인 듯하다.
 "얘기 좀 하려고요. 뭘 좀 물어보려고요."
 나는 숨을 깊이 들이쉬며 마음을 다잡는다. 샐리는 그 무언가를 물어볼 때 더 크게 울 것이고 나는 그녀를 거절해야 한다. 내 인생에 여자는 한 명이면 충분하다. 그렇게 급히 차를 세운 걸 보면 그동안 나에 대한 감정을 떨쳐내려고 무던히도 애를 썼을 것이다.
 "뭘 물어보고 싶은데요?"

"거짓말은 이제 그만해요, 조." 샐리의 목소리가 점점 커진다.

"뭐라고요?"

"거짓말은 그만하라고요." 커지는 목소리에 분노가 더해진다.

도대체 왜 이러는지 모르니 무슨 말을 해야 할지도 모르겠다. 뭘 두고 거짓말이라고 하는지도 모르겠다. 무엇보다 샐리 같은 사람이 거짓말을 눈치챌 줄은 미처 몰랐다.

"좋아요, 샐리. 심호흡부터 해봐요." 나는 이렇게 말한 뒤 그녀와 같은 부류인 척하려고 덧붙인다. "나무에서 산소가 나오니까요."

샐리가 숨을 깊이 들이쉰다. 표정이 진정되는 것 같지만 조금뿐이다. 무언가 중요한 질문을 하려는 것 같다. 아마 내 거절을 받아들일 각오는 돼 있지 않을 것이다. 그래도 나는 샐리에게 말해야 한다. 샐리와 관계를 맺고 싶지 않아서가 아니라 애초에 누구와도 관계를 맺고 싶은 생각이 없다고 할 것이다. 이럴 때는 여자들이 나를 좋아하는 게 오히려 저주처럼 느껴진다.

빨리 끝내는 게 최선이다. "좋아요, 샐리. 조는 오래 들어줄 수 없어요. 지금 나가는 중이에요."

"하지만 이제 막 도착했잖아요!" 샐리가 소리친다. 격한 감정이 얼굴에 금세 다시 차오른다. "다 봤어요! 금요일 밤부터 기다렸다고요! 계속 오고 또 왔어요. 집 안에서 기다리고 싶었지만 그럴 순 없었어요. 그래서 자리를 바꿔가며 모퉁이에 숨어서 기다렸어요. 졸기도 하고 집에 가서 몇 시간 쉬다 오기도 하면서요. 차를 몰고 근처를 돌기도 했고요. 조가 영영 안 나타날까 봐 불안했어요. 금요일 밤에도, 어제도 나타나지 않았으니까요. 다른 사람들은 당신이 영영 안 돌아올 줄 알고 거의 다 떠났어요."
 샐리의 얼굴이 빨갛게 부어 있다. 내내 울면서 날 기다린 듯하다. "다른 사람들이라뇨? 떠났다뇨? 그게 무슨 소리예요, 샐리?" 물론 샐리는 진실을 알 리 없다. 언제나 그랬다. 샐리의 세상은 새끼 고양이와 강아지와 신을 사랑하고 늘 웃는 선량한 사람들로 가득하다. 샐리는 어떤 것도 제대로 이해할 능력이 없다. 그 사실을 모른 채 해맑게 살아가는 게 차라리 나을지도 모른다.
 샐리는 볼에 흐르는 눈물을 손바닥으로 닦으며 말했다. "조, 나한테 다 말해야 해요."
 "저기, 샐리, 심호흡하고 뭐가 그렇게 중요한지 말해봐요."
 "조의 상처에 대해 알고 싶어요."
 금요일에 집에 들어갔을 때 뭔가 이상하다고 느꼈던 기억이 난다. 집 안의 물건들이 아주 조금씩 틀어진 느낌. 지금 그 느낌이 다시 든다. 이번에는 집뿐 아니라 거리 전체가, 아니 세상 전체가 그런 느낌이다. 고양이 사료 캔을 세게 움켜쥔다. 샐리의 어깨에 얹었던 손을 총이 든 주머니 옆으로 옮긴다. 주차된 차에 탄 두 사람이 우리를 보고 있다. 조수석 문이 살짝 열려 있고 운전자는 휴대전화로 통화 중이다. 아마 포주와 다음 약속을 잡고 있을 것이다. 조수석에 탄 매춘부가 막 차에서 내리려 한다.
 "내가 마틴 얘기를 했던가요?" 샐리가 화제를 바꿔 묻는다. 내 상처는 이제 신경 쓰지 않는 게 분명하다. 자기가 뭘 물었는지조차 잊어버렸을 것이다. 샐리는 손을 들어 다시 눈물을 닦았다.
 "남동생이라고 했죠?"

"전에는 당신을 보면 그 애가 생각났어요. 이젠 아니에요."

"그렇군요."

"주차권이 문제였어요. 내가 여기 온 것도 주차권 때문이에요. 당신의 인사 기록 파일에 있는 주소는 어머니 집 주소라 경찰은 당신이 어디에 사는지 몰랐어요. 하지만 내가―"

"경찰이라뇨?" 뱃속이 조여들다가 푹 꺼져 내린다. "경찰이 뭘 어쨌는데요?"

"경찰은 당신이 이 집에 안 돌아올 거라고 생각해요. 아무리 기다려도 안 나타났으니까요. 당신 집은 내가 와본 적이 있어 경찰에 알려줬어요. 조, 당신을 도운 건 나예요. 직장에서도 도왔고 퇴근 후에도 도왔어요. 당신이 다친 날에도 치료해줬고요. 그러니 그날 이후로 사람들이 더 죽은 건 다 나 때문이에요."

"날 도운 건 당신이 아니에요. 멜리사예요." 나는 샐리가 내 말뜻을 알 리 없지만 쏘아붙이듯 말한다. "이봐요, 샐리." 침착한 목소리를 내려 애쓰지만 사실 나는 침착하지 않다. 목소리가 떨린다. 온 세상이 내 위로 무너져 내리는 것 같다. "경찰이 뭘 어쨌다고요?"

"당신이 나한테 전화를 걸었잖아요. 그래서 내가 당신 집에 갔고요. 내가 당신을 보살폈어요, 조."

길거리를 좌우로 훑어본다. 양쪽 끝에서 차들이 하나둘씩 밀려 들어온다. 그중에는 밴도 있다. 길가에 주차된 차는 이제 문이 두쪽 다 열려 있다. 여자는 매춘부가 아니었다. 남자와 여자 둘 다 우리 쪽으로 걸어오기 시작한다. 남자가 휴대전화를 주머니에 넣고 무언가를 꺼내려는 듯 재킷 안으로 손을 넣는다. 샐리는 차량이 갑자기 몰려드는 소리에 주위를 둘러본다. 구질구질한 동네에 이렇게 많은 차가 밀려드니 놀란 눈치다. 샐리가 주차권을 발견하고 경찰에 내 집을 알려줬다는 이야기가 머릿속에서 요란한 경고음을 울린다. 온 세상이 축에서 벗어나 기우뚱 기울고 있다. 나는 지퍼를 열고 재킷 주머니 속으로 손을 밀어 넣는다. 줄줄이 다가오는 자동차와 밴, 우리 쪽으로 걸어오는 남자와 여자를 바라본다.

"난 당신이 특별한 줄 알았어요." 샐리가 실망한 목소리로 말한다.

"난…… 난 특별해요."

"당신이 그들을 죽였다는 게 믿기지가 않아요."

나는 한 걸음 뒤로 물러선다. 느림보 샐리가 경찰도 알아내지 못한 진실을 알아내다니. "그게 무슨 말이에요?" 샐리의 어깨 너머를 보며 내가 묻는다.

"당신이 그 사람이잖아요. 크라이스트처치 카버요."

총을 더 세게 움켜쥔다. 하지만 지금 여기서는 소리가 너무 커서 쏠 수 없다. 하지만 총으로 샐리를 위협해 다른 도구가 있는 집으로 데려갈 수는 있다. 아니면 그녀의 차를 타고 어딘가로 갈 수도 있다. 한적한 산길 같은 데면 좋겠지만 어디든 상관없다. 빨리 여길 벗어나기만 하면 된다.

"당신은 틀렸어요. 그런 말을 하고 다니면 안 돼요. 일단 내 집으로 가서—"

"경찰한테 당신 집 주소를 알려줬어요. 어쩔 수 없었어요. 내가 뭘 할 수 있었겠어요? 금요일에 갔던 그 집에는…… 왜 불을 지른 거죠?"

샐리가 내가 보고 있던, 자신의 어깨 너머를 흘끗 돌아본다. 갑자기 모든 차량이 샐리의 차가 급정거할 때 낸 끼익 소리를 내며 동시에 멈춰 선다. 우리 쪽으로 걸어오던 남자와 여자가 뛰어오기 시작한다. 경고음이 더 거세게 울린다. 세상이 더 크게 뒤틀린다. 모든 게 통제 불능으로 빠져들고 있다.

"도대체 무슨 소리를 하는 거예요?" 나는 말하면서 밴과 차들의 문이 하나둘 열리는 걸 지켜본다. 검은 옷을 입은 사람들이 차례로 모습을 드러낸다. 모두 내 쪽으로 걸어온다. 방탄복을 입은 자들이 벽처럼 늘어선다. 대부분 낯익은 얼굴이다.

"미안해요, 조."

"무슨 짓을 한 거예요? 무슨 짓을 한 거냐고요!"

"조한테서 떨어져요, 샐리." 누군가가 외친다. 슈뢰더 형사의 목소리다.

아니다. 이건 말도 안 된다. "말도 안 돼."

샐리가 고개를 젓는다. 지난 몇 달간 자신이 얼마나 큰 착각을 했는지 곱씹고 있을 것이다. 나 역시 마찬가지다. 나는 고양이 사료 캔을 떨어뜨리고, 주머니에서 총을 꺼낸다. 샐리의 십자가 목걸이와 셔츠를 움켜쥐고 그녀를 내 쪽으로 끌어당긴다. 총구를 샐리의 머리 옆에 갖다 댄다. 샐리는 비명만 지를 뿐 아무 말도 하지 않는다.

"난 그 사람이 아니에요." 나는 '느린 조'의 말투로 말한다.

총구를 샐리의 머리에 세게 밀어붙인다. 어딘가에서 누군가가 소리친다. 총 내려놔, 내려놔! 하지만 그들은 나를 막기엔 아직 너무 멀리 떨어져 있다. 물론 총을 쏘면 막을 수 있다. 그러나 그들은 날 쏘지 않을 것이다. 왜 쏘겠는가. 나는 조가 아닌가. 모두가 좋아하는 조. 하지만 샐리를 좋아하는 사람도 있을 것이다. 감옥에서 여생을 보낼 수는 없다. 그건 도저히 못 견딜 것 같다. 그런데 곧 그렇게 된다니. 경찰은 이 총이 칼훈의 총이란 걸 알 것이다. 내 집을 수색해 내 칼들과 멜리사와 찍은 비디오테이프도 찾을 것이다. 그러면 이제 '느린 조' 연기는 절대 먹히지 않을 것이다. 절대로.

"총 내려놔." 슈뢰더가 말한다. 그렇게 화난 얼굴은 처음 본다. 그렇게…… 배신당한 얼굴도.

"먼저 내려놔요." 내가 답한다. "안 그러면 샐리를 쏠 거예요."

"우린 총을 내려놓지 않을 거야. 너도 알잖아, 조." 슈뢰더는 침착하게 말하려 애쓰지만 목소리가 떨린다. "널 놓아줄 수 없다는 거. 그냥 총 내려놔. 그러면 아무도 다치지 않아."

내가 총을 내려놓을 거라고 생각한다면 슈뢰더는 진짜 바보다. 멜리사가 있었다면 얼마나 좋을까. 그 여자라면 뭘 해야 할지 알 것이다. 아니면 엄마라도.

"나는 느린 조예요." 내 말에 아무도 대답하지 않는다. "난 조라고요!"

조에게 이럴 순 없다. 난 동료란 말이다!

그런데도 저놈들은 계속 밀어붙이고 있다. 지금 주도권은 놈들에게 있다. 내가 제일 원치 않는 상황이다. 도대체 경찰은 왜 나를 범인이라고 확신하는 걸까? 답이 뇌리를 강타한다. 내가 그렇게 두려워했던, 경찰이 내 방을 수색하는 상황이 이미 벌어진 게 분명하다. 샐리는 경찰이 금요일 밤에 내 아파트에 왔다고 했다. 그렇다면 벌써 그 비디오테이프도, 칼들도, 파일이며 녹음 테이프까지 다 찾아냈을 것이다.

여기서 내가 할 수 있는 건 아무것도 없다. 내가 우위를 점할 방법은 없다. 다만······.

이 생각이 느닷없이 튀어나온 건 아니다. 늘 도사리고 있었다. 마음속 깊이 숨어 있던 플랜 B가 기회만 노리다가 내 엉덩이를 걷어차러 튀어나왔을 뿐이다. 젠장, 최악의 방법이긴 하지만 이 방법을 쓰면 주도권을 되찾을 수 있다. 그러지 않으면 남은 평생을 감옥에서 썩는 수밖에 없다. 좀 더 고민해보고 싶지만 그럴 시간이 없다. 내게는 이제 아무것도 없다. 이 총 하나만 빼고.

놈들이 몇 미터 앞까지 다가온다. 모두 내게 총을 겨누고 있다. 나는 놈들에게서 주도권을 빼앗아 올 것이다. '조'가 중심이 될 것이다. 총구를 샐리의 머리에서 내 머리로 옮긴다. 총구가 위를 향하도록 총을 턱 밑 깊숙이 밀어 넣는다. 샐리가 숨을 헉 들이쉰다. 다른 사람들은 아무 반응도 없다. 멜리사가 떠오른다. 그녀가 보고 싶을 것이다.

"총 내려놔!" 누군가가 소리치지만 나는 그 말을 따르지 않는다.

"제발, 조······ 이러지 말아요. 우리가 도와줄게요." 샐리가 말한다. 하지만 눈치라는 게 있다면 지금 나를 도울 수 있는 사람은 아무도 없다는 걸 샐리도 알 것이다.

나는 조다. 느린 조, 크라이스트처치 카버다. 감독은 나다. 주도권은 나에게 있다. 누가 살고 누가 죽을지는 내가 정한다.

다리에 힘이 풀리고 속이 울렁거린다. 역시 인생은 겪어봐야 안다.

숨을 깊이 들이쉬고 눈을 감는다. 그리고, 방아쇠를 당긴다.

에필로그

경찰, '멜리사'와 새로운 살인 사건의 연관성 밝혀

경찰은 나흘 전 도심 공원에서 숨진 채 발견된 경찰관이 '크라이스트처치 제복 킬러'의 또 다른 희생자로 보인다고 밝혔다.
수사를 지휘 중인 칼 슈뢰더 경위는 "이번 윌리엄 사이크스 경관의 살인 사건이 자칭 '멜리사'라는 여성과 연관된 세 건의 사건과 관련이 있다고 볼 만한 증거가 있다"고 말했다.
네 건 모두 피해자는 법 집행과 관련된 인물이었다. 두 명은 보안 요원으로, 시민들에게 발견됐을 당시 나체였으며 제복은 사라지고 없었다. 멜리사의 첫 번째 피해자인 로버트 칼훈 경위의 시신은 아직도 발견되지 않았지만, 그녀가 그를 살해하는 장면이 담긴 영상이 청소부 조 미들턴의 집에서 발견되었다. 경찰은 미들턴을 '크라이스트처치 카버'로 보고 있으며, 그는 지난 4월 보석이 기각된 뒤 현재까지도 체포하는 과정에서 입은 부상을 치료하고 있다. 목격자들에 따르면 그가 체포 당시 자기 머리에 겨눈 총은 익명의 한 여성이 쳐내는 바람에 그의 얼굴에 발사됐다. 그 결과 심각한 부상을 입었지만 생명에는 지장이 없는 것으로 알려졌다.
경찰은 미들턴을 상대로 조사를 벌였지만 '멜리사'라는 이름으로 알려진 여성의 행방을 쫓는 데 도움이 될 단서는 거의 얻지 못했다. '멜리사'는 가명이었을 가능성이 크며 미들턴이 '크라이스트처치 카버' 사건으로 체포되기 며칠 전까지만 해도 그녀는 경찰 수사에 거짓으로 협조했다. 수사 책임자인 칼 슈뢰더 경위는 멜리사가 핵심 증인이었다는 말 외에 추가적인 언급을 삼갔다.

옮긴이 백지선

이화여자대학교에서 영문학을 전공하고 다큐멘터리와 애니메이션, 외국 영화 등 영상물을 번역하다가 글밥 아카데미 수료 후 현재 바른번역 소속 출판번역가로 활동 중이다.
옮긴 책으로는 『너의 여름을 빌려줘』, 『나는 샤라 휠러와 키스했다』, 『게팅 하이』, 『다시 인생을 아이처럼 살 수 있다면』, 『온 파이어』, 『어떻게 공부할지 막막한 너에게』, 『부의 원천』 등이 있다.

일곱 번째는 내가 아니다

초판 1쇄 발행 2025년 9월 17일
초판 5쇄 발행 2025년 10월 14일

지은이 폴 클리브
옮긴이 백지선

책임편집 이상화
마케팅 이주형
기획편집 이정아, 오민정, 윤지윤
제작 357 제작소

펴낸이 이정아
펴낸곳 ㈜서삼독
출판신고 2023년 10월 25일 제 2023-000261호
이메일 info@seosamdok.kr

ⓒ by Paul Cleave
ISBN 979-11-93904-56-5 (03840)

- 이 책은 저작권법에 따라 보호받는 저작물이므로 무단전재와 무단복제를 금지하며, 이 책의 내용 전부 또는 일부를 이용하려면 반드시 저작권자와 출판사의 서면동의를 받아야 합니다.
- 잘못된 책은 구입하신 서점에서 바꿔드립니다.
- 책값은 뒤표지에 있습니다.

서삼독은 작가분들의 소중한 원고를 기다립니다. 주제, 분야에 제한 없이 문을 두드려주세요.
info@seosamdok.kr로 보내주시면 성실히 검토한 후 연락드리겠습니다.